짐승의 길, 下

옮긴이 김소연

경북 안동에서 태어났다. 한국외국어대학에서 프랑스어를 전공하고, 현재 출판 기획자 겸 번역자로 활동하고 있다. 옮긴 책으로 『우부메의 여름』, 『망량의 상자』, 『웃는 이에몬』 등의 교고쿠 나쓰히코 작품들과 『음양사』, 『샤바케』, 『집지기가 들려주는 기이한 이야기』, 미야베 미유키의 『마술은 속삭인다』, 『외딴집』, 『혼조 후카가와의 기이한 이야기』, 『괴이』, 『흔들리는 바위』, 덴도 아라타의 『영원의 아이』 등이 있으며 독특한 색깔의 일본 문학을 꾸준히 소개, 번역할 계획이다.

KEMONO MICHI—JÔ · Ge
by Seicho MATSUMOTO
Copyright© 1964 by Nao MATSUMOTO
Original Japanese edition published by SHINCHOSHA Publishing Co., Ltd.
Korean translation rights arranged with SHINCHOSHA Publishing Co., Ltd.
through Shinwon Agency Co.
Korean translation copyrights© 2012 by Booksphere Publishing House

이 책의 한국어판 저작권은 SHINCHOSHA Publishing Co., Ltd와 신원 에이전시를 통해 Nao MATSUMOTO와의 독점계약으로 도서출판 북스피어에 있습니다. 저작권법에 의해 한국 내에서 보호를 받는 저작물이므로 무단전재와 무단복제를 금합니다.

* 이 도서의 국립중앙도서관 출판시도서목록(CIP)은 e-CIP홈페이지(http://www.nl.go.kr/ecip) 와 국가자료공동목록시스템(http://www.nl.go.kr/kolisnet)에서 이용하실 수 있습니다.
(CIP제어번호: CIP2012000225)

짐승의 길
けものみち 下

마쓰모토 세이초
장편 미스터리

김소연 옮김

북스피어

짐승의 길, 下

차례

제 3 장　007
제 4 장　196
세이초, 고다마, 하루키 (마쓰모토 세이초 재미있게 읽기)　331

짐승 길

: 산양이나 멧돼지 등이 지나다녀서 산중에 생긴 좁은 길을 말한다. 산을 걷는 사람이 길로 착각할 때가 있다.

✝ 일러 두기
　본문의 모든 주는 옮긴이 주입니다.

3

다미코가 저택으로 돌아온 것은 열한시 가까이 되어서였다.
"누구요?"
어둠 속에서 손전등이 빛났다.
"저예요."
다미코도 익숙해졌다.
"아아, 당신이군요. 들어와요."
야경꾼 남자의 목소리가 부드러워졌다. "위험하니까 가능하면 일찍 돌아오세요."
다미코가 당장 노인의 방에 인사하러 가려고 하자 다른 하녀가 지금 손님이 있다고 말했다. 노인이 자신이 누워 있는 방에 들여보내는 손님은 무척 친밀한 사이인 사람이거나 상당히 중요한 용건을 가진 인물이거나 둘 중 하나다.
심지어 다른 사람들은 정체를 모르고 기토 노인 혼자만이 아는 손님도 있다.

다미코는 손님이 와 있다는 말을 듣고 아까 하타노가 한 말을 떠올렸다. 이 한마디만으로도 기토 노인과 하타노의 밀접한 관계는 쉽게 상상할 수 있다.

다미코는 다행이라 여기며 자신의 방으로 들어갔다. 이대로 노인을 만나면 저도 모르게 호텔에서 있었던 일이 부주의하게 입에서 튀어나올 듯한 기분이 든다. 시체는 아직도 침대 위에 장식물처럼 놓여 있을까. 아니면 이미 경찰의 손으로 사정없이 옮겨졌을까.

다미코는 열한시 뉴스를 듣고 싶었다. 내일 아침 신문이 올 때까지 기다릴 수가 없다.

앞으로 삼 분. ……다미코는 손목시계를 바라보며 뉴스 전에 하는 드라마가 끝났을 때부터 기다렸다. 밖에 들리지 않도록 소리를 작게 줄이고 방구석에 앉아 귀를 가까이 댔다.

뉴스는 당연히 정국의 움직임부터 시작되었다. 짜증날 정도로 알맹이라곤 없는 목소리를 잠시 견딘 후, "다음 뉴스입니다, 오늘 밤 도내 호텔에서 목이 졸려 죽은 여자의 시체가 발견되었습니다……"라는 멘트가 들리자, 다미코의 가슴이 갑자기 소란스러워지며 귓가가 지잉 하고 울렸다.

"……오늘 오후 아홉시 오십분쯤, 뉴 로얄 호텔의 직원이 823호실에서 스타킹으로 목이 졸린 채 죽어 있는 여자의 시체를 발견했습니다. 호텔 숙박장에 따르면 요코하마 시 쓰루미 구 XX가에 거주하는 보석 디자이너 히하라 에이코 씨로, 스물여섯 살이고 닷새 전부터 투숙했습니다. 발견한 담당 종업원의 이야기를 종합하면 히하라 씨는 오후부터 계속 방에 틀어박혀 있었고, 오늘 밤 열시 전에 침대를 정리하려고 노크를 했는데 응답이 없어서 숙직 주임을 불러 열쇠로 열고 들어갔다가 히하라 씨의 시체를 발견했다고 합니다. 검시 결과, 사후 한 시간이나 두 시간 정도로 추정되지만 자세한 사항은 내일 아침부터 이루어질 부검을 통해 판명될 전망입니다. 방 안은 어지럽힌 흔적이 없어서 강도설은 현재 희박해 보이며 애정 관계설이 유력해지고 있습니다. 바깥쪽 창문은 안쪽에서 잠겨 있던 점으로 보아 범인의 침입과 도주 경로는 복도 쪽 출입구로 보이며 문은 잠겨 있었습니다. 이 문의 잠금 장치는 버튼식이기 때문에 범인이 방을 떠날 때 버튼을 누르고 문을 닫은 것으로 보입니다. 현재 경찰은 문과 그 외의 곳에서 지문을 검출하려 노력하고 있습니다. 또 호텔 관계자에게 사정을 취조하고 있으나 아직 뚜렷한 증거는 밝혀지지 않은 상태입니다…….”

목소리가 다미코의 귓속에 울린다.

목격한 장면이 나중에 목소리가 되어 설명되는 것은 묘한 기분이었다.

뉴스에서는 경찰이 지문을 검출하기 위해 노력하는 중이라고 했다. 자신의 지문은 깨끗하게 닦았다고 생각한다. 그 부분에서 실수는 없었을 테지만 어딘가에 조금이라도 남아 있지 않을까 싶어 불안하다.

방금 보도에서 이상한 대목은, 방의 문이 안쪽에서 잠겨 있었다고 한 것이다. 다미코가 나왔을 때는 분명히 문을 잠그지 않았다. 그럼 누가 손잡이의 버튼을 눌렀을까. 즉 나중에 누군가가 왔다는 뜻이 된다. 그 인물은 방을 나갈 때 문손잡이의 버튼을 누르고 도망친 것이다.
 누구일까?
 고타키일까. 뉴스에서는 피해 여성이 보석 디자이너라고 했다. 또 요코하마에 살며, 호텔에는 닷새 전부터 투숙하고 있었다고 한다. 닷새 전이라는 것은 호텔 측에서 지어낸 거짓말이다. 그 여자는 장기간에 걸쳐서 823호실을 빌리고 있었을 것이다.
 그럼 검출되는 지문은 여자 방에 자주 출입했던 사람의 지문이리라. 이 부분이 어떻게 발전할지가 문제다.
 다미코는 여기서 범인이 문을 잠그지 않은 이유를 깨달았다. 안쪽에서 손잡이의 버튼을 누르고 밖으로 나올 때, 상당히 세게 문을 닫지 않으면 문은 완전히 잠기지 않기 때문이다. 당연히 문을 닫는 소리가 들린다. 그 소리는 옆방이나 가까운 방에 들릴 것이다. 그러면 범인이 대략 몇 시쯤 떠났는지를 추정할 수 있다. 그것이 두려워서 문을 그대로 두고 도망친 게 아닐까.
 그렇게 보면 다미코 뒤에 들어온 사람이 손잡이의 버튼을 눌렀으니, 그 인물이 낸 문소리는 가까운 방의 누군가에게 들렸으리라. 검찰 측의 조사는 필경 거기에 미칠 것이 틀림없다.
 그런 생각을 하고 있는데 복도에서 조심스러운 발소리가 들렸다. 한 명이 아니다. 노인의 방에 와 있던 손님이 돌아가는 모양이다. 시계를 보니 열두시가 다 되어 있었다.
 다미코는 살며시 장지를 열고 마치 볼일이 있는 양 노인의 방이 있는 방향으로 복도를 걸어갔다. 맞은편에서 오는 그림자도 바로 가까이까지 다가왔다.

어두컴컴하기 때문에 복도에는 불이 켜져 있다.

처음 사람은 키가 컸다. 일 미터 칠십은 거뜬히 될 것 같다. 꽤 나이를 먹었는지 위에서 쏟아지는 조명에 머리가 하얗게 빛난다.

역광이기 때문에 머리카락이 하얗게 반짝이는 데 비해 얼굴 부분은 똑똑히 알 수 없었다. 하지만 약간 처진 듯한 굵은 눈썹이나 커다란 코, 두꺼운 입술 등의 특징은 어렴풋이 알아볼 수 있었다. 다미코가 옆으로 비켜 무릎을 꿇었기 때문에 그 사람은 이 집 하녀라고 생각했는지 가볍게 목례를 하고 지나갔다.

다음 사람은 이 사람의 비서가 아니라 시종 이 집을 어슬렁거리는 남자였다.

요전에 다미코가 목욕을 하고 있을 때 무례하게 유리문을 열고 들여다본 구로타니로, 술을 마신 듯한 검붉은 얼굴로 날카롭게 다미코를 보았다.

뒤를 따르는 사람도 같은 동료다. 그들이 손님을 전송하면 마치 호위하는 양 보인다.

구로타니로 말하자면 욕실 사건 이후로 걸핏하면 다미코에게 접근하려 했다. 넓은 집이라도 같은 저택 안이라서 어디에선가 그와 마주치게 되는데, 그럴 때마다 구로타니는 씩 하고 웃어 보이거나 슬쩍 손짓을 한다―.

현관에서 손님을 전송하는 기척이 난다. 다른 하녀들은 잠들었으니 요네코가 전송하고 있음이 틀림없다.

저 손님은 누구일까? 풍채로 보아 상당한 지위에 있는 사람 같다. 심야까지 노인의 방에 붙어 있었으니 꽤 중요한 용건이었으리라. 이름을 알고 싶은데, 요네코에게 물어보면 알지도 모른다.

다미코는, 이번에는 자신 쪽에서 노인의 방 앞으로 갔다. 밖에서 말을 걸자 의외로 강한 목소리가 돌아왔다.

"누군가?"

"다미코예요."

"그래?"

"지금 손님이 왔다 가신 것 같아서 뒷정리를 하러 왔어요."

이런 경우의 뒷정리는 대개 요네코가 하게 되어 있지만 그녀가 무섭지 않은 지금은 무엇이든 멋대로 할 수 있을 것 같다.

다미코가 장지를 열자 손님을 돌려보낸 직후인지 노인은 침상 위에 앉아 있다. 앞에는 찻잔 두 개와 손을 대지 않은 과자가 놓여 있었다.

평소 같으면 기토 노인 쪽에서 얼굴에 활짝 웃음을 짓고, 이쪽으로 오게, 하며 손을 뻗을 텐데 오늘 밤에는 어찌된 일인지 까다로운 얼굴로 입을 다물고 있다.

다미코는 오랜만에 노인의 엄한 표정을 본 기분이었다. 움푹 팬 뺨에는 광선의 가감 때문에 어두운 구멍 같은 그림자가 져 있다. 험한 바위 절벽을 그대로 나타내는 용모다. 미간에 깊은 주름이 졌고 하얀 눈이 먼 어느 한 점을 물끄러미 응시하고 있다. 다미코는 또 이불 밑의 권총을 떠올렸다.

왠지 모르게 압도되어 살며시 방석이나 찻잔 등을 치우기 시작했지만 이쪽에서 잠자코 있는 것도 좀 그런가 싶어 말을 걸었다.

"꽤 늦게 오신 손님이던데, 피곤하시지요?"

"음."

역시 노인은 딱딱한 표정을 무너뜨리지 않았지만 기분이 나빠 보이지는 않았다. 의외로 기분은 좋은 편일지도 모른다.

그 증거로 문득 다미코 쪽을 돌아보더니, "담배를 주겠나" 하고 부드러운 목소리로 말했다.

드문 일이다. 노인은 담배를 그리 좋아하지 않는다. 사람을 만날 때 한 대 정도 피우는데, 오늘 밤에는 재떨이에 세 대의 꽁초가 있다. 게다가 한 대 더 달라고 요구한다. 어지간히 번거로운 대화였던 모양이다.

"지금 담배를 피우시면 잠이 오지 않을 거예요."

일단 그렇게 말해 보았다.

"괜찮네."

노인은 웬일로 다미코를 놀리지도 않고 가만히 자신의 생각을 좇고 있다.

방금 왔던 손님의 이름을 물어볼까 하다가 왠지 말하기가 어려워서 참았다.

노인은 손님이 와 있어서 라디오를 듣지 못했을 텐데 하타노가 묵는 호텔에서 살인 사건이 있었다고 말하면 어떤 반응을 보일까.

다미코가 차 도구를 들고 물러가려고 하자 노인은 처음으로 이쪽을 돌아보며 말했다.

"용무가 있으니 곧장 오게."

어느덧 평소의 얼굴과 목소리로 돌아와 있다.

어젯밤 다미코는 노인 방에 가서 이런저런 일을 당한 후에 푹 잤다. 잠에서 깨어났을 때는 덧문 틈이 하얀 실처럼 빛나고 있었다. 스탠드를 켜 보니 여섯시가 조금 안 된 시간이었다. 조간이 문 우편함 속에 던져져 있을 것이다. 아직 하녀가 일어난 기척은 없다.

오늘 아침만큼 신문이 읽고 싶은 적은 없었다. 잠옷 위에 하오리_{기모노 위에 걸쳐 입는 겉옷}를 걸치고 복도로 미끄러져 나갔다.

문은 전부 닫혀 있다. 집 안은 아직 밤의 세계였다. 다미코는 발소리를 죽이며 현관으로 내려갔다. 자물쇠를 몰래 끄르고 밖으로 나가자, 이제 막 날이 밝아 푸르스름한 빛이 퍼져 있고 외등이 엷게 빛나고 있었다. 싸늘한 공기가 뺨에 닿는다.

다미코는 나막신을 끌고 자갈길을 걸어 상당히 거리가 떨어져 있는 문 옆까지 갔다. 우편함을 들여다보니 신문은 아직 두 개밖에 들어 있지 않았다.

신문을 품에 넣고 서둘러 현관으로 돌아왔다. 격자문을 원래대로 잠그고 시키다이_{일본식 주택 현관 입구의 한 단 낮은 마루}로 올라섰을 때 커다란 남자가 옆에서 갑자기 튀어나왔다. 다미코는 깜짝 놀랐다.

구로타니가 점퍼를 입고 실실 웃으며 서 있다.

"안녕하시오." 처음부터 치근거리는 말투였다. "엄청나게 일찍 일어나셨네."

그는 다미코 앞을 가로막다시피 섰다.

다미코는 잠자코 있었다.

"잠을 못 주무셨나?" 그는 거만하게 말했다. "오호, 신문을 가지러 온 거군."

그의 시선이 다미코의 품을 향한다.

다미코는 서둘러 소매를 앞으로 모았다. 잠옷 속을 뚫어져라 보는 구로타니의 시선이 징그러웠다.

"당신은 늘 그렇게 신문을 가지러 오는 거요?"

그가 물었다.

"그렇지는 않지만…… 그냥 잠이 깨 버려서요."

"흐음."

다미코 앞에 칸막이처럼 서서 비키려고 하지 않는다. 눈은 가늘게 뜨고 있었다.

"무슨 일이라도 있으셨나?"

뻔뻔스러운 말투가 평소의 구로타니와는 달랐다. 남자의 검붉고 기름진 얼굴을 보니 이상하게 압도된다.

거기에 반발하듯이 다미코는 대답도 하지 않고 서둘러 거실로 돌아갔다. 멀리서 덧문을 하나씩 밀어 여는 소리가 들린다. 이제야 하녀가 일어난 모양이다.

신문을 펴 보니 역시 실려 있었다. 커다란 표제와 사진이.

"일류 호텔에서 여자 숙박객 살해되다."

호텔 건물의 외관과 사건이 일어난 객실이 위치한 복도의 사진이 나와 있다. 눈에 익은 뒤쪽 복도였다.

기사는 어젯밤의 라디오 보도와 거의 다르지 않았다. 하지만 귀로 듣는 것보다 이렇게 활자로 읽는 편이 훨씬 머리에 잘 들어온다. 게다가 시신을 발견한 종업원의 이야기나 경찰 측의 담화 등이 덧붙여져 있다. 경찰에서는 아직 범인에 대한 단서를 붙잡지 못해서, 지금 지문 검출 및 그 외의 기초 수사를 하는 중이다.

다미코는 기사 뒤에 붙어 있는 '고타키 지배인의 이야기'에 시선을 빼앗겼다.

"손님의 방에 외부에서 흉악범이 들어와 이런 큰 사건을 일으키다니 참으로 죄송하다. 호텔에서는 평소부터 내부 보안 상태에 충분히 신경을 쓰고 있지만, 그런 만큼 이번 사건에는 책임을 느낀다. 피해자인 손님은 닷새 전부터 묵으신 분으로 숙박객 명부에 나와 있는 사항 외에는 아무것도 모른다. 하루라도 빨리 경찰이 범인을 잡을 수 있도록 협조할 것이고 이번 사건을 계기로 한층 더 호텔 내부의 보안에 힘써서 손님이 안심하고 묵으실 수 있도록 유의하겠다."

다미코는 웃고 싶어졌다. 피해자인 여자에 대해서 숙박객 명부에 나와 있는 내용 외에는 아무것도 모른다니 이 얼마나 뻔뻔스러운 말인가. 그 여자 방에 그렇게 놀러가거나 함께 외출해 놓고 잘도 이런 말을 하는구나.

피해자인 여자의 신원도 어젯밤에 라디오에서 말한 대로였지만, 이런 사건의 기사에 흔히 등장하는 피해자의 가족 이야기는 나오지 않았다. 신문사는 보석 디자이너라는 직업이 어지간히도 마음에 들었는지 표제의 부제도 '피해자는 미모의 보석 디자이너'라고 되어 있다.

일류 호텔, 보석 디자이너, 호화로운 객실—이런 요소들이 갖추어지면 신문사로서는 싫어도 부추기고 싶어질 것이다.

다른 신문을 펼쳤지만 역시 비슷한 내용이었다.

다만 신경 쓰이는 것은 기사의 한 부분이다.

"피해자는 오후 여덟시에서 아홉시 사이에 살해되었다고 추정하고 있다. 경찰 측에서는 같은 시각에 823호실 부근을 어슬렁거리던 손님은 없는지 이쪽 방면의 조사에 수사의 중점을 두고 있다. 그런 사람을 보았다는 호텔 측 직원이 있어, 그에 대해서 자세한 조사를 진행중이다."

직원이 보았다는 사람이 자신은 아닐까. 다미코는 걱정이 되었다. 하지만 설령 자신이 호텔 옆문으로 들어가는 모습을 누군가 보았다고 해도, 그 길로 곧장 하타노의 방에 가서 계속 거기에 있었다고 우기면 된다.

신문 기사에는 강도설은 희박하고 애정 관계에 의한 원한설로 추정된다는 내용 등이 주로 나와 있었다. 피해자의 미모에서 나온 평범한 추정이다. 그 외에 보석 디자이너라는 이유 때문에, 강도는 아니지만 그런 고가의 거래에 관한 다툼도 고려할 수 있다고 한쪽 신문에는 적혀 있다. 신문에 따라서는 이렇게 부분적으로 다른 점이 있는 법이다.

지문 검출에 노력하고 있다는 내용은 양쪽에 다 실렸다. 다미코는 자신의 지문이 남아 있지 않았을까 하고 기억 속에서 실내를 돌아보았다.

일류 호텔에서 이런 살인 사건이 일어나리라고는 아무도 예상하지 못했으며 정말 의외라고 기사는 끝을 맺고 있지만, 다른 쪽 신문을 보면 문장이 약간 비틀려 있다. 아니, 비틀려 있는 정도가 아니라 다미코는 저도 모르게 얼굴에서 핏기가 가실 지경이었다.

"일류 호텔이라고 해도 이는 외관에서 보는 인상이고 내부는 거의 무방비하다고 할 수 있다. 로비 같은 곳은 잡다한 사람들이 모여드는 길바닥이나 마찬가지다. 각 층 복도는 이의 연장선으로, 누가 걸어다녀도 호텔 측의 직원이 수상쩍게 여기고 캐묻는 일은 없다. 일류 호텔이라면 누구나 내부가 엄중할 터라 여기지만 이것이 의외로 맹점이다. 아마 범인은 이 맹점을 이용해 살인을 저질렀다고 추정되므로 이 점에 수사를 집중하고 있다―고 수사 1과의 베테랑, 히사쓰네 형사는 말했다."

역시 히사쓰네가 수사팀에 있다. 라디오를 들었을 때도 짐작했지만 신문에는 분명히 그의 이름이 나와 있었다.

게다가 그의 의견은 자신의 체험에서 나온 모양이다.

히사쓰네의 눈이 어디에선가 자신을 바라보고 있는 듯하다.

호텔 안의 돌발 사건으로 지금 고타키도 분주하리라.

만일 그가 피해자와 조금이라도 관계가 있다면 경찰의 취조에 따라서는 용의자 속에 들어가게 될지도 모른다. 고타키는 다미코가 캐묻자, '저 사람은 내 여자가 아니야. 착각하면 곤란해'라고 대답했다. 문 앞에 지키고 서 있다가 방에서 나온 고타키를 물고 늘어졌을 때다. 고타키는 다미코를 달래고 어르며 긴 복도를 지나가면서 변명은 이 정도밖에 하지 않았다.

그때는 이러니저러니 하면서 그의 구슬림에 넘어간 기분이었지만 지금 돌이켜 보면 고타키의 말은 사실이었던 것 같다.

어떤 사정 때문에 특별 취급을 받고 있는 손님―.

거기에 이번 살인 사건의 수수께끼가 숨어 있지 않을까. 신문에 실린 당국의 발표 기사도 부분적으로 숨겨져 있다는 생각이 든다.

다미코는 고타키의 말을 믿으면서도 한편으로는 속았다는 기분도 들고, 어쨌거나 마음이 흔들렸다. 좋아하는 남자에 관한 일이면 이렇게 망설이게 되는지도 모른다.

호텔에 있을 고타키에게 전화를 한번 해 볼까. 이 집에서는 할 수 없기 때문에 밖의 공중전화를 이용해야 한다. 하지만 어제 외출을 했으니 오늘은 밖에 나가기 어렵다. 게다가 고타키에게 전화를 해도 이런 판국에 과연 방에 있을지 알 수 없다. 조금 위로해 주고 싶은데.

노인의 방에 하타노가 찾아왔다. 하타노는 호텔의 살인 사건을 노인에게 재미있다는 듯이 이야기하리라. 다미코는 자신이 첫 목격자인 만큼, 단순히 신문으로 읽은 사람들과는 달리 사건이 머리를 뒤덮고 있었다.

하타노를 만나면 경찰의 수사는 어떻게 되고 있는지 물어보고 싶다. 하지만 너무 거기에 집착하면 수상하게 여길 테니 잠자코 있는 편이 좋을 것 같기도 하다. 하타노는 다미코가 그의 방에 계속 있었다는 사실을 조만간 증명해 주어야 하겠지만, 그건 수사의 손길이 신변에 가까이 다가왔을 때 해 주면 된다. 너무 일찍 부탁해도 이상하게 여길 터였다.

수사라고 하니 히사쓰네가 떠오른다.

이제 섣불리 밖에도 나갈 수 없게 됐다. 나가면 어디에선가 그 남자가 그림자처럼 다가와 차근차근 공격해 올 것 같은 기분이 든다. 여기에 틀어박혀 있으면 안전하다. 외출은 보류하기로 했다.

라디오의 뉴스는 빼놓지 않고 매시간마다 들었다. 수사에 진전은 없는 모양이다. 같은 내용을 반복하고 있다.

그러나 정치 뉴스에서 아나운서가 다음과 같이 말했다.

"······가가와 종합고속 노면공단 총재가 오늘 사직했습니다. 오늘 오후 세시, 가가와 총재는 건강을 이유로 정부에 사표를 제출했습니다. 이는 예정에 전혀 없었기 때문에 각 방면에서는 갑작스러운 사직이라며 의외로 여기고 있습니다. 또한 가가와 총재는 사직 후에는 당분간 공적 활동은 하지 않고, 이시카와 현 가타야마즈 온천에서 정양하겠다고 말했습니다."

히사쓰네 형사는 뉴 로얄 호텔의 여자 디자이너 살인 사건 수사본부에 있었다.

히사쓰네에게는 뉴 로얄 호텔에서 범죄가 발생했다는 말을 듣고 퍼뜩 떠오르는 사람이 있었다. 다미코. 지배인 고타키. 그리고 하타노.

아니, 뉴 로얄 호텔의 특이성은 뭐라 해도 하타노와 고타키 두 사람과 관련되어 있고, 다미코는 다만 고타키와 얽혀 있을 뿐이다. 그런데도 다미코가 먼저 떠오른 이유는 역시 그녀가 히사쓰네의 의식에 달라붙어 있기 때문이다.

수사본부에서는 피해자의 부검 자료도 갖추었고 피해자의 이름도 알고 있다.

피해자는 그날 오후 여덟시에서 아홉시 사이에 교살된 것으로 추정된다. 열시에 종업원이 문을 노크했다. 부검 결과 피해자가 폭행을 당한 흔적은 없었다. 다만 교살될 때 저항을 시도했다. 피해자는 슬립 한 장이라는, 알몸에 가까운 모습이었다. 이것은 목에 감겨 있던 스타킹과 함께 애욕 관계를 연상시킨다.

피해자가 평소에 입던 옷은 붙박이 옷장 안에서 단정하게 옷걸이에 걸려 있었고 네글리제는 이불 끝에 개켜진 채 놓여 있었다.

여자는 목욕을 했다. 몇 시쯤인지는 알 수 없다. 옆방 손님은 물소리를 듣지 못했기 때문에 판단할 수가 없다.

짐작건대 목욕을 마치고 속옷을 입은 채 이불 속으로 파고들었을 때 범인이 침입한 것으로 보인다. 여기에서 두 가지 해석이 가능하다.

하나는 여자가 막 목욕을 마치고 난 후이기 때문에 당장은 네글리제를 입을 마음이 들지 않아 속옷을 입은 채 이불에 들어가 있었다는 해석이다. 목욕을 마치고 난 후에는 이편이 상쾌하다. 따라서 이 경우에는 혼자 있었음을 알 수 있다.

또 하나는 누군가가 그곳에 찾아오기로 해서 일부러 그런 차림으로 누워 있었다는 해석이다. 따라서 찾아올 사람은 깊은 관계에 있는 남자라는 뜻이 된다.

여자가 폭행을 당하지 않은 것을 보면 후자의 견해가 신빙성이 높다.

도난당한 물건은 없을까—여자는 호텔 프런트에 귀중품을 맡겼다. 커다란 하얀 봉투에 만 엔짜리 지폐가 서른두 장 넣어져 있었다. 호화로운 핸드백에 들어 있던 지갑 속에는 팔만 육천 엔 남짓이 있었다.

핸드백도 베갯맡의 장롱 서랍 안에 있던 그대로다. 강도가 목적인 살인은 아니다.

숙박객 명부에는 '요코하마 시 쓰루미 구 XX가 보석 디자이너 히하라 에이코'라고 쓰여 있었다. 수사원이 적혀 있는 장소로 가 보니 해당 번지는 작은 잡화점이었다. 히하라 에이코라는 사람은 모른다고, 잡화점 주인은 말했다.

보석 디자이너라고 하니 보석상과 관련이 있는 여성이라고 짐작하고 도내 보석 가게에 알아보았지만 보석 가게 주인들은 피해자의 얼굴 사진을 보고 고개를 저었다.

"보석 디자이너라는 건 거짓말이 아닐까요, 그런 사람은 없습니다"라고 보석 가게에서는 말했다.

"전쟁이 끝난 직후에 여객기 한 대가 미하라야마 산에 떨어졌지요. 그때 어떤 여자가 비행기 회사 명부에 자기 직업을 보석 디자이너라고 적었던 터라 신문에도 그대로 났지만, 거짓말이었다는 사실이 밝혀졌어요. 어쨌거나 여자가 그런 직업이라고 쓰면 남자는 아무것도 모르고 호화로운 직업 여성이라고 여겨 다른 눈으로 보게 되거든요."

주소가 가짜니 히하라 에이코라는 이름도 가명일 확률이 높다. 보석상의 증언이 그 견해를 강하게 뒷받침했다.

호텔 측에서는 경찰에 대답했다.

"히하라 에이코 씨는 닷새 전에 저희 호텔에 투숙하셨습니다. 가끔 저희 호텔에 묵으십니다. 늘 혼자셨습니다. 방을 담당하던 종업원의 이야기로는 가끔 남자분들이 찾아오셨던 모양입니다. 거래에 관련된 사람이라고, 히하라 씨가 종업원에게 말씀하신 적이 있거든요. 늘 오시던 손님은 대여섯 분이었는데. 방문할 때는 한 분씩 오셨습니다.

히하라 씨는 늘 메이드에게 식사를 방으로 가져오게 했고 식당에는 좀처럼 나가시지 않았습니다.

외출은 오후부터 하셨는데 직접 택시를 잡아타고 가셨습니다. 대개 일곱시까지는 방으로 돌아오셨는데 종업원에게는 사업상의 용무로 나간다고 말씀하셨습니다. 외부와의 전화는 별로 없었고 특히 방에서 히하라 씨가 거신 적은 한 번도 없습니다.

돌아가신 당일도 네시 반쯤에 외출에서 돌아오셔서 그대로 방에 계셨습니다. 그날 밤 저녁 식사는 하시지 않았습니다."

문제는 방문했다는 거래처 남자들이다.

호텔 측에서는 대여섯 명이라고 했지만 인상은 확실하게 알 수 없었다. 프런트를 통하지 않고 멋대로 방문했던 모양이다.

방을 담당하던 종업원도 방문객의 인상은 잘 모른다고 했다. 히하라 에이코는 방문객이 있어도 결코 방으로 차를 가져오게 하지 않았다고 한다.

사업이라면 어지간히 타인을 경계했다고도 말할 수 있다. 수사본부는 숙박객 명부에 기입된 그녀의 직업을 신용하지 않았다.

히하라 에이코라는 이름이 가명이라면 신원부터 알아내야 한다. 주소는 요코하마라고 기입되어 있는데 참고할 만한 자료다. 종업원이 얘기하기를 히하라 에이코는 표준어를 구사했다고 하니 간사이 사람은 아니다. 그렇다고 간사이에서 온 손님이 아니라고 단언할 수는 없지만.

어쨌거나 히하라 에이코라는 이름을 쓰던 여자는 처음부터 비밀스러운 분위기를 띠고 있었다. 밖에서 전화가 걸려오는 일은 있지만 호텔에서 외부로 전화를 하는 일은 없었다. 교환대에서 전화번호를 기록하기 때문에 통화하는 곳을 알리고 싶지 않은 마음에서이리라.

또 호텔이 제공하는 기사가 딸린 승용차를 부르지 않고 직접 밖에 나가서 일반 택시를 잡아타는 행동도 같은 이유다. 그러고 보니 손님이 왔을 때 종업원에게 차를 가져오게 하지 않은 것도 그렇고, 식당에 나가지 않고 자기 방으로 식사를 가져오게 한 것도 그렇고, 여자는 열심히 자신의 비밀을 지키고 있었던 듯하다.

히사쓰네 형사는 자신의 팀이 이 살인 수사에 참가하게 되어 기뻤다. 다른 팀이 맡았다고 해도 지원해서 참가할 요량이었다.

히사쓰네는 여자의 정체를 대충 짐작하고 있었다. 요전에 다미코를 쫓다가 문제의 823호실을 보았을 때 안의 여자가 문 밖으로 잠깐 나왔다. 마침 다미코가 바로 앞 복도에 서 있었기 때문에 그는 얼굴을 집어넣었지만 순간적인 인상으로도 상당한 미인이었다. 평범한 일반인이라고는 생각되지 않았다. 그 후에 두세 방 떨어져 있는 객실로 들어간 다른 여자를 보았을 때도 같은 감상이었다.

게다가 호텔 측의 이야기는 고타키의 의견이다. 고타키는 히하라 에이코라는 여자의 정체를 알고 있으리라. 그 방에서 여자와 오랫동안 틀어박혀 있지 않았던가. 다미코와 고타키는 복도에서 실랑이를 벌였다. 그 모습으로 미루어 보아도 고타키는 분명히 살해당한 여자의 정체를 알고 있다. 아니, 알고 있는 정도가 아니다. 질투하는 듯한 다미코의 태도로 보아 고타키는 피해자와 관계가 있음이 틀림없다.

'의외로 고타키가 범인일지도 몰라.'

히사쓰네는 그렇게 생각했지만 결코 입 밖에 내지는 않았다. 수사본부 회의 때도 모르는 척했다.

일단은 공명심 때문이다. 다른 형사들은 아무것도 모르는데 자신만 이렇게 유리한 데이터를 쥐고 있다. 회의 자리에서 호락호락 내놓기는 아깝다.

고타키에 대한 적의도 있었다. 고타키와 다미코는 분명히 사귀고 있다. 그것을 생각하면 머리가 뜨거워진다.

'좋아, 이참에 신사인 척하는 고타키의 얼굴 가죽을 벗겨 주마.'

히사쓰네가 뉴 로얄 호텔로 고타키 지배인을 찾아간 것은 수사본부가 고타키에게 물어볼 만한 일은 이미 다 물어본 후였다.

히사쓰네는 지배인실로 향했다. 불편하게도 이번에는 정식 수사여서 젊은 형사와 함께였다. 하지만 아직 경험이 얕은 신입이고 베테랑인 히사쓰네가 턱짓으로 부리고 있는 형편이라 지장은 없다.

"아아, 어서 오십시오."

고타키는 우아한 미소로 히사쓰네를 맞이했다. 사건 발생 다음 날 밤이었다.

고타키는 퇴근할 준비를 하고 있었다.

"퇴근하시려는 참에 죄송하군요."

히사쓰네는 입에 발린 말을 했다.

"아뇨, 정말 엄청난 일이 일어나서 경찰분들께도 폐를 끼치고 있습니다."

고타키도 붙임성 있는 말투였다.

"호텔도 일종의 이미지 장사니까 곤란하시겠지요. ……그런데 묘한 일이군요. 우리는 객실의 지문을 전부 땄는데 피해자의 지문 밖에 나오지 않았거든요. 그 외에는 오래된 것뿐이었습니다. 딱 하나를 제외하고는요. 하지만 이건 지문 대장에 일치하는 자료가 없어요. 일단 보존은 하고 있지만 아마 그전에 묵었던 손님의 지문이겠지요."

"아아, 그렇겠지요."

고타키는 태연하게 말한다.

현장의 지문 따윈 얼마든지 따도 괜찮다고 말하는 듯한 표정이었다.

"그런데 고타키 씨. 지금 많이 곤란하게 됐습니다."

"왜 그러십니까?"

"피해자의 신원을 알 수가 없어서요. 이미 알고 계실지도 모르겠지만 숙박객 명부에 적혀 있는 주소와 이름은 가짜였습니다. 짐작가시는 데가 없습니까?"

히사쓰네는 유심히 쳐다보았지만 고타키는 고개를 저었다.

"다른 형사님도 물어보셨지만 조금도 아는 게 없습니다."

"아아, 그래요? 대개 살인은 피해자의 신원을 알면 절반은 해결된 셈이나 마찬가지인데요. 그걸 모르는 게 제일 곤란하지요. ……고타키 씨라면 어렴풋하게나마 알고 계시지 않을까 싶어서."

"호오, 어째서지요? 물론 저는 지배인이지만 그렇게 일일이 객실 손님에 대해서 알고 있지는 않습니다. 이 호텔에는 전부 해서 백이십 개 이상의 방이 있어요."

"엄청나군요. 그러고 보니 저도 아직 방의 배치도를 자세히 모르는데요"

히사쓰네는 거짓말을 했다. 그런 것은 감식반에서 제일 먼저 도면으로 만들었다.

"지금 갖고 계시는 편지지에 기억나는 대로 하나 그려 주시지 않겠습니까."

"네, 좋습니다."

고타키는 동요하지 않는 얼굴로 책상 위에 있던 호텔용 편지지를 한 장 찢더니 가슴의 주머니에서 파카 볼펜을 꺼내 능숙한 손놀림으로 술술 도면을 그렸다.

"여기 있습니다."

"아아, 고맙습니다."

히사쓰네는 가능한 한 종이 끝을 잡고 넷으로 접어, 뒷면이 겉으로 나오게 해서 안주머니에 넣었다. 고타키는 그런 히사쓰네의 모습을 찬찬히 보고 있었다.

"히사쓰네 형사님도 제일 먼저 현장에 오셔서 피해자를 보신 것 같은데, 상황은 어떻습니까?"

고타키가 묻는다.

"전혀 오리무중입니다. 잘 모르겠어요. 뭐, 저는 아마 치정 관계가 아닐까 짐작합니다만."

"그렇군요."

"게다가 범인이 들어갈 때는 피해자가 문을 열었을 겁니다. 왜냐하면 피해자는 그전에 목욕을 했으니까요. 그대로 침대에 들어갔으니 상식적으로 문을 잠가 뒀겠지요. 즉 문을 안에서 잠갔던 겁니다. 범인이 밖으로 나갔을 때, 역시 안에서 손잡이 한가운데를 누르고 복도로 나가서 문을 꼭 닫았다고 봐야 합니다. 발견한 메이드도 823호실의 열쇠를 쓰지 않고 들어갈 수는 없었으니까요."

"그건 그렇지요."

"그럼 말입니다, 안에서 문을 눌렀으니까 당연히 범인의 지문이 손잡이 안쪽에 나 있어야 해요. 일단 밖으로 나가면 더 이상 지울 수는 없으니까요."

"그렇지요."

"그런데 감식반 쪽에서 지문을 검출해 보니 피해자인 히하라 에이코 씨 외에 상당히 명료한 지문이 나왔습니다. 수사상의 비밀이라 말씀드릴 만한 내용은 아니지만요. 수사에 협조해 주셨으면 싶어서 그만 말해 버렸네요."

"수사에는 협조하겠습니다."

고타키는 냉정한 말투로 대답했다.

"피해자인 여성은 보석 디자이너라고 적혀 있던데, 정말일까요? 제가 묻고 싶은 것은 손님이 그런 일을 하고 있는 듯 보였느냐 하는 겁니다."

"글쎄요, 모르지요. 어쨌거나 이 호텔에는 외국인도 많고, 여러 직업을 가진 분들이 계시기 때문에 지배인인 저도 진위를 일일이 확인할 수는 없습니다."
"보석 디자이너라면 거래를 하러 찾아오는 사람을 보고 알 수도 있지 않을까 싶었는데, 그렇다면 됐습니다."
히사쓰네는 고맙습니다, 하고 인사를 남긴 후 고타키를 떠났다. 고타키는 무표정하게 서 있었다.
히사쓰네가 호텔에서 경시청으로 돌아가 보니 형사실에서 계장이 형사들을 불러 모아 놓고 있었다.
"마침 잘 돌아왔네" 하며 계장은 히사쓰네를 눈짓으로 불렀다. "지금 다른 사람들한테 얘기한 참인데, 뉴 로얄 호텔의 살인 사건은, 피해자의 신원을 알아내는 건 좋지만 그 사람의 배후에 대해서는 너무 깊게 참견하지 말아 줬으면 하네."
"계장님, 무슨 뜻입니까?"
히사쓰네가 놀라서 물었다. 계장은 말하기 어려운 듯, 양쪽 팔꿈치를 책상 위에 올려놓고 손가락을 깍지 꼈다 풀었다 하고 있었다.
"물론 범인은 철저하게 수사해야 하네. 하지만 피해자의 신원을 알아내더라도 그 신변은 너무 들쑤시지 말아 줬으면 해. 조금 모순되는 말 같지만 형사부장님한테서 그런 의견이 들어왔거든."
형사부장?
히사쓰네는 그 말을 들은 순간, 이 지령이 형사부장이 아니라 더 위쪽에서 내려왔다고 예감했다.
그런 바보 같은 말이 있을까. 피해자의 배후를 샅샅이 알아내야만 범인이 떠오르기 마련인데. 대체 이것은 무슨 뜻일까.
상상할 수 있는 것은 이미 상부에서 피해자의 신원을 알고 있으리라는 점이다. 그렇지 않다면 피해자의 배후 관계를 깊이 파고들지 말라는 지령은 내려오지 않았을 테니까. 좀 더 극단적으로 억측하면 이 사건은 대충 얼버무리는 편이 바람직하다는 상사의 암시로도 받아들일 수 있다.

형사들은 여우에 홀린 얼굴이다. 설명한 계장 본인도 쑥스러운 얼굴을 하고 있다.

수사에 일종의 압력이 들어왔다는 느낌이다. 그러면 앞으로의 수사 방침은 상당히 제약될 터. 형사들도 조심스럽게 일해야 한다.

수사는 엄중하게 속행하라. 하지만 피해자의 신변은 너무 들쑤시지 마라.

이 모순의 의미는 무엇일까.

정치—이것밖에 없다.

그러고 보니 보석 디자이너라는 직업을 댄 것부터가 기묘했다. 이렇게 호화로운 분위기를 가지면서도 애매한 직업은 없다. 그야말로 '정치'와 관련이 있을 법하다.

독직瀆職 관련 수사를 하는 2과에서는 자주 있는 일이다. 수사가 한창일 때 훨씬 높은 사람이 전화를 걸어 와 '그 사건은 어떻게 되었나?' 하고 묻는다. 중지하라는 압력을 은근히 가하는 것이다.

히사쓰네는 밑바닥 형사 생활을 오랫동안 계속해 왔다. 출세할 가능성은 없고, 또 출세할 생각도 없다. 그저 위쪽에서 명령을 내리면 과부족 없이 임무를 수행할 뿐이다. 그 사이에 적당히 소소한 특권도 즐긴다.

하지만 마음속에는 언제나 위쪽에 대한 반발이 있었다. 남의 밑에서 일하는 사람의 본능적인 반항이다. 물론 상사 앞에서 드러내지는 않는다. 경찰은 군대 다음으로 질서가 엄격한 곳이다. 절대 복종 체제가 존재한다. 그는 요령껏 일을 농땡이 침으로써 소소한 보복을 하고 있다.

그러나 이런 사태가 되면 그의 비뚤어진 성미가 갑자기 어떤 투지로 바뀐다. 위에서 내려오는 명령에 복종하는 척하면서, 속으로는 지령과 반대되는 생각을 하고 있다.

그는 감식과에 가서 그곳에서 일하는 친한 동료 앞에 조심스럽게 접은 편지지를 주머니에서 꺼내 펼쳤다. 고타키가 그린 호텔 방 배치도다.

"여기에 지문이 묻어 있을 거야. 좀 조사해 줘."

지문 검출은 어렵지 않다. 감식과 동료는 재빨리 종이 위에 하얀 가루를 뿌리고 결과를 내 주었다.

"호오, 꽤 많이 묻어 있군."

종이 끝부분에 세 군데 있다. 오른쪽 엄지 지문과 검지 지문이다. 반대쪽에도 있지만, 이것은 히사쓰네 자신의 지문임을 알 수 있었다.

"그 지문과, 문손잡이에서 검출된 또렷한 지문을 비교해 주지 않겠나?"

감식과 직원은 보존해 둔 지문을 비교한 후 히사쓰네를 돌아보며 말했다.

"이건 아니야."

"아니야?"

고타키가 아니다. 그럼 누구의 지문일까?

히사쓰네는 잠시 고민했다. 그런데 이 지문의 주인인 듯한 또 한 사람이 있다. 하타노다.

하기야 호텔의 상황을 보면 내부가 길바닥이나 마찬가지이니 반드시 범인이 숙박객이라는 보장은 없다.

하타노가 당일에 무엇을 하고 있었을까. 하타노에 대해서는 어느 수사원도 모른다. 알고 있는 사람은 자신뿐이다.

지금까지는 하타노의 비용이 그가 드나들고 있는 아자부의 기토 노인에게서 나온다고 믿었지만 아무래도 지나치게 단순한 추측이다. 반드시 기토에게서 직접 돈이 나온다는 보장은 없다. 하타노가 조달하는 돈은, 기토 자신이 내고 있다기보다 하타노가 기토의 이름을 빌려 다른 방면에서 벌고 있다고 보면 어떨까.

히사쓰네는 여기서, 예전에 하타노의 존재와 종합고속 노면공단 오카하시 이사의 자살을 같은 선상에 놓고 고민하던 일을 떠올리지 않을 수 없었다. 이번에도 같은 공단 총재인 가가와 게이조가 갑자기 사직했다. 게다가 뉴 로얄 호텔에서 사건이 발생한 다음 날이다.

서로 관계가 없는 사건이라 여긴다면 그뿐이지만, 히사쓰네는 그 중간에 뉴 로얄 호텔과 오카하시 이사의 자살을 접점으로 두고 있다. 즉 이사의 자살과 총재의 갑작스러운 사직을 전혀 상관없는 다른 일이라 볼 수는 없는 것이다.

그렇게 생각하면 이유를 알 수 없는 상사의 명령도 왠지 모르게 납득이 간다.

히사쓰네는 예전에 큰 독직 사건을 수사한 적이 있었다. 그 사건에는 우연히 형사 문제도 얽혀 있었기 때문에 수사 2과와 합동으로 수사하는 형태를 취하게 되었다. 그러나 독직 사건은 도중에 공중분해를 일으키고 이유를 알지 못한 채 무산되고 말았다. 형사 문제 쪽도 '증거가 약하고, 사건이 될 가능성이 없다'는 알 듯 모를 듯한 윗사람의 '판단'으로 중지되었다.

이번 사건도 어딘가 그때와 비슷하다. 분명한 진상은 파악할 수 없지만, 정치적인 냄새가 난다.

그렇다면 하타노가 그렇게 사치스러운 생활을 하고 있는 이면에 기토 노인의 직접적인 원조가 있다기보다, 기토의 명령을 받은 하타노가 종합고속 노면공단을 먹이로 삼고 있는 게 아닐까.

히사쓰네의 어설픈 지식에 따르면 이 공단은 지금으로부터 이 년 전에 자본의 절반을 정부가 출자하면서 발족했다. 목적은 현재의 지하철과는 별도로 도쿄의 동서남북에 네 개의 자동차 고속 도로를 개통하고 이것을 간선으로 삼아 제2기 공사 때는 중간에 네 개의 부도(副道)를 더 개통하는 것이다.

현재 건설이 끝난 지상 고속 도로와는 별도로 이런 교통로를 개척함으로써 교통 체증을 완화함과 동시에 도심으로부터 아쓰기, 요코타, 다치카와에 있는 각각의 항공 기지로 통하는 군용 도로를 만들 계획도 있다.

이와 같은 사실에서도 알 수 있다시피 공단은 방대한 예산을 계획하고 장기 공사를 목표로 출발했다. 신문에 따르면 공단 발족 당시부터 총재의 인사가 문제가 되어 유력한 후보자가 두세 번 바뀌다가 간신히 현재의 가가와 총재로 정해졌다. 이 사람은 기술자 출신으로, 여기까지 오는 데에는 정부·여당 간의 치열한 다툼이 펼쳐졌다고 한다.

왜 그렇게 다툰 것일까. 히사쓰네가 들은 바로는 공사에 관련된 건설업자가 정계 실력자에게 바치는 돈이 엄청나다고 한다. 돈을 바친다기보다 실력자가 나서서 돈을 요구하는 모양이다. 따라서 정계 실력자의 말을 잘 듣는 편리한 총재를 두어야 한다. 물론 반대파는 다른 총재를 두고 싶어 한다.

기토 고타-하타노 시게타케-종합고속 노면공단 총재와 이사.

이렇게 묶어 보면 무언가 사연이 있어 보인다. 기토는 정계의 흑막이고 은밀하게 정계 실력파와 손을 잡고 있다고 한다. 공단이 여러 이권의 소굴이라는 사실은 다른 공단의 예를 보아도 알 수 있는 일로, 반드시 정치인이 관련되어 있다. 자신의 상상이 맞다면 일전 오카하시 이사의 자살도, 가가와 총재의 사직도, 이권을 둘러싼 다툼의 결과일 가능성이 크다. 자살하도록 만들었다는 건 이상하지만 하타노 주위에 있는 기분 나쁜 우익 세력을 생각하면 그렇게 놀랍지는 않다.

이렇게 되면 도저히 일개 형사인 히사쓰네 따위의 손이 미치는 일이 아니다. 그러나 가가와 총재의 사직 원인만은 밝혀 보고 싶었다. 정치라는, 정체를 알 수 없는 구름 위 거대한 기구의 내부는 모른다고 해도, 초점을 뉴 로얄 호텔에 맞추면 히사쓰네 혼자서도 그 주변을 조사해 알아내기 어렵지 않은 일들이 있을 테니까.

신문에 따르면 가가와 총재의 사직은 전적으로 건강상의 이유라고 적혀 있다.

하지만 그때까지 이 사람의 사의는 전혀 보도되지 않았고, 또 후임 인사도 결정되지 않은 점을 보면 건강상의 이유라는 핑계도 수상하다. 역시 어떤 돌발 사고 때문에 그만두었다는 느낌이 강하다.

'그는 이시카와 현 가타야마즈 온천에서 정양중'이라고도 신문은 보도하고 있었다.

이런 소식은 신문 기자에게 물어보면 대략적인 내부 사정을 가르쳐 줄지도 모르지만, 공교롭게도 안면이 있는 경시청 출입 기자는 일의 성격이 달라서 모를 가능성이 높다. 역시 국토 개발부 출입 기자거나 정계에 대해서 잘 아는 정치부 기자가 아니면 어려울 테지.

하지만 히사쓰네도 여러 현상으로부터 하나의 추측은 세울 수 있다. 즉 가가와 총재도, 전에 자살한 오카하시 이사도, 어떤 세력으로부터 압력을 받아 사직을 요구받았으나 그들은 그만두지 않았다. 압력을 가한 자들은 공단 운영에 관한 가가와·오카하시의 방침에 불만을 갖고 있는 정계의 일파가 아닐까. 이에 대해서 총재도 이사도 저항하고 있었다.

가가와 총재가 기술자 출신이라는 점은 주목할 만하다. 또 전에 죽은 오카하시 이사도 도쿄도 대표로서 공단의 이사가 되었는데 역시 강직한 성품이었다고 당시의 신문은 전했다.

정당가의 정치적인 책략에 대해 기술자 출신들이 저항하는 일은 각 부처의 내부에서도 흔하다. 정치적인 책동—한마디로 말하면 이권을 둘러싼 정당가의 야망이다.

그들의 사정에 따라 총재도 이사도 바뀐다. 당사자인 총재나 이사가 강직하면 강직할수록 정당가와의 마찰은 커진다. 그러나 해직시킬 만한 대의 명분 같은 구실이 없어서는 곤란하다.
그래서 정치적인 압박이 다른 형태의 압력으로 바뀌게 될 가능성이 생긴다. 거기에 기토라는 으스스한 존재의 이유가 있는 것이 아닐까.
오카하시 이사는 신경 쇠약에 시달리다가 목을 매었다. 노이로제의 원인이 그에게 생명의 위험을 느끼게 했기 때문이 아니라고는 아무도 단언할 수 없다.
그렇다면 총재의 사직도 마찬가지로 어두운 압력에 의한 것일까.
생명의 위험에 대한 공포가 당사자 자신에게만 직접 다가오는 것은 아니다. 효과를 따지자면 당사자의 가까운 사람에게 그 현상이 나타날 때가 더 많을 것이다.
그것이 뉴 로얄 호텔 823호실의 살인 사건이었다면 가가와 총재의 갑작스러운 사직도 이해할 수 있다.
'역시 그 여자는 가가와 총재의 애인이었어.'
히사쓰네는 그렇게 확신했다.
뉴 로얄 호텔에는 하타노 시게타케가 있다. 히사쓰네는 이전에 그 남자의 경력을 조사하며, 전쟁중에 '만주국'에 있었다는 사실을 알게 되었다. 그가 만주에서 무엇을 했는지는 잘 모르지만, 소위 말하는 대륙 낭인이 틀림없다. 역사는 이 대륙 낭인의 위험성을 가르쳐 주고 있다.

4

히사쓰네의 모습이 뉴 로얄 호텔에 나타났다. 팔층 복도에는 여전히 인기척이 없다. 바깥에는 밝은 햇빛이 쏟아지고 있지만 이 복도에는 언제 와도 전등이 켜져 있다. 지상 팔층인데 마치 지하 같다. 히사쓰네는 서비스 스테이션에 멍하니 앉아 있는 여종업원 두 명에게 다가갔다.

"여어, 안녕하십니까."

그는 금색 문장이 새겨진 검은색 수첩을 꺼내 우선 자신의 신분을 밝혔는데 여기에는 반쯤 위협의 의미도 있었다. 아래층 프런트를 통하지 않고 직접 여기로 온 이유도 아래층에서는 일이 요란스러워지고 하타노에게 알려지기 쉽기 때문이다. 여직원은 나이가 어린 만큼 경찰이라고 하면 두말없이 이쪽 말대로 하리라.

실제로 종업원들은 그렇게 했다.

"하타노 씨의 방을 담당하는 사람은 누구지요?"

히사쓰네는 충분히 위협의 효과를 지켜본 후 부드럽게 물었다.

"오늘은 제가 당번이에요."

동그란 얼굴의 여자가 굳은 표정으로 대답했다.

"그래요? 수고가 많군요. 지금 하타노 씨는 방에 계신가요?"

하타노는 아침부터 계속 방에 머무르며 혼자서 뭔가 서류를 쓰고 있다고 종업원이 대답했다.

"그래요? 경시청에서 조사하고 싶은 게 있는데. 하타노 씨한테는 절대로 말하지 말아 줘요……. 이 손님한테 차를 가져갔나요?"

"네. 아까 가져갔는데요."
"그 찻잔은 아직 방에 있고요?"
"아뇨, 아까 가져왔어요."
"어디에 있지요?"
"벌써 닦았는데요."
"이런, 이런." 히사쓰네는 붙임성 있는 웃음을 지었다. "미안하지만 다시 한 번 하타노 씨의 방에 차를 가져다주지 않겠소? 아니, 시키지 않았어도 차를 가져다주었다고 해서 화내지는 않을 거요. 그리고 삼십 분쯤 있다가 가지러 가면 됩니다. 알겠지요, 하타노 씨는 노인이니까 차를 좋아하겠지요?"
"네, 좋아하시는 편이에요."
"그럼 괜찮을 거요. 아아, 그리고 내가 여기에 와 있다는 사실은 절대로 말하면 안 돼요."
젊은 종업원은 형사의 말대로 순순히 찻잔에 차를 따라 쟁반 위에 올린 후 상당히 멀리 떨어져 있는 하타노의 방으로 가져갔다.
여자가 곧 돌아왔다.
"어땠소?"
"네, 고맙다고 하셨어요."
"그렇겠지, 친절한 종업원이라 생각하고 오히려 좋아했을 테지요……. 차를 다 마셨을 때쯤 찻잔을 물리러 가세요. 가능한 한 당신 손은 찻잔에 많이 닿지 않도록 하고."
종업원은 그가 시킨 대로 때를 보아 다시 하타노의 방으로 갔다.
뒤에는 얼굴이 갸름하고 마른 종업원만 남았다.

"요전에는 참 큰일이었지요" 하고 히사쓰네는 붙임성 좋게 말을 걸었다. "그날 당신도 여기에 출근해 있었나요?"

"네."

그녀는 얼굴을 조금 붉히며 말했다.

"그래요? 그날은 하타노 씨의 방에 누가 갔지요?"

"저예요."

"오오, 그래요? ……그 소동이 일어났을 때 하타노 씨는 계속 방에 있었소?"

"아뇨, 시체가 발견되고 소동이 일어났을 때는 하타노 선생님께서는 밖에 나가 계셨어요. 그 반시간쯤 전까지는 방에 계셨어요. 손님도 있었고요."

"뭐, 손님? 어떤 사람이지요?"

"여자분이에요. 자주 선생님 방에 오시는 분."

다미코다.

히사쓰네가 다미코의 특징을 말하자 종업원은 틀림없다고 대답했다.

"그 여자는 하타노 씨의 방에 얼마나 있었지요?"

"제가 호출을 받고 차를 가져갔을 때는 이미 와 계셨어요. 그러니까 그전부터 선생님 방에 계셨을 거예요. 나가실 때도 같이 나가셨어요."

그때 하타노의 방에서 찻잔을 들고 여직원이 돌아왔다.

히사쓰네는 손수건으로 싼 찻잔을 들고 감식과로 갔다.

"이봐, 이 찻잔에 지문이 묻어 있을 테니까 당장 검출해서 뉴 로 알 호텔 문에 있던 지문과 일치하는지 봐 주겠나?"

동료인 감식과 직원은 곧 작업을 시작했다.

히사쓰네가 기다리는 동안에 지문 검출이 끝났다. 이제 젤라틴 종이에 보존해 둔 문의 지문과 비교만 하면 된다. 감식과 직원은 양쪽을 확대경으로 보면서 히사쓰네를 불렀다.

"이 찻잔에는 오른쪽 엄지 지문과 검지, 중지, 그리고 약지 지문까지 또렷하게 나와 있네. 즉 오른손으로 쥔 것이지. 문의 지문은 오른손 검지 지문이니까, 동일인이라면 정확하게 일치할 텐데. 봐, 전혀 다르지?"

히사쓰네가 확대경을 들여다보니 그 말대로였다.

"문에 묻은 지문은 소위 말하는 제상문蹄狀紋지문은 모양에 따라 활 모양으로 생긴 궁상문. 말굽 무늬의 제상문. 소용돌이 무늬의 와상문으로 크게 나뉜다이라고 하는 건데 찻잔 쪽은 와상문이야. 봐, 또렷하게 융선의 무늬가 다르잖아?"

"그렇군." 히사쓰네는 낙담했다. 방금 전까지 하타노의 지문이 문에 난 것이라고 믿어 의심치 않았던 것이다. "문에 난 지문이 오른손이라는 건 틀림없겠지?"

히사쓰네는 포기하지 못하고 물었다.

"틀림없어."

감식과 직원은 웃었다.

"문의 지문은 검지인데, 이 제상문은 을종제상문에는 갑종과 을종 두 종류가 있는데, 말발굽의 열린 입구 모양이 마주보는 것이 갑종. 말발굽이 반대로 보는 것이 을종이다이 압도적으로 많기 때문에 말발굽의 입구가 오른쪽에 있는 경우는 오른손이라고 하는 걸세."

그러면 823호실 문손잡이의 배꼽을 누른 사람은 하타노가 아니다. 마지막에 문을 잠근 인물이 여자를 죽인 후에 방을 나온 셈이 되니까 범인이라고 보아도 틀림없다. 히사쓰네는 지금까지 하타노가 수상하다 여기고 있었다.

"하지만 아직 대장과 대조하지는 않았지."

감식과 직원은 하타노의 지문에 대해서 말했다.

"음?"

"기다려 보게, 잠깐 보고 올 테니까."

감식과 직원은 지문 대장이 꽂혀 있는 선반 쪽으로 걸어갔다. 전과자나 범죄 용의자에게서 딴 지문을 각각 분류해서 정리해 둔 곳이다.

감식과 직원은 대장에 고개를 처박고 있다가 "없군" 하며 두꺼운 표지를 탁 덮었다.

"그래?"

히사쓰네도 거기까지는 기대하지 않았다.

여기에 있는 대장에는 경시청 관내에서 일어난 사건의 관계자들의 지문만 있고, 전국적인 자료는 경찰청에서 종합해 정리한다.

"고맙네." 히사쓰네는 일단 감식과를 나가려다가, "아참" 하며 되돌아왔다.

"요전에 자네한테 맡겼던 편지지의 지문은 보존되어 있나?"

지배인인 고타키의 지문이다.

"아아, 있어."

감식과 직원은 조심스럽게 대장에서 꺼내 주었다. 편지지 끝에서 검출된 고타키의 지문은 젤라틴 종이에 옮겨져 있다.
"이제 필요 없으니까 자네가 갖고 있어도 돼."
히사쓰네는 그것을 조심스럽게 주머니에 넣었다. 하얀 가루가 묻은 찻잔은 다시 손수건으로 쌌다.
경찰청은 경시청과 이웃하는 인사원人事院 빌딩 안에 있다.
히사쓰네는 어두운 빌딩 안의 감식과로 올라가 주임을 만나서 가져온 찻잔과 편지지를 내밀었다.
"여기에 지문이 하나씩 묻어 있는데 이걸 전국 지문 대장에서 조회해 봐 주실 수 있을까요. 경시청 관내 쪽에는 일치하는 것이 없는데요."
"알겠습니다. ……급한 일입니까?"
"네에, 되도록 빨리."
"그럼 내일 점심때쯤 오세요."
실은 지금 당장이라도 조회 결과를 듣고 싶었지만 관청이 다르면 억지로 그렇게 해 달라고 할 수도 없다. 잘 부탁한다고 말하고 어두침침한 건물을 나왔다.
그의 가슴은 내일에 대한 기대로 부풀어 있었다. 끊임없이 어떤 예감이 드는 이유는 확실한 반응이 있을 것 같기 때문이다.
오랜 수사 경험으로 결과가 나올 듯한 것과 그렇지 않은 것은 왠지 모르게 감으로 알 수 있다. 이번 경우도 그랬다. 마치 수면에 늘어뜨린 줄 끝에 충분한 반응이 오기를 기다리는 낚시꾼의 심리와도 비슷했다.
히사쓰네는 다음 날 경시청에 나갔지만 형사실에 잠깐 얼굴만 보이고 그 길로 다시 경찰청으로 향했다.

그는 곧장 사층 감식과로 갔다.

"안녕하십니까."

어제 만난 주임에게 인사했다.

"아아, 안녕하세요." 주임은 히사쓰네를 보고 씩 웃더니, 대뜸 "당신, 엄청난 것을 가져왔더군요" 하고 말했다.

"네? 뭔데요?"

히사쓰네는 그 한마디에 벌써 가슴이 두근거렸다.

"자, 이쪽으로 오세요."

주임은 자신의 책상 앞으로 히사쓰네를 불렀다. 책상에는 한 권의 두꺼운 지문 대장이 놓여 있었다.

"여기를 보세요."

감식과 주임은 그에게 보여 주기 위해 엽서를 책갈피 대신 끼워 놓은 부분을 펼쳤다.

히사쓰네가 들여다보니 주임의 손에 있는 것은 한 장의 젤라틴 종이였다.

"이건 어제 당신이 가져온 찻잔의 지문을 여기에 옮겨 둔 건데요. 보세요, 대장에서 여기. 잘 살펴보세요."

주임은 히사쓰네의 손에 확대경을 쥐어 주었다.

히사쓰네는 대장의 지문과 비교해 보았다. 양쪽 모두 와상문이다. 융선이 완전히 일치한다.

히사쓰네는 대장에 적혀 있는 기록을 보았다. 펜으로 몇 줄에 걸쳐 글씨가 씌어 있다.

"와카야마 현 히가시무로 군 기타미무라, 도미우라 교조. 메이지 32년 11월 9일생. 직업, 진제이 광업 주식회사 고타케 탄광부.

쇼와 3년 2월 17일, 후쿠오카 현 가호 군 고타케무라 진제이 광업 주식회사 고타케 탄광 내에서, 본적이 도쿄 부내 기타타마 군 조후무라인 하세가와 겐파치(당시 28세, 노동자)를 살해한 사건의 용의자로 노가타 서에 체포됨. 같은 해 10월 20일, 후쿠오카 지방 재판소에서 증거 불충분으로 무죄 판결을 받음. 검사의 항소에 의해 쇼와 4년 3월 나가사키 공소원에서 재판을 받은 결과, 항소가 기각되고 증거 불충분으로 무죄 확정. 주^注. 본인의 얼굴 사진은 촬영 대장 32의 6호에 있음."

히사쓰네는 숨이 막혔다.
바로 하타노 시게타케의 지문이다. 히사쓰네가 눈앞에서 호텔 메이드를 시켜 찻잔을 가져가게 했으니 틀림없다. 그 지문이 대장에 나와 있는 탄광부의 지문과 일치했다.
하타노 시게타케가 도미우라 교조라는 탄광부였다니!
히사쓰네는 망연자실했다.
그가 그렇게 놀랄 줄 알았다는 듯, 감식과 주임은 다른 사진 대장을 가져왔다. 그것도 히사쓰네를 위해 미리 빼 둔 모양이다.
"자, 주에 나와 있는 32의 6호라는 건 이겁니다."
주임은, 이번에는 대장에 붙어 있는 도미우라 교조의 사진을 가리켰다. 틀림없이 하타노 시게타케의 젊은 얼굴이 정면과 측면으로 두 장, 거기에 붙어 있었다. 사진 밑에도 지문 대장과 같은 기록이 적혀 있다.

히사쓰네는 신음했다. 어떻게 된 일일까. 변호사 직함을 단 하타노가, 실은 도미우라 교조라는 살인 용의자였다니ㅡ.

히사쓰네는 눈을 감았다ㅡ이는 하타노 시게타케가 도미우라 교조의 가명이라는 뜻이 된다. 그럼 '하타노'란 실존 인물의 이름을 사칭한 것일까, 아니면 도미우라가 가공으로 붙인 이름일까.

문득 일본 변호사 연합회에 하타노 시게타케가 변호사로 등록되어 있는지를 물어보러 갔던 일을 떠올렸다. 분명히 등록되어 있었다. 가공의 이름은 아니다.

그 실체를 캐기 전에 우선 규슈의 탄광 살인 사건이 어떤 내용인지 알아야 했다. 관련 기록이 어디에 있을까.

"글쎄요, 법무부에 가면 알 수 있지 않을까요."

히사쓰네의 질문에 감식과 주임은 대답했다.

히사쓰네는 어두운 인사원 빌딩에서 밖으로 나왔다. 대낮의 햇빛 속에서 수상쩍은 입자가 눈앞에 소용돌이치고 있는 것처럼 느껴졌다.

히사쓰네는 큰 걸음으로 길을 가로질렀다. 법무부는 경시청 앞에 있다. 즉 이곳에는 경시청, 경찰청, 법무부라는 일본의 세 권력 관청이 마주 보고 서 있는 셈이다. 그는 법무부 현관으로 들어가 접수대에 물었다.

"경시청 사람인데 오래된 재판 기록을 보려면 어디로 가야 합니까?"

법무부는 전쟁 전에 지어진 건물이라 안이 어둡다. 히사쓰네는 접수대에서 가르쳐 준 대로 복도 모퉁이를 몇 개나 돌며 계단을 올라갔다. 여기에서도 헤맸지만, 각 방의 문 앞에 튀어나와 있는 방의 이름만 보며 찾아다녔다.

간신히 '기록실'이라는 명찰을 발견하고 오래된 문을 밀었다.

"방금 접수대에서 부탁한 사람인데요."

젊은 담당 직원에게 말하자 상대는 히사쓰네가 내민 신분 증명 수첩에 힐끗 시선을 떨어뜨렸다.

그곳은 동네 도서관처럼 커다란 책장이 그대로 공간을 분리하는 벽 역할을 하고, 안쪽에서는 엄청나게 많은 기록 서류들이 바다를 이루고 있었다.

담당자는 안으로 사라졌다가 이십 분쯤 지나서 하얗고 두꺼운 종이로 표지를 댄 서류철을 가져왔다. 종이는 먼지투성이가 되어 갈색으로 바래어 있었다. 담당 직원이 일단 먼지를 털어 왔지만 구석에는 검은 먼지가 흙처럼 앉아 있다.

겉표지에 '후쿠오카 현 가호 군 고타케무라 진제이 광업 주식회사 고타케 탄광 내 살인 사건'이라고 먹으로 적힌 글씨가 보인다.

"이겁니다, 이겁니다" 하며 히사쓰네는 받아들었다. "잠시 여기서 열람 좀 하겠습니다."

우선 표지를 넘기자 '사법성司法省일본 법무성의 전신. 1948년에 폐지되었다'이라고 인쇄되어 있는 그리운 괘지에 복사된 검은 글씨가 빼곡히 적혀 있었다.

후쿠오카 지방 재판소의 판결문을 등사한 서류다.

히사쓰네는 열띤 눈으로 읽기 시작했다.

「주문主文

피고인은 무죄.

이유 : 본건 공소 사실에 따르면 피고인은 쇼와 3년 이월 십칠일 오후 여섯시 경, 후쿠오카 현 가호 군 고타케무라 진제이 광업 주식회사 고타케 탄광 제2광내에서 하세가와 겐파치를 교살했다고 하나…….」

증거 불충분으로 무죄 판결이 내려졌다.
이하의 문장을 요약하면 다음과 같다.
고타케 탄광 내의 어느 곳에서, 이월 십팔일 오전 여덟시 경, 그날 제일 먼저 탄광에 들어간 사람이 교살된 하세가와 겐파치의 시체를 발견했다. 전날 밤은 야간 작업이 없어서 두 번째 조가 마지막이었고 두 번째 조에 속해 있던 광부가 나온 후인 오후 다섯시 경, 하세가와 겐파치와 나란히 탄광에 들어가던 도미우라 교조의 모습을 다른 동료 광부가 목격했다. 이 증언에 기초해 관할인 노가타 서에서는 도미우라 교조를 체포해 취조했다.

도미우라 교조는 처음부터 완강하게 부정했다. 오후 다섯시경 하세가와 겐파치와 함께 탄광 안에 들어간 사실은 인정했지만 단순히 이야기를 하기 위해서 들어갔다고 주장했다. 그러나 이야기라면 일부러 탄광에 들어가서 할 필요가 없고, 게다가 겨울철 다섯시경이면 이미 주위는 어둑어둑하니, 비밀리에 그를 탄광 안으로 꼬여낸 점은 의심을 짙게 했다.

이야기의 내용을 묻자 도미우라 교조는 도박 빚과 관련해서 하세가와 겐파치와의 사이에 분쟁이 일어났기 때문에 이를 해결하기 위해 탄광 안을 선택했다고 말했고 도박에 관한 내용인 만큼 다른 사람들에게 들려주고 싶지 않았다는 이유를 댔다.

평상시 두 사람 사이에 대해서 탐문을 해 보니 분명히 도박은 했지만 당시 탄광부들은 대부분 상습적으로 하고 있었다고 한다. 때문에 그런 분쟁이 있었다면 다른 광부들도 알았어야 하는데 그런 사실은 없었다. 또 살해된 하세가와 겐파치는 이른바 뜨내기로 힘이 세고 광부들 사이에서 상당한 존경을 받고 있었다.

한편 도미우라 교조는 탄광의 소위 말하는 '조장'으로 광부 스물네다섯 명을 통솔하는 간부였다.

"도미우라 교조는 기토 고타가 사장인 진제이 광업 주식회사의 탄광부이며······."

기토는 당시 스물여덟 살. 본적 나가사키 현 미나미마쓰우라 군 다마히메무라······.

여기까지 읽고 나서 히사쓰네는 눈을 부릅떴다.

'기토 고타?'

기토의 이름이 나왔다. 진제이 광업의 사장이었다는 것이다. 히사쓰네는 눈앞의 글자가 심하게 기우는 듯한 기분을 느꼈다.

판결문의 내용이 이어졌다.

경찰에서는 피고인 도미우라 교조를 유력한 피의자로 조사했지만 도미우라는 인정하지 않은 채 검사국으로 송치되었다. 도미우라는 경찰에서도, 예심 때도, 재판 때도, 철두철미하게 범행을 부인했다. 그러나 경찰의 초기 수사 단계에서 부근의 소문을 탐문한 결과, 도미우라가 죽인 것이 틀림없다는 목소리가 강했다. 뒤에서 진제이 광업의 기토 사장이 조종하고 있다는 소문도 있었다. 피해자인 하세가와 겐파치는 늘 탄광 측의 부당 대우를 욕했으며 탄광 시설 내에서 법률을 위반하고 있다는 사실을 세상에 알리겠다고 말하곤 했다.

당시의 탄광은 현재와 달리, 말하자면 다코베야_{제2차 세계 대전 전 홋카이도와 사할린의 공사 현장이나 탄광의 열악한 합숙소를 일컫는 말. 다코는 문어, 베야는 방이라는 뜻으로, 문어를 잡는 항아리처럼 한번 들어가면 빠져나올 수 없는 가혹한 곳이란 의미다} 제도와 같아서, 조장과 노동자가 그대로 대장-부하의 관계가 되어 절대적인 지배-피지배 상태에 놓여 있었다. 그래서 경영자는 이들 조장과 공모하면 노동자에 대한 부당 대우 정도는 덮을 수 있었다.

하세가와는 탄광주 측의 미움을 받았지만 그에게도 상당히 많은 부하가 있어 이와 대립했기 때문에 쉽게 해고할 수는 없었다.

그래서 기토 사장이 가장 신임하는 도미우라 교조가 하세가와 겐파치를 살해했다, 라는 평이 대부분이었다. 그러나 도미우라의 범행이라고 하기에는 결정적인 증거가 없어서 경찰 측은 본인의 자백도, 물적 증거도 얻지 못한 채 상황 증거에만 초점을 맞춰 도미우라를 기소했다.

이 사건의 예심 때도 피고인은 부인을 되풀이했다. 예심 판사는 검사의 주장을 전면적으로 받아들여 상황 증거에 중점을 두고 공판으로 돌렸다. 그리고 판결문에서 보는 대로 증거 불충분으로 무죄가 언도됐다. 검사는 항소했다. 하지만 나가사키 공소원에서는 역시 증거 불충분이라는 원 판결을 지지하여 항소를 기각했다. 이로써 검사 측도 포기했는지 대법원에 항소하지도 않아 도미우라 교조에 대한 판결은 확정되었다.

히사쓰네는 전문을 읽은 후 한동안 그곳에 앉아 있었다.

기토 고타가 규슈의 탄광주였다는 것은 처음으로 안 사실이다. 게다가 그 무렵부터 기토와 현재의 하타노(당시에는 도미우라 교조)는 엮여 있었다.

이 재판 기록에서 읽어낼 수 있는 것은 피해자인 하세가와 겐파치가 기토 고타가 경영하는 진제이 광업에 불만을 품었고, 이 일파가 탄광주인 기토와 그 부하인 도미우라와 대립하고 있었다는 사실이다. 검사가 상황 증거만으로 공판정에 사건을 가져간 까닭은 기토가 도미우라에게 명령해 하세가와를 죽이게 했다는 탐문 내용을 믿었기 때문이리라. 살인 현장에 피해자와 도미우라가 나란히 들어간 모습을 본 증언자도 있다.

히사쓰네는 형사이기 때문에 직업상의 직감으로 검사의 주장이 정당하다고 믿었다. 도미우라는 하세가와를 살해한 범인이 틀림없다. 재판장이 증거 불충분으로 도미우라에게 무죄를 선고한 마음을 알 수가 없다. 법 이론도 지나치게 사소한 부분까지 까다롭게 따지면 오히려 진실을 놓치게 된다.

도미우라 교조의 후신(後身)인 하타노 시게타케에게는 이렇게 살인을 저지른 과거가 있었다. 아무렇지도 않은 얼굴을 하고 있지만 그에게는 어두운 경력이 있다. 그 잔인한 성격은 지금도 변호사라는 가면 밑에 숨어 있지 않을까.

또 살인을 교사한 기토도, 현재의 그가 가진 으스스한 세력을 생각하면 순순히 납득할 수 있다. 즉 기토의 현재 성격은 갑자기 만들어진 게 아니라 삼십오 년 전에 이미 형성된 것이다.

히사쓰네는 일반 출판물 등에서 기토의 간단한 이력을 조사한 적이 있다. 하지만 거기에는 그가 규슈의 탄광주였던 사실은 한 줄도 나와 있지 않았다. 이것을 보면, 기토가 그 이력을 공표하고 싶어 하지 않음을 알 수 있다.

당시의 기토는 약관 이십팔 세의 나이에 진제이 광업이라는 탄광 회사를 경영했다. 회사의 실체는 지금 알 수 없지만 짐작건대 폭력단 같은 조직으로 회사를 가로챘거나 스스로 창립했을 것이다. 그런 작은 탄광에서는 불가능한 일이 아니다. 기토와 하타노의 직접적인 상하 관계는 여지껏 그 형태 그대로 이어지고 있다—.

기토가 현재 정재계의 이면에서 잔인하고 매서운 수완가로서 존재할 수 있는 까닭은 애초에 출발 자금이 이 진제이 광업 같은 곳에 기초를 두고 만들어졌기 때문이 아닐까. 기토는 그 후 만주로 건너가 때마침 발발한 중일 전쟁과 거기에서 이어진 제2차 세계 대전을 계기로 군부와 손을 잡고 차마 눈 뜨고 볼 수 없을 정도로 거친 방법을 통해 돈을 벌었다는 풍문이다.

하타노도 만주에서 활동했으니, 역시 기토와 선이 닿아 있었다는 추정은 흔들리지 않는다.

현재의 하타노 시게타케가 실은 삼십오 년 전의 탄광부 도미우라 교조라면, 대체 실제 하타노는 어떻게 되었을까.

일본 변호사 연합회 소속 멤버에 하타노의 이름은 분명히 등록되어 있다. 그는 T대 법대를 나왔다고 했지만 이렇게 된 이상 하타노 시게타케의 호적부부터 조사해 봐야 한다.

진짜와 바꿔치기 한 시기는 만주 시절이었을 텐데, 이는 거의 틀림없다고 봐야 한다. 즉 진짜 하타노 시게타케는 도미우라 교조가 만주에 있었을 때 같은 지역에 살고 있었을 것이다. 만주라는 장소의 식민지적인 모호함과 패전이라는 혼란의 와중에, 바꿔치기 작업은 그리 어렵지 않게 이루어졌으리라.

진짜 하타노 시게타케는 지금 살아 있을까 죽었을까.

히사쓰네는 아무래도 진짜가 지상에서 영원히 모습을 감추었을 거라는 예감이 들었다. 만주에서는, 지역에 따라 법이 미치지 않은 곳도 있었던 모양이다. 혹은 기토가 일종의 거대한 권력 기구에 올라서 있었다면 그런 세력에 의해 진짜 하타노가 제거되었을 수도 있다.

히사쓰네는 뉴 로얄 호텔의 살인 사건에서 하타노 시게타케의 지문을 땄지만 그 일이 생각지 못한 방향으로 발전한 데에 스스로도 놀라고 말았다. 이런 숨겨진 사실을 알고 보니, 앞으로 하타노에게 접근하는 데에 상당한 각오를 해야 할 필요를 느꼈다. 그 뒤에 있는 기토 고타가 세상 사람들이 말하는 것 이상으로 오싹한 존재임을 새삼 깨닫게 된 것이다.

지금 와서 생각하면 일본 변호사 연합회에 등록된 하타노의 명부가 만주 시절부터 한 번도 갱신되지 않은 것도 이런 사정이 숨어 있기 때문이다.

경시청으로 돌아오자, 히사쓰네의 얼굴을 본 고참 형사가 다가

와서 낮은 목소리로 속삭였다.

"위에서 지시가 내려온 이상 어떻게 할 수도 없는 일이지만 말이야. 실은 피해자의 신원이 밝혀졌네."

"호오, 그래?"

히사쓰네는 자신이 없는 사이에 진전된 수사에 신경이 날카로워졌다.

"여자는 보석 디자이너도 뭣도 아니야. 교토의 기온교토 아사카 신사 부근 지역을 일컫는 말로, 교토의 정서를 대표하는 유흥가에 있던 여자였어."

"게이샤인가?"

"이 년 전에는. 그런데 스폰서가 붙어서, 갑자기 화류계에서 몸을 빼게 된 모양일세."

"그 세계에서는 서방이 붙으면 반쯤 공공연히 발표하잖아."

"그렇지 않았어. 게이샤였을 때의 이름은 시즈카라고 하는데 게이샤를 그만둘 때 도쿄 방면의 이류 회사 사장이 돈을 냈다는 식으로 말했다는군."

"그럼 게이샤였을 때 단골이었던 손님을 조사하면 그중에서 진짜가 나오겠지."

"그걸세……. 여자의 배후를 너무 캐지 말라는 건" 하고 고참 형사는 비꼬는 웃음을 지었다. "하지만 그쯤은 우리가 조사하면 금방 알 수 있는 일이지. 지금도 몰래 하고 있는데."

"그거 재미있군" 하며 히사쓰네도 찬성했다. 상사가 부조리한 방침을 내놓으면 밑에 있는 형사들은 은근슬쩍 상층부에 대항하곤 했다. 엘리트 특권 관료에 대한 밑바닥 형사의 반항심이다.

"시즈카라는 여자의 본명은 뭔가?"

"숙박장에 나와 있는 히하라 에이코라는 영화배우 같은 이름은 새빨간 거짓말이야. 본적은 후쿠이 현의 시골이고 아마노 요시코라는 평범한 이름이지. 본가는 농가인데, 형제가 세 명 있네."

"그래?"

히사쓰네는 동료를 복도로 데리고 나가 옆문을 통해 밖으로 빠져나왔다. 바깥은 날씨가 좋아서 마치 햇볕을 쬐며 빈둥거리는 느낌이다.

"아무래도 안에서는 얘기하기 힘드니까" 하고 히사쓰네는 말했다. "자네, 사실은 이미 시즈카를 기적妓籍에서 빼낸 사람이 누군지 알고 있지?"

"아니, 아직 몰라."

상대는 대답하더니 히사쓰네의 얼굴을 보며 오히려 "자네는 아나?" 하고 물었다.

"아니, 모르네. 그냥 그런 기분이 들었을 뿐이야."

히사쓰네는 아직 공단 총재의 이름이 형사들 사이에 퍼지지 않았음을 알았다.

"아무래도 내 생각에는" 하고 그는 아무렇지도 않게 감상을 말했다. "위쪽에서 피해자의 배후 관계를 깊이 파고들지 말라고 하는 이유는, 거기에 사회적으로 지위가 높은 거물이 있어서 같단 말이야."

"살해된 여자의 진짜 서방 말이지?"

"그래. 다만 그 거물이 여자를 죽이지는 않았겠지. 그저 수사에서 그 사람의 이름이 나오지 않도록 감싸 주고 있을 뿐이야. 신문 기자가 냄새라도 맡으면 곤란하니까."

히사쓰네는 들을 만큼 듣고 동료 형사에게서 떨어졌다.

그는 앞에 있는 황거皇居의 해자 쪽으로 걸어갔다. 날씨가 좋아서 지방에서 온 단체 손님이 줄지어 다니고 있다.

'도야마 현 XX가'라는 깃발을 들고 가는 사람이 눈에 들어왔다. 그 모습을 멍하니 바라보면서, 히사쓰네는 가가와 전 총재가 사직 후 이시카와 현의 가타야마즈에 정양하러 갔다는 신문 기사를 떠올렸다. 그렇다, 분명히 그런 보도를 읽었다. 뭔가 건질 수 있을지도 모르겠다.

경시청으로 되돌아간 히사쓰네는 계단을 뛰어 내려가 형사부실로 들어가서 아까 함께 햇볕을 쬐었던 형사 옆으로 다가갔다.

"자네, 뉴 로얄 호텔에서 살해된 여자의 본적이 후쿠이 현이라고 했지."

"아아, 그래."

"후쿠이 현의 어디인지 자세히 좀 가르쳐 줘."

형사는 수첩을 폈다.

"후쿠이 현 사카이 군 사카타무라 지타케이로군."

"고맙네."

히사쓰네는 도서실로 뛰어 들어갔다. 현별 지도를 펴 보니 생각대로 사카타무라는 후쿠이 현 북단에 가깝고 이시카와 현과 접해 있다. 한편 가타야마즈 또한 후쿠이 현 경계와 가까운 온천지다.

히사쓰네는 신음했다.

우연일까. 가가와 전 총재가 아마노 요시코의 본적지와 가까운 온천에 간 것은 여자와 어떤 인연이 있기 때문이 아닐까. 지도상에서 보면 여자의 본적지와 가까운 온천으로는 후쿠이 현의 아와라 온천이 있다. 인연이 있다면 이쪽이 훨씬 가깝다.

하지만 그건 너무 노골적이다. 같은 근거리라 해도 후쿠이 현과 이시카와 현으로 현의 이름이 다르면 왠지 사람들에게는 멀다는 인상을 주지 않을까. 가가와 전 총재에게 그런 꿍꿍이가 없었다고는 말할 수 없다.

히사쓰네는 손가락을 꼽아 보았다. 내일이 아마노 요시코의 칠일 재죽은 지 이레째 되는 날에 해당하는 날이다.

'더욱더 수상한데.'

머리에 곧 한 가지 생각이 스쳤다.

히사쓰네는 형사실로 돌아가 곧장 계장에게 갔다.

"죄송하지만 사흘 정도 휴가를 받고 싶습니다. 장모님이 급환이라고 지금 안사람한테서 연락이 와서요."

"이런, 큰일이군."

계장은 그의 얼굴을 올려다보았다.

"바쁜 때에 죄송합니다."

"다른 일도 아니고, 다녀오게. ……자네 부인 친정이 어디였지?"

"센다이 쪽입니다."

"그랬지. 이쪽도 일손이 부족하니까 상태를 봐서 가능한 한 빨리 돌아와 주었으면 좋겠네."

"알겠습니다. 뭐, 잠깐 인사만 다녀오면 되겠지요."

히사쓰네는 그날 밤, 우에노에서 급행 '하쿠산' 호를 탔다.

5

밤이라기보다 새벽에 가까운 무렵이었다. 다미코는 복도에서 여러 명의 발소리를 들었다. 잠이 깼는데 스탠드를 켜고 시계를 보니 이미 다섯시가 가까웠다.
처음에는 기토 노인이 발작이라도 일으켰나 하고 생각했다. 노인이니 곧장 그런 쪽으로 상상이 된다. 그러나 발소리는 그렇게 바쁘게 들리지 않았다. 살금살금 걸어가는 소리다. 밖에서 온 손님임을 곧 알 수 있었다.
이런 시간에 손님이 오다니 드문 일이다. 어지간히 급박한 용건이 아니면 이런 시간에는 오지 않는다. 조만간 요네코가 일어나 손님 접대를 하겠구나 짐작했다. 그때부터 다미코는 눈이 말똥말똥해서 잠이 오지 않았다. 스탠드를 켜 두고 읽다 만 잡지라도 보려는데 장지 바깥에서 남자 목소리가 작게 들렸다.
"다미코 씨, 깨어 있나요. 잠깐 일어나 줬으면 좋겠는데."
구로타니의 목소리임을 알고 다미코는 일부러 대답하지 않았다. 그도 잘 알고 있는지 조금 강한 말투가 되었다.
"지금 손님이 오셨어요. 선생님이 부르십니다."
선생님이란 기토를 가리킨다.
"요네코 씨는 뭐 하고요?"

다미코는 이부자리 속에서 조심스럽게 물었다.

"왜인지 모르겠지만 선생님께서 다미코 씨를 부르라고 하시는데요……. 그럼 부탁해요."

구로타니의 발소리가 멀어져 간다.

다미코는 몸단장을 시작했다. 요네코는 어떻게 된 것일까. 이런 경우 늘 그녀가 시중을 들도록 되어 있는데.

심야에 찾아오는 손님일수록 중요한 용건으로 오는 사람이 많고 기토 노인은 요네코 이외의 하녀에게는 손님 접대를 시키지 않는다. 중요한 회담 자리에는 속마음을 알 수 없는 하녀를 내보내지 않으려는 것이리라.

처음으로 자기에게 그런 일을 분부하다니, 기토가 그만큼 자신을 신용하게 된 것일까 하는 생각도 들고, 요네코에게 무슨 문제라도 생겼나 하는 걱정도 생겼다.

기모노를 갈아입고 서둘러 화장을 한 뒤에 부엌으로 갔다. 구로타니가 했는지는 모르겠지만, 이미 가스에 불이 켜졌고 물이 끓고 있었다. 손님은 몇 명일까, 모르면 찻잔 수를 준비할 수가 없는데, 하고 생각하고 있자니 문에 구로타니의 그림자가 비쳤다.

"수고하시네요."

그는 전에 없이 얌전한 얼굴로 말했다. "손님은 세 명이에요. 커피로 해 달라는군요."

다미코는 커피 네 잔을 따라 노인의 방 앞으로 갔다. 밖에서, 실례합니다, 하고 작은 목소리로 말하고 장지를 열었는데 안의 모습을 보자마자 다미코는 당황했다.

이불 위에 책상다리를 하고 있는 노인은 평상시 손님을 만나는 모습이지만 손님 세 명은 그의 앞에 몹시 공손하게 앉아 있었다.

그중 백발이 많고 뚱뚱하게 살찐 초로의 신사는 기토 앞에서 마치 개구리처럼 양손을 짚고 납작 엎드려 있다. 기토가 두꺼운 이불 위에 앉아 있으니 마치 연극에서 보는 영주님과 가신 같은 장면이었다.

다미코는 망설였다.

엎드려 있는 신사는 매우 정중한 말을 노인에게 늘어놓는 중이었다.

"이번에 선생님의 힘으로 제가 종합고속 노면공단 총재가 될 수 있었습니다. 고맙습니다. 이 은혜는 평생 잊지 않겠습니다. 선생님을 위해서는 어떤 견마지로든 다하겠습니다. 어떻게 감사하다는 인사를 드려야 할지 말로 다할 수 없을 지경입니다."

엎드려 있는 모습에 어울리게 심히 장중하게 말하고 있다.

다미코는 이 시대착오적인 인사에 깜짝 놀랐다.

동시에 기토의 권력을 눈앞에서 본 기분이 들었다. 기토는 무릎 아래 엎드려 있는 새 총재의 머리 위를 여느 때처럼 삼백안으로 내려다보며 입술을 시옷자 모양으로 구부리고 조금도 웃지 않는다.

다른 두 사람도, 이들 역시 상당한 정치가일지도 모르겠지만, 단정하게 정좌하고 무릎 위에 양손을 포갠 채 마치 귀인 앞에 나와 있는 양 머리를 조아리고 있다.

저런 어리석은 노인에게 어떻게 이런 권력이 있을까, 다미코에게는 의아하게 여겨질 뿐이다. 불가사의한 권력과 어리석은 노인이 따로따로 분리되어 있는 느낌이었다. 세 명의 손님에게는 기토가 이 세상의 절대적인 권력자로 보이는 모양이다.

노인은 공단 총재의 임면任免까지 마음대로 할 수 있는 실력을 갖고 있는 것일까.

다미코는 자신이 목격한 뉴 로얄 호텔의 살인 사건 직후에 사직한 전 총재의 일에도 기토의 보이지 않는 그물이 쳐져 있는 것 같은 기분이 들었다.

"다미코" 하고 노인은 세 사람 쪽에는 눈길도 주지 않고 장지문 가장자리에 움츠리고 서 있는 다미코에게 말했다. "무엇을 멍하니 있는 겐가. 빨리 차를 내게."

다미코는 공손히 앉아 있는 세 명의 손님 앞에 커피를 놓았다. 손님들은 모두 정중하게 목례했다. 특히 새로 총재를 맡았다는 남자는 다다미에 양손을 짚고 다미코에게 인사했다. 노인의 '애첩'이라고 여기는 눈치다. 다미코가 노인 앞에 커피를 내고 물러가려고 하자, "괜찮네. 여기에 있게" 하며 기토가 붙들었다.

다미코는 손님 앞에서 노인을 거스를 수 없어 이불 끝자락에 앉았다.

새 총재는 기토 노인에게 머리를 조아리고 있다가 다미코의 얼굴에 힐끗 시선을 던졌다. 대체 뭘 하던 여자일까 하고 탐색하는 눈빛이다.

"전 총재에게서 사무 인수는 이미 받았나?"

노인은 뼈가 불거진 손가락으로 커피 잔을 감쌌다.

"가가와 씨에게 대충 인수를 받았습니다."

새 총재는 말을 할 때마다 일일이 허리를 굽혔다.
"다행이군……. 가가와 군은 지금 어떻게 지내나?"
"네에, 일주일 정도 어디 온천에 정양을 가 있을 거라고 들었습니다."
"온천이라."
노인은 고개를 끄덕였지만 입술 끝에서 턱에 걸쳐 커피 방울이 침처럼 늘어져 있었다.
"그 친구도 조만간 자리를 마련해 주어야겠지."
노인이 중얼거린다.
"꼭 그렇게 해 주십시오. 가가와 씨는 일을 잘하는 분이니까요."
그렇게만 말하고 새 총재는 입을 다물었다. 반대쪽 인물에 대해서 언급할 경우에는 필요한 만큼의 칭찬만 한다는, 소극적인 예의였다. 노인의 생각에 대한 배려도 보였다.
노인도 잠시 입을 다물고 있다가 이가 없는 입을 벌리고 작게 하품을 했다.
그 모습을 보자 공단의 새 총재는 당황하며 자세를 고쳤다. 그는 다시 양쪽 팔꿈치를 굽히고 머리를 방바닥에 바싹 댔다.
"이렇게 이른 시간에 폐를 끼치는 줄도 모르고 찾아뵈어 무례를 저질렀습니다."
여전히 사극에 나올 법한 말투였다. 그러나 본인은 몸을 딱딱하게 굳히고 진지한 표정을 하고 있다.
"선생님의 건강에 지장이 있으면 안 될 테니 이만 물러가 보겠습니다."

"오, 그러겠나?" 노인은 세 사람의 머리 위를 삼백안으로 둘러보았다.

"잘 와 주었네. 자네들이야말로 피곤할 테지."

"아닙니다. 오늘 밤 저는 기쁘고 흥분이 되어서, 아무렇지도 않습니다. 그보다 선생님께서 모쪼록 몸을 잘 돌보시기를……. 이것은 저희들, 아니, 일본을 위해서니까요."

"고맙네."

노인은 무미건조한 목소리로 말했다.

"다미" 하며 노인이 다미코 쪽을 보았다. "배웅해 드리게."

새 총재와 일행 두 명은 몇 번이나 노인에게 머리를 숙인 후 다다미에서 일어나지도 않고 무릎걸음으로 장지문 가까이까지 물러나더니 마지막으로 머리를 조아렸다.

다미코는 세 사람을 현관까지 전송했다. 날이 밝아, 정원의 나무 위가 젖빛으로 하얗게 밝아오고 있었다.

"선생님을 잘 부탁드립니다" 하며 새 총재는 다미코에게도 깊이 머리를 숙였다. "건강해 보이시지만 아무래도 연세가 연세이니 특별히 조심해 주시기를, 모쪼록 부탁드립니다."

이쪽이 간지러울 정도였다.

다미코는 세 사람을 태운 차가 문으로 달려나갈 때까지 지켜보았는데, 문 옆에는 구로타니가 서 있었다.

구로타니와 얼굴을 마주하기 싫어서 곧장 안으로 돌아왔다. 요네코가 한 번도 나오지 않다니 이상했다. 요네코의 방은 다른 복도의 모퉁이를 꺾어 들어간 안쪽에 있는데 그 부근은 아직 어두웠다.

다미코가 노인의 방에 들어가자 기토는 아직도 이불 위에 앉은 채 파이프 끝에 짧은 담배를 이어 피우고 있었다.

"손님들이 모두 돌아가셨어요."

다미코는 노인에게 보고했다.

"그래?" 노인은 파이프를 두꺼운 입술에서 떼고, "바보 같은 소리만 하더군" 하며 침을 타구(唾具)에 뱉었다.

"저놈들의 말을 들었나?"

"네. 제가 방에 들어온 다음 하신 말씀만요."

"저런 것이 공단의 총재일세. 일본도 인물이 없어졌지."

노인은 눕고 싶다고 손으로 다미코에게 신호했다.

다미코는 노인의 등으로 다가가 뒷머리를 안고 베개에 눕혔다. 이불을 덮어 주려고 하자 노인이 다미코의 손을 잡아당겼다. 지금까지 날카로웠던 눈이 가늘어지고 얼굴 가득 웃음이 떠올랐다.

"다미, 띠를 풀게."

"하지만 날이 밝고 있어요."

"몇 시지?"

"여섯시 반쯤 되었을 거예요. ……이제 슬슬 요네코 씨가 덧문을 열러 올 시간이네요."

"그 여자는 안 와. ……미토에 있는 친척에게 가 있거든. 한동안 자네한테 신경을 못 썼는데, 괜찮나?"

"뭐가요?"

"시치미 떼지 말게. 자네, 그 호텔 지배인과 만나고 있지?"

"아뇨, 그 후로 전혀 만나지 않았어요."

"요전부터 영화를 보러 간다느니 물건을 사러 간다느니 하면서 나가던데, 사실인지 아닌지 의심스럽군."

노인이 다미코의 손을 세게 끌어당겼기 때문에 얼굴이 노인의 높게 튀어나온 목젖 위로 쓰러졌다.

노인은 이번에는 양손으로 다미코의 얼굴을 잡고 이마며 눈이며 코를 긴 혀로 할짝할짝 핥았다. 그러면서 다미코의 품에 손을 넣어, 뼈가 불거진 손가락으로 탄력 있는 가슴을 문지른다.

"하지 마세요."

다미코는 괴로워져서 노인의 가슴에 엎드렸다. 기토는 그녀의 옷자락을 힘껏 잡아 벌려 어깨까지 드러나게 했다.

"매끈매끈하군."

노인은 손바닥으로 어깨에서부터 등의 움푹 팬 데까지 어루만지더니 "어떤가, 기분이 좀 나아?" 하고 놀렸다.

"심술궂으시긴."

다미코는 낮게 말했다.

"빨리 띠를 풀게."

다미코가 일어서서 불을 끄려고 하자 노인이 말렸다.

"그대로가 좋아."

"싫어요. 이렇게 밝은 곳에서."

"밝아도 상관없네. 불을 끄면 자네 얼굴이 안 보여."

"얼굴을 보이면 부끄러워요. 끌게요."

"끄지 말라고 했잖나" 하고 노인은 꾸짖었다. "자네가 정말 호텔 지배인을 만나지 않았는지 어떤지, 반응을 봐 주어야지."

"의심이 많으시네요."

"이렇게 꼼짝 않고 누워 있다 보면 의심도 많아지지."

"어머나, 무엇이든지 꿰뚫어보시는 게 아니었나요?"

"자네만은 달라. 빨리 이리 오게."

다미코는 상관하지 않고 불을 껐다. 어두워졌지만 창백한 새벽의 광선은 문 위의 좁은 유리로 새어 들어오고 있었다.

"보세요, 이렇게 바깥이 밝잖아요."

"여명이군. 딱 좋을지도 모르겠네."

다미코는 노인에게 등을 돌리고 띠를 풀었다.

허리끈 위로 기모노의 가슴 부분이 털썩 떨어졌다. 다미코는 그것을 손으로 덮으며 노인 옆에 앉았다.

"자네를 이렇게 끌어당기는 것도 오랜만이군."

노인은 다미코를 안고 한 손으로 무릎 위에 덮인 기모노를 벗기고 있다.

다미코는 무릎을 꼭 붙였지만 노인의 손이 다리를 비틀어 열고 억지로 미끄러져 들어왔다. 손가락이 양쪽 허벅지의 맨살을 즐겁다는 듯이 어루만졌다.

"음, 아무래도 자네 말을 믿어야 되겠군."

"부끄러운 말 하지 마세요."

"아니, 아니. 부끄러울 것은 조금도 없어. 여기에는 나와 자네 둘뿐일세. 여자는 낮에는 귀부인처럼 새침을 떨고 밤에는 창부처럼 뻔뻔스러운 게 좋지. 자, 조심스러워할 필요는 없으니 내 말대로 위에 올라타게."

짐승의 길 下 · 65

그녀의 몸은 말을 탄 것처럼 노인 위에서 흔들렸다.

"어떤가?"

"싫어요."

참고 있어도 거친 호흡이 이 사이로 새어 나왔다.

"영차."

기합 소리와 함께 노인의 한쪽 손이 치워지고 다미코의 몸은 노인 위로 떨어졌다.

노인은 다미코의 양쪽 옆구리를 안은 채 그녀의 배를 자신의 턱 위까지 미끄러뜨렸다. 다미코는 노인이 훌쩍거리는 것에 몸을 맡긴 채 소맷자락으로 얼굴을 덮고 있었다.

노인의 등 밑에는 권총이 있는 것이다.

노인의 아침은 일렀다. 아무리 밤을 샜어도 이 시간에는 깨어 있었다. 다만 정기적으로 낮잠을 길게 잔다.

기토는 이부자리 위에 앉아 안경을 쓰고 조간을 읽는 중이었다. 다미코는 노인 앞에 낮은 상을 놓고 쟁반 위의 도구를 늘어놓았다.

갑자기 노인이 간밤의 일을 떠올린 듯이 웃었다.

"어머나, 기분 나빠요. 싫어요."

다미코는 시선을 피했다.

"어디, 얼굴을 씻고 올까."

"아, 그럼 이리로 더운물을 가져올까요?"

노인의 시중을 들기는 처음이어서 다미코는 방법을 잘 몰랐다.

"아니, 내가 세면실로 가겠네. 다다미 위에서 얼굴을 씻는 것은 기분이 나빠서."
 노인은 다미코의 손을 빌려 일어섰다. 다리가 비틀거리지만 평소에는 더 잘 걸을 수 있다. 어리광을 피우고 있는지도 모른다.
 노인 전용으로 마련된 세면실은 방에서 대여섯 발짝 떨어진 곳에 있었다.
 다미코가 양치 도구들을 꺼낸 다음 더운물을 틀려고 하자 노인은 찬물이 더 좋다고 말했다.
 "차가운걸요."
 "나는 아무리 추워도 젊을 때부터 찬물이 아니면 기분이 나빠. 역시 피부의 저항감이 있어야지. 얼음이 떠 있는 것 같은 찬물이 훨씬 기분이 좋다네."
 "어머나, 건강하시네요."
 "자네 몸 덕분에."
 "싫어라."
 노인이 얼굴을 씻는 동안, 다미코는 그의 잠옷의 양쪽 소매를 뒤에서 붙들었다.
 입을 헹굴 때도 역시 찬물이었다. 이가 없는 입 안에 찬물을 머금고 가륵가륵 야단스러운 소리를 내더니 확 뱉어낸다. 칫솔질은 그냥 시늉이나 하는 정도였다.
 "다미코. 아침까지 자네를 재우지 않았으니 졸릴 테지. 낮잠을 자는 편이 좋을 거야. 몸이 버티지 못할 걸세."
 기토는 친절한 말을 했다.
 그러고는 다시 비틀거리며 잔걸음으로 방으로 돌아갔다. 세탁을

짐승의 길 下 · 67

마친 갈아입을 기모노가 단정하게 개켜져 놓여 있다. 얼굴을 씻는 동안 다른 하녀가 가져온 것이다. 이것도 매일 아침의 습관이다.
"자, 갈아입혀 드릴게요."
다미코는 노인의 잠옷을 벗겼다. 노인이라도 남자 냄새가 난다. 그만큼 건강하다고 해야 할까. 다리가 약해 보이는 것은 의외로 노인의 연극일지도 모른다.
"간지럽네, 간지러워. 자네가 그렇게 몸을 만져대면 묘한 기분이 일어나."
"징그러우셔라."
노인에게 수수한 명주 기모노를 입힌다. 금실로 무늬를 짜 넣은 얇은 비단 헤코오비를 매 준다. 감색 버선을 신긴다. 그동안 기토는 인형처럼 서서 다미코의 얼굴에 숨을 불어넣고 있었다. 하녀가 재빨리 갈아놓은 새 시트 위에 노인은 영차, 하고 기합 소리를 내며 앉았다.
그러고는 게걸스럽게 빵을 먹기 시작했는데 틀니를 빼 두었기 때문에 우유에 적신 빵을 거의 잇몸으로 끊어서 먹는다.
빵에 버터를 바르던 다미코의 눈에 문득 가까이 놓인 신문의 표제가 들어왔다.
"종합고속 노면공단 총재의 후임 정해지다. 전직 전기 개발 이사 구마가이 시로. 내각 승인, 곧 발령."
다미코는 타원 속 사진의 얼굴을 들여다보았다. 오늘 새벽에 기토 노인 앞에 엎드려 있던 남자의 얼굴이 위엄 어린 표정으로 실려 있다.

"이보게" 하며 노인이 손을 내밀었다. 다미코는 허둥지둥 뒷면에 버터를 발라 빵을 내밀었다. 노인이 쩝쩝거리는 소리를 내며 먹고 우유를 쭉쭉 빤다. 이런 치매 환자 같은 노인에게 그 같은 권력이 있다니. 다미코는 신문의 표제와 노인을 번갈아 바라보았다. 새삼스럽게 어이없는 기분이었다.

노인은 빵을 먹은 후 우유를 마시고, "지쳤어, 좀 누울까" 하며 다미코의 도움을 받아 이불에 누웠다.

자 주었으면 좋겠는데, 눕고 나서도 노인은 말을 걸었다.

먹은 후의 뒤처리도 다른 하녀에게 시킨다. 다미코는 기토가 자신의 마음까지 꿰뚫어보고 있는 듯한 기분이 들어서 견딜 수가 없었다.

"하타노 씨는 오늘 안 오세요?"

다미코는 노인이 내민 손을 어루만지며 물었다. 뼈가 불거진 피부에는 검은 주근깨 같은 얼룩이 있다. 장수의 증거였다. 이 손은 깜박 방심하고 있으면 다미코의 무릎 사이를 더듬어 들어온다.

다미코가 손을 찰싹 때리며 "안 돼요, 그런 짓은" 하고 노려보자 노인은 이 없는 입으로 웃었다.

"아무래도 내 손은 저절로 자네 피부에 달라붙는 모양이야."

"또 엉큼한 말씀을. 하지만 그런 식이니까 어르신이 달인인지도 모르겠네요."

"그럴지도 모르지. ……자네는 나를 징그럽게 여길지도 모르지만 내게는 무엇보다 좋은 장수법일세."

"이상해요."

"별로 그렇지는 않아. 전에 젊은 여자를 양쪽에 눕히고 즐기면서 오래 산 정치가가 있었지. 그 사람은 물고기를 엄청나게 좋아해서 회를 먹으면 어느 바다에서 잡힌 생선인지도 금방 알아맞혔다네."

"엄청난 미식가네요."

"젊을 때는 외국에서 살았다더군. 이런 이야기가 있네. 그 사람이 당시 총리에게 불려갔어. 귀한 손님이라서 총리는 특별히 아껴 둔 포도주를 내놓았는데 그 사람이 병의 레터르letter를 이리저리 살펴보더니, 마실 것이라면 여기에 가져온 것이 있습니다, 하면서 가방 속에서 오래된 프랑스 포도주를 내놓았다고 하네. ……그런 분이었지."

"요즘 시대와는 동떨어져 있네요."

"그렇지. 하지만 그 사람의 장수 비결은 맛있는 음식을 먹거나 오래된 포도주를 마시는 것이 다가 아니야. 나이를 먹고 몸이 쪼그라들자 신선한 회를 여자의 몸에 데워 먹었다더군."

"또 시작이시네."

"아니, 이건 정말일세. 거짓말이 아니야. 후와, 후와, 후와."

노인은 이 없는 입으로 웃었다. 기분이 좋을 때다.

"어르신도 그런 짓을 하시나요?"

"닮고 싶긴 하지."

"저는 사양이에요. 그런 역할이라면 그만두겠어요."

"그래? 싫다면 어쩔 수 없지만. 그러다가 점점 내 교육에 익숙해질 걸세."

"어르신도 정치가시니까 그런 분을 닮고 싶어 하시는군요?"

"정치가?" 기분 탓인지 기토의 삼백안이 이불 그늘에서 번쩍 빛났다. "나는 그런 인간이 아니야. 정치나 경제와는 도무지 인연이 없는 편이지."

"어머나, 그런가요? 하지만……."

말을 이으려다가 뒷말을 삼켰다. 분명히 기토는 이 화제를 꺼내는 걸 싫어한다.

"자네, 오늘 새벽에 온 손님에 대해서 다른 사람들한테 이야기하면 안 되네."

표정은 노망난 호호할아버지인데 한편으로 오싹한 데가 있다.

"절대로 말하지 않을게요. 안심하세요."

"그래? 그런데 자네, 아까 하타노에 대해서 물었지?"

"네."

"하타노에게서 뭔가 나에 대한 이야기라도 들었나?"

"아뇨, 하타노 씨는 어르신에 대해서는 아무 말씀도 안 하세요. 저도 여기서 매일 뵈니까 별로 물어볼 필요는 없지요."

"흠." 노인은 잠시 침묵하고 있다가 입을 열었다. "하타노는 이삼일 정도 오지 않을 걸세."

"바쁘세요?"

"여기저기 돌아다니는 모양이던데. 역시 자네, 하타노의 얼굴을 못 보면 쓸쓸한가?"

"이런 저택에 갇혀 있는 셈이나 마찬가지니까, 아는 사람이 밖에서 찾아오는 게 제일 기뻐요."

"그래? 호텔 지배인의 얼굴은 더 보고 싶겠지?"

"의심이 많으시네요. 그야 보지 않는 것보다 보는 게 좋기는 하지요. 하지만 어르신께서 신경을 쓰실 정도로 좋아하는 건 아니에요."

"어떨까?"

"쓸데없는 말씀 마시고 좀 주무시면 어때요? ……오늘 아침에도 그런 일을 하느라 별로 못 주무셨잖아요?"

"이러다 잘 거야. ……자네는 어떤가?"

"저도 자게 해 주시면 고맙지요."

"잘 거면 여기서 자게."

"설마……."

"다미코, 좀 더 이야기를 하세."

"그래요, 그럼 어르신의 젊을 때 이야기를 해 주세요."

다미코가 꾀어내려고 했지만 노인은 무뚝뚝했다.

"젊을 때의 이야기는 재미없네."

노인에게 한 시간 남짓이나 붙들려 있었을까. 그 후 겨우 허락을 받고 방으로 돌아갈 수 있었다.

"나는 좀 자겠네."

노인은 드러누웠다. 높은 콧날에, 장지를 뚫고 들어오는 태양빛이 선을 그리며 닿아 있다. 튀어나온 광대뼈 아래 쑥 들어간 부분이 연못처럼 깊었다.

다미코는 노인의 턱 밑까지 이불을 덮어 주고 이불자락을 정리한 후 방을 나왔다. 이불 밑에 권총이 숨겨져 있다는 걸 떠올리면 역시 기분이 좋지 않았다.

노인의 시중을 드느라 지쳤기 때문에 다미코는 다실에 가서 쉬어야겠다고 생각했다. 더럽지만 조용해서 좋다. 그곳에 들어가 다다미에 앉은 순간 지금까지 없었던 그림자가 나무 그늘에서 불쑥 나왔다.

늘 점퍼를 입고 있는 구로타니였다.

"안녕하슈."

구로타니는 기름이 낀 지저분한 얼굴로 실실 웃었다. 누런 이가 입술 사이로 튀어나와 있다.

"뭐예요. 당신, 왜 그런 곳에 있어요?"

"나는 경비원이니까. 그게 일이지요."

그렇게 말하더니 점퍼 주머니에서 구깃구깃한 담배를 한 대 꺼내 입에 문다. 기토가 없는 곳에서는 뻔뻔스러운 태도로 거만한 말을 한다.

"다미코 씨는 이런 먼지투성이 다실에, 뭔가 볼일이 있어서 오는 거요?"

"그렇지는 않지만 이 다실은 역시 화족들이 썼던 만큼 잘 만들어져 있고 어떻게든 쓸 수 없을까 싶어서요. 다시 지으면 좋지 않을까요."

다미코는 입에서 나오는 대로 말했다.

"음, 어지간히 마음에 들었나 보군." 구로타니는 실실 웃었다. "분명히 당신 말대로, 이대로 놔두기는 아깝지. 한번 선생님한테 말해서 다시 지어 달라고 하지그래요."

그 말이 명령처럼 들렸기 때문에 다미코는 발끈했다. 어찌된 셈인지 이 남자의 얼굴을 보면 마음이 초조해진다.
"그렇군요. 언젠가 말해 보지요" 하고 저도 모르게 내뱉듯이 말했다.
이 집은 이상한 곳이다. 구로타니를 비롯해 정체를 알 수 없는 폭력단 같은 사람들이 잔뜩 모여서 끊임없이 저택 주위를 돌아다닌다. 그럴 필요가 있을까. 노인이 그들에게 경비를 시키고 있다기보다는 키우고 있다는 느낌이었다. 돈도 상당히 들어갈 텐데.
갑자기 낮은 웃음소리가 뒤에서 새어 나왔다.
구로타니라는 것을 깨닫고 도망치려 했지만 구로타니는 뒤에서 갑자기 꼼짝 못하게 양손으로 그녀를 껴안았다.
"무, 무슨 짓이에요!"
구로타니는 말없이 다미코의 뒷깃을 한 손으로 움켜쥐고는 억지로 아래로 끌어내렸다. 다미코는 구로타니의 입이 드러난 등을 빠는 것을, 당장은 어떻게도 할 수 없었다.

오후 다섯시쯤이었다.
다미코는 정원 쪽에서 차가 들어오는 소리를 들었다. 조금 시끄러운 소리였다. 방에서 밖으로 나와 보니 트럭이 들어오는 중이었다. 항상 수행원 대기실에서 빈둥거리는 낯익은 젊은 남자 두 명이 보인다.
인부 차림이다.
언제나처럼 가죽점퍼를 입은 구로타니가 손으로 트럭을 안내하고 있다.

다미코는 구로타니의 모습을 보고 집 안으로 뛰어 들어갔다. 오늘 아침에는 하마터면 그에게 강간을 당할 뻔했다. 그 더러운 입이 등을 빨아댄 감촉이 아직도 기분 나쁘게 남아 있다.

구로타니는 번들거리는 얼굴을 바싹 대고 입술을 빨려고 하면서 냄새 나는 숨을 정면에서 내뿜어 왔다. 소리를 지르자니 어른스럽지 못한 기분이 들어서 다미코는 그를 밀쳐내느라 안간힘을 썼다.

한 번 등에 구로타니의 입술이 닿았는데, 기묘하게 몸이 뜨거워졌다. 이상하게도 이 방에 돌아오고 나서부터 심장이 격렬하게 뛰었다. 그에게 안겼을 때의 힘이 이제 와서 왠지 그리워졌다. 다시 한 번 누군가에게……. 구로타니는 곤란하다. 다른 남자에게 그런 힘으로 꽉 안기고 싶다. 누군가의 손이 등을 벗기고, 입술을 눌러주었으면 좋겠다……. 그런 욕망이 움직인다. 노인에게는 요구할 수 없는 젊고 정력적인 욕망이다.

제정신이 아니라는 사실은 스스로도 알았다. 그러나 밤마다 기토 노인이 달래주는 일은 이상한 초조함만 남기고 있다. 개운치 못한 기운이 온몸에 남아 앙금처럼 넘쳐흐른다. 잠깐이었지만 구로타니에게 강제로 안겼을 때는 그 초조감이 한순간이나마 사라지려 했으니 이해할 수 없는 일이다.

구로타니 따위가, 라고 생각해도 그 야비한 힘은 갖고 싶다. 그의 기름진, 시커멓게 빛나는 이마와 콧등은 징그럽지만 어딘지 모르게 끌린다. 고타키에게도 없는 야성미다. 푸석푸석한 머리카락은 비듬이 가득 껴 있어 불결하고, 짙은 수염이 등을 찔러서 아팠다. 그것이 지금은 지나간 쾌감처럼 그립다. 고타키의 점잖은 태도도 구로타니에 비하면 부족하다. 말하자면 남자 냄새가 물씬 나는 체취 속에 한껏 자신을 내던지고 싶은 충동이 파도처럼 치밀어 오른다.

그런 감정을 느끼는 한편으로, 상대는 구로타니가 아니었다면 좋겠다고 생각한다. 저 남자는 아무리 유혹한다 해도 사양이다.

다미코는 얼굴을 씻고 화장을 새로 했다. 조금이라도 자신의 피부에서 구로타니의 기억을 씻어 버리고 싶었다. 그렇게라도 그와 떨어지고 싶었다. 기모노도 단정하게 추스르고 띠도 다른 것으로 맸다. 단정한 모습으로 어떤 남자에게도 빈틈을 주지 않을 만한 위엄을 갖고 싶었다.

다미코가 방에서 내다보니 어느새 트럭은 보이지 않는다. 아무래도 다른 건물 그늘로 들어갔나 보다. 짐이라도 실러 갔나 싶었는데, 엔진 소리와 함께 트럭이 다시 나타났다. 창고와 담장 사이였다. 트럭 위에는 남자 세 명이 나란히 드러누워 있다. 지금부터 어딘가로 짐을 실으러 가는 모양이다.

누워 있는 세 사람은 트럭의 짐에 덮는 방수포를 이불 대신 머리까지 뒤집어 쓰고 있었다. 트럭 뒤쪽으로 세 명의 다리가 나란히 보인다. 한가운데는 작업용 신발이고 양쪽은 구두였다. 구로타니가 짐칸 구석에 걸터앉아 이쪽을 보고 있다.

거리는 멀었지만 우연히 다미코와 눈이 마주치자 그는 한 손을 들며 씩 웃었다. 여어, 어때, 라고 하는 인사 같다. 다미코는 등을 돌렸다.

트럭은 서행하면서 그대로 문 밖으로 나갔다. 세 사람은 방수포를 몸 위에 완전히 덮고 누워 있다. 문 밖으로 나간 트럭이 속도를 내어 달려갔다.

지금 달려간 트럭은 어디로 무엇을 실으러 가는 걸까.

문득 인원수가 다르다는 사실을 깨달았다. 아까 이곳에 왔을 때 트럭에 타고 있던 남자는 분명히 구로타니를 빼고 두 명이었다. 그런데 지금 빈 트럭에는 세 명의 남자가 누워 있고, 거기에 구로타니까지 있다. 한 명이 늘어난 것이다.

지금부터 가지러 갈 자재가 많아서 인원을 늘렸다고 하면 그뿐이지만 이곳을 출발할 때부터 셋이서 나란히 트럭 짐칸에 빈들빈들 누워 있을 필요는 없다. 빈 트럭 위에 인부가 나란히 누워 있는 광경은 길거리에서도 자주 보지만, 별로 느낌이 좋지는 않다. 보통 인부들이 그런 모습으로 자는 것은 트럭이 달리기 시작한 후가 아닐까.

저택을 나가기 전부터 얼굴을 방수포로 가리고 나란히 누워 있다는 것은……. 다미코는 한가운데의 남자만 작업용 신발을 신고 있었음을 기억해 냈다. 양쪽 두 사람은 구두다—.

저택 안에서 작업용 신발을 신고 다니는 사람은 없다. 어슬렁거리는 사람들은 비교적 세련되어서 평소에는 서양식 구두를 신고 다닌다.

작업용 신발—자재를 가지러 갈 때 편하도록 일부러 갈아 신었을까?

다르게 생각할 수도 있다. 작업용 신발은 일부러 인부처럼 보이게 하려는 의도가 아닐까.

트럭에 누워 있던 세 사람 중 한가운데의 작업용 신발만은 확실히 이상하다.

세 사람 다 커다란 방수포를 펼쳐 이불처럼 머리까지 덮고 있으니, 지나가는 사람이 보아도 인부 세 명이 트럭 짐칸에 누워서 쉬고 있다고 여기겠지.

이런 때에 요네코가 있었다면 무엇이든지 알 테지만 요네코는 이틀 정도 미토에 있는 친척 집에 다니러 갔다며 모습을 감춘 상태였다.

6

가타야마즈 온천은 이부리바시 역에서 버스를 타면 서쪽으로 십 분쯤 걸리는, 시바야마가타에 면해 있는 온천 마을이다.

히사쓰네는 가가와 전 총재가 묵고 있는 여관이 미쿠니야라는 사실을 알아냈다. 가 보니 교토와 오사카에서 온 단체 손님 때문에 거의 방이 없었다. 억지로 부탁해서 겨우 어두컴컴한 작은 방을 빌렸다.

얼른 종업원에게 가가와 씨의 동정을 물어보니 어제 후쿠이 현에 갔다가 밤 늦게 돌아왔는데, 오늘 아침에 또 일찍 자동차를 타고 그쪽으로 갔다고 한다.

그는 이번 여행에서는 신분을 숨기고 몰래 알아보려다가, 문득 마음을 바꾸었다.

'손쉽게 처리하는 게 좋지.'

히사쓰네는 주머니에서 검은 수첩을 꺼내 종업원에게 보여 주며 말했다.

"가가와 씨의 숙박장을 보여 주지 않겠소?"

숙박장이라고 해도 지금은 어느 숙박업소에서나 길쭉한 단책와카 나 하이쿠 등을 붓으로 쓰기 위한 조붓한 종이. 보통 세로 삼십오 센티미터, 가로 육 센티미터이다 형태의 용지를 쓰고 있다. 흐르르한 얇은 종이다.

종업원이 가져온 용지에는 '가가와 게이조'라고 달필로 서명되어 있었다.

"사정이 있어서 이걸 좀 가져가겠소. 이 일은 가가와 씨에게는 비밀로 해 주시오. 경찰의 일이니까."

히사쓰네는 얇은 용지를 둘로 접어 조심스럽게 가슴 주머니에 넣었다. 걱정되는 것은 지문이 제대로 나올까 하는 점이다. 기도라도 하고 싶은 심정이었다.

이튿날 아침, 열시쯤 잠에서 깼다.

히사쓰네는 바로 숙박비를 치르고 역으로 향했다.

기차는 눈 깜짝할 사이에 후쿠이 현으로 들어갔다. 삼십 분만 달리면 가나즈 역에 도착한다. 여기서 택시를 타고 문제의 사카타무라로 갔다. 마을은 기타가타코 호수 부근에 있다. 가타야마즈 온천도 그렇고, 묘하게 물과 인연이 많다…….

아마노 요시코의 집은 마을에서도 중농中農 정도로 금방 알 수 있었다.

히사쓰네는 거기서 이웃의 소문을 수집했다.

소문에 따르면 아마노 요시코는 차녀로, 그 지역 고등학교를 졸업하고 당시 도쿄에서 일하던 오빠 부부의 집에 의탁했다. 오빠 부부가 다른 곳으로 전근을 가게 되었을 때는 어느 회사에서 비서로 근무한 듯하다. 교토에서 게이샤를 했다는 소문도 있다. 그러나 그 이상은 알 수 없었다.

여자는 과거에 두 번 정도 마을에 다녀갔다. 처음에는 그렇지도 않았지만 두 번째로 왔을 때는 훌륭한 옷차림으로 마을 사람들을 놀라게 했다고 한다.

본가에도 상당히 큰돈을 두고 가서 부모를 기쁘게 했던 모양이다. 일 년 전의 일이었다.

문제의 가가와 씨에 대해서 물어보았지만 마을 사람들은 전혀 몰랐다. 다만 이시카와 현의 차량 번호가 붙어 있는 고급 승용차가 아마노 가 앞에 서 있었는데, 누군가 이시카와 현의 지인이 조문을 온 정도로밖에 생각하지 않는 듯했다. 가가와 전 총재에 대해서는 신중하게 숨겼던 모양이다.

이상과 같은 사실을 알아 낸 히사쓰네는 곧 역으로 돌아가 도쿄행 급행을 기다렸다.

시간표를 보니 열두시 십분에 출발하는 준급행 '유노쿠니'가 있었다. 마이바라에서 상행선 급행으로 환승하면 된다.

히사쓰네는 기차 도시락을 먹은 후 한동안 꾸벅꾸벅 졸았다.

문득 깨어 보니 열차는 산 사이를 달리고 있었다.

앞으로 한 시간 정도 더 가면 쓰루가 만이 보일 테지. 히사쓰네는 차내에서 판매하는 주스를 사 들고 창밖을 멍하니 바라보았다.

이번 호쿠리쿠행에서 큰 성과는 얻지 못했지만, 지금 슈트 케이스 안에 조심스럽게 넣어 둔 숙박장 용지에 가가와 총재의 지문이 또렷하게 나 있다면 꼭 쓸데없는 여행이었다고는 할 수 없다. 숙박장 한 장을 얻기 위한 여행이었던 셈이다. 히사쓰네는 이번에 개인적인 용무를 구실로 휴가를 받았다. 전혀 보수를 받지 못한 노동이지만 성과를 거둔다면 엄청날 것이다. 그 점이 유일하게 의지가 되었다.

창밖으로 시선을 던지니 선로를 따라 나 있는 길을 달리는 트럭이 보인다. 트럭 짐칸 위에는 인부 세 명이 드러누워 있다.

저런 밑바닥 생활도 있구나 하고 생각하는 동안 순식간에 트럭은 차창에서 멀어져 갔다.

또 꾸벅꾸벅 졸기 시작하다가, 마이바라 역에 도착한 것이 열네 시 사십일분이었다. 상행선이 출발하는 시각까지 앞으로 사십 분 정도 남았다.

비록 삼사십 분 정도라도 아무런 용무가 없는 역 플랫폼에서 기다리기란 지루한 일이다. 그는 다른 여행객과 함께 벤치에 걸터앉아 멍하니 있었다.

급행이 들어왔다.

히사쓰네는 이등석 칸에 탔다. 다행히 이곳이 환승역이라 자리가 비었다. 도쿄까지 여섯 시간은 참고 가야 한다.

역에서 사 온 주간지를 잠시 읽었다. 금세 창밖이 어두워지기 시작했다.

히사쓰네는 이 차량의 두 칸 앞이 식당차라는 사실을 떠올렸다.

그는 맥주라도 마실 요량으로 좌석 위에 주간지를 내려놓고 일어섰다.

맥주를 주문하고 술이 나올 때까지 담배를 한 대 피웠다. 시선은 자연히 식당차 안의 손님에게 옮겨 간다.

그때 아는 얼굴을 발견하고 놀라서 숨을 삼켰다. 그는 당황하며 시선을 피했다.

맥주가 나왔기 때문에 잔을 들어 올려 마시면서 다시 한 번 시선을 그 남자에게 향했다.

하타노가 앉아 있다―.

하타노도 맞은편 자리에서 맥주를 마시는 중이었다.

그 테이블에도 손님은 있었지만, 그는 옆 사람과 이야기하지 않고 혼자서 컵을 입으로 가져가고 있었다.

히사쓰네는 테이블에 앉은 사람에게 주의를 기울였다. 간신히 그 사람이 다른 가족 일행임을 알고, 이번에는 하타노가 여기서 누군가를 기다리고 있는 게 아닌가 하는 의심이 들었다.

하지만 그렇지도 않은 모양이다.

'묘한 곳에서 묘한 남자를 만났군.'

히사쓰네는 가슴이 뛰었다.

'이 열차에 타고 있는 것을 보면 어딘가에 갔다가 돌아오는 길이겠지. 어디일까?'

열차는 '요도 호'라는 오사카 발 급행이니 간사이에 갔다가 돌아오는 길이리라.

오사카인지 교토인지는 알 수 없지만 히사쓰네에게는 상당히 마음에 걸리는 일이었다. 가가와 씨의 발자취를 쫓아갔다가 돌아오는 차 안에서 그 사건과 관계가 있음 직한 하타노의 얼굴을 발견하다니 우연 같지만 어디에선가 인연이 맺어져 있는 기분이 들었다.

'저 남자는 나쁜 놈이다. 살인을 저질렀어. 하타노라는 이름은 다른 변호사의 것이고. 그 변호사는 '신경'에 있었지만 아마 하타노가 죽였을 거야. 전쟁이 끝날 때의 혼란 탓으로 돌리면 사실은 알 수도 없을 테지. 그래서 도미우라 교조는 안심하고 하타노 시게타케라는 이름을 쓰고 있는 거다.'

살인 전과자는 다시 살인을 저지르기 쉽다는 것이 히사쓰네 형사의 신념이었다. 그는 자기 자리에서 대각선 맞은편에 앉아 있는 하타노의 약간 구부정한 등을 바라보면서, 이 남자는 분명히 뉴 로얄 호텔에서 일어난 가가와 총재 애인 살인과 관련이 있다고 확신했다.

'하타노 녀석, 무슨 일로 간사이에 갔을까.'

하타노가 있는 곳에는 반드시 호텔 지배인이 그림자처럼 따르곤 했기 때문에 고타키의 모습을 찾아보았지만 식당을 둘러본 바로는 없었다.

하기야 하타노만 이쪽으로 오고 고타키는 객차 자리에 남아 있을 수도 있다.

아니, 그뿐만이 아니다. 다미코도 함께 있는 것이 아닐까. 이렇게 되니 히사쓰네는 단순히 용의자로서가 아니라 다른 감정을 품고 그를 노려보게 되었다.

하타노는 몹시 기분이 좋은 모양이다. 잇달아 시킨 맥주를 쉽사

리 다 비우더니 따로 식사는 하지 않고 자리에서 일어섰다. 걸어가는 방향은 이쪽이 아니라 반대쪽 출구였다. 일등석 칸 지정석이다.

하타노가 나가자 히사쓰네도 곧 돈을 지불하고 뒤를 쫓았다. 식당차를 나가서 일등석 칸에 발을 들여놓았지만 지정석 차량은 문이 이중이다. 히사쓰네는 첫 번째 문을 열고 다음 문 앞까지 와서 걸음을 멈추었다. 하타노도 히사쓰네의 얼굴을 알고 있기 때문에 섣불리 안으로 들어갈 수는 없다.

히사쓰네는 안쪽의 상황을 보고 싶었지만 문을 살짝만 열어도 의심을 받을 것 같아서 한동안 멍하니 서 있었다. 그때 안쪽에서 승객 세 사람이 나왔다. 식당으로 가는 듯했는데 세 명이 연달아 나오니 문도 꽤 오랫동안 열려 있었다. 히사쓰네는 앞을 지나가는 승객의 어깨 너머로 내부를 들여다보았다.

지정석의 좌석은 열차의 진행 방향을 바라보도록 설치되어 있어서 이쪽에서 보면 승객은 전부 등을 보이고 있다. 히사쓰네는 겨우 안심했지만 그래도 조심하면서 문이 닫히기 직전에 안으로 미끄러져 들어갔다.

이럴 때 사냥 모자라도 있으면 좋을 텐데, 모자를 쓰고 오지 않은 것이 후회가 되었다. 승객의 대부분은 앉아서 신문이나 잡지를 읽거나 이야기를 나누거나 졸고 있었다. 그 안에서 하타노의 특징 있는 구부정한 등을 발견하기란 그리 어렵지 않았다.

그는 하타노 옆에 앉은 승객을 보았다. 젊은 남자가 잡지를 읽고 있다. 하타노와는 상관없는 사람 같았다. 하타노와 이야기도 나누지 않고 히사쓰네의 기억에도 없는 사람이다. 그는 시선을 주위로 옮겼다. 통로를 사이에 두고 앉아 있는 승객은 젊은 부부고 그 앞뒤에도 하타노의 일행처럼 보이는 사람은 없다.

오사카에서 도쿄로 가는 장거리 열차이니 만일 동행이 있다면 옆자리에 앉는 것이 상식이다. 고타키의 모습도, 다미코의 모습도 보이지 않는다. 하타노는 완전히 혼자 여행하고 있었다.

히사쓰네는 하타노의 모습에 별로 변화가 없어서 지루해지기 시작했다. 딱 한 번 하타노가 일어서서 화장실에 갔다. 화장실은 앞쪽에 붙어 있다. 그래서 그가 돌아올 때 정면에서 얼굴을 마주하게 되었지만, 히사쓰네는 들키지 않도록 신문에 고개를 처박았다. 그저 눈만 위로 굴려 훔쳐보았는데 하타노의 표정도 지루하고 피곤해 보였다. 장시간 차 안에 있다 보니 그도 싫증이 났으리라.

그 후에도 별다른 일은 없었다. 동행이 없다는 사실도 확인했다.

간신히 아타미를 지났다. 해가 지고 아타미 거리의 네온사인이 아래쪽에 반짝이고 있다. 히사쓰네는 멀리 여행을 다녀오면 늘 이 부근에서 도쿄로 돌아왔다는 기분이 들기 시작한다.

하타노는 의자 등받이에 기대어 꾸벅꾸벅 졸고 있는 듯하다.

그때 차장이 들어왔다. 아타미에서 새로 승객들이 탔기 때문에 표를 검사하러 온 것이다. 히사쓰네는 경찰수첩을 보여 주고 이 칸으로 옮긴 이유를 설명해, 어쨌거나 시즈오카에서부터의 초과 요금만 지불하는 것으로 타협을 보았다. 형사가 출장을 갈 때는 이등석만 이용할 수 있다. 게다가 지금은 휴가중이다. 공무가 아니다. 초과 요금이 의외로 커서 히사쓰네는 지갑을 탈탈 털어 겨우 창피를 면했다.

열차는 네부카와 강 부근의 어두운 수면을 배경으로 달리고 있다. 그때 하타노가 좌석에서 고개를 들고 일어서서 짐칸에 올려놓은 슈트 케이스를 들었다.

'어라, 내리는 건가? 아니면 무언가를 꺼내려나?'

히사쓰네가 바라보고 있자니 열차는 속도를 떨어뜨리며 오다와라 역으로 접근했다. 하타노는 슈트 케이스를 든 채 통로에 섰다.

히사쓰네는 당황했다.

설마 하타노가 이런 곳에서 내릴 거라고는 예상도 못했다. 도쿄까지 가리라 짐작했던 것이다.

히사쓰네는 초과 요금을 지불하는 바람에 돈이 없었다. 이대로 하타노를 따라 오다와라에서 내리면 추적은 불가능해진다. 하타노가 어디로 가는지 알 수 없게 된다. 오다와라에서 내렸으니 하코네로 갈 거라는 짐작이 곧 머리에 떠올랐지만 히사쓰네의 지갑 속에는 그만한 차비도 없다.

하코네 같은 곳에 가서 어쩔 셈일까? 누군가와 만나기로 했을까. 만나기로 했다면 회담의 내용은 무엇일까? 설마 여자를 불러내진 않았으리라.

그의 뒤를 밟으면 재미있는 장면에 부딪히게 될 듯한 예감이 든다. 또 그와 만나는 인물이 어떤 정체를 가진 사람일지, 이 점도 몹시 흥미를 끌었다. 그러나 지갑에 돈이 없다. 사정을 말하고 파출소에서 빌릴까. 그러는 사이 하타노는 역 앞에서 차를 타고 가 버릴 테니 파출소에서 돈을 빌리고 있을 시간은 없다.

그쪽 숙소에 도착해서 지배인에게 설명하면 어떨까. 하지만 현재 하타노가 공식적인 수사 대상이 아니라는 점은 아무래도 불리하다. 그런 약점도 있고, 그렇게 수고를 들여가며 꾸물거리는 사이에 하타노에게 들킬 것 같은 기분도 든다.

그렇지만 오늘을 놓치면 다시없을 기회를 놓칠지도 모른다—.

히사쓰네의 고민과는 상관없이 열차는 불이 밝게 켜진 오다와라 역 플랫폼으로 미끄러져 들어갔다. 하타노가 유유히 열차에서 내린다.

히사쓰네는 통로로 나갔지만 뒤를 쫓아 플랫폼에 내리지도 못하고 주저앉을 수도 없어서 허둥거렸다. 창문으로 보니 하타노가 몇 안 되는 다른 승객들 사이에 섞여 천천히 지하도로 가는 계단을 향해 걸어간다. 히사쓰네는 일단 플랫폼에 내렸다. 하지만 큰맘 먹고 하타노의 뒤를 쫓을 결심도 서지 않는다.

'아아, 돈만 있었다면.'

그런 마음이 절실했다. 일등 칸 지정석의 초과 요금만 내지 않았더라면. 히사쓰네는 자신의 가난한 지갑을 저주했다.

발차 벨이 울린다. 하타노의 모습은 이미 지하도 계단을 내려가 보이지 않게 되었다. 히사쓰네는 미련이 남아 계단에 한쪽 발을 걸치고 하타노가 사라진 방향을 바라보고 있었다. 승객 한 사람이 숨을 헐떡이며 달려오더니 히사쓰네 앞에 멈춰 서서 앞을 막고 있는 그를 노려보았다.

"당신, 내릴 거요, 탈 거요?"

히사쓰네는 그제야 포기하고 좌석으로 돌아갔다. 안타깝고 분한 마음을 남기며 열차는 오다와라 역을 떠났다.

발을 동동 구르고 싶은 심정이었지만 열차가 하타노에게서 점점 멀어지니 미련도 버릴 수밖에 없었다.

'혹시?' 히사쓰네는 흠칫 놀랐다. '내가 여기 타고 있다는 사실을 눈치챘나. 그래서 오다와라 역에서 내렸는지도 몰라.'

가능한 얘기다. 하타노는 히사쓰네의 얼굴을 잘 알고 있다. 저 남자의 성격으로 보아 일찌감치 히사쓰네가 여기에 타고 있음을 알고, 시치미를 뚝 떼며 업어치기 한 판을 먹였다고 봐도 과언이 아니다.

"빌어먹을."

저도 모르게 목소리가 이 사이로 새어 나왔다.

'좋아, 이렇게 된 이상은 끝까지 물고 늘어져 주마. 이번에 간사이에 간 목적도 반드시 알아내고 말겠어.'

히사쓰네는 투지를 불태웠다.

이튿날 아침, 히사쓰네는 본청으로 출근했다. 오늘 아침에는 그답지 않게 낡은 손가방까지 가져왔다.

우선 계장에게 이틀 동안 쉰 것에 대해 인사를 하고 서둘러 감식과로 갔다.

"이봐, 지문 검출하는 도구 좀 빌려 줘."

"뭔가 있나?"

"아아, 이웃에 좀도둑이 들었는데 나한테 조사해 달라고 해서. 이깟 일로 감식과를 번거롭게 할 필요 없으니까, 이웃의 정을 생각해서 내가 지문을 검출해 보려고."

감식과 남자는 하얀 가루를 나누어 주었다.

가방 안에는 가가와 전 총재가 쓴 숙박장 용지가 있다. 원래는 전문 감식과에 돌려도 되지만 현재로서는 이 일이 다른 사람에게 알려지면 곤란다. 히사쓰네에게는 꿍꿍이가 있었다.

히사쓰네는 점심시간이 될 때까지 기다리지 못하고 가방을 들고 본청을 나와 히비야 근처의 찻집으로 들어갔다. 한쪽 구석에 자리를 잡고 용지를 꺼내어 자신의 손가락이 닿지 않도록 펼쳤다. 그런 다음 가루를 뿌렸다. 이런 일은 형사실에서는 할 수 없다. 동료에게 금방 들키고 만다.

용지 전체에 꼼꼼하게 가루를 뿌리고 부드러운 붓 끝으로 털었다. 지문이 다섯 군데에 또렷하게 남아 있다. 용지 왼쪽 아래 구석에 세 군데, 오른쪽 위 모서리에 두 군데다. 꽤 시간이 지나서 잘 나올까 걱정했는데 또렷하게 나타났다.

히사쓰네는 뉴 로얄 호텔의 823호실 문 손잡이 안쪽에 나 있던 지문의 복사본을 꺼내어 비교해 보았다. 가슴이 아플 정도로 심장이 뛴다.

문 손잡이에 있던 것은 오른쪽 검지 지문이라고 했다.

'맞아!'

히사쓰네는 속으로 쾌재를 불렀다.

다섯 개의 지문 중 하나는 틀림없이 가가와 전 총재의 것이다. 나머지 네 개는 종업원의 지문이리라.

'역시 예상했던 대로야. 손잡이의 단추를 누른 사람은 가가와 총재였어!'

기쁜 나머지 손끝이 떨려 왔다. 게다가 종이에는 가가와 게이조라고 본인의 서명이 있다. 이렇게 결정적인 증거는 없다.

히사쓰네는 어떤 장면을 눈앞에서 재현해 보았다.

823호실. 그날 밤 가가와가 올 것을 알고 있던 여자가 평상시처럼 문을 잠그지 않고 기다린다. 거기에 먼저 숨어든 범인은 여자를 죽인 후 방을 나갈 때 일부러 손잡이의 잠금 버튼을 누르지 않은 채 도망쳤다. 이유로는 두 가지를 상정할 수 있다. 하나는 허둥거리다가 손잡이 안쪽을 누르는 것을 잊었을 경우다.

다른 하나는 범인이 자신 뒤에 누군가 온다는 사실을 알고 일부러 그냥 둔 다음 도주했을 경우다. 아무래도 후자의 경우가 진상에 가까울 것 같다.

보통의 범인이라면 안쪽에서 문이 잠긴 상태인 쪽이, 발견이 늦어지기 때문에 유리하다. 그러나 범인은 다른 곳을 노리고 있었다. 그러려면 나중에 올 사람을 위해 밖에서도 문이 열려야 한다.

나중에 올 사람—말할 필요도 없이 아마노 요시코의 패트런인 가가와 게이조다.

범인이 도망친 후 (시간상으로 얼마나 벌어져 있었는지는 알 수 없지만, 그렇게 늦지는 않았으리라) 가가와는 평소처럼 823호실의 문을 열었다.

그러고는 침대로 다가가자마자 곧 애인의 상태를 알아차렸다. 그는 당황한다.

당황한 가가와의 심리를 여기에서 분석해 보자. 상식적으로 보면 우선 변사를 경찰에 신고해야 한다. 아니면 호텔 종업원을 불러 살인을 알리든가.

그러나 가가와에게는 사회적 지위가 있다. 그가 호텔에 애인을 두고 있다는 사실을 아는 사람은 아마 지배인인 고타키와 일부 종업원 정도이리라.

가가와는 머리가 혼란스러워졌다. '경찰'이 커다랗게 그의 위를 덮쳐누른다. 그는 첫 번째 발견자로서 애인과의 평소 관계를 추궁당하게 된다. 순식간에 중요 참고인, 즉 반쯤 용의자로서 엄중한 추궁을 당한다. 신문사가 알고, 신문 보도에 크게 나온다ㅡ.

가가와는 위기를 직감하며 허둥지둥 그 방을 나갔지만, 의식적으로든 무의식적으로든 손잡이 안쪽 잠금 버튼을 누르고 문을 닫은 후 복도로 나왔다. 무의식적이었다면 그가 늘 이곳을 나갈 때의 습관을 의미하고, 의식적이었다면 변사의 발견을 가능한 한 늦추려는 의도였으리라.

그전에 방에 들어온 진범은 지문이 남을까 봐 조심했지만, 나중에 들어온 가가와는 조심성 없게 자신의 지문을 문 손잡이에 남겼다ㅡ이것으로 가가와가 애인을 살해한 범인이 아님을 알 수 있다.

히사쓰네는 같은 팔층의 다른 방에 하타노가 있다는 사실을 전부터 눈여겨보았다.

가가와는 살인 소동이 일어난 직후에 사직했다. 그때까지 그는 공단 총재의 지위에서 완고하게 내려가려고 하지 않았다.

그 지위는 이권에 얽혀 있기 때문에 여러 사람이 노렸지만, 가가와 총재는 청렴결백한 사람이라 이권의 유혹에 넘어가지 않았다고 한다. 가가와의 임기는 앞으로 이 년이나 남아 있었다.

운송 장관을 비롯해 정부나 여당 및 그 외로부터 압력이 있었음에도 불구하고 그는 결코 사직을 승낙하지 않았다. 완고하던 가가와 총재가 갑자기 그만둔 것은 이 살인 사건이 하나의 모략으로 이루어졌기 때문이 아닐까.

히사쓰네의 눈에 기토 고타의 그림자가 비쳤다.

7

밤 열 시쯤, 기토 노인의 호출이 있었다.

"다미코인가."

기토 노인은 누운 채 베개 위에서 얼굴을 움직였다. "아무래도 속이 좀 안 좋은데 손발을 주물러 주지 않겠나."

다미코가 위에서 들여다보니 연극이 아니라 정말 안색이 별로 좋지 않았다.

"큰일이네요. 의사 선생님을 부를까요?"

"아니, 그 정도는 아닐 게야."

"열도 나세요?"

"글쎄. 좀 봐 주겠나."

다미코는 베갯맡에 앉아 노인의 이마에 손을 댔다.

"차가워요. 열은 없네요."

"그래?"

눈을 지그시 뜨고 있는데 눈동자가 젖어 있다.

어리광이 아니다. 다미코는 노인의 손을 잡았다. 평소와 달리 기운이 없다. 이 손은 조심하지 않으면 언제 어디로 뻗어올지 모른다. 처음 노인의 시들시들한 모습을 보았을 때 다미코는 또 특유의 꿍꿍이인가 하고 경계했을 정도다. 일부러 가까이 오게 해서 갑자기 이불 속으로 끌어들이는 일도 몇 번인가 있었다.

지금은 그럴 기운도 없는 모양이다.

"이상하네요. 왜 그러세요?"

"왠지 속이 울렁거려."

"지금까지 이러신 적이 있었어요?"

"음, 없지는 않았지. 나이를 먹었으니 이런저런 문제야 일어나거든. 뭐, 자네 얼굴을 보고 보살핌을 받으면 나을지도 몰라."

"최대한 해 드릴게요. 요네코 씨는요?"

"그 녀석은 당분간 돌아오지 않을 걸세."

노인은 기분이 나쁜지 무뚝뚝하게 말했다.

다미코는 손목에서 팔꿈치까지 야윈 팔을 주물렀다. 노인은 뼈가 불거진 손가락을 다미코의 손에 얽었지만 그것이 고작일 뿐, 손에 힘이 들어가지 않았다.

"다미코, 다리를 주물러 주게."

"네."

다미코는 아래쪽으로 돌아갔다. 이럴 때도 조심해야 한다. 전에도 지금과 같은 상황에서, 생각지 못한 데까지 손을 뻗으라는 명령을 받았다. 하지만 그 다리도 얌전히 늘어져 있다.

"조금 괜찮아지셨어요?"

대답이 없었다. 평소 같으면 거기라느니 여기라느니 하면서 주무를 곳을 명령하는데 그런 말도 없다. 다미코가 이상하다 여기는데, "우, 우" 하고 노인이 작게 신음했다.

"다미코, 토할 것 같네. 뭔가 가져와."

노인이 몸을 옆으로 눕혔다.

"토하시게요?"

세면실에서 대야를 가져올 시간은 없다. 순간적으로 노인의 머리로 돌아가 턱 밑에 소맷자락을 펼쳤다.

"괜찮으니까 여기에 토하세요."

노인은 어깨를 떨더니 토사물을 소맷자락 위에 흩뿌렸다.

엎드린 어깨가 크게 출렁거린다.

"괜찮으세요?"

다미코는 소맷자락을 감싸면서, "지금 당장 의사 선생님을 부를게요" 하고 격려했다.

노인은 베개에 턱을 묻었다. 삼백안도 힘없이 감겨 있다. 대체 어떻게 된 것일까? 식중독인가. 아니면 어딘가 갑자기 나빠졌다든가. 다미코는 기토의 건강 상태를 모르는 만큼 상황을 알 수가 없었다. 노인이니까 어떤 지병을 갖고 있는지도 모른다.

다미코는 소맷자락을 감싸 안고 세면실로 가서 오물을 처리한 다음, 한쪽 소매가 젖은 채 전화기로 달려갔다. 그러나 이곳에 늘 드나드는 의사를 모른다는 사실을 깨닫고 전부터 있던 하녀에게 전화를 하게 했다.

다미코가 재빨리 기모노를 갈아입고 노인의 방으로 돌아가자,

구로타니를 포함해 젊은 사람들 셋이 엎드려 있는 노인 옆에 몸을 구부리고 있었다.

"하타노는 아직 안 왔나?"

노인의 약한 목소리가 들린다.

"아직 오지 않았습니다."

"그래······. 아아, 하타노는 오늘 안 오지. 그 녀석은 간사이 쪽에 보냈어."

하타노는 무슨 볼일로 간사이에 갔을까.

잠시 후 자동차가 도착하고 의사가 왔다. 노인의 위를 세척했다. 엄청난 소동이었다.

의사는 노인에게 입원하는 게 좋겠다고 말했다. 의사도 나이를 신경 쓰고 있다.

남자들 네다섯 명이 달려들어 기토의 몸을 이불로 싸서 복도로 옮기고 밖에서 대기하던 차에 태웠다. 노인은 헐떡이며 시트에 누워 있다. 다미코는 노인의 몸이 흔들리다 떨어지지 않도록 앞으로 몸을 굽히고 눌렀다. 노인의 손은 다미코의 어깨를 잡고 몸을 지탱하고 있다. 이불 밑의 권총이 마음에 걸렸지만 누군가가 치웠을 것이다.

안색을 보니 아까보다 나아진 듯하다. 한쪽 손은 같이 올라탄 간호사가 잡고 있었다.

"맥박은 많이 좋아지신 것 같아요" 하고 다미코를 기토의 뭐라도 된다고 착각했는지 정중하게 가르쳐 주었다.

사와스기 병원은 묘가다니의 조용한 지역에 있었다. 이 년쯤 전에 지은 건물로 최신식 병실을 자랑한다. 원장은 사와스기 박사라고 하는데 전에는 T대 교수였던 사람으로 높은 사람들 집에도 다니고 있다.

기토 노인이 입원한 병실은 삼층 동남쪽 구석이었다. 구석이라고는 해도 이 병원에서 제일 좋은 방이고, 병실 외에 호텔 응접실 같은 별실이 딸려 있다.

그 외에 냉장고를 갖춘 부엌과 화장실이 있으며 병실에 텔레비전도 설치되어 있다. 각층 모두 엘리베이터를 중앙에 두고 좌우로 병실이 나뉘어 있는데, 노인의 특등실은 가장 후미진 장소라 할 수 있다.

입원한 직후, 곧 원장이 찾아왔다. 깨끗한 백발에 혈색이 좋은, 어느 모로 보나 학계에 오랫동안 있었다는 느낌이 드는 사람이었다. 원장의 뒤를 젊은 의사 세 명과 간호사 네 명이 따른다. 아마 원장이 대학 부속병원에 있을 때 회진하던 버릇이 남아 있는지도 모른다. 어쨌거나 주임 교수의 회진이라면 젊은 의사들에게는 높으신 분의 행차 같은 것이어서, 그 뒤를 줄줄이 따르기 마련이다.

원장이 엄숙한 얼굴로 노인의 맥박을 쟀다. 청진기를 가슴에 대고 여자처럼 부드러운 손가락을 배에 대더니 미소를 지으면서 늙은 환자의 뼈가 불거진 얼굴을 들여다보았다.

"기분은 어떠십니까?"

"음, 많이 좋아졌네."

기토는 거만했다.

"그러십니까. 지금으로서는 크게 변화는 없는 것 같습니다. 앞으로 이삼일 정도 충분히 검사를 하고 몸 상태를 보는 편이 낫겠습니다."

"음."

"나중에 또 찾아뵙겠습니다. ······몸조리 잘 하십시오."

원장은 정중하게 인사를 하고 병실에서 나갔다. 뒤따르던 의사들도 원장을 따라 기토에게 인사를 하고 방을 나간다.

저 원장은 어떤 환자에게나 저렇게 정중할까. 아니, 그럴 리는 없다. 기토 노인에게만 특별한 태도일 것이다. 이 병원에서도 기토 고타라는 인물을 상당히 중요하게 여기는 모양이다.

그때 구로타니가 성실한 얼굴을 하고 노인 옆으로 발소리를 죽이며 다가왔다. 다미코에게 치근거릴 때와는 전혀 다르게 얌전한 표정이다.

"선생님, 기분은 어떠십니까?"

"자네는 이제 돌아가도 돼."

기토는 실눈을 뜨고 시선을 옆으로 돌리며 무뚝뚝하게 말했다.

"네에."

공손하기 짝이 없는 태도다.

"다른 사람도 안 와도 되네."

"네에."

"그렇지, 하타노는 아직 돌아오지 않았나?"

"네. ······예정대로라면 이미 도쿄에 도착했을 시간인데, 아직 돌아오지 않은 모양입니다. 돌아오면 곧 이쪽으로 오라고 전하겠습니다."

"음."

기토는 기분이 불쾌하다. 몸이 고된지, 말을 하기도 힘들어 보였다. 아자부 저택의 방에 누워 있을 때에 비하면, 환경이 다른 탓인지 거의 중환자 같다.

"이보게" 하고 부른 것은 몸을 구부리고 공손하게 물러가려는 구로타니를 향해서였다. "이곳 의사에게 말해 두게. 오늘 밤부터 이 녀석이 간병을 위해 묵는다고."

다미코를 시선으로 가리킨다.

"알겠습니다."

구로타니는 몸을 깊숙이 숙이고 방을 나갔다.

"다미" 하고 노인이 부른다. "내가 이곳에 들어와 있는 동안, 자네는 계속 옆에 있게. 알겠나. 잘 때도 옆방에 준비를 시킬 테니."

"그렇게 멋대로 굴어도 되나요? 여기는 완전 간호제라서 절대로 그렇게 해 주지 않을 텐데요."

"뭐, 내 말을 거절하는 사람은 없어."

이렇게 말하며 노인은 코를 벌름거렸다.

"요네코 씨는 다시 안 부르시나요?"

"자네가 요네코에게 신경 쓸 필요는 없네."

"계속 어르신의 시중을 들었잖아요. 저 혼자서 시중을 들면 요네코 씨가 저를 원망할걸요."

"내가 괜찮다고 했으니 자네는 잠자코 있으면 돼."

밤늦게 원장이 또 사람들을 거느리고 진찰하러 왔다.

이번에는 지난번하고는 달리 젊은 의사는 없고 간호사만 두 명이 뒤를 따랐다. 간호사 중 한 명은 주사 도구를 들고 있다.

"선생님, 어르신은 어떠세요?"

다미코는 기토의 용태를 물었다. 원장은 눈을 가느다랗게 뜨고 대답했다.

"뭐, 대단치는 않습니다. 걱정하실 필요 없습니다."

"네에."

"다시 한 번 볼 테니, 잠깐 옆방에 가 계시겠습니까."

"네."

기토가 있는 병실은 특별실이기 때문에 병실 옆에 응접실 같은 방이 딸려 있다. 다미코는 소파에 걸터앉았다.

약간 열린 커튼 사이로 밤의 불빛이 비쳤다. 묘가다니에는 대학이나 회관 등의 건물이 많고 민가는 드문드문 있을 뿐이다. 구릉에는 나무도 우거져 있다. 지금 보이는 불빛도 어딘가의 대학 건물이다. 다미코가 바라보고 있는 동안에 건물의 불빛이 두 개 꺼졌다. 밤이 깊어 가고 있다.

의사는 왜 자신을 쫓아냈을까.

평범한 진찰이라면 그럴 필요가 없다. 기토 노인의 병에 뭔가 비밀이라도 있나. 예를 들면 위암이라거나. 문외한의 눈으로는 진찰 내용을 알 수 없으니 보호자가 입회해도 괜찮을 텐데. 별거 아닌 식중독이라 여기고 있었는데, 어쩌면 노인의 증상은 더 심각한지도 모른다. 진찰할 때도 몹시 신중을 기하는 분위기다.

노인이 요구한 대로 오늘 밤에는 이곳에 아무도 부르지 않을 모양이다. 요네코도 오지 않는다. 저택 사람들은 모두 쫓겨났다. 이런 때에 하타노가 있다면 제일 먼저 달려왔을 텐데, 어딘가에 여행을 간 모양이니 그럴 일도 없다. 노인의 증상이 심각하다면 다미코도 혼자서는 조금 불안하다.

옆 병실은 쥐 죽은 듯이 조용하고 아무 소리도 들리지 않는다. 가끔 간호사가 돌아다니는 발소리가 희미하게 날 뿐이다.

십오 분쯤 지났을까. 문을 열고 나이 많은 간호사가, 들어오세요, 하고 다미코를 불렀다. 이제야 환자 옆에 가도 된다는 허가가 내려진 것이다.

기토 노인은 아까와 같은 모습으로 베개에 머리를 대고 있다. 원장은 진찰을 마치고 통통한 몸을 출구로 옮기는 참이었다.

"선생님, 고맙습니다."

"몸조리 잘 하십시오."

부드러운 목소리를 남기고 복도로 나간다.

다미코는 복도로 쫓아 나갔다.

"선생님."

원장이 걸음을 멈추었다.

"환자의 용태는 어떤가요?"

다미코는 원장 앞으로 돌아가서 작은 목소리로 물어보았다.

"대단치는 않습니다."

백발이 많은 원장은 통통한 뺨에 미소를 띠고 있었다. 가느다란 눈이 더욱 작아진다.

"대체 어떻게 된 건가요. 갑자기 토하시면서 괴로워하셨는데요."

"위가 조금 약하신 모양이지요."

"네에."

"거기에 음식을 잘못 드셨는지, 약간의 식중독이 일어났습니다. 다시 말해서 전부터 위가 약하셨는데 음식을 잘못 드셔서 경련을 일으킨 것이지요."

"네."

"걱정하실 필요는 없습니다. 뭐, 연세가 있으시니 앞으로 사나흘 정도 여기 계시다가 집으로 돌아가시면 됩니다."

"고맙습니다."

옆에 있던 간호사가 환자에게 약을 지시대로 먹이라고 덧붙였다.

원장은 커다란 등을 돌리고 조용히 슬리퍼 소리를 내면서 계단을 내려갔다.

병실로 돌아가니 기토 노인은 코를 벌름거리며 똑바로 누워 있다. 턱에 자란 수염이 하얗게 눈에 띄었다.

다미코는 침대 옆 의자에 앉아 모포 위로 환자의 몸에 손을 올려놓았다.

"큰일이 아니라서 다행이에요."

"의사가 뭐라던가?"

노인은 드러누운 채 물었다.

"위가 좀 약하시대요. 거기에 음식을 잘못 드셔서 식중독을 일으키셨다고요. 사니흘 지나면 퇴원할 수 있다고 하셨어요."

"그래?"

"어르신께서 토하셨을 때는 어떻게 해야 하나 싶었어요."

"걱정을 끼쳤군. 나도 죽는 건가 했네."

"세상에, 말씀이 과하셔요."

"노인이니까. 언제든지 죽음을 생각하고 있지."

"다시 봤어요. 그런 분이 아니라고 생각했는데."

"다미, 다리가 좀 고단하구먼. 주물러 주지 않겠나."

"네."

"이불 위로 하면 시원하지 않아. 밑으로 손을 넣어 주게."

다미코가 모포 아래에 손을 넣어 노인의 다리를 주물렀다.

"거기가 아니야. 더 위쪽이야. 허벅지가 저린 것 같은데. 집에서도 늘 누워 있긴 하지만 이런 곳은 익숙하지 않아서인지 아무래도 몸 상태가 이상하구먼."

"그러세요?"

다미코가 손의 위치를 옮기자 노인은 꼼지락거리더니 손목을 꽉 잡았다.

"어머나."

"뭐, 어떤가."

"이렇게 기운이 넘치시는 줄은 몰랐어요. 역시 슬슬 비장의 솜씨가 나오시네요."

"나는 살아 돌아온 기분이 든단 말일세. 좋아서 그래."

"허풍 떠시기는. ……어머나, 거기, 안 돼요. 가만히 좀 계세요."

"사양 말고 그 위를 슬슬 주물러 주게."

"너무 흥분하실 만한 데를 주무르면 안 돼요. 사나흘 동안은 얌전히 계세요."

"고작해야 위가 아픈 정도니까 별것 아니야."

"저, 어르신. 저는 이렇게 어르신의 회춘을 돕고 있지만, 이번처럼 갑자기 편찮으시면 제 앞날이 불안해져요. 아까 어르신 입으로도 말씀하셨잖아요, 죽는 건가 했다고. 행여라도 그럴 리야 없겠지만, 만에 하나라는 경우도 있으니까요."

"앞으로의 자네 생활에 대해서는 내가 생각을 해 보고 있네. 안심하게."

"네에. 기쁘지만, 확실하게 구체적으로 말씀해 주시지 않으면 걱정이 돼서요."

"내게 맡겨 두면 돼. 조만간 자네가 바라는 대로 해 줄 테니까. 나는 절대로 배신하지 않는 사람이야."

"믿을게요. 정말로 제가 먹고살 수 있게 해 주세요."

"전에 자네가 바라는 것을 나도 들었으니 조금만 기다려 보게. 조만간 하타노와 구체적으로 상의해 보지."

"저기, 어르신. 요네코 씨는 어떻게 하실 건가요? 요네코 씨의 앞날도 생각해 주셔야지요."

"알고 있네. 요네코에 대해서는 참견하지 말아."

노인은 까다로운 표정을 지었다. 이때까지만 해도 다미코는 그것을 자신에 대한 기토의 배려로 받아들였다.

"오늘 밤과 내일 밤에는 제가 여기 계속 있겠지만 그 후에는 요네코 씨를 부를까요? 요네코 씨도 부르지 않으면 불쌍하잖아요."

"공연히 그런 소리 하지 않아도 돼. 나는 자네가 있는 편이 더 고마우니까. 알겠나."

"저도 그건 기쁘지만…….."
"아아, 거기만 주무르지 말고 다른 곳을 주물러 주지 않겠나."
"이쪽이요?"
"아니, 거기가 아니야. 조금 더 위일세. 어디, 어디, 내 손이 가는 대로 해 주게."
"어머나, 징그러워라."
다미코가 저도 모르게 손을 움츠리려고 했을 때, 테이블 위의 전화벨이 울렸다. 조용한 밤중이고 때가 때인지라 다미코는 흠칫 놀랐다.
"지금 시간에 누구일까요?"
노인은 잠자코 있었다. 다미코는 수화기를 들었다.
"기토 님의 방인가요? 여기는 뒷문 접수대인데 지금 하타노 씨라는 분이 면회를 오셨습니다."
밤이어서 병원 앞문은 닫히고 뒷문의 경비원 초소가 접수대 역할을 하고 있다.
다미코는 노인을 향했다.
"하타노 씨가 오셨대요."
"그래? 이리 들여보내게."
노인의 음성에는 기다렸다는 듯한 울림이 있었다.
하타노는 슈트 케이스를 응접실에 놓고 다미코의 안내를 받아 병실로 들어왔다. 어두운 전등 불빛에 기토의 얼굴이 초췌해 보인다. 그러나 삼백안은 하타노를 맞이하여 활기를 띠었다.
"선생님." 하타노는 큰 소리로 부르더니 베갯맡으로 다가가, "어떻게 된 일입니까?" 하며 몸을 굽혔다.

"아니, 갑자기 속이 안 좋아져서. 모두들 나 때문에 소란스러웠지. 자네는 지금 돌아왔나?"

"네에. 전화로 상황을 듣고 깜짝 놀라서 이쪽으로 직행했습니다."

"수고했구먼. 걱정하지 않아도 되네. ……다미코, 하타노에게 차를 가져다주겠나."

"네."

다미코는 병실을 나와 옆방으로 물러났다. 응접실 바로 옆에 부엌이 딸려 있다. 가스레인지나 냉장고도 있었다. 다미코는 불을 켜고 주전자를 올렸다. 물이 끓을 때까지 기토의 시중을 들려고 병실로 들어가니, 하타노가 노인의 얼굴 위에 몸을 굽히다시피 하고 소곤소곤 이야기를 하는 중이다. 왠지 비밀스러워 보여서 조심스럽게 가스레인지 옆으로 돌아왔다.

겨우 물이 끓는다. 차를 가지고 병실로 들어갔다. 그러자 기토와 하타노의 이야기 소리가 뚝 끊겼다.

"선생님이 병실에 입원하신 게 몇 년 만이지요?"

하타노의 목소리가 다시 커졌다.

"글쎄, 이십 년 정도인가. 하타노, 병원에 입원하는 일도 나쁘지 않아. 집에 누워 있을 때랑 달라 기분 전환이 되는군."

"환경이 달라지는 것은 좋은 일이지요."

하타노는 찻잔을 내준 다미코에게 미소를 지으며 물었다.

"당신은 밤새 간호를 하오?"

"네, 제가 계속 옆에 있지 않으면 심기가 불편하시니까요."

다미코도 살짝 웃으며 대답했다.

"선생님은 제멋대로시니까, 뭐, 잘 부탁해요. ……그렇지, 내일쯤에는 손님들이 많이 올지도 모르겠소."

"손님?"

"선생님이 입원하신 일은 가능한 한 알리지 않겠지만, 아무래도 소문을 듣고 문병을 오는 손님이 있을지도 몰라요. 내일은 도와 줄 사람을 이리 보내기로 하지요."

"요네코 씨가 오시나요?"

"글쎄, 누가 될지 모르겠군요."

하타노는 왠지 이상하게 말을 흐렸다.

"그렇지, 다미코 씨. 선생님께 여행에 대해 보고할 게 있으니 잠깐만 자리를 비켜 주지 않겠소?"

"네."

다미코가 노인의 얼굴을 보자 그도 고개를 끄덕인다.

다미코는 응접실로 돌아갔다. 하타노가 보고하려는 일이 뭐기에 나가라고 하나. 어쩐지 소외된 기분도 든다.

눈을 떠 보니 곁방의 무거운 커튼 틈으로 창문이 밝아져 있었다.

소파에서 모포를 감고 잤지만 피곤한 탓인지 잠자리가 바뀌었는데도 세상 모르고 기절한 것처럼 푹 잤다. 새벽 세시 가까이까지 깨어 있었던데다 기토의 '시중'을 드느라 지칠 대로 지쳐서 꿈도 꾸지 않았다.

하타노와 노인은 밀담을 끝내고 다시 다미코를 불러 차를 마시며 늦게까지 잡담을 나누었다. 하타노가 이런 이야기를 했다.
"제법 성대했습니다. 그 전보를 받은 것이 다음 날 아침, 여관에 있을 때입니다. 서둘러 급행을 탔는데……. 아, 기차 안에서 어떤 남자를 만났습니다. 아마 마이바라 쯤에서 올라탄 것 같은데, 도중부터 제가 앉아 있는 차량으로 옮겨 오더군요. 저는 얼굴을 잘 알고 있었지만 일부러 알아차리지 못한 척했지요."
누구를 말하는지 다미코는 전혀 모른다. 노인은 높은 코를 천장 쪽으로 향한 채 재미있다는 듯이 듣고 있었다.
"중간에 제가 내리려 하자 남자는 질겁을 하더군요. 따라서 내릴지 어떻게 할지 망설이더니, 결국 포기하고 그대로 기차를 타고 가 버렸습니다."
남자가 마이바라에서 탄 것 같다고 말했으니, 하타노는 교토에서 기차를 탄 모양이다. 아까 기토 노인과 둘이서 소곤소곤 비밀 이야기를 하고 있었던 만큼, 다미코는 하타노가 어디로 여행을 갔다 왔는지 솔직하게 물어볼 수가 없었다. 하여간 비밀이 많은 남자들이다.
하타노가 병원을 떠난 것은 새벽 한시가 지나서였고, 그때부터 기토는 다미코에게 온갖 일을 마음대로 시켰다. 다리를 주무르라느니, 손을 문질러 달라느니. 게다가 그쪽이 아니다, 이쪽도 아니다, 자기 마음 내키는 대로 말하며 곁에서 떠나지 못하게 했다.
보통의 환자와 달리 기토가 주무르게 하는 곳은 매우 위험한 부위뿐이다. 결국에는 자신의 침대를 반쯤 비우더니 들어오라고 말하기도 했다.

"떼를 쓰시면 안 돼요" 하고 다미코는 꾸짖었다.

"여기는 아자부의 집이 아니잖아요. 신성한 병원이라고요. 간호사가 전부 간호하는 게 원칙이고, 보통은 가족도 병실에서 자게 해주지 않아요. 그런데도 특별히 편의를 봐 주고 있잖아요. 어르신도 참, 여기를 호텔로 착각하고 계시는 거 아네요?"

"병원이나 호텔이나 마찬가지야." 기토는 이가 없는 입으로 웃는다. "자네와 단둘이 이런 곳에 오니 마치 소풍을 온 기분이구먼. 신선해서 좋네."

"그러게요. 어르신은 집에서 누워만 계시니까 기분 전환이 되어서 좋으신가 봐요. 잠도 못 자고 지키는 저는 힘드네요."

"슬슬 자네도 저쪽으로 물러가서 자게 할까."

"어머, 정말요? 기쁘네요. 벌써 두시가 넘었어요."

"그렇게 되었나. 자네와 놀고 있으면 시간이 가는 줄 모르겠단 말이야."

"어르신은 누워만 계시니까 몸이 편해서 좋으시겠어요. 저는 완전히 녹초가 된다고요."

"그럼 어서 저쪽 방으로 가서 쉬게."

"안녕히 주무세요."

"이거, 이거, 그렇게 선뜻 말하지 말고. 자, 잘 자라고 말해 주게나."

기토는 오므린 입술을 삐죽거렸다. 키스를 요구하는 것이다. 다미코는 말려 올라간 입술을 빨아 주었다.

"자, 되었지요?"

"음…… 아, 또 배가 아파졌어. 다미코, 배를 좀 문질러 주겠나."

"또 그런 말씀을. 뻔뻔스러우셔요."

"하하하."

노인이 웃는다.

세시가 다 되어서야 잠자리에 들 수 있었다. 띠는 풀긴 했지만 옷도 갈아입지 않고 잤기 때문에 역시 갑갑했다. 손목시계를 보니 일곱시 반이다. 복도에는 아직 간호사가 걸어다니는 발소리도 나지 않는다.

다미코는 모포를 걷고 일어나 옆방 병실을 들여다보았다. 하나밖에 없는 간병인이니 역시 책임이 있다. 만일 그 후로 환자의 용태가 급변했는데 모르고 있었다면 변명할 여지가 없다. 노인이니 방심해서는 안 된다.

슬쩍 보니 기토는 입을 딱 벌린 채 코를 골고 있었다. 커다란 콧구멍과 동굴처럼 새까맣게 벌린 입이 정면에 보였다. 광대뼈가 높은 만큼 뺨의 피부가 늘어져 주름이 파도친다. 초라하고 평범한 노인이다.

다미코가 발소리를 죽이고 곁방으로 돌아오는데, 문 밖에서 슬리퍼가 울리는 소리가 들린다. 이어서 바스락 하고 종이 소리가 났다. 문 밑의 틈으로 신문이 끼워져 있다. 특등실쯤 되면 완전히 호텔식이다.

다미코는 신문을 펼쳐 보았다. 아직 머리 한구석에 졸음이 남아 있다. 이대로 다시 자면 늦게 일어날 것 같아서 신문을 읽으며 잠을 깨려고 했다.

특별한 내용은 나와 있지 않았다. 물론 기토 고타가 입원한 일은 한 줄도 없다.

문득 사회면에 실린 표제에 시선을 빼앗겼다.

"교토에서 폭력단 두목 대회. 사월 이십일일 오후, 전국의 유력 조직 두목들이 모처에서 회합을 갖고 친목회를 열었다. 동쪽으로는 간토, 서쪽으로는 규슈에서 두목이나 간부들이 달려와 모인 성대한 회합이었다. 이 자리에 모 장관이 개인적으로 축사와 화환을 보내어 주목을 끌었다."

이거구나. 하타노가 간사이로 여행을 간 것은 이 모임 때문이구나. 이로써 하타노의 정체가 확실해졌다. 그는 그런 조직과 연결되어 있다. 아니, 그는 노인의 대리인 자격으로 대회에 출석한 것이다. 아마 상석에 앉았으리라—.

왠지 모르게 한기가 들어 서둘러 다른 곳을 보았다가 이번에는 정말로 심장이 덜컹 내려앉았다.

"가나가와 현에서 여자의 나체 교살 시체."

기사는 다음과 같다.

"사월 이십일일 오후 여덟시경, 가나가와 현 나카 군 이세하라초 히비타의 산속에서 마흔 살 정도 되는 여자의 교살 시체가 발견되었다. 관할서에서 검시한 결과, 사후 약 서른 시간 정도 경과. 나체지만 폭행을 당한 흔적은 없다. 도쿄 사람으로 추정되고 있다. 현장은 아쓰기에서 하다노 시를 지나는 국도 옆으로, 바로 가까이에는 오야마 산이 있고 이 근처는 트럭 등이 자주 다니는 간선 도로다. 피해자는 현장에서 살해되었다는 견해와 다른 곳에서 살해된

후 운반되어 왔다는 견해 두 가지 설로 나뉘어 있다. 가나가와 현
경에서는 수사본부를 설치하고 수사에 착수했다."
 기토의 저택에서 트럭으로 나간 여섯 개의 발목이 다미코의 눈
에 떠오른다. 세 명이 짐칸 위에 누웠고 몸에는 방수포가 덮여 있
었다. 다미코가 본 것은 두 사람의 구두와 한 사람이 신은 작업용
신발이다.
 작업용 신발을 신은 사람은 두 사람 사이에 누워 있었다.
 트럭은 이십일일 오후 다섯시경에 출발했다.
 현장 부근의 간선 도로는 트럭 통행이 잦다고 신문에 씌어 있다.
도내의 도로를 달리는 트럭의 짐칸에 인부가 드러누워 있는 모습
은 보기 드문 광경이 아니다. 위장한 시체를 짐칸에 실은 트럭은
혼잡한 도내를 유유히 빠져나간 후에 오야마 간선 도로로 나가서,
이 신문 기사에 나오는 현장으로 달려간 게 아닐까.
 기사에는 피해자가 알몸이라고 적혀 있다. 여자의 나체 시체라
니 호기심을 부추기려는 의도 같지만 실은 신원 불명으로 만들기
위한 수단이다. 마흔 정도라는 나이는 누구와 비슷할까. 사오 일
전부터 이 저택에서 사라진 사람이라면.
 졸음이 단숨에 깨고 말았다.
 요네코다. 요네코뿐이다. 저택에서, 트럭으로 운반되어 나갔다.
 트럭 위에 나란히 있던 세 사람 중 한가운데, 짐을 덮는 커버 끝
에서 튀어나와 있던 작업용 신발이 아직도 눈에 선하다. 양쪽의 구
두는 살아 있는 남자의 것이다. 작업용 신발은 여자의 발이 신고
있었으리라. 그러고 보니 작업용 신발에서 나와 있던 다리가 하얀

던 기억이 난다.

요네코는 저택 어디에선가 살해당했다. 며칠 전에 미토의 친척 집으로 돌아갔다고 했지만 실제로는 옛 화족의 넓은 저택 어딘가에 감금되어 있었던 것이다. 트럭으로 실려 나가기 전날 목이 졸려 죽었으리라. 신문 기사에 의한 사후 경과 시간이 딱 맞는다.

요네코를 죽인 사람은 이 집에서 어슬렁거리는 정체를 알 수 없는 젊은이다. 구로타니일지도 모른다. 명령한 사람은 물론 기토 노인이다.

다미코는 몸속까지 차가워졌다.

요네코는 왜 살해되었을까.

다미코는 노인의 급환을 요네코와 연결지어 보았다. 노인은 요네코가 모습을 감추고 나서 며칠이 지난 후에야 증상을 일으켰다. 만일 요네코가 노인에게 먹일 음식 속에 독이라도 넣었다면, 그녀가 집에서 사라진 날이나 다음 날 정도에 증상이 나타나기 시작했어야 한다.

그러나 당장 그 자리에서 효과를 나타내는 즉효성의 독만 있는 것은 아니다. 요즘은 다른 나라들의 제약 기술이 워낙 좋아져 사오일 후에 비로소 이상 반응이 오는 종류도 있다고 들었다. 어쩌면 노인이 먹은 것은 그런 류의 독이 아니었을까. 다른 하녀에게는 그럴 기회가 없다. 오직 요네코가 노인의 음식을 만들었기 때문이다.

일이 대체 어떻게 굴러가려는 것일까.

다미코는 자신이 그 집에 나타나고 나서 노인이 날이 갈수록 요네코를 멀리했음을 알고 있다. 당연히 요네코는 다미코에 대한 질투와 노인에 대한 반감, 원한 같은 감정을 갖고 있었으리라. 요네코는 원한 때문에 노인을 독살하려고 했을까. 적어도 독을 넣어서 괴롭히려고 했을 수는 있다.

그러나 이 가설에도 모순이 있다. 노인의 발병은 요네코가 사라진 후다. 그녀의 부재는 그녀의 감금을 의미하니, 노인은 자신에게 독을 먹인 사실을 눈치채기도 전에 요네코를 감금시켰다는 말이 된다. 중독 증세가 시작되고 범인이 요네코라고 판단한 후에 감금했다면 이해가 가지만, 아직 증상이 없을 때 요네코를 붙잡은 일은 어떻게 봐야 할까―.

알 수가 없다. 혹시 요네코가 더 큰 반역을 저질렀고 노인이 그 사실을 알아챈 거라면. 노인에게서 소외되었다거나 다미코를 질투했다거나 하는 일이 아니라, 노인의 분노를 살 만한 다른 무언가가 있었다면 어떨까. 그렇지 않다면 아무리 기토라도 설마 그녀를 죽이지는 않았을 테니까.

결국 노인에 대한 요네코의 결정적인 배신 때문이라고 봐야 하리라.

즉 노인은 요네코의 배신을 알아차리자마자 '처분'했고, 그 배신을 증명하듯이 뒤늦게 노인의 몸에 독이 효력을 나타낸 것이다. 병원에 실려 들어왔을 때 의사가 일부러 다미코를 떼어놓고 노인과 이야기한 일로 미루어 보아 결코 단순한 중독이 아니다. 별것 아니라는 의사의 말은 표면적인 설명일 뿐이다.

다미코는 손끝까지 핏기가 가시는 기분이 들었다.

지금 옆 병실에서 자고 있는 노인을 떠올린다.

이가 없는 입을 딱 벌린 채 졸고 있다. 철없는 노인의 잠든 얼굴이다.

다미코에게는 늘 멍청한 얼굴밖에 보이지 않는 기토다. 그런 노인이 이토록 잔인하단 말인가. 얼굴만 보면 마치 부처님 같은 노인이고, 염불을 외거나 염주를 굴리고 있어도 이상하지 않은데.

다미코는 그 비밀이 노인의 과거와 관련되어 있을 것 같다는 생각이 들었다. 그렇지 않다면 노인이 그렇게 간단히 '그녀'를 죽이라고 명령을 내릴 수는 없었으리라.

기토 고타는 정재계의 이면에서 이상한 권력을 쥐고 있다. 대체 그의 전신前身은 무엇일까.

다미코에게는 노인의 이상한 권력과 멍청한 얼굴이 아무래도 합치되지 않는 것처럼, 현재의 그에게서 그의 과거가 쉽게 떠오르지 않았다.

살인이라면 다미코 자신에게도 경험은 있다!

노인은 아홉시 넘어서까지 잠에서 깨지 않았다.

열시가 되어 원장이 회진을 왔다.

이번에는 또 다른 젊은 의사가 뒤를 따른다. 간호사도 네 명이다. 어젯밤에 두 번째 회진을 왔을 때와는 상당히 다르다. 오늘 아침에는 원장도 의무적으로 회진을 왔다는 분위기다. 증상은 양호하다. 병의 원인을 확실히 안 탓일지도 모른다.

"어떠신가요?"

다미코가 묻자 원장이 대답했다.

"아아, 많이 좋아졌습니다."

실제로 원장의 얼굴도 밝았다.

노인의 증상이 나아졌음은 다미코가 가장 잘 알고 있다. 몸이 안 좋다면 그런 어리광은 피울 수 없었을 터다. 그러나 어젯밤 원장의 진찰은 다미코를 내보낸 후 상당히 신중하게 이루어졌던 것 같다. 거기에 무언가 사연이 있어 보인다.

열시가 지나자 병실 옆 곁방으로 낯선 남자 세 명이 왔다. 모두 중년을 넘긴 훌륭한 신사다. 하기야 다미코도 얼굴을 본 적이 있다. 기토의 집에 손님으로 왔던 사람들이다.

"수고가 많으십니다."

세 사람 다 다미코에게 인사를 했다.

문병을 왔나 싶어 보고 있자니 남자들 뒤에서 하타노가 작은 키를 드러냈다.

"아아, 다미코 씨" 하고 스스럼없이 인사한다.

"오늘은, 어젯밤에도 이야기했다시피 문병객이 상당히 많이 올지도 몰라서 이 사람들에게 접수를 부탁했다오. ……자네는 여기 혼자 있게."

하타노는 가장 연장자인 수염을 기른 남자를 지명했다.

"다른 두 사람은 병원 접수대 옆에서 문병을 오는 사람을 거절하고. 병원 쪽에 부탁해서 책상과 의자를 내 달라고 말해 뒀으니까."

"네, 알겠습니다."

남자 두 명이 아래층으로 내려간다.

"뭐, 별일이야 없겠지만 줄줄이 찾아와도 곤란하니까."

하타노는 그렇게 중얼거리고 소파에 걸터앉아 담배를 피웠다.

다미코는 하타노의 얼굴을 보고 퍼뜩 떠올렸다. 오늘 아침 신문 기사와 관련된 그의 행동이다. 분명히 그는 어제 간사이에서 돌아오는 도중에 어떤 남자가 따라붙어 하차했다고 말했다.

어느 역일까.

오늘 아침 신문에 나와 있는 가나가와 현의 이세하라초에서 가까운 역이라면, 의심스럽다고 봐야 한다. 물론 하타노는 '그녀'가 살해되었을 때 간사이에 가 있느라 부재중이었다. 그러나 긴밀한 연락을 주고 받는 듯한 사람들이니, 하타노가 도쿄에서 급한 연락을 받고 도쿄로 돌아오는 도중에 하차했다고 가정해도 이상하지는 않다. 그리고 보면 어젯밤 다미코를 내보내고 노인과 둘이서만 밀담을 나누던 일도 수상해진다.

다미코는 아무렇지도 않은 표정으로 연기를 내뿜고 있는 하타노의 옆얼굴까지도 오싹해지기 시작했다. 하타노는 친절하고 배려가 깊으며 신사적이다. 그러나 노인의 수족이 되어 만사를 지배하고 있으니 기토 노인과 동질의 성정이 피부 안쪽에 숨어 있지 않으리라고는 단언할 수 없다.

다미코는 호텔의 보석 디자이너 살인 사건을 떠올렸다. 그녀가 방문을 열었을 때 여자는 이미 죽어 있었다. 곧 하타노의 방으로 갔지만 당시 그는 아무 일도 없다는 듯이 신문을 읽고 있었다.

이제 와서 생각하면 하타노의 모습에 부자연스러운 데가 없었다고는 말할 수 없다.

문을 노크하는 소리가 나고 아까 접수대로 간 남자 중 한 명이 커다란 과일 바구니를 들고 왔다.

"하타노 씨, 지금 아래층에 XX당의 요코가와 마사노스케 씨가 오셨습니다만."

"아아, 부간사장 말이군. 그런 사람은 돌려보내게."

"알겠습니다. 선물은 여기에 두겠습니다."

"이보게, 자네. 그런 사람들은 일일이 여기에 물어보지 않아도 돼. 자네들 독단으로 돌아가 달라고 부탁해 주게. ……좀 더 거물인 경우에는 아래층 접수대 전화로 이쪽에 연락하고."

"네, 알겠습니다."

전화가 걸려온 것은 그가 아래층으로 내려간 직후였다.

"지금 여당 총무회장 대리가 오셨는데, 어떻게 할까요?"

"대리라고?"

하타노는 코웃음을 쳤다. "대리 따위를 여기에 들여보낼 것까지도 없지. 쫓아 보내게."

그는 전화를 끊고는 엷게 웃었다.

"빠르기도 하지, 이런 뉴스는 순식간에 알려지는 모양이오."

십 분도 지나지 않아 또 전화가 울렸다.

"전체 자원 개발 공단의 우에무라 총재님이 오셨습니다."

"본인이겠지?"

"네. 이사님 두 분과 함께 오셨습니다."

"이리 들여보내게."

몸집이 작은 하타노가 소파에 몸을 젖히고 앉아 다미코에게 말했다.

"전체 자원 개발 공단 총재 우에무라라는 사람은, 선생님께서 돌봐주고 계신 사람이라오."

8

히사쓰네 형사는 침상 속에서 조간을 읽었다. 가나가와 현 이세하라초 근처의 숲속에서 목 졸려 죽은 채 발견되었다는 여자의 나체 시체에 대해서는 별로 마음에 두지 않았다. 경시청 관할이 아닐뿐더러, 드문 사건도 아니다.

히사쓰네는 묵묵히 아침을 먹었다. 맛없는 된장국이다. 마치 쌀겨국을 마시는 것 같다. 그래도 묵묵히 젓가락을 움직이면서 신문 기사 위로 상상을 부풀리고 있었다.

아내는 다음 월급날까지 쓸 생활비가 없다며 끊임없이 푸념을 늘어놓고 있다. 히사쓰네가 호쿠리쿠행에서 쓴 여비는 자신의 지갑에서 낸 것이라 그만큼 힘들어졌다.

"오늘 돌아올 때까지 어떻게든 돈을 만들어 올게."

히사쓰네는 짧게 말했다. 아내의 푸념인지 불평인지 모를 중얼거림이 시끄럽다.

경시청에 출근해서 형사실에 들어갔지만, 여기에서는 이세하라초의 살인은 화제도 되지 않았다. 관할 외 지역에서 일어난 사건이라 모두 냉담하다.

그런데 그날 오후의 일이었다. 상사가 형사실에 네다섯 장 정도의 사진을 돌렸다.

"이봐, 신문에도 나온 가나가와 현 이세하라초의 산속에서 발견된 피해자인데. 가나가와 현경에서는 신원을 몰라. 피해자는 도쿄 사람이고 차로 옮겨졌다는 추측도 있어서 이쪽으로 조회해 왔다네. 다들 짚이는 데가 있는지 한번 봐 두게. ……쓸데없는 데 흥미 갖지 말고." 계장은 의미심장하게 웃으며 말했다.

형사들은 제각기 한 장씩 사진을 집어 들었다. 현장 사진이라서 리얼하고 황량하다. 시체를 모든 각도에서 찍고 각 부분도 확대되어 있다.

피해자인 여자는 마흔 살 정도로 영양 상태가 좋고 매우 통통했다. 턱 부근에 검게 강삭여러 가닥의 강철 철사를 꼬아서 만든 굵고 튼튼한 줄 자국이 먹으로 칠한 양 줄기를 만들고 있었다. 형사들은 얼굴보다도 나체 시체의 아래쪽에 시선을 두며 외설스러운 비평을 하고 있었다.

히사쓰네는 사진을 보다가, 어라, 하고 생각했다.

여자는 눈을 부릅뜨고 입을 벌리고 있다. 약간 휜 듯한 이가 엿보였다. 비교적 품위 있는 얼굴 생김새다. 젊었을 때는 제법 예뻤을 것이다.

분명히 어디선가 본 적이 있다. 젊었을 때의 피해자를 알고 있어서가 아니다. 현재 사진 속의 얼굴이 낯익으니, 그리 먼 옛날은 아니다.

그는 뚫어져라 얼굴을 보았다. 다른 각도로 찍은 사진이나 비스듬히 찍은 옆모습도 보았다. 보면 볼수록 어디선가 만난 얼굴이다.

요릿집에서 일하는 하녀인가 싶기도 했지만 아무리 되짚어도 기억이 없다. 혹시 무슨 사건에서 참고인으로 만난 적이 있느냐 하면 그렇지도 않다. 직접 말을 나눈 적은 없는, 그런 관계였다.

하마터면 입 속에서 고함 소리가 나올 뻔했다. 가슴이 두근 하고 크게 울렸다.

분명히 종합고속 노면공단의 오카하시 이사 장례식 때 보았다. 당시의 광경이 또렷하게 떠오른다. 가가와 총재가 분향을 왔다가 이 여자와 마주치고 표정에 미묘한 변화를 보였다. 총재와도 알고 있는 얼굴이다.

그래서 흥미를 가지고 여자가 서명한 명부를 확인하여 '기토 고타 대리'라고 적은 사실을 알아냈다. 처음에는 기토 고타의 아내라고 짐작했다.

나중에 다미코가 새로운 사실을 알려 주었다. 기토 고타에게는 아내가 없으며 자신이 본 사람은 기토 저택에서 옛날부터 일하던 고참 하녀라고.

'엄청난 일이 일어났군. 기토 저택의 고참 하녀야. 그런 사람이 알몸으로 살해당했어.'

히사쓰네는 흥분한 모습을 동료들에게 보일 수 없어서 슬쩍 형사실을 빠져나와 안뜰로 나갔다. 공기를 폐 밑바닥까지 들이마신다. 흐트러진 마음을 억누르고, 왜 하녀가 그런 곳에서 시체로 발견되었는지 생각해 보았다.

오늘 아침에 읽은 신문 기사에는 흥미가 없었기 때문에 힐끗 보았을 뿐이지만, 가나가와 현경에 따르면 피해자는 도쿄에서 트럭으로 운반되어 왔을 공산이 크다고 했다. 알몸인 이유는 옷에서 단서가 될 만한 것이 나올까 봐 두려워서 모든 것을 벗겨냈기 때문이리라.

트럭. 시체 운반이니 트럭업자에게 부탁할 일은 아니다. 트럭을 갖고 있는 사람이 옮겼다고 봐야 한다. 기토 고타는 밑에 폭력단을 가지고 있다. 그 선상에서 트럭을 갖고 있는 토건업자를 상상하기란 쉬운 일이다.

아자부의 고풍스러운 옛 화족 저택에는 정체를 알 수 없는 젊은 이들이 어슬렁거리고 있다. 물론 그들은 기토의 호위지만, 놈들이 기토의 명령으로 살인을 청부하는 일쯤은 얼마든지 가능하다. 그들의 손으로 트럭을 조달하고 운반을 실행했다고 보아도 부자연스럽지 않다.

가나가와 현의 이세하라초는 어떤 곳일까?

히사쓰네는 건물 안으로 돌아가 도서실에서 가나가와 현의 지도를 빌려 보았다. 그곳은 아쓰기에서 오다와라로 나가는 길의 중간에 있다.

히사쓰네의 심장은 다시 격렬하게 움직였다.

요전에 호쿠리쿠에서 돌아오는 길의 열차 안에서 우연히 마주친 하타노의 행동.

하타노는 그때 갑자기 오다와라 역에서 내리지 않았던가. 히사쓰네는 하타노가 도쿄 역까지 계속 타고 가리라 짐작했다. 오다와라 역에서 그가 도중하차한 것은 미행을 눈치채고 히사쓰네를 따돌리기 위해 예정을 변경했기 때문이라 여겼다.

그러나 하타노가 오다와라 역에서 하차한 데는 다른 의미가 있었다. 이세하라초는 오다와라에서 가는 것이 편리하기 때문이다. 거리 자체는 히라쓰카 역 부근이 가깝지만, 급행 열차가 서지 않는다. 내리려면 역시 오다와라다. 하타노의 예정된 행동이었다고도 볼 수 있다.

'......하타노는 고참 하녀를 죽이라고 누군가에게 명령해 놓고 자신은 간사이에 간 건가. 그렇다면 시체를 버릴 곳까지 미리 의논해 두었다는 뜻일까.'

만일 이 추정이 맞다면 하타노는 현장의 상황을 보기 위해 오다와라 역에서 내린 것이 아닐까.

'하지만 직접 현장을 보러 갈 필요는 없을 텐데.'

히사쓰네는 자문자답해 보았다.

'만일 하타노가 이세하라초의 살인과 관련되어 있다면 그가 시체 유기 현장에 가까이 가는 것은 오히려 위험하지 않은가. 처치한 후에 확인할 방법은 얼마든지 있어. 도쿄로 돌아와서 동료에게 이야기를 듣거나 신문 기사로 결과를 확인하는 방법이지. 하타노가 무슨 이유로 위험을 감수하면서까지 현장에 갈 필요가 있었단 말인가.'

이유를 알 수가 없다.

하타노의 대담함으로 돌려서 해석하는 것도 가능하지만, 오히려 치밀한 계획성을 지닌 하타노에게 어울리지 않는 행동이라고도 할 수 있다.

분명히 하타노는 소심하지 않다. 뉴 로얄 호텔에서 가가와 총재의 여자를 죽인 범인은 하타노일지도 모른다. 적어도 같은 층의 방에 진을 치고 있는 하타노가 전혀 무관하다고는 생각할 수 없다. 그런 대담함을 하타노는 지니고 있다.

그 범죄도 하타노의 치밀한 계획에서 비롯되었다. 그 증거로, 현장에는 그의 범행이라고 짐작할 수 있는 어떠한 증거도 없지 않았던가. 유일한 증거인 방의 문 손잡이에 찍힌 지문은 오히려 가가와 전 총재에 대한 혐의를 확립시켰다.

히사쓰네는 경시청을 나왔다. 자신의 일을 하기 위해서가 아니다. 요즘 사건은 자잘한 것뿐이고, 그가 할 일은 적었다. 평온무사하다는 것은 좋은 일이다. 지금 본부에서 담당하고 있는 사건은 뉴 로얄 호텔의 살인뿐이지만, 이 사건은 지구전 양상을 띠고 있다. 초조해할 필요 없다. 그는 본부의 명령대로 젊은 형사와 함께 성의 없는 조사를 계속하고 적당히 보고할 뿐이다. 그가 노리는 먹이는 다른 곳에 있다.

히사쓰네는 본청 앞에서 택시를 타고 신주쿠로 갔다. 부근에는 알고 지내는 물장사 가게가 여럿 있다. 히사쓰네는 뒷골목의 요릿집에 들어가 몰래 여주인과 만났다.

"미안하지만 돈 좀 빌려 줄 수 없겠소? 급해서."

히사쓰네는 이 집에 똑같은 부탁을 전에 몇 번인가 했다. 이 집이 손님에게 좋지 못한 영화나 쇼를 몰래 보여 주고 있다는 사실을 알기 때문이다. 일하는 종업원들도 절반은 돈을 받고 몸을 판다. 덕분에 가게는 날로 번성했다.

히사쓰네는 여주인에게서 오천 엔짜리 지폐 두 장을 받아들고는 고개를 내둘렀다. 이제 오늘 밤 집에 돌아가 아내에게 생활비가 모자란다는 푸념을 지겹게 듣지 않아도 된다.
 경시청으로 돌아온 히사쓰네는 기토 저택에 고참 하녀가 있는지 확인해 보기로 했다. 위험하지만 꼭 해야 한다. 그 저택에 있는 다미코가 떠올랐다.
 '전화를 한번 걸어 볼까.'
 이제까지 이 방법을 생각해 보지 않은 것은 아니다. 예를 들어 다미코와 아는 사이라고 말하고 바꿔 달라고 한 다음 은근슬쩍 탐색해 보는 것이다. 지금까지는 상대에게 금세 간파당할 위험성이 있기 때문에 참았다. 수상하게 여겨져서는 안 된다. 이상한 전화가 걸려왔다고 하면 상대가 상대인 만큼 신경질적으로 경계심을 불러일으키리라.
 하지만 이제 괜찮을 것이다. 기토 저택을 중심으로 여러 가지 검은 소용돌이가 치고 있는 현재, 그 방법을 한 번쯤 써도 나쁘지는 않다.
 히사쓰네는 또 볼일이 있는 양 형사실을 나와 공중전화 박스로 들어갔다.
 "생명 보험 수금 담당자인데요, 댁에서 일하는 다미코 씨를 좀 바꿔 주십시오. 언제 수금하면 좋을지 여쭈어 보려고요."
 히사쓰네는 말했다.
 "다미코 씨는 안 계십니다."
 젊은 하녀의 목소리다.
 "그럼 고참 하녀분을 바꿔 주십시오."
 "고참 하녀요? 요네코 씨 말인가요?"

젊은 하녀가 무심코 말했다.

"네, 맞아요, 요네코 씨."

"요네코 씨라면 사오 일 전부터 고향에 가 계시는데요. 언제 돌아오실지 몰라요."

틀림없다. 고향에 갔다는 것은 거짓말이다. 살해된 사람은 요네코라는 고참 하녀다. 게다가 다미코도 사라졌다.

세상 일이라는 게 참 신기하다. 선이 끊긴 듯해도, 어디론가 반드시 이어져 있다.

공중전화에서 방으로 돌아가려던 히사쓰네는 다른 방의 형사 세 명과 딱 마주쳤다. 처음에는 이세하라초의 살인 사건 수사를 돕기 위해 도내 수사라도 나가는가 싶어 슬쩍 물어보니 한 사람이 대답했다.

"지금부터 묘가다니의 사와스기 병원에 갈 걸세."

특별히 변장도 하지 않았다. 모두 양복을 입고 깔끔한 복장을 하고 있다. 형사들의 옷차림으로 수사의 윤곽을 어렴풋이 짐작할 수 있는 법이다. 히사쓰네는 그들이 경계 근무를 서러 나간다는 것을 곧 알았다.

"누가 입원했나?"

"실은 기자한테 들키면 곤란한데 아자부의 기토 고타가 입원했어."

안면이 있는 형사는 작은 목소리로 속삭였다.

"뭐?" 히사쓰네는 눈을 부릅떴다. "기토가 입원했어?"

"정재계의 숨은 거물이니까. 기토 본인의 신변 경계를 하는 건 아니지만 어쨌거나 그가 입원했다는 말에 상당히 높은 양반들이 문병을 오는 모양이야. 경비부장의 명령으로 그런 문병객을 위해서 우리가 차출된 거지. 물론 관할서에서도 나와 있어."

"그래? 입원은 언제 했나?"

"어젯밤이래."

"어젯밤?"

히사쓰네가 하타노와 만난 것이 어제 열차 안이었고, 저녁때 하타노를 오다와라 역에서 놓쳤다. 기토의 입원은 그날 밤이라고 한다. 용케도 관련된 일들이 염주알처럼 줄줄이 이어진다.

동료 형사에 따르면 기토의 문병객 중에는 전 장관급 인물들도 있는 듯하다.

문득 방금 전 기토 저택에 전화했을 때가 떠오른다. 하녀는 다미코가 없다고 했다.

아마도 병원에 있겠지.

히사쓰네의 가슴이 뛰기 시작했다.

일단 형사들과 헤어졌다가 저녁때 묘가다니로 가 보았다. 아는 얼굴의 형사가 사와스기 병원 정문 부근을 어슬렁거리고 있다. 이경우, 인사를 하지 않는 것이 예의다. 병원 정문은 오후 네시에 닫히지만 옆쪽 출입문은 열려 있었다.

히사쓰네는 접수대에 신분을 말하고 간호사 한 명을 불러 달라고 했다. 실은 원장을 직접 만나는 편이 좋지만 사실을 말하지 않을지도 모르니까.

히사쓰네는 접수대 옆에 서서 스물대여섯 살 정도 먹어 보이는 간호사를 만났다.
"기토 씨가 입원해 있지요?"
히사쓰네는 스스럼없는 말투로 물었지만 간호사는 입이 무거웠다. 하지만 경시청 사람이라고 밝혔고 이미 경관이 경계를 서러 와 있기도 해서 부정하지는 않았다.
"무슨 병입니까?"
"글쎄요, 위가 나쁘다고 하시던데요."
확실히는 말하지 않는다.
"위가 나쁘다면 위궤양이나, 아니면 위암이나, 그런 겁니까?"
"글쎄요, 저는 잘 몰라요."
간호사는 우물거렸다. 히사쓰네는 간호사가 사실을 알고 있다고 직감했다.
"솔직하게 말해 주시지 않겠습니까. 저희는 기토 선생님께 문병을 오는 사람들을 경계하고 있는데, 그러려면 일단 선생님의 용태를 알아 둘 필요가 있으니까요."
"네."
"폐를 끼치지는 않겠습니다. 네? 말씀해 주시지요."
히사쓰네는 부드럽게 물었다. 간호사는 그제야, 접수대 남자에게는 들리지 않도록 속삭이듯 대답했다.
"기토 씨는 식중독에 걸리셔서 저희 병원에 치료하러 오신 것 같아요."
"식중독?" 히사쓰네는 조금 놀랐다. "식중독 정도로 입원까지 하시나요?"

간호사는 입을 다물고 있다. 거짓말은 아닌 것 같았다. 그게 입원의 진상이라니 납득할 수 없다. 아무리 노인이라 해도 식중독 정도라면 자택으로 의사를 불러서 치료할 것이다.

"이상하군요. 대체 뭘 드시고 그런 겁니까?"

"글쎄요."

어지간히 단단히 입막음을 당했는지 간호사는 좀처럼 사실을 말하지 않았다. 조금만 더 하면 될 것 같아서 히사쓰네는 그녀의 입을 열게 하려고 노력했다.

끝내 간호사의 입을 여는 데 성공했다. 그러나 기토 고타는 단순한 식중독이 아니라 다른 원인으로 증상을 일으켰다는 추상적인 설명이었다.

"다른 원인?"

히사쓰네는 다시 물었지만 간호사도 그 이상은 말하지 않았다. 정확한 의학적 지식이 없기 때문인지 아니면 다른 무언가를 두려워해서 입을 다물고 있는지는 잘 모르겠지만, 간호사의 표정으로 볼 때 아무래도 후자 같다.

그도 더 이상 캐물을 수는 없었다. 뭐라 해도 상대는 기토 고타다. 일개 형사로서는 추궁하는 데 한계가 있다.

아니, 여기까지 한 것도 히사쓰네 본인은 엄청나게 용기를 낸 셈이다. 기토가 정계의 이면에 어느 정도의 잠재 세력을 갖고 있는지를 감안하면 이 정도도 위험하다.

그 증거로 '높은 양반'이 기토의 문병을 오기 때문에 신변을 경계하기 위해 경찰관이 문 앞에 배치되어 있지 않은가. 거의 장관급 대우다. 아니, 그 이상일지도 모른다. 파벌에 속해 있다는 이유만으로 장관 자리를 얻어낸 평범한 정치가와는 격이 다르다.

기토에 비한다면 히사쓰네는 그야말로, 요즘 유행하는 말은 아니지만 '불면 날아갈' 하찮은 인간이다. 그것을 알면서도 히사쓰네가 기토의 신변에 다소나마 다가갈 작정을 한 까닭은, 진상을 추궁하려는 직업 정신에 의한 것이 아니라 다미코가 기토의 저택 안에 있다는 데서 생긴 사심 때문이다.

히사쓰네는 간호사에게 하던 질문을 그만두고 슬슬 병원 현관으로 발걸음을 옮겼다. 눈에 익은 경시청의 승용차가 현관에 와 있다. 몸을 숨기고 엿보니 자동차에서 내린 사람은 경시청의 경비부장이었다. 두뇌 회전이 빠르고 몸이 날렵하기로 정평이 난 이 경비부장은 소위 말하는 경찰 관료의 희망으로 장래의 경시총감이 틀림없다고들 하는 인물이다. 이 부장에게는 보수당 실력자의 입김이 미치고 있다는 소문이 많다.

경비부장은 물론 평복 차림으로, 현관 안으로 빠르게 걸어 들어갔다. 경계를 서던 형사들도 눈에 띄지 않도록 경례를 한다. 전화로 통보가 되었는지 특별히 그를 위해 병원 정문 현관도 열려 있었다. 히사쓰네는 다시 한 번 기토의 권력을 눈앞에서 똑똑히 본 기분이었다.

목덜미가 오싹해졌다. 히사쓰네가 보기에 구름 위의 존재 같은 상사가 일부러 기토의 병문안을 온 것이다. 그런 상대의 신변을 일개 형사가 조사하려고 하는 것이니, 히사쓰네도 살얼음을 밟는 심정이 아닐 수 없다.

히사쓰네는 몸의 위험에는 민감한 편이었다. 이래서는 안 된다. 이쯤에서 돌아가자고 생각했지만, 한편으로 아직 포기할 수 없다는 마음도 남아 있다. 다미코를 완전히 손에 넣을 때까지는 단념할 수 없었다. 겨우 여기까지 왔다. 게다가 고참 하녀 요네코의 시체가 나온 참이기도 하다.

조금만 더 가 보자고 스스로를 북돋았다. 그의 신변에 '위험'한 분위기는 아직 직접적으로 느껴지지 않는다. 인간이란 그런 현상을 눈으로 보거나 피부로 느끼지 않는 한 아직 괜찮다고 여기는 법이다. 히사쓰네의 주위는 여전히 평온하다.

히사쓰네는 아까 간호사가 말한 '단순한 식중독이 아니라 다른 원인에 의한 증상'의 의미를 계속 생각했다. 그에게 의학적인 지식은 별로 없다. 하지만 식중독이 아닌 중독 증상이라면 당장 떠올릴 수 있는 것은 '독'이었다.

히사쓰네는 흥분하기 시작했다—기토 고타가 그 저택에서 누군가에 의해 독을 먹었다면…….

'그런 일이 가능할까. 엄청난 일인데.'

한 번은 자신의 의심을 부정했지만 이상하게 움츠러든 듯한 간호사의 표정도 그렇고 대답을 분석해 본 결과도 그렇고, 이 외에는 식중독 증상을 유발시킬 만한 방법이 없다.

'누가 독을 넣었을까.'

히사쓰네가 생각한 범인은 살해된 고참 하녀 요네코였다. 그녀가 기토 고타에게 독을 먹였다고 치자. 그래서 기토의 부하 놈들에게 붙잡혀 죽음의 린치를 받았다. 시체는 사람들이 모르도록 가나가와 현 이세하라초의 산속으로 운반, 유기되었다—.

고참 하녀라면 얼마든지 음식에 독을 넣을 수 있다.

하지만 고참 하녀인 요네코가 왜 기토에게 독을 먹였을까. 이 점을 알 수가 없다. 혹시 다미코가 새로 들어와 기토의 총애를 받은 데 대한 질투 때문인가.

히사쓰네는 다시 뒷문으로 돌아갔다.

병실에서는 경시청 경비부장을 맞이한 기토 고타가 환담을 나누고 있음이 틀림없다. 간호사의 이야기로는, 기토의 증상은 경미하고 앞으로 이삼일이면 퇴원도 할 수 있을 것이라고 한다.

히사쓰네는 기토가 그의 성城인 아자부의 저택을 나온 지금이 그를 쫓을 절호의 기회라고 생각했다.

이는 동료들에게도 절대로 알려져서는 안 되는 그의 '단독 수사'이다.

히사쓰네는 접수대 주위를 어슬렁거렸다.

저녁 여섯시가 지났기 때문에 뒷문의 경비원 초소 안에만 불이 환하게 켜져 있고 그 외에는 어둑어둑했다. 차가운 콘크리트 건물의 천장에 작은 불이 켜져 있을 뿐이다. 간호사가 한 명도 없는 걸 보면 모두 기토의 병실에 모여 있는지도 모른다. 저 정도의 거물이면 병원 쪽에서도 특별 취급을 하리라. 원장도 치료에 전력을 다하겠지.

간호사가 이곳에 모습을 보일지도 모른다는 기대가, 그를 근처에서 떠나지 못하게 만들었다.

내려오는 엘리베이터 소리가 났다. 히사쓰네가 몰래 살펴보니 나타난 사람은 뜻밖에도 간호사가 아니라 다미코였다. 게다가 혼자다.

다미코는 어두운 곳에 있는 히사쓰네를 알아차리지 못하고 경비원에게 짧게 인사한 다음 밖으로 나갔다. 히사쓰네는 가슴을 두근거리는 것을 느끼며 뒤를 쫓았다.

다미코는 길로 나가 택시를 기다리는 중이었다. 히사쓰네는 뒤로 다가가 여자의 어깨를 두드리고 싶은 유혹을 겨우 참았다. 병원이 지나치게 가깝고, 지금부터 어디로 갈지 확인하고 싶었기 때문이다. 경비부장의 승용차는 아직 문 앞에 서 있다.

다미코는 달려온 빈 택시를 세웠다. 히사쓰네는 당황했지만 때마침 반대쪽에서 달려온 택시를 향해 손을 들었다. 택시는 빙 돌아서 그의 앞에서 문을 열었다.

히사쓰네가 탄 차는 유턴을 하느라 시간을 잡아먹은 바람에 다미코의 택시와는 거리가 상당히 벌어져 쉽게 접근할 수 없었다.

히사쓰네는 초조해졌다.

앞의 택시는 아자부 방향을 향하고 있다. 하기야 그것은 해석하기 나름이고, 좀 더 가 보지 않으면 확실한 목적지는 알 수 없다. 입원해 있는 기토를 위해 무언가를 가지러 저택으로 돌아가는 것 같기도 하고, 자신의 볼일을 보러 가는 것 같기도 하다.

저쪽 차와 이쪽 차 사이에는 승용차나 택시, 트럭이 네다섯 대나 끼어 있어서 복작거렸다. 자칫하면 놓칠지도 모른다는 걱정을 하던 참에 운 좋게도 신호에 걸렸다. 히사쓰네는 기사에게 검은 가죽 수첩을 보여 주며 두 차 사이에 있던 자동차 옆으로 끼어들어 다미코의 택시 옆에 차를 바싹 붙이게 했다.
 빨간 신호가 한동안은 바뀌지 않겠다 싶어 백 엔짜리 지폐 한 장을 기사에게 던지고 택시에서 내렸다. 그는 옆에도 뒤에도 자동차가 빽빽하게 서 있는 좁은 틈을 달렸다.
 "손님, 위험해요."
 기사가 고함쳤다. 히사쓰네는 다미코가 탄 택시의 창문을 두드리고 밖에서 기사에게 경찰수첩을 보여 주었다.
 기사가 고개를 끄덕이더니 곧 문을 열어 준다.
 다미코는 히사쓰네가 올라타자 앗, 하고 입 속으로 소리를 질렀다.
 순간 파란불이 켜지고 택시가 달리기 시작했다.
 "오랜만이네요." 히사쓰네는 좌석 구석에 몸을 바싹 기대고 있는 다미코에게 말했다. "여기서 우연히 당신을 발견했거든요. 다행히 같이 탈 수 있게 되었군요……. 당신은 좀처럼 만날 수가 없어서 말이오."
 다미코는 히사쓰네를 노려보았다.
 "지금 어디 가십니까?"
 "대답할 수 없어요."
 다미코는 화난 목소리로 대답했다.
 생각지 못한 때에 히사쓰네가 뛰어 들어온 것이다. 다미코는 당황스러운 감정을 추스르려고 노력했다.
 이 남자를 만나면 남편을 죽인 자신의 죄가 생생하게 떠오른다. 평소에는 잊은 것처럼 의식 밑바닥에 가라앉아 있지만, 히사쓰네가 눈앞에 나타나면 과거의 범죄를 그가 몸에 걸치고 다가오는 것만 같았다.

다만 그 감각이 흐릿해지는 까닭은 그의 눈이 욕망으로 바뀌어 그녀를 향해 빛나고 있기 때문이다.

히사쓰네는 앉은 자세를 고치며, "기토 씨가 큰일 났다면서요?" 하고 아무렇지도 않게 말을 걸었다.

"……."

다미코는 대답하지 않았다. 되도록 말을 하지 않는 편이 좋다.

"뭐라더라. 기토 씨는 식중독이라고 했지만 병원에 물어보니 조금 원인이 다르다던데요?"

히사쓰네의 이 말이 다미코의 심장을 꽉 움켜쥐었다.

의사의 태도나 병원의 분위기로 보아 기토 노인의 식중독을 의심스러워 하던 참이었다.

무언가 사연이 있으려니 했는데 히사쓰네는 알고 있는 모양이다. 과연 형사다.

"당신은 알고 있지요, 기토 씨의 식중독이 사실은 어떻습니까?"

히사쓰네가 늘 그렇듯이 구겨진 담배를 피우기 시작했다.

기토 노인의 증상과 그 원인을 알고 있는 듯한 히사쓰네의 말투에, 그를 볼 때마다 떠오르는 압박감도 지금만은 잊을 수 있었다.

"저는 아무것도 몰라요." 다미코는 고개를 저었다. "의사 선생님이 아무 말씀도 하지 않으니까요. 어르신은 식중독이라고 들었어요. 아무리 경찰이라도 이상한 말씀은 말아 주세요."

다미코는 일부러 히사쓰네의 말을 유도하는 대답을 했다.

"당신만 아무것도 모르나 보군." 히사쓰네가 비웃듯이 말했다.
"그럼 어르신이 어떻게 되셨다는 말인가요?"
다미코는 발끈한 척 항의하는 말투로 히사쓰네에게서 진상을 알아내려고 해 보았다.
히사쓰네는 대답하지 않고 아자부 방향으로 빠르게 달리는 차의 기사에게 지시했다.
"이보시오, 신주쿠 쪽으로 좀 가 주시겠소?"
"어머나, 안 돼요. 저는 볼일이 있어서 저택에 돌아가는 중이라고요."
다미코는 화난 목소리로 말했다.
"기사님, 아자부로 곧장 가 주세요."
"아니, 신주쿠요. 잠깐 이 사람한테 볼일이 있으니 그쪽으로 돌아가 주시오."
히사쓰네는 아까 기사에게 보여 준 경찰수첩의 힘을 이용했다.
"시간을 너무 많이 빼앗지는 않겠소." 그는 다미코에게 낮게 말했다. "당신에게는 여러 가지로 묻고 싶은 게 있어요."
"아직도 그런 말씀을 하시나요."
"쓸데없는 추측은 말아요. 오늘은 그 일을 언급하지 않을 테니."
그 일이, 남편을 죽인 혐의를 가리키는 것은 물론이다.
"그럼 뭐지요?"
"묻고 싶은 건 말이지요, 기토 씨의 병에 관련된 거요. 나는 당신이 사실을 알고 있다고 생각하는데. 뭐, 모른다면 그래도 좋아요. 그 외에 두세 가지 참고로 묻고 싶은 게 있으니까……."

'당신이 무슨 권리로 그런 것을 묻지요?'라고 다미코는 말하고 싶었다.

이 형사는 기토에 대해서 무언가를 찾아낸 모양이다. 다미코는 거기에 흥미가 생겼다.

일단은 따라가 보자.

"별로 말하고 싶지 않지만 지장이 없는 한에서는 말씀드릴게요. 뭔가요?"

"여기서는 곤란하지요."

히사쓰네는 턱짓으로 기사의 등을 가리켰다. 남의 귀가 있다는 뜻이다.

"신주쿠에 내가 아는 요릿집이 있소. 거기 이층이라면 다른 사람이 들을 걱정도 없지. 오륙 분이면 되니까 거기서 얘기합시다."

"이상한 곳은 아니겠지요?"

"바보 같은 소리." 히사쓰네가 웃었다. "이래 봬도 나는 경찰관이오. 그런 시시한 짓을 하면 당장 이거요" 하며 자신의 목덜미를 내리친다.

"좋아요. 갈게요. 대신 정말 오륙 분 안에 끝내 주세요. 어르신의 심부름을 가는 중이니까요."

"알아요."

히사쓰네는 그렇게 말하더니 팔짱을 끼고 눈을 감았다. 차 안에서는 그만 이야기하자는 뜻이다. 그러나 실제로 히사쓰네의 가슴은 두근거리고 있었다. 팔짱을 낀 것은 빨라지는 심장을 누르기 위해서이기도 하다.

'다미코는 기토에게 상당히 귀여움을 받는 모양이야. 너무 흥에 겨워서 말실수를 해서는 안 되고, 손도 댈 수 없지. 하지만 지금 이 기회를 놓치면 살해당한 요네코에 대해서도 알 수 없게 돼…….'
택시가 멈춘 곳은 신주쿠의 닭고기 전문점이었다. 차가 겨우 들어갈 수 있을 정도의 좁은 길에 음식을 파는 가게가 늘어서 있다. 작은 바, 중국 음식점, 돈가스 가게, 허름한 밥집 같은 가게들이다.
히사쓰네는 입구로 들어가 뚱뚱한 남자와 얼굴을 마주하고는, "이층 좀 빌리겠소" 하고 말했다. 머리가 벗어진 남자는 인사인지 뭔지 모르게 고개를 끄덕이고 다 안다는 표정을 지으며 계단을 턱짓으로 가리켰다. 그 김에 히사쓰네의 뒤를 따르는 다미코의 얼굴에 힐끗 시선을 주었다. 다미코는 불쾌한 기분이 들었다.
이층에는 두 평 반쯤 되는 방이 세 개 정도 있는 것 같고 방 사이는 싸구려 장지로 나뉘어 있었다.
마흔 살가량의 품위 없는 종업원이 올라와서 일본주와 맥주와 안주를 두 사람 앞에 내놓았다. 히사쓰네와는 아는 사이인지, 두 사람 사이에 가벼운 농담이 오갔다. 여자는 다미코의 옆얼굴을 노골적으로 뚫어져라 쳐다보며 "그럼 부탁드려요" 하고 술병을 그녀 쪽으로 밀어놓았다.
히사쓰네는 차 안에 있을 때와는 전혀 다르게 기분 좋은 얼굴이었다.
"우선 건배할까요."
다미코에게 술을 따라 달라고 요구하며 설명했다.
"이 집은 말이지요, 편안한 곳이라서 마음 쓰지 않고 이야기해도 돼요. 나도 이 집에는 상당히 빚을 지고 있으니까."

그 빚의 의미가 무엇인지 정도는 다미코도 짐작이 간다.

종업원이 다시 올라와서 고무관을 길게 잡아당기더니 가스 곤로를 상 앞에 놓고 냄비를 올린 다음 닭고기를 늘어놓았다.

"방해가 될 테니까 이것만 익으면 곧 물러갈게요."

종업원은 히사쓰네에게 외설스러운 농담을 했다.

다미코는 히사쓰네가 어떻게 나올지 눈을 내리깐 채 기다리고 있었다.

히사쓰네는 닭고기를 젓가락으로 찌르면서, "자, 익었군요. 먹어요" 하고 권하더니 그녀에게 맥주를 따라 주었다.

"마실 줄 알지요?"

"네, 조금은."

다미코는 컵에 손을 댔다. 이렇게 되었으니 어느 정도 상대방의 말대로 해 주고 반대로 이야기를 끌어낼 작정이었다.

"그런 집에 있으면 술도 제대로 마실 수 없겠지요?"

"네."

"기토 씨는 밤에 술 정도는 하나요?"

"아뇨, 그럴 몸이 아니니까 안 돼요. 알코올이 제일 안 좋다고 의사 선생님이 못 마시게 하거든요. 누워만 계세요."

"흠, 지금 몇 살이지요?"

"아마 예순한 살일 거예요."

"그런 나이면 몸 쪽은 이제 못 쓰겠지요? 하지만 높은 양반들은 젊은 여자를 가까이 해서 회춘한다고 하니까, 당신은 그쪽으로 상당히 귀여움을 받고 있는 편 아닌가요?"

히사쓰네는 야비한 눈빛을 띠었다.

"그렇지 않아요. 저는 일손이 부족해서 돕고 있을 뿐이에요."

"흠, 뭐, 그렇다고 치지요."

히사쓰네는 익은 닭고기를 다미코의 접시에 덜어 주면서 말을 건넸다.

"있잖아요, 다미코 씨. 기토 씨는 식중독이라던데 대체 무엇을 먹고 식중독에 걸린 거요?"

"모르겠어요. 요리는 제가 하는 게 아니라서요."

"기토 씨를 모시는 당신이 그걸 모를 리 없어요. 그날 아침에 무엇을 먹었는지 정도는 알지요?"

"정말로 몰라요."

"부엌에서 기토 씨의 식사를 만드는 사람은 누구요?"

"옛날부터 그 집에 있던 요네코 씨예요."

다미코는 그렇게 대답하며 안색을 바꾸었다.

"요네코 씨라는 사람은 오래 일했소?"

"네, 벌써 십 년도 넘게 있었던 사람이에요."

"그렇게 오래되었나. ……어지간히도 기토 씨 마음에 들었나 보군요?"

"그 저택의 안주인 같은 사람이에요."

"출신은 어떤 사람이지요?"

"잘 몰라요. 별로 흥미가 없으니까요. 당신 쪽에서 조사하면 금방 알 수 있잖아요?"

"그야 알 수 있지. 하지만 당신 생각도 물어보고 싶었소. ……그럼 음식을 기토 씨한테 가져가는 사람은?"

"역시 요네코 씨예요. 요네코 씨는 어르신의 주변 시중을 계속 들어 왔으니까요."

"주변 시중이라."

형사는 의미심장하게 입가에 엷은 웃음을 띠었다.

"요네코라는 사람은 몇 살이지요?"

"이제 슬슬 마흔쯤 되지 않았을까요."

"십 년 이상 있었다면 당시에는 스물일고여덟인가. 딱 여자로서 한창일 때 기토 씨 시중을 들며 보냈다는 말이로군요."

히사쓰네는 또 씩 웃었다.

"어떨까요. 요네코 씨라는 사람은 기토 씨의 첩이었을까?"

"그렇지는 않을 거예요."

히사쓰네는 다미코의 옆얼굴을 물끄러미 보았지만 그 화제에 대해서는 아무 말도 하지 않고, "요네코 씨는 지금 저택에 있소?" 하며 날카로운 시선을 던졌다.

"아뇨. 미토에 있는 친척한테 갔다고 했어요."

다미코는 냉정해지려고 노력했다.

"흠, 그럼 미토에 전보라도 쳐서 요네코 씨를 다시 불렀소?"

"글쎄요, 모르겠어요."

"이상하잖아요. 기토 씨가 입원했는데. 최고참 하녀를 다시 부르지 않는 법은 없지 않겠소?"

히사쓰네는 다미코의 얼굴에 시선을 고정하고 움직이지 않았다.

"몰라요, 저는. 그런 일은 하타노 씨가 하겠지요."

"흐음. 하타노 씨가……."

히사쓰네는 처음으로 시선을 떨어뜨렸다.

"자, 들어요."

그는 태도를 바꾸어 또 냄비에서 익은 고기를 다미코 앞의 접시에 덜었다.

"네, 고마워요. 하지만 이렇게 느긋하게 있을 수는 없어요. 저는 어르신께서 시키신 일이 있어서 저택에 돌아가야 하니까요. 시간이 없어요."

다미코는 젓가락을 놓았다.

"뭐, 그렇게 서두르지 말아요. 두세 가지만 더 묻고 보내줄 테니까."

히사쓰네는 일부러 침착하게 굴었다.

"저한테 물으셔도 아무것도 몰라요."

"물론 당신이 알고 있는 것만 물을 거요."

"무섭네요, 형사님이라는 사람은……."

"폐는 끼치지 않겠소. 당신 일은 마음속에 담아 두었으니까. 그것만으로도 내가 그냥 평범한 형사가 아니라는 사실은 알지 않소?"

히사쓰네는 취해서 빨개진 눈으로 다미코를 보았다. 은근히 다미코의 남편 살해 혐의를 말하고 있는 것이다. 게다가 교환 조건을 실행하라는 요구도 암시하고 있다.

"그럼 빨리 말하세요."

"하타노 씨는 어떻게 지내시오?"

"어르신의 병실에 문병을 와 있어요."

"그렇군."

히사쓰네는 고개를 끄덕였다. "하타노 씨는 기토 씨의 부하 중에서 대장 같은 사람인가요?"

"그런 것은, 저는 몰라요."

"어때요, 하타노 씨는 여행을 다녀온 모양이던데 어디에 갔었는지 몰라요?"

다미코는 이 형사가 예상보다 훨씬 더 날카롭다는 사실을 깨달았다. 예전부터 평범한 형사가 아닌 줄은 알았지만 하타노의 여행까지 확실하게 꿰고 있다. 대체 언제, 어디에서 조사했을까.

"그래요? 저는 모르는데요."

"흠, 하타노 씨는 언제 돌아왔소?"

"언제 돌아왔는지는 모르지만 어르신한테는 오늘 일찍 왔어요."

"어젯밤에는 돌아오지 않았단 말이지요?"

그 중얼거림은 다미코의 말을 끌어내려는 속셈으로 보였기 때문에 잠자코 있었다.

"하타노 씨가 기토 씨와 얘기할 때 간사이 여행 이야기는 안 하던가요?"

"그런 건 몰라요. 중요한 얘기를 할 때는 저는 들어가지 않으니까요."

"흠, 당신을 쫓아내고 밀담을 한단 말이지요?"

"제가 안 들어가는 거예요."

"뭐, 어느 쪽이든 좋아요."

히사쓰네는 컵의 술을 들이켰다. 처음에는 작은 잔이었는데 어느새 컵으로 바뀌었다.

"요즘도 뉴 로얄 호텔의 지배인인 고타키 씨를 만나고 있소?"

히사쓰네는 술 냄새가 나는 숨을 내뿜으며 물었다. 히사쓰네의 질문은 이리저리 자유자재로 튄다고 할까, 한군데 가만히 있지를 않았다.

이리저리 날아다니는 방식으로 대답하는 사람의 머리를 어지럽혀, 저도 모르게 나오는 본심의 꼬리를 잡으려는 의도인지도 모른다. 오랫동안 피의자를 취조해 온 형사의 농간이다.

"아뇨, 뵙지 못했어요."

다미코가 대답했다.

"그럴까요? 아닐 텐데."

히사쓰네는 컵에 든 술을 아직도 마시고 있다.

"왜 그런 말씀을 하시지요?"

"호텔에서 여자가 살해된 사건은 당신도 알지요?"

"네."

다미코가 고개를 끄덕이자마자 히사쓰네는 즉시 추궁했다.

"어떻게 알았소?"

이런 호흡은 심문 그 자체다.

"그야…… 신문을 보고 알았지요."

다미코는 히사쓰네의 취한 눈이 자신을 응시하자 저도 모르게 말을 더듬었다. 한순간이지만 직접 눈으로 본 실제 풍경이 대답 앞에 얽혀 있었다. 하마터면 상대방의 덫에 걸릴 뻔했다.

"흠, 신문이라." 히사쓰네는 후 하고 숨을 내쉬더니, "신문이 아니겠지. 당신은 아마 그때 호텔에 있었을 거요" 하고 날카롭게 말했다.

"어째서 그런 말을 하시죠?"

"어째서냐고? 시치미를 떼도 소용없어요. 납득하도록 말해 줄까? 그때 당신은 여자가 살해된 방 앞에 서 있었잖소."

다미코의 안색이 바뀌었다. 갑작스러운 말이었고, 거기까지는 그녀의 예상에 없었다.

"누가 그렇게 말하던가요?"

목소리가 조금 떨린다.

"누구든 상관없소. 아니, 누구한테 듣지 않아도 그 정도는 알아요. 경찰에서는 거기까지 파악하고 있으니 말이오. 너무 만만하게 보지 말아 주었으면 좋겠군."

다미코는 숨이 막힐 것 같았다.

고타키가 히사쓰네에게 말했을까. 그렇게 짐작할 수밖에 없다. 당시 복도에는 아무도 없었다. 그녀는 고타키가 방에 있다고 생각하고 밖에서 기다리고 있었다—.

아니, 호텔의 보이나 누군가가 보고 있다가 형사에게 이야기했을까. 화가 나 있어서 보이가 보고 있는 줄도 알아차리지 못했나…….

"그 여자는 공단 총재의 첩이었소." 히사쓰네는 취한 목소리로 말했다. "동시에 당신이 좋아하는 지배인과도 관계가 있었고."

"그래요?"

평소부터 품고 있던 의심이 히사쓰네의 입에서 나오자 머릿속이 뜨거워졌다.

형사는 마치 신처럼 자신에 대해서 모든 것을 알고 있다. 그 정도이니 살해된 여자와 고타키의 관계를 단정하는 말도 거짓은 아니리라.

'저 여자는 그냥 손님이고 중요한 사람이 맡긴 분이야. 나는 그 사람의 의뢰로 신변을 보살피고 있을 뿐이야. 당신이 의심할 만한 일은 없어.'

고타키는 그렇게 변명했다. 역시 거짓말이었다.

잦아들어 가던 고타키에 대한 집착이 다시 불타올랐다. 속았다는 의식이, 모처럼 쉬고 있던 그에 대한 관심을 소생시켰다.

"그런 것을 물으셔도 소용없어요" 하며 다미코는 돌아갈 채비를 했다. "시간이 꽤 늦었네요. 저는 이만 실례하겠어요."

"돌아가는 거요?"

히사쓰네는 취한 얼굴로 다미코를 응시하고 있다.

"네, 돌아가야지요."

"아직 돌려보낼 수 없소. 묻고 싶은 게 많으니까. 예를 들면 요네코 말이오. 미토에 있는 친척 집에 돌아가 있다고 하지만 거짓말이겠지. 거짓말이 아니라면 친척의 주소와 이름을 말해요. 현지에 조회해 볼 테니."

"저는 몰라요. 대체 왜 자꾸 그런 말씀을 하시는 건가요? 당신은 제 자유를 구속하고 심문할 권리가 없을 텐데요."

"건방진 소리 하지 마."

히사쓰네는 갑자기 몸을 일으켰다. 다미코는 그의 손이 어깨에 닿기 전에 도망쳤다.

"뭘 하는 거예요?"

"알고 있을 텐데."

"뭘 말인가요?"

"아직도 시치미를 떼는군. 당신은 나와의 약속을 아직 실행하지 않았어. 오늘은 놓치지 않아."

역시 형사라, 그는 퇴로를 끊듯이 입구 쪽에 우뚝 서 있었다. 다미코는 도코노마에 가까운 벽 쪽에 서서 거리를 두었다.

"소리 지르겠어요."

"아무리 소리를 질러도 이 집에서는 소용없어. ……이 집은 말이지, 내 말대로 해 주거든. 소리를 질러도 아무도 오지 않아."

히사쓰네는 헤엄치는 듯한 손놀림으로 다미코 쪽으로 다가왔다. 출구를 막는 위치에서 벗어나지 않는 까닭은 물론 여자를 막다른 곳에 두려는 의도에서다.

다미코는 도망쳤다. 하지만 행동반경은 지극히 좁았다. 방은 두 평 반이고, 한가운데에는 식탁이 놓여 있다.

히사쓰네가 출구를 등진 상태로 서서히 다가왔다.

눈 깜짝할 사이였다. 식탁을 한쪽 발로 짚고 뛰어넘은 히사쓰네가 다미코의 팔을 잡았다.

"뭘 하는 거예요?"

"알고 있잖아. 약속했을 텐데. 내 말을 듣지 않으면 당신도, 부모도 큰일날 거라고."

"싫어요."

다미코는 히사쓰네의 턱을 밀어냈지만 그는 술 냄새가 나는 숨을 내뿜으며 다미코를 창가로 몰아붙였다. 그대로 자신의 얼굴을 가까이 들이민다. 다미코는 격렬하게 고개를 저었다.

히사쓰네는 자신의 팔 안에서 크게 숨을 몰아쉬고 있는 다미코를 보며 격렬한 기쁨을 느꼈다. 설마 이 여자가 이렇게 어설플 줄은 몰랐다. 그는 뜻밖에도 쉽게 손안에 넣은 여자의 자극에 떨었다. 아무리 소리를 질러도 이 집 사람은 오지 않는다는 안도감도 있었다. 그는 버둥거리는 여자를 때려서 저항하지 못하도록 했다.

"아아."

다미코가 겁을 먹자 히사쓰네는 그대로 벽에 밀어붙이듯이 양손으로 누르고 입술을 덮쳤다. 한 번 상대의 입술을 빨자, 절대로 놓지 않으려는 힘이 그의 이와 혀에 담겼다.

이때 드르륵 하고 뒤의 장지가 열렸다.

새 술병을 든 종업원이 눈을 동그랗게 뜨고 우뚝 서 있었다—.

히사쓰네 형사는 그날 밤 집에 돌아왔지만 푹 잘 수가 없었다. 다미코를 요릿집 이층 벽에 밀어붙이고 억지로 빨았던 입술의 감촉이 아직 혀에 남아 있다. 옆에 누워 있는 아내의 얼굴이 빈약하게 보여서 견딜 수가 없었다. 여자로서의 느낌이 전혀 없다. 앞니가 하나 빠진 입을 벌리고 지저분한 꼴로 자고 있는데 보기만 해도 침을 뱉고 싶어진다.

아까운 짓을 했다…….

그때 종업원이 들어오지 않았다면, 조금만 더 했으면 다다미 위에 쓰러뜨릴 수 있었는데.

방에서 도망쳐 나가던 다미코의 모습이 아직 눈에 선하다. 히사쓰네의 손에 흐트러진 머리카락은 이리저리 흩어지고, 얼굴은 땀으로 빛나며 새빨개져 있었다. 흥분과 증오였다…….

히사쓰네는 여기까지 떠올렸다가 갑자기 한순간의 황홀에서 깨어났다. 다미코가 그 일을 기토에게 일러바칠지도 모른다는 사실을 깨달은 것이다.

갑자기 불안해졌다. 말할 것까지도 없이 기토는 경시청 상층부서에도 발이 넓다. 실제로 그가 입원했다는 소식을 듣고 경비부장이 문병을 왔을 정도다.

다미코의 등 뒤에는 기토라는 인물이 있음을 히사쓰네도 늘 의식하며 조심했다. 그러나 당시에는 모두 잊고 있었다.

목덜미에 차가운 바람이 스치는 기분이 들었다.

'멍청하게 굴다가는 이쪽이 위험해지겠어.'

기토가 다미코의 보고를 듣고 격노해, 당장 경시청 간부에게 히사쓰네를 해고하라고 명령할지도 모른다. 정계 실력자의 압력을 받아 퇴직할 수밖에 없게 된 선배의 전례도 있다.

히사쓰네는 새삼스럽게 당황했다.

어떻게든 상사에게 손을 써 두어야 한다. 본래 그는 요즘 신참 형사들과는 달리 수사에 관해서라면 베테랑이다. 실력은 상사도 인정해 주고 있다. 해고를 면하는 길이라면 그 능력을 강력하게 상사에게 인식시키는 방법 외에는 없다.

직무를 빙자해 여자에게 손을 댄 파렴치한 행위이니만큼 히사쓰네도 필사적인 방어책을 강구해야 한다.

'그래, 가가와 전 총재의 숙박장을 상사에게 제출하자.'

모든 사실을 보고하는 것이다. 지금까지는 혼자 정보를 쥐고 교묘하게 이용할 생각이었지만 이제 미룰 수가 없게 되었다. 상사가 그의 능력을 인정하도록 노력하고 점수를 벌어 자신의 안위를 꾀하는 계획이다.

히사쓰네는 본래 교통 순경 출신이었다. 그때는 젊었지만 사복을 입고 파출소에 들르는 형사가 부러웠다. 어떻게든 자신도 저런 신분이 되어 보고 싶은 희망 때문에 빈집털이, 좀도둑, 가리지 않고 바지런히 나가서 검거했다. 결국 성적을 인정받아 염원하던 본청 수사 1과의 형사가 되었고, 그 경험 때문에 이런 '점수 벌기'는 출세의 요체이며 나아가서는 몸의 안전을 보장한다는 뿌리 깊은 신념을 가지게 되었다.

'아까운 정보지만 어쩔 수 없어.'

히사쓰네는 집으로 가지고 돌아온 숙박장을 출근할 때 안주머니에 조심스럽게 넣었다.

"호오, 과연 자네는 대단하군." 수사 1과의 계장은 히사쓰네가 내놓은 숙박장 용지를 뚫어져라 바라보며 감탄했다. "요전에 자네가 휴가를 받은 것은 이것 때문이었나?"

"네에."

히사쓰네는 머리를 긁적여 보였다.

"그렇다면 어엿한 공무잖아. 사양할 필요 없네. 어째서 출장 여비를 받지 않았지?"
"아니, 그때는 확실한 전망도 없었고 설마 이런 것이 손에 들어오리라고는 기대하지 않았습니다. 결과에 대한 확신이 없다 보니 일단 사적으로 다녀올 수밖에 없었습니다."
히사쓰네는 최대한 조심스럽게 굴었다.
"당장 내가 도장을 찍을 테니 후쿠이 현까지 다녀온 출장 여비를 정산하게."
"네…… 하지만 이제 됐습니다."
"사양할 필요 없어. 실은 이것 덕분에 살았네."
호텔 여성 체류객 살인을 담당하고 있는 경감은 기분이 좋아 보였다.
"거의 포기 상태였으니까. 신문사에서는 두들겨 대지, 과장님은 꾸중하시지, 내내 우울했거든. 고맙네, 고마워."
계장은 히사쓰네에게 악수를 청했을 정도로 그의 노력을 고마워하고 있었다.
"당장 감식과에 돌리도록 하지. 그 결과, 여기에 나 있는 지문이 호텔 문에 나 있는 지문과 확실하게 일치한다면 틀림없이 가가와 전 총재가 그 방에 한 번은 들어갔다는 얘기가 되니까."
"저도 그렇게 추측하고 증거품을 찾으러 갔던 겁니다. 계장님, 그렇다고 해서 가가와 씨가 여자를 죽였다는 뜻은 아닙니다. 가가와 씨가 그 방에 들어가기 전에 이미 누군가가 침입해서 여자를 죽였고 가가와 씨는 시체를 보고 놀라서 방을 뛰어나왔을 겁니다. 가가와 씨는 피해자와 자신의 특수한 관계가 걸렸기 때문에 가능한 한 사건의 발견이 늦어지도록 문을 안에서 잠근 것 같습니다……."

"음, 음."

계장은 끊임없이 고개를 끄덕였다.

"물론 가가와 씨가 범인이 아니라고 해도 가가와 씨와 선이 닿은 곳에서 범인의 단서를 잡을 수 있을지도 모릅니다."

"그렇지." 계장은 의욕이 넘쳤다.

"당장 수사 회의에 올려서 새로운 방향을 이끌어내겠네. 정말 잘 해 주었어. 역시 자네가 아니면 안 돼. 과장님께도 자네가 얻은 결과를 당장 보고하겠네."

계장이 히사쓰네의 어깨를 두드리고, 히사쓰네는 방을 나왔다. 요네코가 살해당한 큰 사건이 더 있지만 아직은 섣불리 입 밖에 낼 수 없었다―.

그가 제출한 새로운 증거는 이번 사건을 전담하는 다른 형사들의 어떤 조사 결과보다도 새로운 전개를 이끌어 낼 만한 유력한 요소를 지니고 있었다. 그런 의미에서 미궁에 접어들기 시작한 사건의 책임자인 경감은 이제 살았다는 표정이다.

한편, 히사쓰네의 입장에서 보면 아까운 재료를 맥없이 놓고 말았다는 기분이 든다. 아무도 모르는 증거를 마음속에 아껴놓고, 언젠가 그것을 단서로 사람들이 깜짝 놀랄 만한 공을 세우고 싶었다. 그런 영웅적인 야심도 있었던 것이다.

지금까지 감추고 있었던 까닭은 다미코와의 거래에 이용하고 싶었기 때문이다. 하지만 모든 계획을 눈앞의 안전을 위해 포기했다. 이걸로 분명히 안전해졌다고 믿었다. 설령 기토가 간섭을 하더라도 '그는 유능한 형사니까'라는 이유로 상사도 감싸 줄 것이 틀림없다.

히사쓰네는 안심했다.

이튿날 아침이었다. 히사쓰네가 출근하자 계장이 부른다고 누가 알려 주었다.

숙박장 문제인가 싶어 설레는 마음으로 계장의 방으로 가자, 어제 뛸 듯이 기뻐하던 계장이 떨떠름한 표정을 짓고 있었다.

"거기 앉게." 계장은 책상 앞 의자를 가리켰다. "자네한테 부탁이 좀 있는데."

계장은 말하기 어렵다는 듯이 히사쓰네를 바라보았다.

"무슨 일이십니까?"

"실은 방을 옮겨 주었으면 하네."

"네?"

히사쓰네는 깜짝 놀라서 계장의 얼굴을 올려다보았다.

순간 그 말의 뜻을 이해할 수가 없었다.

히사쓰네는 지금 수사 1과 1계에 있다. 아직 형사부장도 되지 못했지만 여기에서는 고참으로서 웬만한 억지가 통했다. 1계에는 여섯 개의 수사실이 있고, 살인 사건을 전문으로 수사한다. 히사쓰네가 속한 방에는 형사부장 이하 열네 명이 있다.

다른 방의 누군가가 이동하면서, 후임으로 자신이 형사부장으로 앉게 되는 걸까. 당장 그런 이동은 눈에 띄지 않지만, 인사人事는 대개 당사자에게는 비밀로 이루어지니 이쪽이 눈치채지 못한 사이에 의외로 그런 준비가 진행되고 있었는지도 모른다.

그만큼 히사쓰네는 지금까지 자신의 수사 성과에 자부심이 있었다. 특히 이번에는 가가와 총재의 숙박장도 가져왔고, 이쯤에서 슬슬 그런 승진이 있어도 괜찮겠다고 생각했다.
"어느 부서로요?"
히사쓰네는 계장의 입 끝에 남아 있는 깎다 만 검은 수염의 일부를 바라보면서 물었다.
"음, 그게 말이지, 1계가 아니야."
"네에."
히사쓰네가 아연실색하자 계장은 말했다.
"실은 2계로 가 주었으면 하네. 거기에 일손이 좀 모자란다는구먼. 자네 같은 노련한 인재가 와서 분위기를 쇄신해 주었으면 좋겠다는, 2계 계장의 요망이야."
"……."
예상에 없던 일이었다. 2계는 같은 수사 1과지만 강도, 소매치기 수사가 전문이다.
히사쓰네는 지금까지 줄곧 1계에서 일해 왔고, 2계의 경험은 없었다. 살인 사건 수사가 우위인지 강도가 그 위인지, 그런 가치판단은 어려운 부분이지만 강도나 소매치기보다 살인을 맡는 편이 아무래도 보람이 있다. 게다가 히사쓰네는 지금까지 살인 사건 수사에서는 상당한 명성을 얻어 왔다.
"계장님." 히사쓰네는 침을 삼키며 물었다. "2계의 어느 방입니까? 거기서 저 말고 누군가가 움직입니까?"
그 방의 형사부장이 되어서 가는 거냐는 뜻이다. 그렇다면 다소는 불만이라도 승진은 승진이니 참을 수 있다고 생각했다.
 그러나 말하기 곤란하다는 계정의 표정처럼, 대답 역시 히사쓰네의 기대를 배신했다. 일반 형사로 '이적'된다는 것이다.
 "뭐, 자네도 지금까지 고생해 왔으니 이쯤에서 잠시 쉬어야지."
 "……."
 "이제 젊다고 할 나이도 아니고, 너무 돌아다니지 말고 젊은 형사들이나 지도해 주게."
 지도를 하라고는 해도 익숙한 살인 쪽이라면 모를까 강도나 소매치기에 관해서는 그도 가르칠 것이 없다.
 "계장님, 계장님이 다른 간부와 협의해서 결정하신 겁니까?"
 히사쓰네로서는 드물게 반항적인 질문이었다.
 계장은 조금 곤란한 얼굴로 대답했다.
 "아니, 실은 수사 1과 과장님이 직접 말씀하신 걸세."
 "과장님이?"
 "자네를 그쪽으로 돌리라고, 그렇게 말씀하셨어. ……역시 자네를 조금 쉬게 하고 싶다는 뜻이겠지."
 "……."
 히사쓰네는 입을 다물었다. 과장의 뜻이라면 아무 말도 할 수 없다. 계장은 상사의 명령을 부하에게 전달했을 뿐이다.
 "오늘은 좀 뭣하니까 내일부터 옮기기로 하고, 일단 2계 계장한테 인사라도 하러 가는 편이 좋겠지."
 계장이 친절하게 충고했다.
 "알겠습니다."

히사쓰네는 대답은 했지만 실망과 울분이 뒤섞여 가슴에 치밀어 올랐다.

"자네도 오랫동안 고생 많았어. 고맙네. 송별회는 조만간 각 방의 뜻 있는 사람들과 함께하기로 하지. 인사는 나중에 해도 돼."

히사쓰네는 맥없이 자신의 자리로 돌아왔다. 다른 형사들은 서류를 작성하거나 장기를 두고 있다. 형사부장은 한쪽 구석에서 복사한 청취서 같은 것을 쓰고 있었는데, 갑자기 얼굴을 드는 바람에 히사쓰네와 눈이 마주쳤다. 조금 당황한 듯이 다시 책상 위로 고개를 숙인 모습을 보니, 아무래도 이번 인사를 알고 있는 듯했다.

'왜 나를 이동시켰을까?'

1계에서 2계로 옮기라니 완전히 좌천이다. 숙박장을 득의양양하게 제출한 직후인 만큼 예상을 배신하는 갑작스러운 명령이었다. 히사쓰네는 부루퉁한 얼굴로 젊은 형사가 가져다준 찻잔을 쥐고 있었는데 갑자기 가슴 한구석에 불안이 솟았다. 불안은 순식간에 검은 구름처럼 퍼지기 시작했다.

'기토가 움직였을까. 역시 다미코가 나에 대해서 기토에게 일러바친 거야.'

검은 구름은 점차 두께를 더해 마음을 뒤덮었다.

만일 이 추측이 맞다면 그는 앞으로 상사의 눈엣가시로 지내야 한다. 그러다가 어느새 잊힌 존재가 되리라. 게다가 요즘처럼 젊은 경찰관들이 시험을 보고 승진해 가면, 히사쓰네 같은 낡은 형사는 뒤에 남겨진다. 이 방을 둘러보아도 출세욕에 사로잡힌 젊은 형사들은 수사보다 수험 공부에 마음을 빼앗기고 있다. 빨리 경사, 경위, 경감, 나아가 총경 같은 출세 코스를 걷고 싶은 것이다.

그런 세태를 히사쓰네와 동료들은 씁쓸하게 여겼다. 법률 서적을 읽고 있을 시간이 있으면 조금이라도 일에 성의를 보이는 게 어떠냐고 고함치고 싶어진다.

히사쓰네가 젊었을 때는 수사하느라 정신이 없었다. 위에서 명령하지 않아도 적극적으로 돌아다녔다. 사흘이고 나흘이고 집에 들어가지 않았고, 자기 돈을 써 가며 현장 근처 건물의 이층을 빌려서 범인이 근처에 돌아올 때까지 참을성 있게 잠복하곤 했다.

그런 기개가 지금의 형사에게는 없다. 마치 회사의 월급쟁이 같다. 수사 회의가 끝나면 지겹다는 얼굴로 곧장 집에 가 버린다. 큰 사건을 맡고 있는데 아침 출근도 늦다.

모아오는 정보도 성의가 없고, 현장 조사나 잠복 기술에 이르면 답답할 정도로 졸렬했다. 꼭 범인을 잡아야 한다는 정열은 찾아볼 수 없다.

요전에도 히사쓰네는 자신과 비슷한 연차의 동료들과 차를 마시며 요즘 형사들을 비웃었다.

"그게 지금 세상이야" 하고 동료 중 한 명이 하얗게 서리가 앉은 살쩍을 보이며 말했다.

"이제 우리 시대는 끝났어. 옛날에는 수사 과장이 직접 형사와 일체가 되어서 사건과 씨름했지. 지금은 그렇지 않아. 수사 과장으로도 출세욕 덩어리 같은 엘리트들이 올 걸세. 수사 회의에서 내리는 지시는 똥딴지같고, 조금 자신이 없어지면 수사 방침을 전환하지. 팔랑거리지 좀 말라고 말해 주고 싶어진다니까. 그런 놈들 밑에서 우리가 성실하게 일할 수 있겠나? 이쪽이 좋은 정보를 얻어 와도 놈들은 엉뚱한 곳만 보고, 의견을 말하면 자기 자존심이 상처를 받은 양 오히려 흰눈으로 노려보기나 하지. 바보 같은 일이야."

"그런 주제에 간부급은 퇴관 후에 어떻게 처신해야 하는지를 잘 알고 있어. 낙하산 인사로 어딘가의 단체 임원으로 들어앉거나 하지. 과장급은 일등지의 서장으로 전출되고, 거기서 임기를 끝낸 사람은 지역 유지와 안면을 잘 익혀서 민간 회사에 들어갈 수 있고. 그에 비하면 우리는 어때, 고참 형사에게 뭐가 있냐고!"

"뭐, 백화점 경비원이나 회사 경비 정도지."

서로 비웃을 수밖에는 없다.

1계라면 그나마 괜찮다. 익숙하지 않은 2계로 옮기면 히사쓰네도 지금까지처럼 자유롭게 행동할 수 없다. 아무리 1계에서 일한 지 오래되었다고 해도 새 소속처에서는 역시 조심스러워진다.

히사쓰네는 섣불리 다미코에게 손을 대지 말걸 그랬다며 후회했다. '좌천'은 분명히 기토의 의도가 상사에게 반영된 것이다. 히사쓰네는 병원 현관 옆에 정차해 있던 경비부장의 차를 떠올렸다.

기토의 무서운 권력을 알고 있으면서도 그만 다미코에게 열을 올리다가 만사를 잊은 경솔함이 뼈아프다.

'다미코를 만나서 사과할까. 머리를 숙여도 좋아. 어쨌든 내 몸이 안전하도록 기토한테 중재해 달라고 부탁할까.'

그런 생각마저 들었다. 지금까지는 별로 고마움도 느끼지 않았지만, 막상 익숙한 방을 떠날 때가 되니 이곳이 직장으로서 어느 곳보다도 가장 좋았다는 기분이 든다. 적어도 이곳에 남게 해 달라고 다미코를 통해서 기토에게 부탁하고 싶었다.
 이제 그녀를 불러낼 수단은 전혀 없다.
 '다미코가 가장 두려워하는 남편 살해 건을 도구로 쓸까.'
 그러나 히사쓰네는 기토의 힘을 충분히 실감했다. 남편을 살해한 건은 도움이 되지 않으리라. 기토의 위력이라면 그런 사건을 무마하는 일 정도는 식은 죽 먹기다. 그가 절대적인 비장의 패라고 믿고, 무기라 여기던 일도 기토의 위광 앞에선 무용지물이었다.
 아니, 오히려 이제 와서 그런 자료를 상사에게 증거로 제출하는 짓 자체가 이상하게 여겨지리라.
 모든 것이 불리했다.
 히사쓰네는 머리를 끌어안고 있다가 문득 또 새로운 활로를 찾아냈다.
 기토의 식중독 사건과, 요네코 사건에 그림자를 드리우고 있는 하타노다. 이쪽은 아직 무기로 쓸 수 있을지도 모른다. 지금의 히사쓰네는 지푸라기라도 잡아야 할 판이었다.

9

 기토 고타는 내일 퇴원할 예정이다—.
 손님이 와 있다. 키가 크고 야윈 남자인데 경시청의 부장급 인물이었다. 경시청 간부가 안부 인사를 건네고 기토가 답했다. 이어서 잡담이 시작되었다.

경시청의 간부는 몹시 정중했다. 기토는 침대에 누운 채 이야기를 하고 있다.

간부의 잡담이 보고로 바뀌었다. 어떤 형사를 배치전환시켰다는 내용이다. 기토는 입을 시옷자로 구부리고 코로 숨을 쉬듯이 흠, 흠, 하고 만다.

"그러니 양해해 주셨으면 합니다."

경시청 간부는 입가에 부드러운 미소를 띠고 말했지만 기토의 구부러진 입술은 누그러지지 않았다.

그는 헛기침을 하고는 "이보게" 하고 크게 불렀다. 다미코가 옆방에서 들어가 기토의 가래를 반지^{半紙}붓글씨 연습 등에 쓰는 일본 종이로 닦아냈다. 그 일이 끝나자 기토는 야윈 손가락으로 물러나라는 뜻을 다미코에게 표하고 부장에겐 눈길도 주지 않은 채 천장을 향해 말했다.

"조금 가볍지 않소이까."

중얼거리는 듯한 목소리였다.

"네?"

경시청 간부의 입술에서 미소가 사라졌다.

"아니, 당신이 한 얘기 말인데 처분이 조금 가벼운 것 같군요."

"······."

"이쪽에서는 그 남자의 행실을 이것저것 조사했소. 경찰관으로서 해서는 안 될 일을 하고 있다는 걸, 부장님은 아시오?"

"아직 그런 보고는 듣지 못했습니다만, ······어떤 일입니까?"

간부는 얇은 눈썹을 찌푸리고 있었다.

"말단 형사에게는 흔히 있는 일이지요. 질 나쁜 짓을 하고 있소.

예를 들면 요릿집이나 술집에 안면을 터서 공짜로 먹고 마신다거나."

"……."

"내 쪽에서 조사한 바로는 아직 소소한 행각들이 더 있지만 일일이 기억하지는 못합니다. 당신 쪽에서 조사하면 더 나오겠지요."

"몰랐습니다."

간부는 고개를 숙였다.

"성질이 좋지 못한 형사는 어쨌거나 옛날 포졸 근성을 드러내고 싶어 하지요. 약한 장사꾼에게는 위압적으로 나간단 말이오. 그런 사람이올시다. 이래서는 아무리 민주 경찰이 되었다고 해도 서민이 친숙하게 여기는 경찰은 되지 못할 거요."

"네에, 지당하신 말씀입니다."

"한 사람의 나쁜 품행이 경찰 전체의 위신을 망칩니다……. 더 엄한 처분을 하시는 게 좋겠소."

"말씀대로 하겠습니다."

"뭐, 당신은 부하가 저지르는 그런 작은 일까지는 알아차리지 못하실 테니 무리도 아니오. ……내가 요전에 말한 것은, 거기까지는 언급하고 싶지 않았기 때문에 막연하게 당사자의 무례함을 이야기했을 뿐이라오. 중간에 있는 공무원들이 그런 짓을 몰래 저지르고 당신에게는 숨기고 있었겠지요. 흔히 있는 일이오. 부하를 감싸는 일도 좋지만 그것이 오히려 장래의 화근이 됩니다."

"옳으신 말씀입니다. 선처하겠습니다."

"그렇게 하시오."

기토는 말을 마치자 눈을 감았다. 피곤하다는 표정을 노골적으로 보인다. 이야기가 끝났으니 돌아가 달라는 뜻이다.

경시청 간부는 일어섰다.

그는 양복 차림이었지만 침대를 향해 관복을 입었을 때처럼 절도 있게 경례했다.

"선생님, 그럼 이만 실례하겠습니다."

"오오, 그러시겠소." 기토는 고단하다는 듯이 눈을 뜨고 말을 이었다. "일부러 와 주셔서 고맙소. ……이상한 얘기를 해서 미안하구료."

"아뇨, 천만에요. 참으로 옳으신 말씀이라고 생각합니다. 선생님께서 직언을 해 주시지 않으면 경찰도 민중에게서 멀어질지 모릅니다. 앞으로도 잘 지도해 주시기 바랍니다."

"나한테 그 정도의 힘은 없지만, 뭐, 열심히 해 주시오……. 사노 군은 만납니까?"

사노라는 사람은 여당의 실력자다.

"네에, 가끔 뵙고 있습니다. 일전에도 십칠일회라는, 아카사카의 고우타_{에도 말기에서 메이지 초기에 유행한, 손가락 끝으로 켜는 샤미센에 맞추어 부르는 짧은 가곡} 자리에서 뵈었습니다."

"서툰 고우타만 하지 않으면 괜찮은 친구인데. 내각 개편도 얼마 안 남은 모양이지요. 안부 전해 주시오."

"실례하겠습니다. 모쪼록 몸조리 잘 하십시오."

경시청의 간부는 약간 과장스럽게 말하고는 공손하게 방을 나갔다. 옆방에 있던 다미코가 복도까지 전송하자 그는 그녀에게도 정중하게 목례했다.

　노인이 아무렇지도 않게 '내각 개편'을 입에 담은 것은 경찰 간부에 대한 시위로도 받아들일 수 있다. 정재계의 흑막다운 잔재주다. 다미코가 문을 닫고 노인의 침대 옆으로 돌아오자 기토는 어린애 같은 눈빛을 하고 웃었다.

　"어때, 듣고 있었나? 저 부장에게도 꽤나 협박이 먹힌 모양이지. 후와, 후와, 후와."

　"듣지 않은 것은 아닌데, 그럼 그 형사는 해고되나요?"

　다미코는 기토에게 손을 잡힌 채 그의 얼굴을 들여다보았다. 기토는 만족스러운 표정이었다.

　노인이 기분 좋을 때는 삼백안이 가늘어지고 눈꼬리나 뺨에 주름이 가득 잡힌다.

　"뭐, 그렇겠지. ……불쌍한가?"

　"글쎄요, 지금 잘리면 그 사람도 곤란하지 않을까요."

　히사쓰네를 동정해서 그런 말을 한 것이 아니다. 잘린 히사쓰네가 가슴에 원한을 품고 이번에는 무슨 짓을 할지 모른다는 불안 때문이었다.

　분명히 그 남자는 다미코가 남편을 집과 함께 태운 증거를 잡은 듯했다. 증거가 무엇인지는 모른다. 그러나 히사쓰네는 늘 그에 대해 암시하곤 했다.

　지어낸 얘기만은 아니다 보니 더 기분이 나빴다.

　노인은 다미코의 손을 쥐고 놓지 않았다.

　"이곳과도 작별이군."

기토는 누운 채 방 안을 둘러보고 있다. 겨우 엿새 동안의 입원이었지만 아쉬운 모양이다.

"가끔 이렇게 다른 곳에 나오는 것도 나쁘지는 않군. 기분이 새로워져서 좋아."

경시청의 간부를 꾸짖어 돌려보낸 사람과 동일인물이라고는 상상할 수 없다. 이가 없는 입은 오물오물 움직이고 눈은 탁한 빛을 담고 있다. 내일 퇴원하게 되면 아자부의 저택에서 퇴원 준비를 하기 위해 여러 사람이 올 것이다.

"이곳도 오늘 밤으로 마지막이라니 왠지 아쉽군. 자네는 어떤가?"

"그러게요. 그런 기분이 들지 않는 것도 아니네요. 하지만 병원은 역시 기분상 싫지요."

"호텔이라고 여기면 되네. 약 냄새가 조금 나기는 하네만, 뭐, 여기라면 참을 만하지."

"그건 그래요. 보통의 병원이라면 두세 명이 같이 쓰는 병실에서 침대에 누워 있어야 하고 시종 간호사나 의사가 드나드는데다, 문병객이 있거나 해서 더 우울하잖아요. 옆 침대에는 죽어가는 환자가 있을 때도 있고요. 어르신은 돈이 많으시니까 이런 천국 같은 곳에 계시는 거지요."

"돈은 없지만 뭐, 여러 문병객이 오니까 체면도 있어서 그렇다네."

"깜짝 놀랐어요. 이번에 입원하시니까 굉장히 높은 분들이 오시더군요."

"높긴 뭐가 높아. 적당히 처세를 잘하는 놈들일세. 일단 자격만 갖추면 그놈들 정도는 누구나 될 수 있어. 자네도 장관이 되면 꽤 잘할걸세."

"말도 안 돼요."

"아니, 일반 서민은 그렇게 생각한다네. 하지만 장관이든 뭐든, 누구나 할 수 있는 일이야. 다른 사람이 그렇게 되도록 해 주지."

"그 속에서 어르신은 대단한 권력을 갖고 계시군요?"

"그 정도는 아니지만, 나도 이렇게 풀릴 줄은 몰랐지. 그런데 보게, 지금 말한 것처럼 운과 약간의 재능만 있으면 누구나 나처럼 될 수 있어."

"좀처럼 그렇게 되지는 않을 것 같아요. 역시 어르신의 특수한 재능이지요."

"내 재능을 인정해 주는 겐가?"

"당연하지요."

"어떤가, 내가 더욱 좋아졌나?"

"네."

"듣기 좋은 말을 하는구먼. 그렇다면 좀 더 이쪽으로 붙게."

"한껏 붙어 있는걸요."

"음, 그게 한껏인가? 아무래도 불편하군."

"어머나, 싫어요."

다미코는 아래로 뻗어 오는 노인의 손을 때렸다.

히사쓰네는 저녁때 귀가했다.

"어머, 꽤 일찍 들어오네요."

아내는 밝을 때 집에 온 히사쓰네를 이상하다는 듯이 보고 있다.

"음."

히사쓰네는 코로 대답을 하며 집으로 들어갔다.

방바닥에 털썩 앉았다가 깍지 낀 손을 뒷머리에 대고 눕는다. 온몸에서 힘이 빠졌다. 낡아서 거무데데해진 천장을 한동안 바라보았다.

끔찍한 하루였다. 본청에 나가자마자, 곧장 형사부장에게 불려 갔다. 과장도 계장도 거치지 않고 부장이 직접 부르다니 특별한 명령이라도 떨어지려나 싶어 가슴이 두근거렸지만, 부장의 얼굴은 몹시 엄숙했다.

그러고 나서는 의외의 일뿐이었다. 히사쓰네가 지금까지 해 온 '비행非行'을 전부 지적당했던 것이다. 자주 가는 음식점에서 공짜로 먹은 일, 장물을 파는 전당포를 눈감아 주고 용돈을 받은 일, 빚을 떼어먹은 일 등. 심지어 요릿집의 종업원을 희롱한 일이 이제 와서 '부녀자 폭행 미수'가 되었다. 온갖 파렴치한 죄가 나열된 것이다.

전부 사소한 행동 아닌가. 히사쓰네의 선배들 또한 실컷 해 온 일들뿐이다. 자주 가는 음식점에서 공짜로 먹고 마셨다고 하지만 그것은 이심전심으로 상대방 쪽에서 적극적으로 대접해 준 경우가 많다. 나중에는 익숙해져서 먹은 후에, 이봐, 부탁하네, 라고 말하면 음식점 쪽에서도 싱긋 웃으며 수긍했다.

꺼림칙해서 세 달에 한 번 정도는 돈을 치르려고 하면 상대방이 절대로 받지 않는다.

훔친 물건이 자주 들어오는 전당포와 안면이 생긴 까닭은 그들과 사이좋게 지내 두면 수사에 편리하기 때문이다. 언제나 정면으로만 달려들어서 일을 하나가는 결말이 나지 않는다. 사물에는 앞문과 뒷문이 있다. 뒷문으로만 갈 수도 없고, 앞문으로만 가서도 곤란한 경우가 많다. 양쪽을 모두 이용해야 효과가 나는 것이다.

형사들 사이에서는 상식이다. 장물을 판다는 사실을 알면서도 눈을 감아 준 일은 역시 위반일지도 모르지만, 큰 범죄를 적발하려면 작은 범죄를 못 본 척하는 것이 보통 아닌가. 이것은 편법이다. 상대도 약한 장사꾼의 입장상 형사에게 협조하고, 때로는 나리, 술이나 한잔 드십시오, 하며 천 엔짜리 몇 장을 쥐여 준다. 그돈을 억지로 돌려주면 저 형사는 딱딱하다며 경계를 하게 되고, 나중에 협조하지 않을 가능성이 있다.

이런 사정을 상사는 모른단 말인가.

부녀자 폭행 미수라고? 말도 안 된다. 요릿집에 들어가면 당연히 술에 취한다. 취하면 그곳에 있는 여자 한두 명은 놀리고 싶어진다. 큰 소리로 말할 수는 없지만 이런 여자들은 손님의 뜻에 따라서는 어디에나 눕고 손님을 빼앗기 위해 몸을 내던지기도 한다.

그런 여자의 어깨를 잡거나 끌어당겨 입을 맞추려 한 게 어째서 부녀자 폭행이란 말인가. 히사쓰네의 기억으로는 그때 여자들도 꺄악꺄악거리며 좋다는 듯이 소란을 피웠다.

요컨대 이는 히사쓰네를 그만두게 하기 위해 상사가 만든 구실이다.

히사쓰네도 직업상 그런 경험이 있다. 가령 여기에 어떤 살인 사건의 용의자가 있다고 하자. 물적 증거는 없지만 정황으로 보아 아무래도 그가 범인이라고 짐작할 수 있다. 그 경우, 경찰은 살인 혐의로 집어넣을 수는 없기 때문에 다른 '여죄'로 강제 연행한다. 예를 들면 사기, 절도, 폭행 같은 혐의다.

그걸로 체포해 놓고 서서히 본격적으로 살인 혐의를 추궁한다.

'여죄'의 경우, 어떤 의미로 형사들은 억지로 그것을 찾아낸다. 말하자면 체포할 구실을 만들고 싶은 일념으로 눈에 불을 켜고 그 사람의 품행을 조사하는 것이다. 가령 전에 술에 취해서 사람을 때린 적이 있다고 치자. 그때의 피해자를 찾아내 피해 신고를 하게 하면 폭행죄가 성립하는 구조다. 또 다른 사람에게 약간의 돈을 빌리고 두 달이고 세 달이고 갚지 않은 경우 사기 혐의를 적용하는 것이다.

무서운 일이다.

경찰이라는 조직은 작은 죄를 눈감아 주고, 언젠가 큰 범죄의 혐의를 받게 되었을 때 그것을 체포 구실로 쓰려고 아껴 두는 곳 같다는 생각마저 든다.

그런 방식이 자신에게 그대로 되돌아왔다. 히사쓰네의 눈에는 아자부의 대저택에 사는 기토 노인의 모습이 크게 떠올라 있었다.

히사쓰네는 아내가 흔들어 깨우는 바람에 일어났다.

"여보, 늦겠어요."

그렇다, 아내에게는 아무 말도 하지 않았다. 히사쓰네는 눈을 뜨고 나서 깨달았다. 아이가 된장국을 홀짝이고 있다. 그 소리가 조급하게 들리지만, 그런 평화로운 생활도 어제를 마지막으로 파괴되었다. 오늘 아침부터 히사쓰네는 실직자다.

너무나도 갑작스러웠기 때문에 그는 어젯밤 이내에게 해고당했다는 사실을 고백할 수가 없었다. 게다가 이유가 안 좋다. 도저히 아내에게 솔직하게 말할 수 있는 내용이 아니었다.

그는 부스럭거리며 일어났다. 밥을 다 먹은 아이가, 다녀오겠습니다, 하고 말하며 현관으로 내려간다. 아이의 모습을 보니 어두운 기분이 들었다.

"자, 빨리 먹지 않으면 지각하겠어요."

아내는 그가 세수를 할 때부터 재촉했다. 히사쓰네는 밥을 먹었지만 전혀 맛을 느끼지 못했다.

"당신, 어디 안 좋아요?"

아내가 들여다보았다.

"식욕이 없어."

"피곤한가 보네. 너무 열심히 일하니까 그렇죠. 일도 중요하지만 몸도 조심해야지요. 월급도 적으니까 대충 해요."

"음, 그러려고는 하는데."

"요전에 들었는데 요즘 젊은 형사들은 좀 더 요령을 부린다면서요?"

"젊은 놈은 젊은 놈이고. 우리는 말하자면 장인 같은 거라서, 돈에 상관없이 임무를 맡는다고 보면 돼."

지금은 허무한 말이다.

"그런 장인 정신을 가진 형사는 점점 줄어든다면서요. 당신 정도가 마지막이 아닐까?"

마지막이라는 말이 히사쓰네의 귀에 날카롭게 들렸다. 아내의 얼굴을 보면서 집에 있자니 바늘방석에 앉은 기분이다.

히사쓰네는 서둘러 준비를 하고 현관을 나섰다. 현관은 이름뿐이고, 좁은 곳에 신발장이나 여분의 물건들이 어수선하게 쌓아 올려져 있다.

밖으로 나가니 안심이 된다. 조만간 사실을 이야기해야겠지만, 이런 분위기라면 앞으로 이삼일은 계기가 없을 것 같다. 해고당한 구실도 적당히 만들어야 한다.

본청에서는 희망 퇴직으로 처리해 주었다. 따라서 퇴직금도 제대로 나오고, 동료들에게서 전별금도 받을 수 있다. 다만 앞으로 이 년만 더 일하면 연금을 받을 수 있는데 그만두어야 해서 유감스러웠다. 그 이유도 아내에게 어떻게 말해야 할지 모르겠다.

평소와 같이 버스를 타고 국철 전차 역에 도착해 구내로 들어갔지만 오늘부터 경시청에 갈 의무는 없다. 어디로 가야 할지 망설여졌다.

이렇게 된 것도 아자부의 기토 덕분이다. 그자의 압력을 받고 상사는 기토가 시키는 대로 했다. 사소한 잘못을 구실로 삼았다. 하지만 자를 필요까진 없지 않은가. 상사도 너무 심하다.

기토가 미워서 견딜 수가 없었다. 따지고 보면 다미코 때문이다. 그 여자를 조금 놀린 것만으로 기토가 그렇게 화를 냈다면, 기토는 다미코를 자신의 여자로 삼고 있음이 틀림없다. 그게 아니면 이토록 치사하게 나오지는 않았으리라.

'정계나 재계의 흑막이라면서 고작해야 여자 하나 때문에 그런 짓을 꾸미다니 의외로 담이 작은 놈이군.'
 문득 기토라는 인물이 가깝게 여겨졌다. 묘한 일이다. 지금까지는 자신과 상관없는 곳에 기토가 있었기 때문에 마치 구름 위의 인물이나 마찬가지였지만, 다미코라는 여자에게 기토가 연결되어 있다고 생각하니 기토를 자신과 같은 레벨로 끌어내려 볼 수 있었다.
 세상의 소문이란 어쨌거나 뭐든 과대 포장되는 법이다. 그러고 보면 기토도 평범한 인간이라는 기분이 든다.
 기토 고타가 어떻게 권력을 갖게 되었는지는 모르겠지만 본래는 규슈의 탄광주가 아닌가. 그는 전쟁중에 만주나 대륙에서 군부와 인연을 맺고 기괴한 행동을 했다. 패전 후의 일본으로 돌아와 약탈한 물자를 바탕으로 현재의 권력을 쥔 자리에 올라선 것이다.
 심지어 하타노는 증거 불충분으로 무죄 선고를 받기는 했어도 완전히 살인자가 아닌가. 두 사람은 지금도 손을 잡고 나쁜 짓을 하고 있다. 두려워할 것은 아무것도 없다. 좋다, 내 손으로 가능한 한 그자들이 하는 일을 폭로해 주마, 그게 복수다, 하고 히사쓰네는 주먹을 쥐었다.
 히사쓰네는 경시청과는 반대 방향인 신주쿠로 갔다. 거기서 오다큐 선으로 갈아탔다.
 가가와 총재의 지문이 묻은 숙박장은 대체 어떻게 처리될까. 그 지문 하나만으로도 뉴 로얄 호텔을 중심으로 하는 수상한 구조를 단번에 폭로할 수 있는데. 숙박장은 어떻게 되었는지 모르겠다. 그것도 기토 노인 가까이에 웅크리고 있는 검은 구름 중 하나다. 아마 상사는 823호실 여자의 살인 사건을 흐지부지 묻어 버리겠지. 초기 수사 단계부터 너무 깊이 들어가지 말라고 타일렀을 정도다.

경우에 따라서는 자신을 해고한 경시청을 상대로 이 일을 가지고 도전해도 괜찮겠다고 생각했다.

오다큐 선은 하코네의 유모토까지 가는데, 도중에 하라마치다, 아쓰기를 지난다. 신주쿠에서 오십 분쯤 걸려서 이세하라초에 도착했다.

단자와 산괴山塊가 가까이 보이는 작은 마을이었다. 역 앞을 지나면 경찰서가 있다. 평소의 히사쓰네라면 현관으로 성큼성큼 들어가 본청에서 나왔다며 으스댔겠지만, 어제 경찰수첩 등 신분 증명이 가능한 물건을 전부 반납해서 아무것도 없다.

권력에서 떨어져 보니 갑자기 쓸쓸한 바람이 온몸을 감싸는 기분이었다.

경찰서에 들어가기도 겁이 났다. 이제 경찰 신분이 아니라고 생각하니 기분이 묘하게 움츠러든다. 경찰서 앞을 지나 잠시 더 가자 파출소가 나왔다. 히사쓰네는 순경에게 정중하게 말을 걸었다. 평소 같았으면 교통 순경에게는 턱을 젖히고 거만하게 말했으리라.

"얼마 전에 이 근처에서 살해당한 여자 시체가 나왔다던데 현장이 어딥니까?"

젊은 순경은 뜨내기 같은 남자를 보고 눈을 번뜩였다.

"당신은 뭡니까?"

히사쓰네는 교통 순경이 가르쳐 준 대로 버스를 탔다. 서쪽의 고텐바 방면과 오다와라 방면으로 가는 국도인데, 그대로 쭉 가면 고텐바 선의 스루가오야마가 나오는 모양이다. 버스를 십 분쯤 타고 가다가 길가에 오도카니 서 있는 정류소 표지판 앞에서 내렸다. 요네코의 시체가 나온 현장은 이 국도에서 산 쪽으로 조금 들어간 곳이라고 한다. 히사쓰네는 길게 자란 풀이 산길을 덮고 있는 사이를 더듬어 갔다. 단자와 산괴로 이어지는 경사면은 온통 타오르는 듯한 신록으로 덮여 있었다.

그는 대략 어림짐작으로 숲 속에서 걸음을 멈추었다. 이 근처다. 지형은 산길을 중심으로 해서 양쪽이 경사면이다. 거기에도 우거진 나무와 풀이 무리를 짓고 있었다. 풀 사이로 작은 노란색 꽃이 보였다.

히사쓰네는 풀 사이를 살펴보았지만 물론 단서가 될 만한 것은 떨어져 있지 않았다.

밤이면 사람 하나 오지 않는 곳이니 시체를 운반하고 내버리기에는 절호의 장소다. 국도를 지나가는 자동차만 조심하면 된다. 이세하라초라고 하니까 생각나는데, 열차 안에서 하타노 시게타케를 만난 날 밤 그는 오다와라 역에서 하차한 후 이곳으로 직행했음이 틀림없다. 주머니에 접혀 있던 지도를 펼쳐 조사해 보았더니, 오다와라에서 이곳으로 오려면 국도를 따라 오이소까지 자동차로 와서 이세하라초로 들어오는 길과, 오다와라에서 북쪽으로 가서 마쓰다라는 마을로 나갔다가 이 국도를 따라 이쪽으로 향하는 코스가 있다.

어느 쪽이건 그날 밤 하타노가 이곳에 왔음은 틀림없다. 그 열차는 급행이라서 오이소에는 서지 않았으니, 하타노는 오다와라에서 자동차를 탔을 것이다.

오다와라로 가서 영업소의 차들을 조사하면 되겠지만 지금 히사쓰네에게는 그럴 수단도 없었다. 수사권을 잃으면 이렇게 불편해지리라고는 생각하지 못했다. 그러나 어느 쪽이건 하타노가 한 번은 이곳에 왔으리라 확신하고, 그날 밤 하타노의 행동을 추측해 보기로 했다.

밤이었으니 하타노가 혼자서 이 근처를 돌아다니진 않았으리라. 분명히 마중 나온 사람이 있었을 것이다.

이 지역 사람 같지는 않다. 시체를 운반해 온 사람도 아니다. 왜냐하면 요네코의 시체 운반을 하타노의 도착과 딱 맞추기는 어려웠을 테니까. 하타노는 간사이에서 돌아오는 길에 급행을 타고 오다와라에 도착했다. 도중에 내린 일도 히사쓰네의 미행을 깨닫고 뛰어내렸다는 인상을 받았을 정도로, 하타노의 원래 예정이 아니라는 느낌이 든다.

다시 말해서 하타노는 그곳에 요네코의 시체가 운반된다는 연락을 오사카에서 받고, 도쿄로 돌아오는 길에 만약을 위해 현장을 조사하자는 생각을 한 게 아닐까. 그렇다면 하타노를 밤에 이곳에서 맞이한 사람은 요네코의 시체를 옮겨 온 장본인이 아니다. 하타노, 또는 기토의 세력과 관련된 다른 자일 가능성이 크다.

히사쓰네는 산에서 국도로 내려왔다. 다시 정류소 표지판이 있는 곳으로 왔지만 이번에는 버스를 기다리지 않고 이세하라초 쪽으로 국도를 따라 어슬렁어슬렁 되돌아갔다.

맞은편에서 농업용 트랙터를 타고 달려오는 농부와 마주쳤다.

요즘은 농촌도 거의 다 최신식 기계를 사용하고 있다. 하기야 기계는 최신 모델로 바뀌었지만 농촌 자체에는 여전히 옛날 모습이 남아 있는 듯하다.
"여보시오." 히사쓰네는 갑자기 생각나서 농부를 불러세웠다. "이 근처에 뭔가 공사를 하고 있는 곳은 없습니까?"
공사장을 찾은 이유는 밤에 하타노가 여기에 왔으리라는 점에서 불현듯 뭔가가 떠올랐기 때문이다. 다시 말해서 하타노는 그날 밤에 시간 약속을 하지 않고 이곳에 왔으니, 그를 맞이한 사람은 밤늦게까지 깨어 있을 만한 사람이라 상정한 것이다. 도로 공사나 건축 공사장이라면 불을 켜고 야간 작업을 하고 있을 테니까.
게다가 공사장의 인부와 기토의 '부하'와는 어디에선가 인연이 이어져 있을 듯한 기분이 든다.
"글쎄요, 공사장은 없는데요."
농부는 트랙터를 세우고 고개를 저었다.
"그래요?" 히사쓰네는 실망했지만 타고난 끈질긴 성격으로, "공사장은 아니어도 밤늦게까지 이 근처에서 일하는 사람은 없습니까?" 하고 물었다.
"글쎄요, 근처에 농가는 있지만 농가 사람들은 일찍 자니까요."
"아니, 이 지방 사람이 아니라 다른 곳에서 와서 일하는 사람인데요······."
"글쎄요."
농부는 바빠 보였다.
지금도 경찰수첩만 보여 주면 좀 더 열심히 대답해 주겠지만, 그냥 지나가는 남자라면 제대로 대답해 주지도 않는다. 농부는 핸들을 움직여 트랙터를 몰았다.

그런데 히사쓰네가 대여섯 발짝 걸어갔을 때였다. 스쳐 지나간 트랙터가 되돌아왔다.

"아까 그거 말인데" 하고 농부는 생각난 듯이 히사쓰네에게 말했다. "밤에 이 근처에서 일을 하는 사람이라고 했지요?"

"네에."

히사쓰네도 걸음을 멈추고 농부를 올려다보았다.

"근처에 공사장은 없지만 자갈 채취 현장이라면 있습니다."

"자갈 채취?"

"도쿄 쪽에서 건축용 자갈을 채취하러 강에 와 있거든요. 거기라면 알전구를 켜 놓고 밤새 일해요."

"그, 그 장소는 어디입니까?"

"여기서 산을 따라 북쪽으로 조금 가면 강이 나와요. 그 강가에서 늘 작업하고 있답니다."

히사쓰네의 가슴이 격렬하게 뛰기 시작했다.

그는 농부가 가르쳐 준 방향으로 향했다. 국도에서 북쪽으로 들어서자 좁은 길에 먼지가 가득 피어오르고 있었다. 오른쪽의 강은 상당히 넓다. 그러나 강바닥 한가운데에 고랑처럼 물이 흐르고 있을 뿐이었다. 강가에는 과연 자갈이 가득하다. 자갈 위에는 트럭의 타이어 자국이 수없이 나 있었다. 제방에서 아래로 내려가는 길도 비스듬히 보인다.

한쪽은 산이고, 한쪽은 평야다. 산은 상당히 험준한 절벽을 이루며 강가로 접어들어 제법 볼 만한 계곡을 만들고 있었다. 맞은편에 현수교가 보였다.

히사쓰네는 오륙백 미터쯤 걸었다. 산자락을 하나 돌자 강은 거기에서부터 크게 굽어 있다. 그때 시야 속에 자갈 채집 기계가 한 대 서 있는 모습이 들어왔다. 트럭도 두 대 서 있다. 맞은편이었다. 히사쓰네는 그것을 찬찬히 바라보았다. 크레인 옆에 야간 작업용 전봇대가 서 있고 알전구가 매달린 모습이 눈에 똑똑히 비쳤다.

대여섯 명의 인부가 일하고 있는 모습을 보니 조금 더 가까이 가고 싶었다. 현수교는 십 미터 앞에 있다. 그는 큰맘 먹고 현수교에 발을 올려놓았다. 이 다리를 건너는 것 말고는 달리 맞은편 기슭으로 건너갈 방법이 없다. 높이는 십 미터 정도 될까. 걸어가니 다리가 흔들린다. 그때마다 아래에 있는 강이 흔들렸다.

맞은편에서 동네 아이 두 명이 장난치며 걸어왔다. 히사쓰네는 고소공포증이 있었다.

"이 다리, 건너가도 괜찮니?"

그는 그 아이들에게 물었다. 두 아이는 웃어댔다. 그는 시간을 들여 간신히 맞은편 기슭에 도착했다.

히사쓰네는 제방에서 강가로 성큼성큼 내려갔다. 크레인이 자갈을 퍼서 트럭 위로 옮기고 있다.

트럭 기사와 인부들은 옆에 서 있었다.

트럭의 몸체에 '동도건재東都建材'라는 글씨가 보인다.

"이보시오."

히사쓰네는 그중 한 명에게 말을 걸었다. 모자 위에 머리띠를 둘러 묶고 코듀로이 바지를 입은 남자가 햇볕에 그을린 얼굴로 돌아보았다.

"수고가 많으십니다. 한참 전부터 여기서 자갈을 채취하고 있나 봅니다?"

"아아, 상당히 오래되었지요."

인부들 중 우두머리 같은 사람이 대답했다.

"요즘은 건축 붐이라 자갈이 아무리 있어도 모자란다고 하더군요. 이곳은 밤에도 자갈을 옮깁니까?"

"밤에도 해요. 밤이 트럭으로 옮기기에는 길이 막히지 않아서 더 좋지요."

피부가 까만 남자는 대답했다.

"그렇겠군요."

히사쓰네는 한동안 자갈 채집 작업을 바라보았다.

"동도건재라는 곳은 영업소가 어디에 있습니까?"

그는 또 물었다.

"여기 말이오? 이케부쿠로 쪽인데요."

"아하, 이케부쿠로."

태연한 얼굴을 하고 있었지만 그는 내심 긴장한 상태였다.

"꽤 큰 회사 같군요. 트럭은 몇 대나 있습니까?"

"글쎄, 몇 대일까. 스무 대 정도 되겠지요."

"크군요."

"그런가?"

"얼마 전에 신문에서 읽었는데 지금 다마가와 강, 사가미가와 강, 아라카와 강 같은 곳에서 자갈이 있는 대로 다 채취되어서 곤란하다고 하더군요. 이 강은 바뉴가와 강의 지류인가요?"

"아니, 그렇지 않소."

인부는 귀찮다는 듯이 대답했다.

"아아, 그래요? 그럼 다른 강이군요?"

"……."

"이 근처에는 자갈이 꽤 많이 보이지만 이러다 보면 또 적어지겠지요?"

"……."

인부는 히사쓰네의 잡담 따위 상대하지 않았다.

"얼마 전에 이 앞에 있는 숲 속에서 여자의 알몸 시체가 발견되었지요. 그때 현장 부근에 서 있던 수상한 트럭을 본 사람은 없습니까?"

"글쎄요. 그때는 우리하고는 다른 조라서. 야근은 다른 조요."

"호오. 그럼 그 사람들은 오늘 밤에 오겠군요?"

"아니, 오늘이랑 내일은 휴가고, 모레나 되어야 올 거요."

히사쓰네는 모레 밤에 기대를 걸었다.

트럭의 몸체에 '동도건재'의 주소가 있나 보려고 했지만 적혀 있지 않았다. 전화번호도 없었다.

그는 별수 없이 차량번호만 머릿속에 새겨 넣었다. 여기서 섣불리 메모를 하려고 했다간 어떤 일을 당할지 알 수 없다.

히사쓰네가 도쿄로 돌아간 것은 저녁때였다.

오늘은 일부러 가나가와 현의 이세하라초까지 갔지만 고생만 했을 뿐 소득은 전혀 없었다. 그나마 자갈 채취 공사 현장을 발견한 일이 하나의 수확이라고 할까. 다만 그가 수사권을 상실했다는 사실만은 절실하게 느꼈다. 권력이 떨어져 나간 것이다.

설령 정면에서 경찰수첩을 휘두르지는 않는다 해도, 품에 그 검은 수첩을 숨기고 있느냐 그렇지 않느냐에 따라 자신감에 큰 차이가 있다. 그 작은 수첩은 권력의 상징이고 만능 열쇠였다. 히사쓰네는 지금껏 그 수첩의 위력이 이렇게 큰 줄 몰랐다.

그는 조직을 떠난 인간이다. 과거의 업적으로 보아도 수사 실력에는 자신이 있었지만, 그것도 경찰이라는 권력 조직의 배경이 있었기 때문이다. 그의 자신감은 히사쓰네 본인의 것이 아니었다. 그는 조직의 힘을 개인의 실력으로 혼동하고 있었던 것이다.

말하자면 지금 그는 일개 시민으로 전락해 있다. 이제 누구도 히사쓰네를 두려워하지 않고 아무도 그를 경외하지 않는다. 음식점 주인도 그를 향한 붙임성 있는 웃음을 지우고 술 한 잔에도 대금을 요구할 터였다.

히사쓰네는 풀이 죽어서 신주쿠 역에 내렸지만, 그에게는 아직 직업적인 투지의 잔재가 어딘가에 고여 있었다.

'그래, 그 자갈 채취를 하는 건재상을 찾아봐야 해.'

현장에 서 있던 트럭의 몸체에는 '동도건재'라고 쓰여 있었다. 주소도 전화번호도 적혀 있지 않아서 인부에게 물어보았는데 가게는 이케부쿠로 쪽에 있다는 대답뿐이었다.

히사쓰네는 담뱃가게에 들러 피스_{담배 이름}를 한 갑 사고 전화번호부를 빌렸다. '동도건재'는 확실히 전화번호부에 실려 있었다.

'도시마 구 이케부쿠로 히노데초 2번가 XX번지'라고 쓰여 있다.
"전화는 안 하세요?"
가게를 지키던 노파가 얼굴을 내밀었다.
전화를 걸 생각은 없다. 히사쓰네는 곧 이케부쿠로 역으로 향했다. 도착한 것이 여섯시 반쯤이었다. 역내는 귀가하는 직장인들로 혼잡했다.
여지껏 히사쓰네는 그런 사람들을 보아도 아무런 감흥을 받지 않았지만 직장을 떠나고 보니 쓸쓸함이 몸에 사무쳤다. 일하는 사람들의 얼굴이 모두 행복해 보이고, 가슴 설레며 집으로 가는 사람들밖에 없는 듯했다.
그는 완전한 실직자다. 어제까지는 작으나마 국가 권력을 쥐고 국민을 대상으로 일해 왔던 만큼 낙오되었다는 좌절감을 남들보다 더 크게 받았다.
히사쓰네는 자신을 여기까지 추락시킨 기토 고타에게 다시금 분노가 치밀어올랐다.
전화번호부에 실려 있던 지명은 이케부쿠로에서 고코쿠지까지 가는 전철 노선 도중, 히노데초 2번가의 교차점에서 백 미터쯤 떨어진 곳이었다. 모퉁이에 국수 가게가 있다.
국수 가게에 물어보니 '동도건재'는 마침 그 가게 바로 뒤에 있었다. 히사쓰네는 옆길로 들어갔다.
일단 지나치면서 곁눈질로 가게 간판을 살펴본 바로, '동도건재'는 벽돌로 지어진 건물로 입구도 꽤 넓었다. 앞쪽에는 빈 소형 트럭 세 대가 놓여 있었다. 영업 시간이 지난 탓인지 입구만 남겨 두고 나머지는 문이 닫혀 있다. 옆에 시멘트나 재료 등이 쌓아 올려져 있고 하얀 가루가 땅바닥에 흩어져 있었다.

히사쓰네는 되돌아가 가게 앞을 다시 지나갔다. 이번에는 가게 안의 모습을 조금 찬찬히 관찰했는데 입구 안쪽은 봉당으로 되어 있고 책상 끝이 보였다. 사람도 있는 모양이다.

자, 이제 어떻게 할지가 문제다.

근처에 물어보아도 가게의 내부에 대해서는 잘 모를 테니 결국 직접 찾아볼 수밖에 없겠다고 판단했다. 전철이 다니는 길에서 잠시 고심한 끝에 이번에는 볼일이 있는 듯이 되돌아갔다.

"실례합니다."

히사쓰네가 결심을 하고 입구에서 말을 걸자 스물일고여덟 정도 되어 보이는 젊은 남자가 더러운 작업복 차림으로 까만 얼굴을 내밀었다.

"여쭙고 싶은 게 있는데, 댁의 건축 자재를 좀 보내 주실 수 있을까요?"

히사쓰네는 물었다.

"어디십니까?"

남자는 때인지 먼지인지 모를 검은 얼룩이 가득한 얼굴로 눈을 빛냈다.

"저는 시나가와 쪽의 청부업자인데요……."

"저희하고는 처음이세요?"

"네에."

"글쎄요, 그렇다면 좀 어렵겠네요. 지금까지의 거래처만 해도 좀

버거워서요."

젊은 남자가 당장이라도 안으로 들어갈 것 같았기 때문에 히사쓰네는 매달리듯이 안으로 한 발짝 들어갔다.

"아니, 실은 소개받고 온 겁니다."

"소개라니, 누구한테요?"

"뉴 로얄 호텔에 묵고 계시는 하타노 씨인데요."

젊은 남자는 갑자기 히사쓰네의 얼굴을 응시했다. 방금 전까지 보이던 무관심과는 완전히 달랐다.

"잠깐 기다리세요."

남자는 안쪽으로 서둘러 들어가더니, "사장님, 사장님" 하고 불렀다.

"지금 하타노 선생님한테 소개받았다면서 우리 자재를 사고 싶다는 사람이 왔는데요······."

히사쓰네는 귀에 온 신경을 기울였다.

"뭐, 하타노 선생님이라고?"

굵은 목소리가 들리고, 안쪽에서 의자 소리가 났다.

히사쓰네는 거기까지 확인하고 발소리를 죽여 출입구로 걸어갔다. 밖으로 나간 다음에는 한달음에 도망쳤다.

이케부쿠로 역 앞의 골목길로 도망쳐 들어가고 나서야 비로소 안심했다.

반응이 있었다. 하타노의 이름을 꺼내자 순식간에 반응이 왔다. 하타노를 알고 있는 목소리였다. 감이 맞았다. 기토의 조직 말단에 이 건재상이 있다. 그 증거로 자신은 하타노 씨라고 말했는데 상대방은 하타노 선생님이라고 말하지 않았는가.

요네코의 시체를 운반한 트럭은 '동도건재' 소속일지도 모른다.

히사쓰네는 전철에 올라탔다. 침체되었던 기분이 조금 나아져 있었다.

이상한 놈이 왔었다고 동도건재에서 하타노에게 연락을 할지도 모른다. 그러나 나중 일은 나중 일이다. 지금은 관계를 확인한 것에 만족했다. 어둑어둑한 봉당에 서 있었으니 상대는 히사쓰네의 얼굴도 제대로 기억하지 못할 것이다. 얼굴을 본 사람은 가게의 직원뿐이었다. 히사쓰네는 가게 주인인 듯한 남자가 나오기 전에 도주했다.

가게 주인은 어떤 놈일까. 조만간 알게 되겠지.

히사쓰네는 자신의 추정을 뒷받침하는 증거가 착착 나타나자 유쾌해서 견딜 수가 없었다. 요네코를 죽인 자는 기토의 수하가 틀림없다는 것, 운반은 그 일당에 의해 이루어졌으리라는 것, 나아가 그놈들이 요네코의 시체가 발견된 현장 근처에 어떤 형태로든 뿌리를 내리고 있음이 틀림없다는 것 등……, 이 추정들이 전부 들어맞은 것이다.

뿐만 아니라 간사이에서 돌아오는 길에 하타노가 오다와라에서 내린 이유도 짐작한 대로였다. 도쿄에서 하타노에게 어디로 가라는 연락 지령이 내려갔을 것이다.

이제부터가 문제다. 여기까지는 어찌어찌 짐작해 왔지만 다음 증거 수집이 조금 까다롭다.

게다가 상대가 기토 고타라는 거물이니 어지간히 조심해야 한다. 이것을 어떻게 무너뜨릴지가 문제다.

히사쓰네는 자기 집 문턱을 넘었다.

"지금 와요?"

아내가 마중을 나왔는데 평소와는 표정이 달랐다. 히사쓰네를 의심스럽다는 듯이 보고 있어서 그는 찔끔했다.

"저기, 여보. 오늘 본청에 갔지요?"

아내는 구두를 벗고 있는 히사쓰네의 머리 위로 물었다.

"아니, 오늘은 외근이어서 본청에는 안 갔어."

히사쓰네는 순간적으로 앞질러 대답했지만 아내가 자신의 해고 사실을 알았나 싶어 가슴이 철렁 내려앉았다.

"그렇군요."

아내의 목소리는 차분하다. 아직 모르는 모양이다.

"왜?"

일부러 양쪽 구두를 다 벗은 김에 얼굴을 들었다.

"아뇨, 낮에 본청의 젊은 형사님이 와서 당신한테 급하게 전할 물건이 있으니까 본청으로 와 주지 않겠냐고 했어요."

퇴직금이다. 어쩌면 동료들의 전별금이 모였으니 같이 주겠다는 뜻인지도 모른다.

"뭐예요? 사건 자료인가?"

아내가 묻는다.

"음, 글쎄."

히사쓰네는 입속으로 우물우물 말하며 낡은 다다미 위로 올라섰다. 순간 솔직히 얘기할까 고민했지만 아내가 사건 자료냐고 물으니 물러설 수 없게 되었다.

히사쓰네는 다다미 위에 책상 다리를 하고 앉아 담배를 피웠다. 기분이 고양되어 있어서 오늘 하루 돌아다닌 피로가 전혀 느껴지지 않는다.

아내가 구두를 닦으면서, 흙이 많이 묻었는데 오늘은 시골 쪽을 돌았어요? 하고 또 물었다. 히사쓰네는 거기에도 대강 대답했다. 멍하니 담배만 피운다.

아내도 그것으로 납득했는지 더 이상은 아무것도 묻지 않았다. 부엌에서 달그락거리며 저녁 식사를 준비한다.

히사쓰네는 벌렁 누워 팔베개를 했다.

조만간 아내에게도 사실을 이야기해야 한다. 그러나 아무래도 하루 이틀 안에는 계기가 생기지 않을 것 같았다.

자신을 이런 상태로 내몬 기토에 대해서 또 울분이 타올랐다. 아니, 기토만이 아니다. 살인 전과를 갖고 있는 하타노나 남편을 죽인 다미코 등, 모두가 미워졌다.

빌어먹을, 어떻게 해 줄까.

생각은 복수로 기울기 시작했다. 권력을 빼앗기고 보니 자신에게 얼마나 힘이 없는지 알 수 있었다. 기토 일당에 대해서 상사에게 보고할 자격도 없고 그들의 신변을 내탐할 권리도 없었다. 이곳에는 한 명의 흔해빠진 실직자가 있을 뿐이다.

히사쓰네는 팔베개에서 머리를 일으키다가 문득 한 가지 아이디어를 떠올렸다. 가가와 총재의 숙박장에 대해서다. 간부는 그 종이를 결국 묵살하려는 모양이다.

'좋아, 그걸 외부에 흘려 주지.'

그야말로 명안이다. 경시청 상층부에 말해 봐야 소용이 없다. 경시청 이외의 곳에 모든 사실을 털어놓자. 그렇다, 자유의 몸이 되고 보니 무엇을 하든 마음대로다. 오히려 현장 경찰로 묶여 있을 때보다 훨씬 분방하게 행동할 수 있다.

경시청에서 해고되었기 때문에 모든 자유를 잃었다고 괴로워한 것은 큰 착각이었다. 지금이야말로 경찰 조직의 답답한 질서에서 해방된 셈이 아닌가. 경관은 아내를 얻을 때도 상사의 조사와 허가가 필요하다. 그러나 지금부터는 무엇을 하든 구속을 받을 일도 없고 공무원법 위반을 추궁당할 일도 없다. 마음대로 할 수 있다. 개인의 자유를 되찾은 것이다.

누구에게 말해야 할까. 제일 먼저 떠오르는 대상은 검찰청이다.

이 일을 검사가 전면적으로 받아들여 줄지는 알 수 없다. 히사쓰네가 지금까지 만난 검사는 모두 경시청이 시키는 대로 할 듯한 이들뿐이었다. 그들은 경시청이 송치한 사건에 대해 공판 유지 가능성이 있는지 없는지만을 신경질적으로 확인한다. 검찰청은 경찰에 대한 수사 지휘권을 상실한 후로 갑자기 패기를 잃은 것 같았다.

변호사회 쪽에 말해 보면 어떨까. 하지만 이 사건에는 원고도 피고도 없다. 온통 정체를 알 수 없는 사건뿐이다. 변호사의 본분은 억울한 죄를 뒤집어쓴 사람을 결백하게 해 주거나 죄의 경감을 따져 주는 일이다. 이 사건에는 범인이 한 명도 나오지 않는다. 이래서는 변호사회에 호소해도 소용없다. 변호사회는 범인을 만들어 내는 곳이 아니라 보호하는 곳이다.

결국 신문사 이외에는 호소할 곳이 없다고 결론내렸다. 신문사라면 이런 기괴한 사건에 달려들 터였다. 정재계의 흑막 기토 고타와 가가와 총재가 등장하니 화려한 화제임은 틀림없다. 공단 이사의 자살 사건, 뉴 로얄 호텔의 여자 숙박객 살인 사건 등. 게다가 후자는 아직 해결되지 않았다. 당시 신문은 사진까지 실어서 대대적으로 보도했다. 신문사는 반드시 히사쓰네의 제보를 받아들여 움직여 주리라.

히사쓰네는 경시청을 출입하는 신문 기자의 얼굴을 이리저리 떠올렸지만 그들에게 이야기하면 경시청 수뇌부에 새어 나갈 위험이 있기 때문에, 결국 신문사의 사회부장 앞으로 직접 편지를 쓰기로 했다. 그날 밤, 히사쓰네는 밤늦게까지 앉아서 긴 편지를 썼다.

"뭘 쓰는 거예요?"

아내가 졸린 얼굴로 물었다.

"보고서를 좀."

히사쓰네는 펜을 움직이면서 말했다.

"내일 써도 되잖아요. 그렇게 급해요?"

"응, 급해."

"보고문이라면 본청에 가서 쓰면 되지. 쥐꼬리만 한 월급 받으면서 집에까지 일을 가져올 필요는 없잖아요. 거기서 쓰면, 늦어지더라도 그만큼 야근 수당도 붙고요."

"그렇게 말하지 마. 본청에서 쓸 수 없는 것도 있단 말이야. 당신은 먼저 자."

아내는 하품을 하며 이불 속으로 기어 들어갔다.

"안녕하십니까. 급하게 알려 드리고 싶은 중대한 사실이 있습니다. 이 편지가 결코 장난이나 헛소리가 아니라고 믿으실 수 있도록, 우선 제가 최근까지 경시청 수사 1과의 형사였음을 말씀드려 둡니다……."

이런 서두로 시작해서, 그는 자신이 알고 있는 모든 사실을 적어 내려갔다.

마지막으로 이 사건에 대해서 더 자세한 정보가 필요하다면 언제든지 자신에게 와도 상관없다, 가능한 한 상세하게 이야기하겠다고 편지를 맺었다.

이만큼을 쓰는 데에 약 두 시간을 소비했다. 편지상이다 보니 세세한 부분에 대해서는 좀처럼 다 쓸 수가 없었다. 일부러 생략한 부분도 있다. 예를 들면 요네코가 죽은 일에는 동도건재라는, 이세하라초 부근의 강에서 자갈을 채취하는 회사가 관련되어 있다는 사실 등은 쓰지 않았다.

편지로는 대략적인 개요를 늘어놓았을 뿐이다. 비장의 패가 될 만한 구체적인 사항은 아껴 두고 싶었다.

새벽 두시까지 깨어 있었기 때문에 이튿날 아침에는 아내가 깨울 때까지 푹 잤다.

히사쓰네는 일어나자마자 '출근' 준비를 했다.

책상 서랍에서 어젯밤에 쓴 편지를 꺼내는 것도 잊지 않았다. 편지지 스무 장 정도를 썼기 때문에 봉투는 두툼하고 묵직했다. 아직 받는 사람의 이름은 쓰지 않았다. 오늘 도중에 마음에 짚이는 신문사에 전화를 걸어 사회부장의 이름을 묻고 나서 보낼 생각이다.

그러나 편지를 주머니에 넣은 순간 마음이 바뀌었다.
'신문사가 기삿거리로 사 주지는 않을까?'
그에게는 돈이 없다. 퇴직금은 이삼일 안에 경시청에 가지러 갈 예정이지만 장래를 생각하면 그것만으로는 불안하다. 이참에 조금이라도 돈을 모아 두어야 한다.
단순한 밀고가 아니라 돈으로 바꿀 수 있다면 이보다 더 좋을 수는 없다. 가능성도 있어 보인다.
기토 고타라면 신문사도 분명 흥미를 보이리라. 문제의 인물이니 눈에 불을 켜고 달려들지도 모른다. 히사쓰네는 우표를 붙여 우체통에 넣으려던 예정을 변경했다.
그는 평소처럼 집을 나왔지만 이세하라초에 가는 것은 나중으로 돌렸다. 돈과 복수가 한꺼번에 가능하다면 이보다 더 좋은 방법은 없다. 문제는 어느 신문사를 고르느냐다.
히사쓰네는 도심으로 나가 결국 R신문의 현관으로 들어갔다.
접수대에서 사회부장님을 뵙고 싶다고 말하자 아직 출근하지 않았다고 수위가 대답했다.
"언제쯤 오십니까?"
"열한시 넘어서일 겁니다."
히사쓰네는 나중에 오겠다는 말을 남기고 나왔다.
별로 갈 곳도 없다. 그는 아직 이른 긴자의 거리를 걸었다. 그러나 두 시간이나 시간을 때울 방법이 없었다. 별수 없이 어슬렁어슬렁 쓰키지 쪽으로 걸어갔다. 경시청에서 잘리고 나니 그곳과는 반대 방향으로 발길이 닿는다.

난데없이 맞은편에서 오던 아는 형사 둘과 마주쳤다.
"여어."
히사쓰네 쪽에서 말을 걸었다.
"잘 지내십니까?"
한 사람이 히사쓰네에게 웃음을 던지고 재빨리 지나간다. 갑자기 냉담한 취급을 받은 것 같아서 쓸쓸했다. 그리고 나자 돌아다닐 마음도 없어졌다. 간신히 열한시가 되어 신문사로 돌아갔다. 이번에는 사회부장이 와 있다는 대답을 들었다.
히사쓰네는 면회표를 써야 했다. 삼층의 작은 응접실로 안내되고, 잠시 후 마흔네다섯 살 정도의 안경을 쓴 비쩍 마른 남자가 와이셔츠 소매를 기세 좋게 걷어붙이며 들어왔다.
"접수대의 전화로 들었는데 뭔가 정보를 가져오셨다고요?"
남자는 빠른 말투로 히사쓰네에게 말했다. 그는 늘 신문 기자를 경멸하고 있었는데 이곳에서는 기분이 위축되었다.
"사회부장님 되십니까?"
히사쓰네는 작은 목소리로 물었다.
"아뇨, 저는 데스크 신문사의 취재, 편집 책임자입니다. 부장님은 지금 손을 뗄 수 없는 일을 하고 계셔서, 제게 일단 이야기를 들어 보라고 하셨습니다."
히사쓰네는 안주머니에서 두꺼운 봉투를 꺼내며 비굴하게 웃었다.
"이걸 읽어 보시면 아실 겁니다."
"살펴보긴 하겠는데 대충 어떤 내용입니까?"

데스크는 봉투에 눈길을 주었을 뿐 안에 있는 편지를 꺼내려고 하지도 않는다. 개요를 들어보고 쓸 만한 정보가 아니면 쫓아낼 기세다.

"실은 기토 고타 씨에 관한 일인데요."

"네?"

지루해 보이던 데스크의 눈이 안경 속에서 빛난 것 같았다. "기토 씨라면, 그……?"

"네, 맞습니다. 거대한 흑막이라고 하는 그 사람이에요."

"흐음, 그렇군요."

데스크는 히사쓰네의 풍채를 바라보며 의심스럽다는 얼굴을 했다.

"히사쓰네 씨라고 하셨지요. 실례지만 무슨 일을 하십니까?"

"편지를 읽으시면 알 수 있습니다. 써 두었으니까요. 절대로 어중간한 정보를 가져온 것은 아닙니다."

"아하…… 잠깐 실례하겠습니다."

데스크는 갑자기 흥미가 생긴 모양이다. 바쁘게 봉투를 뒤집어 편지지를 꺼냈다.

히사쓰네는 남자의 눈이 편지지 위로 움직이는 모습을 바라보고 있었다. 상대의 표정에는 흥분의 빛까지 나타난 듯 보였다. 곁눈질 한 번 하지 않고 열심히 읽고 있다. 종이를 넘기는 손놀림도 다급하다. 히사쓰네는 일부러 옆으로 얼굴을 돌리고 무관심하다는 듯이 담배를 피웠다. 남은 종이가 점차 줄어든다.

"잘 알겠습니다."

데스크는 처음과는 전혀 다른 안색으로 말했다.

"이걸 지금부터 부장님께 읽어 달라고 할 텐데 그전에 한 번 더 확인하겠습니다. 여기에 적혀 있는 내용은 전부 사실이겠지요?"

"물론입니다. 지어낸 이야기는 하나도 없습니다."

"그래요? 꽤 재미있었습니다. 아니, 지나치게 재미있을 정도예요. 직업상이라고는 해도, 용케 여기까지 조사하셨네요?"

"네에."

히사쓰네는 고개를 끄덕였다.

"다음으로 이것을 가져오신 이유인데요, 어떤 마음으로?"

"별로, 저는 개인적으로는 기토 씨에게 아무런 은원도 없는 사람입니다. 다만 제 기분이 풀리지 않았습니다."

"정의감이라는 겁니까?"

"뭐, 그렇지요."

"이것을 받는다면 사례는 얼마나 드리면 좋을까요? 혹시나 해서 말인데 저희한테만 가져오셨겠지요?"

"물론입니다. 뭐, 사례에 대해서는 사회부장님이 읽으신 후에 상의하지요. 사 주실지 어떨지도 모르니까요."

"그래요? 잠깐 기다려 주십시오."

데스크는 편지를 움켜쥐고 성큼성큼 응접실을 나갔다.

히사쓰네는 오랫동안 기다려야 했다.

부장에게 보여 준다고 했는데, 아까 데스크가 눈앞에서 읽은 것처럼 부장이 편지를 본다고 해도 그렇게 시간이 걸리지는 않을 터였다. 이렇게 시간이 필요한 까닭은 어쩌면 누군가와 상의하고 있기 때문인지도 모른다. 아니면 부장은 바쁘니 나중에 읽으려고 했을 수도 있고.

사십 분 정도 지났을 때쯤 데스크가 돌아왔다. 봉투는 그대로 한 손에 쥐고 있다.

"정말 죄송하게 되었습니다." 데스크는 봉투를 그대로 히사쓰네 앞에 돌려주었다.

"부장님께 보여드렸더니 매우 자세히 조사되어 있지만 우리 신문은 이 글을 받아도 당장 지면에 내보낼 수 없으니 일단 돌려드리라고 하셨습니다."

히사쓰네는 실망했다.

"이 회사에는 도움이 되지 않습니까?"

"정말 훌륭한 내용이라는 말씀은 부장님도 하셨지만 신문사로서는 뭐랄까요, 신문의 공공성이라는 입장 때문에 아까운 자료라도 쓸 수 없는 경우가 많습니다. 모처럼 찾아와 주셨는데 유감스럽지만 저희는 포기하기로 했습니다."

"그래요?" 히사쓰네는 봉투를 자신의 안주머니에 넣었다. "실례가 많았습니다."

"아뇨, 저야말로."

히사쓰네는 응접실을 나갔다. 데스크는 물끄러미 그의 뒷모습을 지켜보고 있었다.

히사쓰네는 실망해서 거리로 나갔다.

오늘 아침, 이것을 신문사에 팔자는 생각을 떠올렸을 때는 이미 금액까지 셈하고 있었다. 적어도 이십만 엔에는 사 주지 않을까.

어쩌면 삼십만 엔쯤 될지도 모른다.

만일 십만 엔 정도로 깎아 달라고 하면 너무 싸니까 뜸을 좀 들이다가 십오만 엔 정도로 타협해도 좋다. 그것도 안 된다면 다른 회사에 팔겠다는 눈치를 풍겨 보자. 상대는 필경 당황하며 요구한 가격대로 사 줄 것이 틀림없다.

그런 계획을 세웠지만 지금은 주머니에 두툼하게 들어 있는 봉투가 귀찮게까지 느껴진다.

히사쓰네는 자신감을 상실하기 시작했지만 다른 신문사 한 군데를 더 찾아가 보기로 했다. 일단 돈으로 바꿀 생각을 하고 나자 어떻게 해서라도 이 글을 팔고 싶은 기분에 쫓기고 있었다.

그 신문사에서도 사회부장은 나오시 않았다. 뚱뚱한 데스크가 나와서 변명을 하고, 역시 눈앞에서 그의 편지를 읽고, 마찬가지로 사회부장에게 보여 주겠다며 들어갔다.

"아무래도 우리 쪽과는 맞지 않는 것 같습니다."

오랫동안 기다린 끝에 받은 대답도 전에 갔던 신문사와 같다.

히사쓰네는 풀죽은 기분이 되었다.

왜 신문사가 달려들지 않을까. 경시청 출입 기자는 매일 형사실에 얼굴을 내밀며 사건은 없는지, 기삿거리는 없는지 찾아다닌다. 신문사는 뉴스 취재에 굶주려 있을 터였다.

그런데도 이런 쇼킹한 내용을 무뚝뚝하게 밀쳐내는 것이 이상하지 않은가.

'신문사도 기토 고타가 무서운 걸까. 후환이 두려워서 이 정보를 사는 것을 망설이고 있단 말인가.'

그런 생각이 들어 견딜 수가 없다. 신문사가 두려워하는 까닭은 기토의 권력 밑에 기분 나쁜 폭력단이 붙어 있어서일까. 어쨌거나 저널리즘은 펜에는 강하지만 그쪽에는 약한 모양이다.

히사쓰네는 공복과 피로를 느끼고 작은 음식점에 들어갔다. 거기서 싸구려 튀김 덮밥을 먹다가 자신이 이제 고립무원 상태에 놓였음을 깨달았다.

제4장

1

하타노는 호텔에 있었다.

일찍 일어난 그는 문 밑에 끼워져 있던 대여섯 종의 신문을 펼치면서 오트밀을 숟가락으로 떠서 입으로 가져갔다. 식사 메뉴는 매일 아침 정해져 있고 시간도 일정하다. 종업원은 장기 투숙객의 버릇을 기억하고 있어서 손님이 따로 얘기하지 않아도 시간이 되면 알아서 식사를 가져온다.

"안녕히 주무셨어요."

"잘 잤나."

기분이 좋을 때는 말을 하지만 아침에는 대개 무뚝뚝해서 이 정도 인사만 하고 전표에 사인을 해서 종업원에게 건넬 뿐이다.

하타노는 신문을 한 시간에 걸쳐 꼼꼼히 읽고 이거다 싶은 기사는 잘라내어 직접 풀을 칠해서 스크랩북에 붙인다. 이 방에는 책은 없지만 스크랩북만은 스무 권 가까이 한쪽 구석에 쌓여 있다.

하타노가 검은 죽을 다 먹었을 때 전화가 울렸다.

"선생님이십니까? 프런트인데 지금 오카무라 씨라는 분이 찾아오셨습니다."

"그래? 방으로 안내해 주게."

오카무라는 가명으로 본인과 하타노에게만 통하는 이름이다.

십 분 후에 문을 두드리고 들어온 사람은 서른네다섯 살 정도의, 안경을 쓴 비쩍 마른 남자였다. 조급한 행동거지는 직업 탓인 모양이다.

"엄청나게 일찍 왔군."

하타노는 손님을 밝은 창가에 놓인 의자로 안내했다.

"지금쯤이면 일어나실 시간이라고 생각해서 찾아뵈었습니다. 지금보다 늦으면 선생님을 붙들 수가 없으니까요."

손님은 다소 거만하게 다리를 꼬고 담배를 꺼냈다.

"자네 쪽은 늘 출근이 점심때잖아. 이렇게 아침 일찍 오다니 드문 일이군. 무슨 일이라도 있었나?"

"있었습니다."

오카무라라는 남자는 안주머니에서 커다란 갈색 봉투를 꺼냈다. 거기에는 신문사 이름이 인쇄되어 있었다.

유력 신문의 사회부 차장이, 이 손님의 정체였다. 하타노에게는 꽤 전부터 접근해 왔다.

삼 년쯤 전에 폭력단 사건이 있었는데 그 취재를 계기로 이 신문 기자는 하타노를 자주 찾아온다. 그때 하타노가 이야기한 사건의 이면이, 나중에 당국이 쥔 정보보다 정확했기 때문에 기자는 감탄한 것이다. 뿐만 아니라 다른 사건에서도 하타노는 당국이 모르는 깊은 부분까지 잘 알고 있었다.

신문 기자는 저마다 취재상의 요령을 가지고 있다. 예를 들면 정치부는 정계 실력자 주변에 전문 기자를 배치한다. 관청에는 각 부서별로 출입하는 베테랑 기자가 있다. 이런 기자들은 특히 이거다 싶은 인물을 쥐고 있다. 이들은 평범한 정치인이나 관료보다 내부 사정에 밝다. 때로는 당사자를 위협해서 정보를 얻을 때도 있고, 상대방의 한 마디 말로 진상을 알 때도 있다.

최근에는 신문 기자도 월급쟁이처럼 되어서 이런 '기자 근성'을 가진 사람이 적어졌다고들 하지만, 그래도 아직 구식 타입의 기자는 남아 있다. 지금 하타노 앞에 나타난 오카무라라는 이름을 쓰는 남자도 그런 사람들 중 하나로, 어느새 하타노를 통해 기토 고타의 주변을 배회하게 되었다.

그런데 이런 취재 방법을 쓰다 보면 자기도 모르는 사이에 그 대상의 포로가 되고 마는 경우가 많다. 예를 들면 정계의 실력자에게 붙어 있는 신문 기자가 그 인물의 내부에 발을 디딘 결과 의식적으로든 무의식적으로든 당사자를 옹호하게 되는 것이다. 신문 기자를 그만두고 그 사람의 비서가 되거나 선거 기반을 얻어 국회의원으로 출마하는 일 등은 그 극단적인 예이다.

인정상 자연스럽게 이루어지는 일이지만 물론 양쪽 모두 서로 이익을 준다는 입장이 그 원인일 것이다. 신문 기자는 특수한 정보를 상대에게서 얻을 수 있고, 기자를 아군으로 두고 있는 쪽은 가끔 그를 이용해 자신에게 유리한 PR을 시킬 수 있다. 어떤 경우에는 허울 좋은 정보 제공자로도 이용이 가능하다.

하타노 앞에 와 있는 오카무라가 그중 한 명이다. 직접적으로는 기토 옆에 오지 않지만 하타노라는 창구를 통해 기토에게 파고든다. 흑막 같은 인물이라고도 하고 괴인이라고도 하는 기토에게 붙음으로써 다른 사람들이 엿볼 수 없는 정재계의 내막을 알게 되고 특별한 지식을 가지게 됐다. 이 덕분에 데스크로 출세했다고 해도 이상하지는 않다.

"하타노 씨, 자, 이 안에 든 것을 읽어 보세요."

오카무라는 봉투채로 하타노 앞에 내밀었다.

하타노는 아직 호텔 가운 차림이었다. 그는 소매를 걷어 올리고 봉투 속에 든 것을 꺼낸 다음 한번 보고 말했다.

"어라, 편지를 복사했군."

"그렇습니다. 어제 누가 팔러 온 정보인데요. 문장은 서툴지만 내용은 굉장하답니다."

"흠. 어라, 기토 씨와 내 이름이 나오는군."

"자, 읽어 보십시오."

하타노는 복사본을 전부 읽고 나서 안경을 벗었다.

"자네, 이것을 가져온 사람은 누구였나?"

오카무라는 창문에서 시선을 들고 하타노의 얼굴을 보았다.

"히사쓰네라는 남자인데요. 경시청 형사였다고 했습니다."

"뭐, 히사쓰네?"

"어, 아십니까?"

"음, 전혀 듣지 못한 이름은 아니로군."

"최근까지 현직에 있었다더군요. 제 쪽에서 경시청 인사과에 확인해 보니 바로 사흘 전에 희망퇴직으로 그만두었던데요. 인사과의 말투로는 무슨 일이 있어서 그만두게 한 인상이었습니다. 잘린 게 아닐까요?"

"글쎄, 모르겠는데. 그렇군, 그 형사가 가져온 정보인가. 얼마를 주었나?"

"이쪽에서는 쓸 만한 게 못 된다고 말하고 그 자리에서 편지를 돌려주었습니다. 부장님께 상의했는데 내용을 읽고 나서 그것을 사들이는 것은 위험하다는 의견을 내시더군요."

"당사자는 응접실에서 기다리게 하고 편지를 바로 복사했다는 말이로군?"

"그렇습니다. 그런 다음 이건 가지고 돌아가십시오, 라고 말했더니 몹시 불만스러운 얼굴을 하고 돌아갔습니다."

"다른 신문사에도 가져간 흔적이 있던가?"

"저한테만 왔다고 말했지만 거절했으니 어쩌면 다른 곳에 갔을지도 모릅니다."

"음."

하타노는 손톱을 깨물면서 생각에 잠겼다. "안에 적힌 내용은 지어낸 이야기뿐이지만 그래도 발표되어서 좋을 것은 없지. 잘 막아주었어. 돌아가면 부장에게 안부 전해 주게."

"알겠습니다."

이 내용은 지어낸 이야기일 뿐이라는 하타노의 말에 오카무라는 별로 질문도 하지 않았다.

"또 무슨 일 있으면 알려 주게."

차장에게 돈을 건넨 하타노는 호텔 가운을 벗고 급하게 와이셔츠를 입기 시작했다.

몹시 까다로운 얼굴을 하고 있다.

이 글의 내용은 이미 신문사에 알려졌다. 오카무라가 제보받은 정보를 부장에게 보여 주었다고 하니 상당히 많은 사람이 알고 있다고 봐야 한다. 그뿐만이 아니다. 오카무라 쪽이 거절했어도 히사쓰네가 또 다른 신문사에 가지고 갔을 가능성이 있다.

대단한 일은 아니다. 별로 위협도 되지 않는 일이다. 지금 기토의 권력이라면 이쯤은 뭉갤 수 있다.

결국 신문사의 일부 사람들이 괴문서로서 은밀하게 수군거리는 정도고 햇빛을 보는 일은 없다…….

하타노가 기토의 저택에 가니 노인은 침상에 앉아 세면기를 앞에 놓고 얼굴을 씻는 중이었다.

혼자서는 손이 떨려서 불편하기 때문에 다미코가 어린아이에게 하듯이 수건에 더운물을 듬뿍 적셔 노인의 얼굴을 닦아 주고 있다.

"병원에서 돌아오신 후로 완전히 뻔뻔스러워지셨어요."

다미코가 하타노에게 말했다.

"다미코 씨가 보살펴 주니 선생님도 얌전하시군요."

하타노는 베갯맡에 책상 다리를 하고 앉았다.

"그래도 요네코 씨만은 못해요. 계속 그게 아니다, 이것도 아니다 하고 잔소리를 하시거든요."

기토 노인은 이가 없는 입을 웃는 것인지 움직이는 것인지 모르게 우물거리고 있다.

"하타노, 오늘 아침에는 지나치게 일찍 왔군?"

노인은 다미코에게 젖은 피부를 마른 수건으로 닦게 하면서 고개를 움직여 물었다.

"네에, 좀."

"그래? 나도 자네를 부르려던 참일세. ……잠깐 기다리게."

노인은 다미코를 눈짓으로 불러 한쪽 손을 다미코의 손에 맡기더니, 영차, 하고 기합을 넣으면서 스스로 일어섰다. 비칠거리며 화장실 쪽으로 간다.

하타노는 방에서 노인과 다미코가 사라진 다음 베갯맡의 두꺼운 이불을 들고 아래를 보았다.

아무것도 없다. 그는 이불을 원래대로 해 놓고 시침 뗀 얼굴로 노인이 돌아올 때까지 담배를 피웠다.

기토는 비칠비칠 다리를 옮기면서 다미코의 부축을 받아 이불 위에 자리를 잡았다.

"뭔가?"

"이겁니다."

하타노는 봉투째로 기토에게 내밀었다.

"다미코, 거기 안경 좀 집어 주게. ……자네는 잠시 저쪽에 건너가 있게나."

다미코는 삼십 분쯤 지나서 하타노에게 불려갔다.

"다미코 씨, 이제 됐소."

하타노가 서서 웃고 있다.

"어머나, 벌써 가세요?"

"좀 바빠서."

"아침 일찍 무슨 일이셨어요?"

"아니, 아무것도 아니오. 시시한 일이에요."

다미코는 요네코에 대해서 묻고 싶었지만 이 질문은 기토에게는 물론이고 하타노에게 하기도 무서웠다.

하타노는, 나중에 다시 오지요, 라고 말하며 현관으로 갔다.

다미코는 노인의 방으로 돌아갔다.

노인은 어느새 혼자 이불 위에 드러누워 이가 없는 입을 벌리고 하품을 하고 있다.

"비밀 이야기는 이제 끝나셨나요?"

다미코는 비꼬듯이 말했다.

노인은 기밀 이야기가 있으면 반드시 그녀를 멀리 떼어 놓는다. 다미코는 그에 대해서 작은 불만이 있었다.

"아아, 끝났네. 내 이야기는 짧아. 남자와 이야기하고 있어도 재미없으니까. 역시 자네 쪽이 재미있으니 이야기가 길어지지."

"듣기 좋은 말만 하시고, 속지 않아요. 하타노 씨가 아침 일찍 이곳에 찾아오시다니 큰일인가 봐요."

"아니, 아무 일도 아닐세. 그 녀석은 조금 야단스러운 데가 있어서."

"그래서 긴급 보고, 긴급 보고 하시는 건가요?"

"시답잖은 일을 하나하나 말하러 온단 말일세. 뭐, 저 녀석이 충성심을 과시하는 거라고 생각하면 지루한 이야기도 참고 들어 주어야 하지."

"뭔지는 모르겠지만 숨기는 것이 많은 집이네요."

"그런 깃은 별로 없으니 안심하게. 자, 언제까지나 이런 소리만 하고 있어 봐야 끝이 없어. ……기분 좋은 아침이군. 다미코, 어깨와 팔 쪽을 좀 주물러 주지 않겠나."

"어르신이 주무르라고 하시는 곳은 보통 사람들과는 달라서 곤란해요."

노인은 구멍처럼 입을 벌리고 웃고 있다. 아무런 근심도 없는, 바보 같은 얼굴이었다.

그는 목덜미나 어깨보다도 엉덩이에 가까운 곳을 주물러 주면 좋아한다. 꼬리뼈 언저리의 뾰족한 곳을 손가락으로 세게 동글동글 누르게 한다. 그의 말에 따르면 이 부분이 가장 잘 뭉친단다.

"노인이시면서, 이상한 데가 뭉치네요"라고 다미코는 늘 말하곤 한다.

"이번에는 어디를 주무를까요?"

"허리뼈가 밖으로 튀어나온 곳을 주물러 주게. 보게, 뾰족하지?"

"어르신, 여기는 기분이 나쁠 정도로 뾰족해요. 뼈를 직접 문지르는 것 같네요."

"거기만 문지르면 안 돼. 더 안쪽도 해야지."

"모양새가 안 좋아요. 대낮인걸요."

"아무도 안 보니 신경 쓰지 않아도 되네."

"이 부분만 해도 되잖아요. 그 이상은 거절하겠어요."

"의외로 부끄럼쟁이로군. ……그러고 보니 호텔 말인데. 자네,

고타키가 그곳을 그만둔 사실은 알고 있나?"

"어머나."

다미코는 눈을 크게 떴다.

"이것 봐, 고타키 얘기가 나오니 바로 그러는군. 손을 쉬지 말게."

"고타키 씨, 어떻게 된 건가요?"

어쩐지 최근 들어 이쪽에서 전화를 해도 연락이 되지 않는다 했다. 실은 남몰래 서너 번 호텔에 전화를 했다. 그때마다 프런트에서는, 쉬고 계십니다, 라는 애매한 대답밖에 하지 않았다.

"호오, 모르는 걸 보면 그와 만나지 않나 보군."

"만나긴요. 어르신의 감시가 이렇게 엄한걸요."

"그거 안됐구먼. 듣고 싶나?"

"심술궂은 말투시네요. 뜸 들이지 말고 가르쳐 주세요. 가르쳐 주셔도 상관없잖아요. 그 사람하고는 아무 사이도 아니니까, 괜찮아요."

"여자들은 모두 비슷한 말을 하지."

"어머나, 그래요?"

"뭐, 자네도 마음에 걸릴 테니 이야기해 주지. 고타키는 보름쯤 전에 호텔을 그만두고 직업을 바꾸었네."

"무엇을 하나요? 어딘가에서 일하나요?"

다미코가 물은 까닭은 고타키가 하타노의 '인맥'으로 어딘가의 회사에라도 들어갔나 싶었기 때문이다.

"그렇지 않아. 골동품 상인이 되었네."

기토는 기분 좋은 듯이 두 다리를 벌리고 팔자로 뻗는다.
"여기를 주무르면 간지럽지 않으세요?"
다미코는 일부러 잠시 고디키에 대한 화제에서 벗어났다. 그에게 너무 관심을 기울이는 모습을 노인에게 보이고 싶지 않다.
"아무렇지도 않아. 기분이 좋네."
"역시 나이가 드셨네요. 젊은 사람은 허벅지 안쪽을 주무르면 가만히 못 있어요."
"내 나이쯤 되면 감각이 둔해지지."
"그렇지도 않은 것 같아요."
다미코가 말하자 노인은 늘 그렇듯이 얼빠진 웃음을 지었다.
"그래서 고타키 말인데······."
"네."
"이것 봐, 또 손가락을 쉬는군. 계속 주무르면서 들으란 말이야. ······잠깐만. 그렇게 세게 하지는 말게."
"알겠어요."
"고타키는 원래 오래된 물건을 잘 감정한다네. 그런 호텔에서 일하다 보면 여러 손님이 들거든. 그중에는 일류 골동품상도 있고, 또 그런 물건을 사는 부자는 역시 도내 일류 상점에서 장사꾼을 부르니까. 자연히 고타키도 그 자리에 입회해서 어깨 너머로 보고 배운 덕에 감정을 할 수 있게 된 게지. 고타키도 언제까지나 호텔 지배인 일을 할 수도 없다면서 하타노에게 상의한 모양일세. 하타노 녀석, 원래 고타키를 예뻐하는 편이라 이번에 장사 자금의 일부 정도는 내주었다더군."

"정말인가요?"

"거짓말이라고 생각한다면 하타노에게 물어보게."

"어머, 너무하세요. 하타노 씨는 저한테 그런 말은 한 마디도 안 하셨는걸요."

"그래? 자네에게 가르쳐 주지 않았나?"

"그런 말로 시치미를 떼신다니까."

"나는 하타노가 이미 자네에게 이야기한 줄 알았지."

"고타키 씨는 지금 어디에 있나요?"

"아카사카 쪽에 있다는데. 나는 잘 모르니 하타노에게라도 물어보게."

"갑자기 그런 일을 해도 장사를 잘할 수 있을까요?"

"걱정되나?"

"네, 조금요."

"그게 여자의 어리석은 점이야. 분별 있는 남자가 직업을 바꾼 것인데, 계산이 없으면 그러지 않지."

"그건 그러네요."

"이것 보게, 슬슬 또 손이 쉬고 있군. 고타키 이야기를 하면 금세 그런단 말이야. 좀 더 야무지게 주물러 보게."

"지금 장사는 잘 되나요?"

"고타키는 일류 호텔의 지배인이었으니 얼굴이 알려져 있네. 숙박객은 부유층뿐이고, 개중에는 그 호텔을 정기적으로 이용하는 사람도 적지 않지. 게다가 정치가나 사장들이 회합이니 간담회니 하면서 시종 모여들어. 그때마다 고타키가 접대를 했단 말일세.

뭐, 그런 계급의 사람들에게 얼굴이 알려져 있는 셈이니 골동품 장사를 해도 당분간 먹고살 수 있을 거야. 어디에 찾아가도, 의리로라도 한두 점은 사 줄 테니까."

"그러네요."

"어때, 안심했나?"

"별로 저하고는 상관없으니까 안심하고 말고 할 것도 없어요."

고타키는 왜 그 일을 자신에게 말하지 않았을까. 그 후로 고타키가 자신을 피하고 있다고밖에는 달리 설명할 방법이 없다. 다시 말해서 고타키는, 기토가 확실하게 자기를 마음에 들어 하니 손을 떼려는 것이다. 남자에게 그렇게 매몰찬 대접을 받으니 갑자기 오기가 생긴다. 고타키와 오래 갈 거라고는 생각하지 않지만 그의 방식이 조금 비겁해서, 이참에 한번 만나 혼쭐을 내 주고 싶었다.

"어르신, 고타키 씨는 이 집에 오지 않나요? 골동품 장사를 한다면 여기에도 뭔가 물건을 보여 주러 오겠지요."

"아니, 그 녀석은 나한테 직접 오지는 않네."

"어째서요?"

"하타노가 있으니까. 하타노를 통해서 벌써 여러 가지 물품을 가져왔어."

"하타노 씨는 고타키 씨의 중개업 같은 일을 하시나요?"

"중개업이라니 말이 심하군. 하타노도 호텔 관련으로 고타키에게 신세를 졌으니, 뭐, 그 정도는 해 주려 노력하고 있겠지. 하지만 고타키는 굳이 나 같은 사람을 상대하지 않아도 된다네. 돈이 많은 사람이라면 얼마든지 알고 있으니까. 실제로도 지금 어디든 들락

거리고 있는 모양일세."
"그렇겠구나. 골동품 상인은 어떤 인물의 집에나 드나든다. 호텔 매니저로서 단련된 고타키의 세련된 태도와 지성이라면, 그런 장사를 해도 성공할 것 같았다.
"고타키 씨는 아카사카에 제대로 된 가게를 갖고 있나요?"
"가게를 갖고 있다면, 당장 물건을 구경하는 척하면서 만나러 가 볼 텐가?"
"또 이러신다니까. 참고삼아서 물어봐 두는 것뿐이에요."
"나는 잘 모르네. 하지만 하타노라면 무엇이든지 알고 있으니 그 녀석에게 물어보게."
기토가 코를 골기 시작했기 때문에 다미코는 겨우 그의 곁에서 해방되었다.
기토는 자주 잔다. 낮에는 역시 길게는 아니지만, 이야기를 하고 있다가도 금세 코 고는 소리로 바뀐다. 이삼 분이나 그러고 있다가 갑자기 눈을 뜨고 원래 하던 이야기로 돌아가기도 한다. 그러니 달인인지도 모른다.
다미코는 자신의 방으로 돌아갔다.
요네코가 없어지고 나서 다른 하녀들도 겨우 다미코를 존중하게 되었다. 역시 주인과 특별한 사이인 여자면 하녀들도 소홀하게 대할 수는 없는 모양이다.
"다미코 씨, 뭐 좀 드실래요?" 하고 전부터 있던 하녀가 물으러 왔다.
"글쎄요, 지금 몇 시?"

"두시가 지났어요."

"벌써 그렇게 되었어요? 어쩐지 배가 고프다 했지. 그냥 있는 걸로 아무거나 주세요."

"고단하신가 봐요. 이쪽으로 가져다 드릴까요?"

"그래 줄래요? 고마워요. 피곤하니까 좀 뻔뻔하게 굴게요."

하녀가 부엌에서 상을 날라 왔다. 접시에는 상당히 맛있는 음식이 차려져 있다.

이 집에 왔을 때와 비교하면 생각도 못 할 대우다. 그때는 요네코의 매서운 눈초리를 받으며 움츠리고 있었다. 다른 하녀들도 자신을 백안시했다. 실제로 지금 식사를 일부러 방까지 가져다준 하녀도 다미코에게 상당히 심술궂게 굴곤 했다.

아니, 그것보다 호센카쿠에서 종업원 일을 하고 있었을 때가 더 비참했다. 싫은 손님이라도 웃는 얼굴로 머리를 숙여야 했다. 자유가 전혀 없었다. 마마의 눈치를 보아야만 했다. 변덕스러운 최고참 종업원의 안색도 살피곤 했다. 동료들 사이에서는 불쾌한 일도 잦았다.

지쳐서 일주일 만에 집에 돌아오면 자리에만 누워 있는 질투 많은 남편이 있었다. 때리고, 패고, 집요한 욕망을 밀어붙여 왔다. 그 무렵은 지옥이었다―.

그때에 비하면 지금은 극락이다. 이제 저 할아버지에게 졸라서 제대로 된 가게 한 채라도 받아내면 더 바랄 나위가 없다. 또 그만한 요구를 할 수 있는 입장이다.

뭐가 좋아서 저런 노인의 장난감이 되었겠는가. 힘없는 상대라면 무리한 요구를 해도 소용이 없지만, 저만한 권력이 있다. 요릿집 중에서도 일류급을 받아야 한다.

하타노가 증인이다. 저 할아버지는 교활한 데가 있으니 하타노에게서 확실하게 약속을 받아 두어야 한다.

장래에는 큰 일식 요릿집의 경영자가 될 수 있다. 다미코의 마음속에는 그 꿈이, 아무리 억눌러도 크게 펼쳐졌다.

오랫동안 다른 사람에게 부려져 왔으니 종업원을 부리는 요령은 잘 알고 있다. 주방장도 훌륭한 사람을 빼내 오자. 계산대에서 일하는 애들은 종종 들어오는 돈을 속이니 신원이 확실한 사람을 고용해야 한다. 끊임없이 감시의 눈을 빛내지 않으면 당장 돈을 빼돌린다.

세금 쪽은 할아버지의 '얼굴'로 싸게 해 달라고 할 수 있을 것이다. 어쨌거나 세무서라는 곳은 약한 자에게 강하고 강한 자에게 약한 법이니까.

세무서 사람에게 술을 먹이거나 여자를 안겨 주거나 하던 예를, 다미코는 호센카쿠에서 질릴 정도로 보아 왔다.

하지만 그런 다미코의 공상을 생선 가시처럼 따끔하게 찌르는 존재가 있다. 히사쓰네다.

그 싫은 형사는 분명히 그녀의 방화와 남편 살해를 알고 있다. 증거도 쥐고 있다고 했는데 아무래도 협박만은 아닌 것 같다. 아직도 자신의 신변이 평온한 것은 그 남자에게 야심이 있기 때문이다. 다미코는 지금까지 히사쓰네가 증거를 쥐고만 있었으니, 앞으로도 손을 쓰기에 따라서는 어떻게든 되리라 생각했다.

식사를 한 탓인지 조금 졸리기 시작했다.

낮부터 할아버지를 상대하느라 뼛골이 빠진다. 다미코는 누워 있다가 어느새 잠이 들었다.

2

"여보, 본청에서 계장님이 오셨어요."

히사쓰네는 아내의 목소리에 꿈에서 깼다.

그전에도 아내가 한 번 깨웠지만, 오늘은 오후부터 외근을 돌면 된다고 하고 늦잠을 자고 있었다. 늘 그렇게 일찍 '출근'할 필요는 없다. 이삼일은 그래도 평상시처럼 '근무'를 했지만 점차 그러는 게 바보 같아지기 시작했다. 그래서 늦잠을 자던 차였는데 아내의 목소리가 들린 것이다.

계장이라는 목소리에 히사쓰네는 눈을 번쩍 떴다.

"몇 시야?"

"벌써 열시 반이에요."

"집에 들어오시라고 했어?"

"아뇨, 좁은 집에 당신이 누워 있는데 어떻게 들어오시라고 해요. 문 앞에서 기다려 달라고 했어요. 우리 집이 어딘지 모른다고 하셔서 파출소 순경이 모시고 왔던데요."

계장은 왜 일부러 찾아온 것일까. 이 의문보다도 계장의 방문으로 자신의 해고가 아내에게 탄로날까 봐, 히사쓰네는 당황했다.

아내는 이미 그를 내버려두고 현관에서 계장에게 인사를 늘어놓고 있다. 히사쓰네는 그 대화로 아내가 눈치를 챌까 걱정되어 그 자리에서 고함쳤다.

"어이, 빨리 안으로 들어오시라고 해야지."

바쁘게 이불을 개고 서둘러 얼굴을 씻었다. 손님을 안내한 곳은 바로 옆의 세 평짜리 방이다.

"일부러 계장님이 오시다니, 무슨 일이에요?"

아내는 역시 이례적인 사태에 수상해하며 얼굴을 닦고 있는 히사쓰네에게 와서 묻는다.

"글쎄, 잘 모르겠는데."

히사쓰네는 입 속으로 우물우물거리고 서둘러 옷을 갈아입었다.

장지문을 열자 머리를 짧게 깎고 피부가 검은 계장이 얇은 방석 위에 조심스럽게 앉아 있었다. 본청 안에서 보던 계장과 이곳에 와 있는 그가 조금 다른 사람으로 보였다.

"안녕하십니까."

히사쓰네는 손을 짚고 인사했다.

"아, 잘 지냈나."

계장은 두꺼운 입술을 억지로 움직이는 듯했다.

인사가 끝났을 때 아내가 차를 가져오더니 다시 머리를 숙였다.

"남편이 늘 신세 지고 있습니다."

계장은 이상한 눈으로 히사쓰네의 얼굴을 보았지만 분위기에 맞추어 목례를 했다.

"자네, 아직 부인께는 사실을 말하지 않았나?"

아내가 나가기를 기다려 계장은 그의 얼굴을 들여다보았다.
"네에······. 아직 확실하게 말하지 않았습니다."
히사쓰네도 거북한 얼굴을 했다.
"그래? 어쩐지 아까부터 부인의 이야기가 이상하다 싶더니만."
계장도 목소리를 낮춰 주었다.
"제 쪽에서 퇴직한 것이 아니다 보니 이야기하려면 준비가 필요해서요."
"음, 그것도 옳은 말이지만 언제까지나 숨겨 둘 수도 없잖나?"
"네에."
해고해 놓고 무슨 소리냐고 히사쓰네는 속으로 생각했다. 자기의 힘든 사정을 평안한 위치에 있는 계장은 모를 것이다. 남의 집에 와서 쓸데없는 짓 말라고 하고 싶었다.
계장은 복잡한 얼굴을 하고 있다. 무언가 불만을 말하러 왔는지도 모른다. 그러나 무슨 용건일지 아직 짐작이 가지 않았다.
히사쓰네 쪽에서 먼저 묻기로 했다. 이야기는 빠른 편이 좋다. 계장이 일부러 찾아온 목적을 알지 못한 채 이야기를 나누자니 불안하다.
"대체 무슨 일이십니까?"
"음. ······자네, 곤란한 짓을 했더군."
계장은 딱딱한 표정으로 담배를 물었다.
"네? 무슨 말씀이십니까?"
"신문사에 글을 써서 가져갔지?"
히사쓰네는 흠칫 놀랐다. 계장이 날카롭게 그를 노려보았다.

어떻게 알았을까? 아니, 생각할 것까지도 없다. 신문사에서 경시청에 알렸을 테지. 히사쓰네는 당황했다.

여기서 계장이 큰 소리를 내면 곤란하다. 히사쓰네는 아내의 귀를 무엇보다도 두려워하고 있었다.

"계장님, 그 얘기는 천천히 할 테니까 잠시 밖으로 나가시면 안 될까요."

히사쓰네는 국수 가게로 계장을 데리고 갔다. 열한시라 국수 가게도 겨우 문을 연 참이었다.

"아무래도 아내가 들으면 곤란해서요" 하며 히사쓰네는 겉으로만 머리를 긁적였다.

"여기서라면 나도 확실하게 말할 수 있단 얘기군. ……히사쓰네. 자네, 어째서 신문사에 그런 것을 가져갔나?"

피부가 검은 계장도 이제 조심하지 않아도 되겠다는 분위기다.

"무슨 말씀이십니까?"

히사쓰네는 일단 시치미를 떼었다.

"피의자를 조사하고 있는 게 아니니까 피차 솔직하게 가지."

"……"

"신문사에서 문의가 왔네. 히사쓰네라는 사람이 경시청 수사 1과에 있었던 형사라고 하는데 사실이냐고 묻더군. 자네가 그런 이름으로 두 개의 신문사에 수상한 글을 팔러 왔다는 거야. 설마 했지만 아무래도 이야기가 지나치게 들어맞았네. 처음에는 자네의 이름을 사칭한 놈이 장난치는 줄 알았어."

히사쓰네는 각오했다. 그러나 신문사에서 돈은 한 푼도 받지 않

짐승의 길 下 • 215

앉다. 무엇보다 그 편지는 상대방이 사지 않고 그에게 돌려 주지 않았던가.

"분명히 신문사에는 갔습니다."

히사쓰네는 안면이 있는 국수 가게 아저씨가 차 대신 내준 메밀국수물을 마시며 말했다.

"편지는 별거 아닙니다. 아무것도 아닌 내용이에요. 게다가 돈 따위 받지 않았으니까 계장님이 일부러 오셔서 야단치실 필요는 없는 것 같은데요."

"편지를 읽었네."

계장이 조용히 말했기 때문에 히사쓰네는 가슴이 철렁했다.

읽었다? 어떻게 읽었을까. 편지는 두 신문사 모두 그 자리에서 돌려받지 않았던가.

순간 아차 싶었다. 신문사에서 편지를 돌려주기까지 상당히 시간이 걸렸던 일이 떠올랐다. 지금까지는 사회부장이 읽느라 시간이 걸린 줄 알았지만 실은 응접실에서 기다리는 동안 복사를 한 모양이다. 요즘은 눈 깜짝할 사이에 복사할 수 있는 기계가 생겼다.

신문사는 복사본 중 한 부를 경시청에 보냈음이 틀림없다.

왜 그런 특별한 기삿거리를 아낌없이 보내어 경시청에 협조했을까. 불현듯 히사쓰네는 자신의 편지가 특별한 기삿거리로서 가치를 잃었음을 깨달았다. 왜냐하면 신문사를 두 군데나 돌았기 때문이다. 즉 한 회사가 아니라 두 회사 모두 내용을 알았으니 특종이 아니게 되고 만 것이다. 그래서 신문사는 생색을 내며 경시청의 전직 형사가 이런 것을 가져왔다고 본청에 호의를 베풀었으리라.

이런 추측이 히사쓰네의 머릿속에서 회전하자 그도 역시 대꾸할 말이 없어서, 예전에 자신이 조사했던 피의자처럼 자연스럽게 머리를 앞으로 수그렸다.

"내용을 읽어 보니 여러 가지 이상한 내용이 적혀 있더군. 놀랐네. 자네쯤 되는 사람이, 그런 말도 안 되는 이야기를 신문사에 팔러 가다니 곤란하잖은가."

계장의 말투가 날카로워졌다.

추측건대 상사가 계장에게 그것을 보여 주며 크게 질책을 한 모양이다. 그래서 허둥지둥 히사쓰네를 찾아온 것이리라. 자칫하면 계장이 잘릴지도 모르는 책임 문제다.

"신문사에서 돈은 받지 않았는데요······."

"그런 문제가 아니야. 그쪽 얘기를 들어보니, 자네가 그 괴문서를 사 달라고 말했다더군. 도움이 안 되겠다고 하고 자네를 돌려보내긴 했지만, 만일 신문사가 받아들였다면 당연히 돈이 지불되었을 걸세."

"제게 그런 뜻은 없었습니다."

"돈을 받았는지 안 받았는지는 중요하지 않네. 자네는 어쨌거나 문제를 일으켜 본청을 그만둔 사람이야. 희망 퇴직으로 처리된 것은 앞으로 자네가 새로 출발할 일을 배려해서 본청에서 온정을 베풀어 준 걸세. 그런데 대뜸 그런 짓을 하면 곤란하지 않은가."

"경시청의 험담은 쓰지 않은 것 같은데요······."

"직접적으로는 없지. 하지만 형사를 막 그만둔 자네가 그런 괴문서를 신문사에 팔러 간 일 자체가 경시청을 모욕하는 걸세. 자네가 만일 정말 정의감 때문에 호소했다면, 어째서 재직중에는 하지 않았나?"

가게 한쪽 구석에서 낮은 목소리지만 날카로운 말투로 대화를 나누는 두 손님의 모습에 국수 가게 점원이 멀리서 힐끗힐끗 시선을 보내고 있었다.

"그 말씀이 옳습니다. 저도 재직중에 이 일에 대해 고민했지만 일개 형사의 몸으로는 좀처럼 의견이 통하지 않으리라 생각했습니다. 그래서 자유의 몸이 된 지금 신문사의 힘을 빌리는 편이 제 신념을 관철할 수 있겠다고 여겼지요."

히사쓰네의 변명에 계장은 차가운 웃음으로 답했다.

"나중에야 무슨 논리든 갖다 붙일 수 있지. 그런 훌륭한 마음가짐이었다면, 그만두고 나서라도 좋으니 대뜸 신문사 같은 곳에 가지 말고 제대로 상사에게 의견을 말했으면 좋았을 거 아닌가. 정당한 과정을 밟지 않았으니까 우리가 자네에 대해 불신감을 가지게 된 걸세."

상사에게? 무슨 소리냐고, 히사쓰네는 생각했다. 해고한 후에도 아직 상사니 정당한 수속이니, 제멋대로 지껄이고 있다. 무엇보다 재직중에 상사에게 그런 말을 했다간 무시당했을 게 뻔하다. 경비부장이 기토의 병원에 문병을 간 모습을 목격했듯이, 정재계 이면의 권력자를 경시청의 간부도 어려워하고 있다. 일개 형사의 의견 따윈 짓밟힐 것이 뻔했다.

아니, 경시청만이 아니다. 신문사도 기토를 두려워하고 있다. 신문사의 트릭에 걸린 자신이 한심했다.

히사쓰네는 계장과 헤어져 집으로 돌아왔다. 아내도 의심이 생긴 모양이다.

"계장님은 무슨 일로 오셨대요? 당신, 뭔가 문제를 일으킨 거 아니에요?" 하고 집요하게 묻는다. 아직 해고된 사실까지는 알아차리지 못했다.

히사쓰네는 대충 얼버무렸지만 더더욱 본청을 그만두었다고 말할 수 없게 되었다.

그는 다른 직장이라도 찾아 준비를 하고, 형사가 싫어져서 스스로 퇴직했다는 식으로 얘기하고 싶었던 것이다.

맛없는 아침 식사를 먹다가 계장에게 몹시 화가 치밀기 시작했다.

통보한 신문사도 신문사지만 계장이 위쪽의 명령을 받고 온 것을 보면 경시청이 당황했다고 보아도 될 것이다. 그 글이 얼마나 큰 위력을 가지고 있었는지 알 수 있다.

신문사가 경시청에 알린 까닭도 기토의 권력을 알고 있기 때문이리라. 그렇지 않다면 그 편지를 기삿거리로 삼지 않을 리 없다.

아마 신문사는 퇴직한 형사에게서 그런 정보를 사 들였다가는 나중에 문제가 될까 봐 복사만 몰래 해 두었으리라. 그러나 다른 신문사에도 똑같은 편지를 팔러 온 사람이 있었음을 알고 갑자기 의욕을 상실해 경시청에 집어던진 것이 틀림없다. 경시청도 편지를 읽고 깜짝 놀랐으리라.

그날 조간에도 이세하라초에서 발견된 여자 알몸 시체 사건의 진행에 대해서는 한 줄도 씌어 있지 않았다. 하기야 다른 현의 사건이니 진전이 없는 한 도쿄의 신문에 실리지 않는 것은 당연하다.

히사쓰네는 저녁때 오다큐 선을 탔다.

요네코의 시체가 트럭으로 운반되었으리라고 짐작되는 날 밤에 자갈 채취 일을 했던 인부에게 상황을 묻기 위해서다. 그들은 무언가를 알고 있을지도 모른다.

위험이 예상되지 않는 것은 아니었다. 요네코의 시체를 운반한 트럭이 자갈을 채취하는 동도건재 소속이라면, 그것을 조사하러 가는 일은 불 속에 뛰어 들어가는 셈이다. 그러나 비밀을 알고 있는 사람은 동도건재에서도 위쪽에 있는 극히 소수고, 현장에서 일하는 말단 인부들이 알 리는 없다. 게다가 요네코를 죽인 자들은 기토 저택의 놈들이고 살인이 벌어진 현장도 그 저택 안일 것이다. 다시 말해서 운반 트럭은 동도건재의 소유긴 하지만 단순히 그 회사에서 빌린 트럭에 지나지 않는다.

따라서 어떤 목적으로 기토 일당이 트럭을 빌렸는지, 동도건재에서도 모를 수 있다.

논리적으로 따져 보니 마음이 다소 편해졌다. 큰 위험은 없을 것 같다. 다만 조금 오싹한 정도다.

히사쓰네는 신주쿠를 출발해 오십 분 후에 이세하라초 역에 내렸고, 황혼 속을 걸어 강에 위치한 작업 현장으로 향했다. 도로를 잠시 걸었다. 강에 알전구가 켜져 있었다. 트럭 한 대가 옆에 대어져 있고 알전구 밑에서 서너 명의 인부가 여느 때처럼 자갈을 푸는 중이었다.

히사쓰네는 강가로 내려갔다.

"야간 작업이라니 힘드시겠군요." 그는 서글서글하게 말했다.

"네에."

한 인부가 고개를 끄덕인다. 요전에 있던 사람들과 달리 붙임성이 좋다. 쓸쓸한 밤에 하는 작업이니 사람이 그리운 마음이 드는지도 모른다.

"요즘 밤에만 일하십니까?"

히사쓰네는 싱글벙글 웃으며 물었다.

"그렇습니다."

"고생이 많겠군요. 얼마 전에 요 앞 산속에서 살해된 여자의 알몸 시체가 나왔다던데, 발견된 날 저녁에 도쿄 방면에서 트럭으로 운반되어 왔다면서요."

"흐음, 그래요?"

인부들도 일하던 손을 멈추고 얼굴을 들었다. 이런 화제에는 흥미가 있는 모양이다. 히사쓰네는 됐다 싶었다. 상대가 흥미를 가져주기만 하면 이야기를 끌어낼 방법은 얼마든지 있다.

"그날 밤에 이상한 트럭이 그 부근에 서 있던 적은 없습니까? 여러분은 밤새 일을 하고 계셨으니까 어쩌면 수상한 트럭을 보시지 않았을까 싶어서요."

인부들은 얼굴을 마주 보았다.

"글쎄, 잘 모르겠는데요."

"생각해 보세요. 트럭에서 시체를 안고 산속으로 올라가려면 타고 온 트럭을 한동안 세워 두어야 하잖습니까. 시체를 두고 간 놈들이 트럭을 타고 어딘가로 다시 돌아가야 하니까요. 몇 시쯤인지 모르겠지만 헤드라이트도 꼬리등도 끈 트럭 그림자가 그 부근에 서 있지 않았습니까?"

"글쎄요, 우리는 이렇게 일을 하고 있어서."

사람들이 고개를 젓는데 뒤쪽에서 사냥 모자를 쓴 인부가 사람들 앞으로 나왔다.

"아아, 그러고 보니 짐작 가는 데가 있어요" 하고 그가 말했다.

"앗, 정말입니까?"

히사쓰네는 사냥 모자를 쓴 남자를 보았지만 전구가 역광으로 비추고 있고 모자 차양에 가려서 얼굴을 잘 알 수가 없었다. 다른 사람들은 이 남자가 나섰기 때문인지 모두 벙어리처럼 입을 다물고 말았다.

"마침 그 무렵에 마을 쪽에 볼일이 있어서 도로를 걸어가고 있었거든요. 거기서 당신이 말한 대로 헤드라이트고 뭐고 다 꺼 버린 트럭을 봤습니다."

"호오, 몇 시쯤입니까?"

"시체가 발견되기 전날 밤 열시쯤이었나? 사실을 말하면 배가 고파서 라면을 먹으러 역 쪽으로 갔는데 말이지요, 이상한 곳에 트럭이 서 있더란 말이오. 고장이라도 났나 싶어서, 운전석 안을 들여다보았지요."

"운전석 안을?"

히사쓰네는 긴장했다.

그 기척을 읽은 듯이 남자가 물었다.

"당신, 경찰입니까?"

"아니, 경찰은 아닌데요."

경찰이라고 말하는 편이 유리할지 어떨지 판단이 서지 않아 그렇게 대답하자, "그럼 신문 기자요?" 하고 다시 묻는다. 아무래도 둘 다 이 남자에게는 마음에 들지 않는 모양이다.

"그렇지 않아요. 개인적으로 그 일에 관해서 짚이는 데가 있는데요. 경찰에게 말하기도 싫어서 내 나름대로 의문을 확인하고 있는 겁니다."

"경찰에는 말하지 맙시다" 하고 사냥 모자를 쓴 남자는 찬성했다. "그렇지, 나도 마침 담배나 한 대 피우려던 참이오. 사람들 앞에서는 좀 그러니, 담배나 태울 겸 잠깐 저쪽으로 갈까요. 거기서 자세히 얘기하겠습니다. ……어이, 다들 뒤를 부탁해."

분위기로 보아 남자는 인부 감독인 모양이다. 히사쓰네는 남자가 중대한 단서를 이야기해 줄 것 같아서 그만 걸려들고 말았다. 초조한 나머지 방심했다고도 할 수 있다.

남자는 히사쓰네를 데리고 어두운 강가 쪽으로 어슬렁어슬렁 걸었다.

"실은 트럭의 운전수를 보니 내가 아는 사람이었습니다. 그래서 경찰에도 신문사에도 이야기하지 않을 겁니다." 남자는 말했다.

"뭐라고요, 당신이 아는 사람? 그, 그 사람, 이름이 뭡니까?"

히사쓰네는 내심 기쁨을 억누를 수가 없었다. 목소리가 갈라져 나왔다.

남자는 주의 깊게 히사쓰네를 보며 "당신, 입은 무겁겠지요?" 하고 다짐했다.

"그야 물론······."

히사쓰네가 크게 고개를 끄덕이자 남자는 생각에 잠긴 듯이 좀 더 어두운 쪽으로 걸어갔다. 히사쓰네도 뒤를 따르지 않을 수 없었다. 발치의 강가는 어느 샌가 제방의 어둠에 가라앉아 있었다.

"제발 이름을 가르쳐 주십시오. 절대로 당신에게 폐를 끼치지는 않겠습니다. 또 운전수도 사건과는 상관이 없을 테니까요. 폐를 끼칠 생각은 없어요. 제발 가르쳐 주십시오. 이름이 뭡니까?"

히사쓰네가 부탁했을 때였다.

"그 남자는 말이지, 나야······."

어둠 속에서 다른 남자의 목소리가 들렸다. 동시에 뒤에서 두꺼운 손이 입을 막았다.

오전중에 하타노가 노인을 찾아와 한동안 이야기를 했다.

다미코가 들여다보니 그는 무겁다는 듯이 들고 온 꾸러미를 풀고 노인 앞에 석불을 보여 주고 있었다. 타원형 돌에 감동龕洞이 파였고 그 속에 부처님이 좌선을 하고 있다. 부조로 새겨진, 어느 모로 보나 오래된 조각이었다. 양쪽에 장식이 되어 있고 작은 보살과 사자가 좌우 대칭으로 새겨져 있다. 한 자 두 치 정도의 높이였다.

"좋은 물건이군."

노인은 침상 위에 앉아 하타노가 옆에 놓은 석불을 뚫어져라 바라보았다.

"옛날 형식입니다. 면상이 북위北魏의 특징을 잘 나타내고 있지요."

하타노가 말했다.

"용케 이런 것을 내놓았군. 누가 가지고 있었나?"

"N 재벌의 창고라는데, 그 점은 확실합니다."

"N도 전쟁 후에는 완전히 망했지. 하지만 역시 전성기에는 좋은 것을 모았어. 자네, 골동품 상인은 얼마에 팔겠다고 하던가?"

"팔백오십만 엔이라고 했습니다. 미국 쪽에서 교섭이 있었다고 하는데 이쪽에서 관심을 보이니까 아무래도 거절한 모양이더군요."

"그래도 팔백오십만 엔이라니 가격이 너무 세군. ……고타키는 얼마나 깎아 주겠다고 하던가?"

다미코는 고타키의 이름이 나왔기 때문에 귀를 쫑긋 세웠다. 다만 시선은 태연하게 석불을 향하고 있다.

"칠백이라면 괜찮을 거라고 했습니다."

"뭐, 좋겠지."

"네, 사시겠습니까?"

"우리 집에 두어도 쓸모가 없으니까. 나는 그런 골동품 취미는 없네. 하타노, 고타키에게 말해서 이것을 오야마에게 가져가라고 하게."

오야마는 정계 실력자의 이름으로 이미 장관도 몇 번인가 지낸 보수 정당의 실세 중 한 명이었다. 그 이름이 노인의 입에서 마치 이웃 사람처럼 아무렇지도 않게 나왔다.

"과연, 오야마 씨라면 적당하겠군요."

하타노는 감탄한 듯이 말했다.

"그 친구는 알지도 못하면서 오래된 물건을 모으니까."

"선생님, 그것이 오야마 씨의 장점입니다. 세상 사람들에게는 어딘지 모르게 취미가 고급인 듯 보이지요. 뭐, 나니와부시 사미센 반주에 맞춰 주로 의리나 인정을 주제로 하는 내용의 창을 부르는 대중 예능의 한 가지 나 강담을 좋아하는 동년배들과는 다르다는 기분이 있겠지요."

"속물이야" 하고 내뱉듯이 말한다. "뭐, 지금으로서는 우리 쪽에서 쓸 만한 것은 그 친구 정도지만. 그렇지, 하타노."

노인은 뭔가 말하려다가 다미코가 옆에 있음을 깨닫고, "이보게, 차를 좀 가져다주게" 하고 말했다. 분명히 밀담을 들려 주지 않으려는 술책이다.

다미코는 토라진 얼굴로 "네, 네" 하고 크게 대답하며 방을 나갔다. 노인의 의도를 알고 있기 때문에 차 준비도 일부러 느릿느릿 했다.

다미코가 차를 가져갔을 때 이미 하타노는 석불을 보자기에 싸고 있었다. 장지를 열어 보니 노인과 하타노가 무릎을 맞대고 뭔가 소곤소곤 말하면서 크게 웃고 있다. 야한 이야기 같다. 노인은 하타노의 경험담을 들으면 좋아한다.

"차를 가져왔어요."

"그럼 선생님, 저는 이만."

하타노는 노인에게서 떨어져 가볍게 목례를 했다.

"수고 많았네."

"어머, 벌써 가시게요?"

"오늘은 좀 바쁘다오."

하타노는 석불을 무겁다는 듯이 들고 복도로 나갔다. 다미코도 전송하러 복도로 나갔다. 그 김에 지나가던 하녀에게 젊은 사람을 불러서 짐을 차까지 옮겨 달라고 얘기했다.

이 집에서 어슬렁거리는 남자가 복도 중간까지 달려와 하타노의 손에서 짐을 받아들고 먼저 현관으로 갔다. 그 후에 둘이서 느긋하게 걸었다.

"저기, 하타노 선생님. 고타키 씨의 골동품 장사도 자리를 잡은 모양이지요?"

"영리한 친구라서 금세 익숙해진 모양이더군요."

"지금 어디에 있나요?"

"뭐가, 가게가요?"

"시치미 떼지 마세요."

"후후, 역시 신경 쓰이나 보군."

"그야 한동안 못 만났으니까요. 어르신만 돌보느라 기분이 울적해요. 조금쯤은 기분전환으로 괜찮겠지요?"

"그건 안됐군요."

"그럼 가르쳐 주세요."

"너무 집요하게 굴지 않는다면 가르쳐 줄 수도 있소."

"심술쟁이. 점점 어르신을 닮아 가시네요."

"나도 내 목이 소중해서."

하타노는 딴전을 피운다.

"약속할게요."

"그래요? ……실은 아카사카의 히토쓰키 거리에 있소."

"어머, 그런 곳에? 가게를 갖고 있나요?"

"현재는 아파트에 있지요."

"아파트에서 그런 장사를 할 수 있어요?"

"최근에 지은 소위 고급 아파트인데, 방은 넓어요. 거기에 물건들을 잡다하게 들여놓았다오."

"아파트 이름은요?"

"시바무라 맨션이라고 하더군."

"그런 곳에 손님이 올까요?"

"가게로 오는 손님은 문제가 아니오. 그런 장사는 바깥을 돌아다니는 일이 중요하니까. 가게를 낸다는 것은, 말하자면 간판이지."

"어르신께서는 어떻게 칠백만 엔이나 하는 물건을 별것 아닌 양 사시는 걸까요. 그렇게 돈이 많나요?"

"그야 많겠지요."

하타노는 실실 웃고 있다. 표정으로 보면 다미코의 무지를 비웃는 듯했다. 현금은 내지 않더라도 어디에선가 그것이 상쇄되는 구조가 있는 것이리라.

"당신, 지금부터 고타키에게 가 볼 생각이오? 미리 전화를 해 봐요. 그 친구는 자리를 비울 때가 많으니 잘못하면 헛걸음을 할 수도 있소."

"전화번호를 가르쳐 주세요."

"맨션의 번호는 전화번호부에 실려 있어요."

하타노는 현관에 대기시켜 놓은 자동차에 탔지만, 아까 석불 운반을 거들어 준 젊은 남자는 그 자리에 없었다. 그러고 보니 사나흘 전부터 구로타니도 모습을 보이지 않고, 이상하게 조용하다.
 다미코는 아카사카에 있다는 맨션에 갈 준비를 했다.
 하타노가 고타키는 집에 없을 때가 많으니 전화를 걸어 보는 편이 낫다고 했지만, 다미코는 직접 가서 그를 만나고 싶었다. 전화로 목소리를 먼저 들으면 그만큼 만났을 때의 감격이 옅어진다. 오랜만에 만나는 것이다. 감동을 느끼고 싶었다.
 요네코가 없어지고 나서 다미코는 외출이 편해질 거라고 생각했으나, 기토 노인을 보살피는 일을 전부 떠맡고 말았기 때문에 오히려 움직이기가 힘들어졌다. 노인을 설득하느라 한참 고생했다.
 게다가 오늘은 어찌 된 일인지 아침부터 손님이 많다. 아침에 하타노가 돌아가고 나서 차례차례 사람이 왔다. 이런 일은 좀처럼 없었는데. 무슨 일이 있는지도 모른다.
 이 집에 오는 손님은 명함을 잘 돌리지 않는다. 그저 야마모토입니다, 라든가 오카다입니다, 라든가 구로카와가 왔다고 전해 주십시오, 라고 말한다. 만일 평범한 이름이라 다른 사람과 헷갈리는 경우에는 본인 쪽에서 잘 알고 있어서, 시나가와의 야마모토입니다, 라든가 아사쿠사의 오카다입니다, 라고 말한다.
 기토 노인은 처음 온 사람과는 절대로 만나지 않기 때문에 이 정도면 대충 통한다.
 대개 어느 집에나 자주 오는 손님이 있는 법인데 이 집은 하타노를 제외하면 같은 사람이 자주 오는 일이 없다. 하지만 이름만 전해도 노인은 고개를 끄덕인다.
 방문객들도 나이 지긋한 사람이 많고 복장도 단정한 신사다. 모두 공손하게 노인의 방으로 들어간다. 요즘은 노인도 뻔뻔스러워지기로 작정을 했는지, 이전처럼 침소에서 나가 도코노마가 있는 방에서 만나는 일은 없다. 모든 손님을 이불 옆에 앉힌다.

마침 다미코가 나가기 전에 불그레한 얼굴을 한 육십 대 남자가 와서 노인과 이야기를 하고 있었기 때문에, 빠져나가기에는 딱 좋았다. 다미코는 장지문을 열고 손님의 등 너머로, "잠시 볼일을 보러 다녀오겠습니다" 하고 기토에게 말을 걸었다.

그는 이야기에 열중한 듯이 건성으로 고개를 끄덕였지만 이는 능청이고 다미코의 외출에는 꽤 신경을 쓰고 있다. 하지만 역시 손님 앞에서는 그다지 불평을 할 수 없는 모양이다.

다미코도 이런 요령을 알고 있었다. 돌아온 후 노인이 집요하게 구는 것만 참는다면 빠져나가기에는 좋았다.

다미코는 노인이 도로 부르지는 않을까 싶어 위태위태한 심정으로 현관을 나가 큰길에서 택시를 잡았다.

최근에 생긴 아카사카의 맨션은 택시 기사가 잘 모르는지 꽤 헤맨 끝에 방송국 근처에서 간신히 비슷한 건물을 찾아내 주었다. 내려 보니 바깥 현관에 입주자의 이름이 적혀 있다. 회사의 출장소나 작은 가게에 한해서지만. 그중에 '고미술상·고타키'라는 이름이 눈에 들어왔다. 삼층이다.

다미코는 조리를 신은 채 계단을 올라갔다. 새로 지은데다 모던한 건물이어서 쾌적하다. 집세는 비쌀 것이 틀림없다. 각 문 옆에 회사 사무소의 간판이 걸려 있다.

삼층 맨 앞에 있는 문에 '고미술상·고타키'라고 적힌, 노송나무로 만든 새 간판이 걸려 있었다. 미적인 면을 고려해서인지 간판은 문패를 크게 만든 정도의 크기다.
 다미코는 문 앞에 섰을 때부터 가슴이 두근거렸다. 노크 소리가 심장에 울린다.
 안쪽에서 문이 열렸다. 뜻밖에도 스물대여섯 살의 여자 얼굴이 내다보았다.
 "고타키 씨 계신가요?"
 "누구시지요?"
 여자는 탁한 목소리로 물었다. 눈썹이 짙고 외꺼풀에 야윈 체구다. 안구가 쑥 들어가 있어서 서구적인 느낌이 들기도 하지만 무뚝뚝하고 말을 붙이기 어려워 보이는 인상이었다.
 "고타키 씨가 계시면 잠깐 불러 주실 수 있을까요?"
 일부러 고타키와 친한 듯한 기색을 보였다.
 "네에." 여자의 눈은 다미코의 얼굴을 보고 빛났지만, "지금 외출하셨어요"라는 건조한 대답이 돌아왔다.
 "그렇군요. 언제쯤 돌아오시나요?"
 "모르겠는데요. ……주로 외출하실 때가 많아서 몇 시라고 확실하게 말씀드릴 수가 없어요."
 "하지만 여기가 가게니까 나가 있을 때는 이곳으로 연락이 오지요?"
 "네, 그야 오지요."
 "그래요. 그럼 전화가 올 때까지 기다릴게요."
 다미코는 다짜고짜 한쪽 발을 반쯤 열린 문 안으로 밀어넣었다.

여자도 강경함에 눌렸는지 문을 활짝 열었다.
 여직원이 홍차를 내 주었다. 뼈가 불거진, 몹시 긴 손가락이다. 눈가에 잔주름이 있고 머리카락도 물들인 것이 아니라 천연 갈색이다.
 고타키는 이런 타입의 여자를 좋아하나. 싫어한다면 아무리 직원이라도 고용하지는 않았을 텐데.
 "잠깐만요." 다미코는 옆 책상에서 장부에 무언가 적어넣고 있는 여자에게 말했다. "아침에는 몇 시에 출근하세요?"
 "열시 반이에요."
 "고타키 씨가 밤에 돌아올 때까지 혼자 여기서 기다리는군요?"
 "아뇨, 여섯시가 되면 고타키 씨가 돌아오지 않아도 문을 잠그고 퇴근하라고 하셨어요."
 "고타키 씨가 늘 바깥을 돌지는 않을 테니까, 여기에 단둘이 있을 때도 많겠네요?"
 "그럴 때도 있죠. ……하지만 이 일을 시작하신 지 얼마 안 되었기 때문에 외근이 많아요."
 다미코는 초조해지기 시작했다. 말라깽이 여직원의 대답은 판에 박힌 듯한 내용이라 좀 더 캐묻고 싶어진다. 게다가 여기 앉은 지 삼십 분이 넘었지만 전화는 전혀 울리지 않았다.
 "고타키 씨는 몇 시쯤 연락하기로 했나요?"
 여직원은 장부 한 장을 넘기고 손목시계를 쳐다보았다.
 "딱히 정해져 있지는 않지만 한 시간 전에 연락을 하셨으니까 이제 곧 오지 않을까 싶어요."

"장사에 대한 내용으로 연락을 할 텐데, 당신이 골동품을 모른다면 딱히 일을 처리할 수도 없겠네요" 하고 다미코는 야유했다.

"그렇긴 하지만 안 계시는 동안 전화가 걸려오거나 손님이 찾아오기도 하고 전언을 부탁하는 경우도 있으니까요."

"그렇군요. 고타키 씨도 현재 자신이 어디에 있는지 얘기해 주겠네요?"

"대개 그렇죠."

"아까 연락 전화가 왔을 때 고타키 씨는 어디에 있었나요?"

"구리하시 님 댁이었어요."

"구리하시?" 신문에 자주 나오는 이름이다. 혹시 그 사람일까. "구리하시 뭐라는 분인가요?"

"구리하시 요도헤이 님입니다."

역시 그렇다. 보수당의 유력자로 몇 번인가 장관을 지낸 적이 있는 거물이다. 여직원은 그런 방면의 상식은 별로 없는지 시큰둥하게 대답한다. 마치 이웃 사람의 이름을 말하는 것 같다. 하지만 이는 다미코의 생각일 뿐이고, 고타키의 거래처에 유명인이 많기 때문에 이제는 명사의 이름도 식상해졌을 수 있다.

다미코는 상대가 무엇이든 술술 대답해 주는데도, 장부에서 조금도 얼굴을 들지 않는 태도에 초조해졌다. 이 여자, 사실은 뻔뻔스러운지도 모른다.

"연락이 안 오는군요."

다미코가 손목시계를 보았다. 여직원은 잠자코 있다. 자신과는 상관이 없다고 말하고 싶은 듯한 표정이다.

"저기요. 고타키 씨는 구리하시 씨 댁에서 어디로 간다고 하던가요?"

다미코의 목소리가 조금 험악해졌다.

"모르겠는데요. 항상 방문하신 곳 정도만 알려 주시기 때문에 예정은 전혀 알 수 없어요."

"곤란한 사람이네" 하고 욕하듯이 중얼거린 이유는 이 여자에게 고타키와의 관계를 암시하고 싶어서이다.

"여기에 하타노 선생님은 자주 오시나요?"

"하타노 선생님은 전화만 하시고 여기에는 아직 한 번도 오시지 않았어요."

"바로 얼마 전에 고타키 씨가 돌부처를 하타노 선생님께 드렸죠?"

"모르겠어요."

정직한 대답 같다. 보아하니 고타키가 다른 곳에 있던 석불을 직접 하타노에게 가져가고 하타노가 그것을 다시 기토 노인에게 가져온 듯하다. 하타노의 말처럼 고타키는 완전히 골동품 브로커가 되었다.

전화가 울린다. 다미코는 당장 일어나 수화기를 들고 싶었지만 아무리 그녀라도 거기까지는 망설여졌다. 대신 여직원의 응답에는 귀를 기울였다. 고타키에게서 온 전화면 당장이라도 빼앗을 작정이었다.

"네…… 알겠습니다. 그렇게 전해 드리겠습니다."

여직원은 선선히 전화를 끊었다.

"고타키 씨한테서 온 연락은 아니지요?"

"네, 아니에요."

"누군가요?"

"손님이에요."

이번에는 여직원이 새침을 떤다.

결국 여섯시까지 버텼지만 고타키는 돌아오지 않았다. 여섯시쯤 되자 여직원은 주위를 척척 정리하기 시작했다. 다미코에게는 그것이 자신에게 보여 주려는 행동처럼 보였다. 그래도 담배를 물고 모르는 척하자, "저어, 죄송하지만 이제 문을 잠가야 할 시간인데요" 하고 나가라며 재촉했다.

"그렇군요."

일부러 태연하게 앉아 있었지만 결국 이쪽의 패배다. 더 이상은 앉아 있을 수 없다.

"고타키 씨는 어떻게 된 걸까요? 밖에서 뭘 하고 있는지 알 수가 없네."

비아냥거리는 것이 고작이었지만, 실은 비아냥이 아니라 실망에서 오는 진심 어린 말이었다.

"아직 연락이 없는 것을 보면 이제는 안 하실 거예요."

붉은 기가 섞인 머리카락의 여직원은 미소 한 번 짓지 않고 사무적으로 선언했다.

"또 올게요."

"죄송합니다."

다미코는 그제야 소파에서 일어나 방을 나갔지만, 분했다.

하타노에게 불평을 하려고 호텔로 전화해 보았지만 교환대에서는, 안 계십니다, 라고 말했다. 오늘은 어딜 가나 다른 사람에게 떠밀쳐지는 기분이었다.

어두워진데다 너무 늦어도 기토의 기분이 상할 터라 포기하고 택시를 잡았다. 거리의 불빛을 보고 있노라니 고타키가 여자와 어디에선가 놀고 있을 것만 같아 견딜 수가 없다. 골동품 상인은 돈을 잘 번다던데, 실컷 여자와 놀아나고 있지는 않을까. 게다가 사무실의 여자도 고타키를 좋아하는 듯하다.

뒤에 미련이 남으니 아자부의 집으로 돌아가는 길이 빠르게만 느껴진다. 다미코는 택시를 문 앞에서 세웠다. 문 앞에는 대형 자동차 두 대가 서 있었다.

그로부터 닷새가 지난 날 아침.

가나가와 현 우라가의 간논자키 앞바다에 중년 남자의 익사체가 떠내려왔다. 발견한 사람은 부근의 어민이었다.

간논자키라는 곳은 도쿄 만의 남쪽 출입구로, 맞은편 기슭에 있는 지바 현 쪽 산이 바로 눈앞에 보인다. 도쿄 만을 주머니에 비유하자면 우라가 수도水道가 비끄러맨 좁은 입에 해당한다. 따라서 배가 많이 드나드는 곳이다.

시체는 이른 아침에 발견되었다. 검시 소견에 따르면 어젯밤 열한시쯤 익사한 것으로 추정된다. 외상은 없다. 복장은 양복인데 상당히 낡았다.

신원은 소지품으로 금세 알 수 있었다. 명함이 들어 있고 '히사쓰네 요시오'라고 적혀 있다. 관할서에서는 명함을 보고 조금 놀랐다. '경시청 수사 1과 형사'라고 직함이 쓰여 있는데 그 위에 만년필로 선을 그어 지웠다.
　관할서는 곧 본청에 조회했다. 본청의 대답은 다음과 같았다.
　"분명히 그런 형사가 얼마 전까지 재직했지만 어떤 이유로 해직되었다. 명함의 직함이 지워져 있는 것도 그 때문으로 보인다. 자살에 대해서는 짐작 가는 바가 없다. 그러니 자살, 타살, 또는 사고사 여부는 그쪽에서 판단해 달라."
　하지만 익사체만큼 자살인지 타살인지 판단하기 어려운 상황은 없다. 달리 외상이 있다면 모를까, 단순한 익사라면 자살로도 추정할 수 있고 사고사로도 생각할 수 있다. 어지간히 강한 상황 증거 없이는 타살로 판정하기 어렵다.
　관할서에서는 히사쓰네의 아내를 불러 유체를 인수하게 했는데, 그때 사정을 들었다. 아내는 울면서 남편은 직무상 뭔가 잘못을 저질러 퇴직당했기 때문에 몹시 고통스러워했고 자신에게도 털어놓지 않아서 남편의 상사에게 처음으로 이야기를 들었다고 한다.
　본청에 조회했을 때도 히사쓰네라는 남자에 대해서 별로 언급하지 않으려 한다는 인상을 받았는데, 아내의 증언으로 비로소 납득할 수 있었다. 따라서 자살로 처리되었다. 당사자가 해고당한 일을 비관하고 있었다면 자살이라고 하기에는 충분하다.
　중년 남자가 직장을 잃으면 당장 갈 곳이 없다. 원만한 퇴직이라면 회사 경비원이나 백화점 경비라도 얻을 수 있지만 사고를 저질러 해직되었다면 어디에서도 고용해 주지 않는다.

이 전직 형사는 그래서 자살을 결심했다는, 지극히 상식적인 결론이 내려졌다. 따라서 히사쓰네 형사의 죽음에 대해서는 수사도 시작되지 않았고 신문에도 실리지 않았다.

왜 신문이 기사를 싣지 않았을까. 관할서에서 바로 얼마 전까지 같은 경찰 동료였던 당사자의 명예를 고려했다는 점도 있다. 하지만 더 큰 이유는 경찰 전체를 위해 '사연이 있어 보이는' 형사의 '자살'이 세상에 알려지는 걸 원치 않았기 때문이다.

유체가 된 히사쓰네의 얼굴은 조용히 눈을 감고 천진하게 입을 벌리고 약간 혀를 내밀고 있었다. 보기에 따라서는 메롱을 하고 있는 것 같기도 하다.

히사쓰네의 '자살'이 설령 신문에 났더라도 한쪽 구석의 자투리 기사가 되었으리라. 세상에는 평범한 중년 남자의 자살보다도 더 큰 사건이 일어나고 있다.

그날 신문에는 교토의 어느 큰길에서 폭력단 간부가 권총으로 사살된 사건이 보도되었다. 현장은 통행인도 적지 않은 길이다. 남자 둘이서 걸어가고 있는데 뒤에서 자가용이 다가와 옆에서 속도를 줄였다. 자동차 안에서 목소리가 나는가 싶더니 피해자와 걷고 있던 남자가 급히 달리기 시작했다. 그 순간 자동차 안에서 권총이 불을 뿜고 간부가 길 위에 쓰러졌다. 그 장면을 지켜보고 나서 자동차는 질주해 달아났다. 목격자의 이야기에 따르면 차량 번호는 알 수 없지만 하얀 번호판_{하얀 번호판은 자가용 등록 자동차의 번호판으로, 주로 여객이나 화물을 실어 나르기 위한 영업용 자동차를 가리킨다}이었다고 한다.

살해당한 간부는 서른대여섯 살로 조직에서는 잘 알려진 얼굴이었다. 경찰 측은 배후에 폭력단끼리의 세력 다툼이 있다고 보고 수사에 착수했다.

세상 사람들은 바로 보름쯤 전에 교토에서 폭력 조직들의 전국 친목회가 열린 일을 떠올렸다. 북쪽으로는 홋카이도에서 남쪽으로는 규슈까지 모든 간부급이 친목회 자리에 달려왔다. 또한 그 친목회에는 모 장관이 축사를 보냈다고 해서 세간의 주목을 끌었다.

신문은 살인 사건이 폭력단끼리의 세력 다툼 때문에 일어났으며, 요전에 열린 교토의 친목회는 동서로 대립하고 있던 조직이 어느 유력자의 중재로 서로 화해하여 열린 것이라고 썼다. 대립하던 두 조직은 세상에 불안감을 조성하며 꽤 오래전부터 세력 다툼을 벌여 왔고, 마약 판매망의 주도권 분쟁이 숨은 요인이라고 기사는 설명했다. 살해당한 간부는 서쪽 조직에 속한 자로 이번 사건은 두 개의 큰 조직이 다시 분열되었음을 의미한다. 즉 일시적으로 마약 입수 판매에 대해서 구역을 정하기로 한 타협이 성립했으나 이번에 다시 틀어져서 분쟁으로 번졌다는 것이다. 일단 화해한 후에 일어난 충돌이라 가까운 시일 안에 뭔가 불상사가 벌어지지 않을까 예상되던 차에 사살 사건이 일어났다.

곧 범인이라는 사람이 자수했지만 이는 누가 봐도 말단 조직원이다. 실제로 명령한 사람은 배후에 숨어 있음이 분명하다. 경찰의 추궁은 거기까지 미치지 않았다. 최근의 마약 조직은 상당히 고도화되었으며 어떤 의미로 정치와 연관되어 있다는 것이 경찰청 당국의 의견이다.

하지만 단순히 '의견'에 그쳤을 뿐 조직을 어떻게 단속할지 또는 발본색원을 어떻게 꾀할지에 대해서 당국은 아무 대책도 내놓지 않았다.

3

다미코는 기토의 어두운 병실에 틀어박혀 있었다. 다른 하녀는 기토가 베개맡의 버저 버튼을 누르지 않는 한 절대 가까이 오지 못한다.

노인은 땀을 흘리며 베개 위에 축 늘어져 고개를 늘어뜨리고 있다. 노인에게 다미코를 안은 한 시간이 쾌락인지 지옥인지는 알 수 없었다. 초조감으로 괴로워하며 지칠 대로 지쳐 있었기 때문이다.

이불을 떠난 다미코는 얼굴을 숙인 채 웅크리고 있었다. 노인의 한 시간이 초조함의 지옥이었다면 다미코에게도 같은 말을 할 수 있다. 다미코 역시 끊임없는 답답함과 불만에 시달려야 했다. 그녀도 목덜미에 살짝 땀이 배어 있었다. 귀 뒤에 흐트러진 머리카락이 달라붙어 있다.

노인은 실눈을 뜨고 여자가 엎드려 있는 모습을 바라보며 지극히 외설적인 질문을 했다. 미소 한 번 짓지 않는다. 다미코는 몸을 떨며 일어서서 장지 앞의 커튼을 열었다. 눈부신 광선이 순식간에 비쳐든다.

커튼도 다미코의 제안으로 나중에 달았다. 그전에는 일일이 덧문을 끼워 넣곤 했는데, 덧문은 열고 닫을 때 큰 소리가 났다. 낮에 덧문을 끼워 넣었다 뺐다 하면 아무래도 다른 사람에게는 이상하게 들린다. 그래서 소리가 나지 않는 커튼으로 바꾼 것이다.

노인은 욕망이 일어나면 밤낮의 구분이 없었다. 또 다미코가 싫어하는 모습을 보면 오히려 좋아한다.

다미코는 재빨리 몸단장을 하고 세면실로 가서 대야에 더운 물을 받았다. 요즘은 가스 급탕기 덕에 금세 수도꼭지에서 더운 물이 나와서 편리해졌다. 그녀는 수건에 뜨거운 물을 적셔 가볍게 짜서 방으로 돌아갔다. 노인의 옆에 앉아 얼굴의 땀을 닦아내고 양손 손가락을 하나하나 꼼꼼히 닦았다.

그러면 노인도 상쾌한 기분이 되는지 삼백안을 번쩍 뜬다.

곧이어 또 노골적인 말이 이가 없는 입에서 뻔뻔스럽게 나오는 것이다.

"그만 좀 하세요" 하며 다미코는 상기된 얼굴이 식지 않은 채 노려보았다.

"아무리 그래도 이렇게 밝은 곳에서 할 말이 아니에요."

노인은 재미있어하며 집요하게 말할 때도 있는가 하면 얌전히 입을 다물고 실실 웃을 때도 있다. 하지만 이때는 이상하게 사과를 했다.

"정말 미안하네."

"왜 그러세요?"

"숨기지 않아도 돼. 자네에게는 죽지도 살지도 못하는 거나 마찬가지인 상태니까."

"그렇지는 않아요. 여자는 남자와 달라서 어느 정도 시간이 지나면 괜찮아지거든요."

"그때까지 자네의 초조함이 계속되는 셈이지."

"괜찮아요. 마음을 가라앉히고 있으면 아무렇지도 않으니까."

"그런 경우, 대체 어느 정도 시간이 지나면 평상심을 되찾을 수 있나?"

"정말, 그만 좀 하세요."

다미코는 다 닦은 수건을 들고 세면실로 돌아갔다. 그것을 새로 받은 더운물에 담가 빨았지만, 노인의 말은 그대로 몸 위에 달라붙어 있다. 확실히 기묘한 감각이었다. 온몸의 열기가 쉽게 가라앉을 것 같지 않았다. 심장은 빠르게 뛰고 피가 술렁거린다. 허리 아래가 이상하게 무겁다. 목욕이라도 하면 좋겠지만 정해지지 않은 시간에 물을 데우자니 다른 하녀가 이상하게 받아들일까 봐 그럴 수도 없다.

요즘 들어 노인의 잠자리 방식이 교묘해지기 시작했다. 다미코의 몸을 속속들이 알게 된 결과였다. 그냥 움직이는 게 다가 아니라 귀에 자극적인 말을 내뱉는다. 일부러 여자의 흥분을 부추기는 말이다. 그것도 노인의 망상에서 나오는 말이 많아, 다미코도 무심코 눈앞의 현실을 잊고 노인이 만든 가공의 세계로 끌려들어간다. 야하고 부정하고 동물적인 무대였다.

그 공상 속의 불가사의한 에마키ㅇ야기나 전설 등을 그림으로 그린 두루마리. 흔히 설명 글과 번갈아 그려져 있다가 펼쳐지면 뇌연화증으로 자리에 누워 있는 노인은 사라지고 다미코는 그저 꿈인지 현실인지 모를 봄의 정원을 방황한다.

안타까운 것은 그 방황이 충족되지 않은 채 늘 도중에 깨고 만다는 점이었다. 긴 시간을 들였지만 충족되지 않는 마음이 이렇게 몸에 여열처럼 나른하게 남는다.

다시 방에 돌아가 보니 노인은 입을 딱 벌리고 크게 코를 골고 있다. 젖힌 턱 아래로 늘어진 피부가 말랑말랑하다. 지나치게 피로한 탓인지 노인의 눈가에서 눈물 한 줄기가 뺨으로 흐르고 있었다.

다미코는 낮의 이런 봉사가 괴롭다. 밤이면 수면제라도 먹고 푹 자니까 괜찮지만, 낮에는 밤이 오기까지가 길게 느껴지고 그때까지 참는 것이 괴로웠다.

이상한 일이지만 다미코의 눈앞에 갑자기 구로타니의 기름진 얼굴이 떠올랐다. 외꺼풀의 둔해 보이는 눈, 찌그러진 코, 두꺼운 입술, 거친 턱, 가까이 가면 남자 냄새가 풀풀 나는 지저분한 구로타니에게 저도 모르게 빨려 들어가는 기분이 드는 것이다.

이런 기분으로 만일 이 집의 어딘가 사람이 없는 방에서 그와 단둘이 만나게 된다면 스스로 생각해도 어떻게 될지 짐작이 가지 않았다. 머릿속이 뿌옇게 흐려져 이성을 잃어 갈 것 같다. 자포자기한 기분에 빠져 구로타니의 뜻대로 되어도 상관없다는 마음이 들지도 모른다. 평소에는 그런 놈 따위, 라고 무시하는 남자지만 노인이 무책임하게 밀쳐낸 후에는 이성도 혼탁해진다.

이런 상태가 된 것도 기토의 잘못이다. 노인 자신은 여자의 몸에 대해서 거기까지는 생각하지 않을지도 모른다. 그의 희롱이 실은 다미코를 위험한 상태로 내몰고 있는데.

그러나 그런 상태에 빠지니까 하지 말아 달라고는 다미코도 기토에게 말할 수 없다. 기토가 어깨를 잡아 옆으로 쓰러뜨리면, 그때는 그때대로 맥없이 지고 마는 것이다.

저녁 일곱시 정각에 하타노가 찾아왔다.

"여어, 잘 지내시오?" 하타노가 평소와 같은 말투로 다미코에게 인사한 다음, "선생님은 어쩌고 계시오?" 하고 물었다.

"세시 넘어서부터 계속 주무셨는데, 부르셨으니까 사양 말고 들어가세요."

다미코는 하타노와 함께 노인의 방으로 향했다.

"낮에 해가 훤할 때부터 꾸벅꾸벅 조시다니 편찮으시다고는 하지만 대장도 참 태평하시군."

낮에 해가 훤할 때부터라는 그의 말이 다미코에게는 비아냥으로 들렸다.

장지문을 열자 이불 속에 있던 기토의 얼굴이 "여어" 하는 표정을 지으며 옆을 향했다. 하타노가 베개맡에 털썩 앉아 책상다리를 했다. 상하 관계지만 이럴 때는 꼭 친구처럼 편해 보인다.

"다미코, 자네는 잠시 저쪽으로 가 있게."

"네, 네. 알겠어요."

늘 그렇듯이 사람을 물린다. 처음부터 자리를 피해 줄 요량이었는데도 먼저 그런 말을 들으니 부아가 치밀었다.

하타노가 돌아보며 다미코를 달랬다.

"남자끼리 하는 얘기요. 여자 앞에서는 할 수 없는 좋은 얘기를 할 거거든. 선생님도 이렇게 누워만 계시니, 내 연애담이라도 들려드려서 기분만이라도 조금 젊어지시게 해야지."

"그러세요?"

어차피 거짓말이다. 또 밀담이 시작되겠지.

요전부터 계속해서 일어나는 이상한 사건은 아무래도 기토와 하타노의 획책 때문이라는 생각이 든다. 설령 직접적인 형태가 아니라 해도 모종의 관계가 있음은 분명하다. 대체 저 사람들은 무슨 일을 꾸미고 있는 것일까.

겨우 하타노의 모습이 복도에 나타났을 때 바깥은 이미 어두워져 있었다.

"이제 끝나셨나요?"

다미코는 비꼬듯이 그를 맞이했다.

"아아, 선생님께 야한 얘기를 해 드렸어요. 평소처럼 코를 벌름거리고 거칠게 숨을 쉬면서 들으시더군."

"싫어라."

하타노는 적당히 얼버무리고 있다.

"그렇지, 선생님께서 그러시던데. 다미코 씨, 오늘 밤에 당신이 원한다면 자유 시간을 받을 수 있을 것 같소."

"네?"

다미코는 저도 모르게 하타노의 얼굴을 올려다보았다.

"왠지 굉장히 기분이 좋아 보이시더군요. 당신만 좋다면 내가 태워다 드리지요. 원하는 곳에서 내리면 된다오."

"정말인가요? 그럼 잠깐 어르신께 여쭤보고 올게요."

기토가 오늘 밤에만 자유 시간을 주겠다는 것은 낮의 일 때문에 기분이 좋아서일지도 모른다.

기토는 베개에서 머리를 들며, "아아, 다녀오게. 자네도 조금은 바깥 공기를 마시고 와야지" 하고 선선히 외출을 허가했다.

다미코는 방으로 돌아가 재빨리 정장으로 갈아입었다. 평소에는 기모노지만 오늘 밤에는 기분 전환을 위해 일부러 양장을 해 보았다. 거울을 보면서 얼굴을 매만진 다음 핸드백을 들고 현관으로 나가니 하타노가 구로타니와 서서 이야기를 하고 있었다.

"여어, 다 되었군."

하타노가 웃으며 바라본다. 구로타니는 검은 얼굴에 눈을 빛내며 물끄러미 다미코의 양장 차림을 쳐다보았다. 아까는 그런 기분이 들었지만, 역시 이 남자와 실제로 얼굴을 마주하니 역겨울 정도로 혐오감이 느껴진다.

"갈까요."

하타노가 구두를 신고 나간다. 다미코가 꾸물꾸물 구두를 신고 있는데 구로타니가 어슬렁어슬렁 뒤로 다가왔다.

"나가시나?"

거슬리는 목소리다. 다미코는 일부러 안 들리는 척하며 재빨리 구두를 신고 허리를 폈다.

"설마 바람을 피우러 가는 건 아니겠지?"

"무슨 소리예요. 무례한 말 하지 말아요."

역시 참을 수 없어서 노려보자 구로타니는 침으로 젖은 입을 크게 벌리고 웃었다.

차가 달리기 시작하자 다미코는 "저기, 하타노 선생님, 저 구로타니라는 사람은 어떤 사람이에요?" 하고 물었다.

"왜 그러지?"

"저한테 무례한 말만 해요. 이상한 사람이에요. 왜 저런 사람을 저택에 두는지 모르겠어요."

"구로타니는 당신한테 반한 거요."

"전 싫어요. 저 남자의 얼굴만 봐도 오싹해요."

"말만 들은 게 아니라 뭔가 당할 뻔한 적이라도 있는 거요?"

"아뇨, 그건 아니고……."

다실에서 있었던 일은 말할 수 없다.

"알고 보면 좋은 친구요. 좀 지저분하지만."

"지저분한 데도 정도가 있어요. 보기만 해도 불결해서 등이 근질거린다고요."

"저런 사내도 여자한테는 동물적인 느낌이 들어서 의외로 성적 매력이 있지 않나?"

"하타노 선생님까지 이상한 말을 하시네요."

"아니, 다른 여자한테 들은 말이오. 너무 젊은 여자는 그렇게 느끼지 않는다고 하지만."

"이제 그런 이야기는 그만하세요."

"그런데 다미코 씨. 오늘 밤에 별다른 예정이 없다면 내 심부름을 해 주지 않겠소?"

"네, 좋아요. 어떤 건가요?"

"고타키한테 가 주었으면 하는데……."

가슴이 갑자기 술렁거리기 시작했다. 그러나 "저 같은 게 가 봐야 소용없을 텐데요" 하고 겉으로는 본심과 반대되는 말을 했다.

"그렇지도 않을 거요. 당신과 고타키는 사이가 좋았잖소."

차가 흔들리자 하타노는 쿠션에 엉덩이를 미끄러뜨리며 말했다.

"옛날 얘기예요."

"지금은 고타키에 대한 열도 식었소?"

"언제까지나 그렇게 집념이 깊을 수야 없지요."

"그럼 역시 선생님이 좋아진 거요? 노인은 서서히 좋아지는 법이니까."

"이상한 말씀 하지 마세요. 다만, 고타키 씨와 오랫동안 만나지 않았더니 점점 마음이 떠나는 건 확실해요."

"그래요? 만나지 않으면 더욱 쌓이는 것이 연심 아닌가?"

"설마요. 젊은 처녀도 아니고……."

"눈에서 멀어지면 마음도 멀어지는 거요?"

하타노가 그렇게 중얼거리며 선선히 용건을 접으려고 했기 때문에 다미코도 조금 당황했다.

오늘 밤에는 역시 고타키를 만나고 싶다. 아니, 지금 같은 컨디션이라면 꼭 고타키의 팔에 안기고 싶었다.

"이제 와서 고타키 씨한테 저를 심부름 보내시겠다니, 무슨 일이세요?" 하고 유도해 보았다.

"글쎄. 나는 지금부터 다른 볼일이 있어서, 누군가가 가 주어야 한다오. 전화로는 좀 곤란하거든. 다행히 당신이 지금부터 한가하다면 그를 만나 줄 수 있을까 하고. 어떻소, 싫지는 않지요?"

"그럼 호의를 받아들이도록 할게요."

"그것 보시오, 저도 모르게 본심이 나왔지."

"안 가도 되는데⋯⋯."

"자, 그러지 말고. 모처럼 생각난 거니까. 나도 당신이 가 주지 않으면 속이 후련하지 않아요."

"무슨 일인가요? 너무 어려운 역할이면 저는 못할 텐데요."

"뭐, 말만 전하면 되니까. ⋯⋯잠깐, 내가 편지를 한 통 쓰지. 이보게, 기사 양반. 실내등을 좀 켜 주지 않겠나."

하타노는 차 안을 밝게 하고 주머니에서 수첩을 꺼내 만년필로 무언가 쓰기 시작했다.

"아무래도 차가 흔들려서 쓰기 어렵군."

"기사님. 근처에 이삼 분만 세워 주세요."

다미코가 말하자 하타노가 웃었다.

"고타키에 관한 일이면 꽤나 열심이구먼."

"어머나, 선생님이 글을 쓰시기 편하게 하려는 거예요."

"글쎄. 고타키를 만나러 갈 볼일을 조금이라도 빨리 만들게 하려는 게 아니고?"

하타노는 실실 웃으며 멈춘 차 안에서 편지를 쓰고 가방에서 봉투를 꺼내더니 안에 넣고 풀 붙이는 부분을 혀로 핥았다.

"어머나. 봉투까지 가지고 다니시다니 용의주도하시네요."

"나처럼 바쁜 사람은 어디에서 어떤 볼일이 생길지 알 수 없으니까. ⋯⋯자, 다 됐소. 부탁 좀 하지요."

하타노는 '고타키 귀하'라고 겉봉에 쓴 봉투를 건넸다. 차가 다시 달리기 시작한다.

"어디로 가져가면 되나요?"

"고타키는 요전에 가르쳐 준 아카사카의 맨션에 있을 거요."
"정말 지금 있을까요?"
"있소. 틀림없어요."
"전화를 하지 않아도 괜찮을까요? 요전에 갔더니 이상한 여자가 나와서 없다고 하던데요."
"외출했을 때면 어쩔 수 없어요."
"맞아요, 그때는 구리하시 요도헤이 씨 댁이었어요."
"그 친구는 어디든 들어갈 수 있소. 어쨌든 간에 골동품 상인이니까."
 어디에나 얼굴을 내민다―그는 골동품 상인이니 조금도 부자연스럽지 않다는 말이다.
 다미코도 문득 깨닫는 바가 있었다.
 '어디에든 들어갈 수 있다'는 말은 '누구의 집에서든 그를 받아들인다'는 뜻이다. 단골 거래처일 경우, 거래처끼리 적이든 아군이든 출입할 수 있다. 예를 들면 고타키는 구리하시 요도헤이의 집에 드나들지만 그 반대파의 집에도 골동품 상인으로서 얼굴을 내밀고 있는 것이다.
"나는 여기서 볼일이 있소."
 하타노가 말한 곳은 도쿄 역 앞이었다.
"어머, 어디 여행이라도 가세요?"
 그러고 보니 커다란 가방을 갖고 있다.
"아니, 잠깐 사람을 마중하러 나가는 거요. 오사카에서 오는 사람이 있어서. 오늘 밤에는 그 친구를 만날 거라, 내가 고타키한테

갈 수가 없어요."

"그러시군요."

"잘 부탁해요."

하타노는 열차 타는 곳 입구에서 내리더니 밖에서 문을 닫기 전에 "그렇지, 가능한 한 빨리 돌아가도록 해요" 하고 말하며 씩 웃었다.

"기사님, 아카사카 히토쓰키 거리로 가 주세요."

다미코의 목소리는 자연히 들떴다. 하타노가 내리고 혼자 남게 되자 다시 가슴이 뛰기 시작한다.

길은 요전에 와 보았기 때문에 잘 알고 있다. 히토쓰키 거리에서 가파른 언덕을 올라가니 창문에 환하게 불이 켜진 검은 건물이 솟아 있었다. 자동차는 건물 앞의 사치스러울 정도로 넓은 주차장에서 멈추었다.

다미코는 현관으로 들어갔다. 불을 끈 일층 로비에는 아무도 없었다. 이곳은 호텔처럼 소파나 스테레오, 텔레비전 등이 설치되어 있다. 바닥은 전부 붉은 융단이다.

일층에서 이층, 삼층은 대리석이 깔려 있고 복도를 따라 있는 방은 전부 굳게 문을 닫아 안쪽의 사치스러운 공기를 가두어 놓았다.

삼층 바로 앞에 '고미술상 · 고타키'라는 새 노송나무 문패가, 천장 조명에 엷게 떠올라 보였다.

방 앞에 서자 다미코는 자신답지 않게 호흡이 흐트러졌다. 저도 모르게 정장 앞자락을 여미며 문을 노크했다.

당장 반응이 없었기 때문에 또 집을 비운 건가 생각하고 있는데,

안에서 갑자기 불빛이 밝아졌다. 문의 방범창에 그림자가 비친다. 손잡이가 달칵 하는 소리를 내며 안쪽에서 문이 반쯤 열리고 역광이지만 고타키의 야윈 모습이 보였다.

"잘 지냈어요?"

다미코는 말했다.

고타키는 말없이 방문자의 얼굴을 들여다보고 있다가 말했다.

"뭐야, 당신이야?"

이 말에 다미코의 기분이 훨씬 편해졌다. 어쩌면 고타키와 만나기 전까지의 소심하고 조심스럽던 마음이 사라지고 배짱이 생긴 것인지도 모른다.

"뭐야, 라고 할 건 없잖아요. 하타노 선생님한테서 전화가 왔을 텐데요."

"안 왔어."

"어머나, 그럴 리 없는데."

"어쨌든 들어와."

고타키가 몸을 물렸다. 다미코는 그 앞을 지나 안으로 들어갔다. 불이 꺼져 있어서 요전에 본 불상들이 검은 그림자가 되어 수없이 늘어서 있다. 문이 탁 하고 닫혔다.

"이쪽으로."

고타키는 가게로 쓰는 공간을 지나쳐 안쪽 문을 열었다. 요전에는 이상한 여직원이 있어서 거기까지 발을 들여놓지 못했다.

다미코는 그 방으로 한 발짝 들어갔다가 눈을 크게 떴다. 호화롭다. 긴 의자도, 보통 의자도 공을 들인 물건이다. 건물의 값비싼 외관에 어울리는 외국풍의 거실이었다. 하기야 오랫동안 호텔 매니저 일을 해 온 고타키이니, 이런 센스는 구석구석까지 미치고 있을 터였다.

고타키는 이미 가운으로 갈아입은 상태였다. 이 방 옆이 침실인지도 모른다. 부엌도, 욕실도 딸려 있는 듯하다.

역시 고미술품 상인답게 이곳 벽에도 오래된 니시키에풍속화의 다색도 판화가 액자 속에 들어 있다. 그 그림이 옆에 있는 불상과 함께 오히려 이국적인 조화를 이루었다.

"뭘 그렇게 뚫어져라 보고 있지?"

고타키는 다미코와는 테이블 하나를 사이에 두고 맞은편 소파에 깊이 걸터앉았다. 상체가 젖혀져서 얼굴을 이쪽으로 쳐들고 있는 느낌이다.

한동안 만나지 않은 사이에 이전보다 야윈 듯했다. 광대뼈가 튀어나오고, 아래쪽은 살이 빠져서 전체적으로 이목구비가 뚜렷해졌다. 눈가도 약간 움푹 들어가서 번쩍번쩍 빛나는 눈동자가 외국인 같아 보인다.

"너무 다른 방에 와서, 좀 놀랐어요."

"그 정도는 아닌데. 뭐, 절반은 팔 물건이니까. 가끔 이곳으로 손님을 안내할 때가 있어."

고타키의 목소리는 조용했다. 오랜만에 듣는 웅얼거리는 목소리다. 몸에 가벼운 경련이 일었다.

"난 할아버지의 오래된 집에서 생활하잖아요. 그래서 이런 방을 보면 정말 신선한 기분이 들어요. ……저, 다른 사람은 없어요?"

다미코는 귀를 기울였다.

"밤에는 나 혼자야."

"요전에 낮에 왔는데, 당신 비서인지 점원인지 모르겠지만 어찌나 쌀쌀맞던지."

"미안하군. 그 애는 점원인데, 내가 자리를 비울 때는 모든 연락을 해 주고 있어."

"왠지는 모르겠지만 뻔뻔스러워 보였어요. 나를 심술궂은 눈으로 찬찬히 쳐다보더군요. 고타키 씨, 요즘 괜찮아요?"

"무슨 소리야."

고타키는 웃으며 테이블 위의 담배 케이스 뚜껑을 열었다.

"한 대 피울게요."

"그래."

"싫어라. 당신이 불을 붙여 줘야죠······."

고타키는 불을 붙인 담배를 입에서 떼어 다미코에게 건넸다.

"고마워요."

다미코는 가득 빨아들였다. 개운하지 못했던 머릿속이 시원해져 간다.

"하타노 씨의 전언은 뭐지?"

고타키가 자신도 담배를 한 대 물며 재촉했다.

"아, 큰일 날 뻔했네. 잊고 있었어요."

다미코는 주머니에서 둘로 접은 봉투를 꺼냈다. 고타키는 봉투를 열고 수첩에서 찢은 종이에 쓴 글을 읽었다. 곧 원래대로 봉투에 담아 가온 주머니에 넣는다. 표정은 바뀌지 않았다.

"답신을 써 줄 건가요?"

"아니, 됐어. 내일이라도 직접 하타노 씨에게 전화하지."

고타키는 연기를 내뿜으며 대답했다.

"그래요. ……차를 마시고 싶은데, 아무도 없다면 어쩔 수 없겠네요."

"미안하군. 뭐, 내가 끓이지."

"그러면 미안하잖아요."

"여기서는 전부 내가 하고 있어. 혼자 있으니까."

"어머나, 지금은 혼자가 아니에요. 여기 틀림없이 여자가 있잖아요."

다미코는 자신의 뺨을 검지로 찔렀다. 스스로 생각해도 들떠 있는 상태다.

"괜찮아. 뭐가 어디에 있는지도 모르잖아."

고타키는 가운을 입은 채 일어섰다.

"그럼 뭐가 어디에 있는지 가르쳐 줘요."

다미코는 고타키의 뒤를 따라 부엌으로 갔다. 완전히 방 하나를 차지하고 있는 면이 싸구려 아파트와는 다르다. 부엌도 부러울 정도로 편리한 최신식 장치가 갖추어져 있었다.

"아깝네요, 혼자서 이런 곳을……."

그녀는 여기저기를 둘러보았다.

"위스키는 어디에 있어요?"

"술을 마시게?"

"당연하죠. 낮이 아니니까."

다미코는 멋대로 달그락거리며 데콜라(멜라민 수지를 칠한 반드르르한 얇은 판자) 찬장을 열었다.

"양주병이라면 이쪽에 있어."

고타키가 손을 뻗어 천장 가까이에 있는 찬장을 연다.

"멋져요. 올드 파(Old Parr. 영국의 술 이름. 일본 엘리트층 사이에서 사랑받아 온 고급 스카치)군요."

고타키가 꺼내 준 검은 병을 보고 다미코는 눈을 빛내며 빼앗아 들어 옆에 놓고, 즉시 빈 양손을 고타키의 목에 둘렀다. 고타키는 손은 움직이지 않고 그대로 막대처럼 서 있다.

다미코는 껴안은 채 매달리듯이 아래에서 고타키의 얼굴을 올려다보았다. 정장의 짧은 등이 말려 올라가고 치마 위로 하얀 속옷이 튀어나왔다.

고타키는 물끄러미 다미코를 내려다보고 있다. 여자는 그런 고타키를 찬장 쪽으로 밀어붙였다.

"키스해요." 다미코는 입을 삐죽거렸다. "심술쟁이. 오랜만에 만났잖아요. 빨리."

고타키는 시선을 피했다.

"왜 도망치는 거예요? 너무 애태우지 말아요."

"갑자기 이러니까 놀라서."

"당연하죠. 꽤 오랜만이잖아요. 고타키 씨. 오늘 밤에 나, 아자부로 돌아가지 않을 거예요."

"말도 안 돼."

"싫어요. 안 돌아가요."

다미코가 고타키의 뒷목에 두른 양손에 힘을 꽉 주자 그의 얼굴이 자연스레 다미코 바로 앞으로 숙여졌다. 다미코는 달려들듯이 남자의 입 속에 자신의 감각을 밀어넣었다. 고타키가 숨이 막히다는 듯 떨어지려고 했지만 놓아 주지 않았다. 온몸이 불타올랐다. 입술을 떼었을 때, 그녀는 심장 깊은 곳에서 나오는 것 같은 한숨을 내쉬었다.
"돌아가."
고타키는 다미코의 두 어깨를 눌렀다.
"돌아가지 않아요. 죽어도 돌아가지 않을 거예요."
"그쪽은 어떻게 하려고?"
"할아버지요? 상관없어요, 해고되어도."
"바보 같은 소리."
"……어쨌든 오늘 밤에는 돌아가지 않을 작정이니까 각오해요. ……잔은 어디에 있어요? 이 파$_{Parr}$를 그대로 마셔 보고 싶어요."
다미코는 찬장을 여기저기 뒤져서 잔이 늘어서 있는 곳을 찾아냈다. 술잔을 두 개 쥐고 한 손에 검은 병을 든 채 고타키의 침실을 향해 휘청휘청 걸어갔다.

그러고 나서 얼마나 지났는지 알 수 없다. 다미코는 고타키의 침대에 등을 대고 있었다.
완전히 알찬 피로가 온몸을 이완시키고, 녹인다. 그녀는 눈을 감고, 가볍지만 흥분이 식지 않는 호흡을 이어나갔다. 황홀한 도취는, 예를 들자면 해초가 파도에 몸을 꿈틀거리는 듯 한없는 나태에 몸을 맡기게 했다.

"물을 마시고 싶어요" 하고 그녀는 중얼거렸다. 입술을 크게 벌리지 않고 그저 혀만 살짝 움직였다.

고타키의 슬리퍼가 부엌을 오가는 소리가 들렸다. 잠시 후 나른한 입술에 차갑고 딱딱한 것이 닿았다. 눈을 반쯤 뜨자 고타키가 컵을 내밀고 있다.

"먹여 줘요."

그녀는 컵에서 얼굴을 떼고 드러누웠다. 머리 밑에 깐 베개가 뭉개졌다.

고타키가 물을 입에 머금고는 다미코의 입술에 입을 댔다. 여자는 빨았다. 상대의 혀가 꽃잎처럼 움직이자 차가운 물이 그녀의 입안에 가득 차고 목구멍으로 흘러 떨어졌다.

물은 몇 번인가 떨어진 끝에 말랐지만 여자는 남자를 놓아 주지 않았다.

'조금만 더 가만히 있어요.'

다미코는 몸으로 마음을 전했다.

고타키는 그녀 옆에 누웠다. 다미코는 남자의 팔을 잡고 그 위에 머리를 갖다댔다.

"행복해요." 여자는 남자의 가슴에 손을 대고 중얼거렸다. "언제까지나 이렇게 있고 싶어요."

고타키는 대답하지 않았다.

"매일 밤, 매일 밤, 이렇게 있고 싶어요."

여자는 고타키의 옆얼굴을 노려보았다.

"그 후로 계속 나를 버려 두었죠."
위스키의 취기가 몸에 적당한 열을 유지하고 있었다. 차가운 남자의 피부가 기분 좋다.
"지금 몇 시쯤 되었을까?"
고타키가 중얼거렸다.
"싫어요. 시간 같은 거 묻지 말아요. ……아직도 할아버지 일을 걱정하는 거예요?"
"당신을 위해서야."
"난 괜찮아요. 당신이 할아버지를 무서워하는 건 알아요."
"……."
"하지만 오늘 밤에는 무슨 일이 있어도 돌아가지 않겠어요."
"열두시 반이군. 지금이라면 택시를 잡을 수 있어."
"택시라면 새벽까지 다녀요."
"호오. 돌아갈 거야?"
"말해 봤을 뿐이에요. 당신이 너무 다그치니까."
"다그치지 않으면 과연 혼자서 돌아갈 마음이 들까?"
"내 대답은 똑같아요. 해님이 높이 떠올랐을 때쯤, 태연한 얼굴로 돌아갈 거예요."
"혼나지 않을까?"
"괜찮아요. 할아버지는 나한테 푹 빠졌으니까."
다미코는 그렇게 말하며 고타키를 보았다.
"이렇게 말해도 당신은 질투가 나지 않나요?"
"아무렇지도 않은데."

"너무하는군요. 할아버지에 대해서는, 아까 말한 대로예요. 그러니까 당신도 안심하고 있는 거죠? ……어떤 의미로는 일반적인 경우보다 더 질투가 날 거예요. 나는 할아버지의 장난감이 되었으니까. 자기가 좋아하는 여자가 그런 일을 당해도, 당신은 아무렇지도 않나요? 아니면 나를 사랑하지 않는 건가요?"

"……."

"아무 대답도 하지 않는군요. 다 알아요. 당신, 할아버지가 무서운 거죠?"

"무서운 것은 틀림없지. 기토 씨는 그런 사람이야."

"당신이 할아버지의 지시를 받고 움직인다는 사실 정도는 잘 알고 있어요. 하지만 이 정도는 관대하게 봐 줄 거예요. 그 증거로 할아버지는 늘 당신 이야기를 해요."

"뭐라고 하는데?"

"고타키와 바람을 피우라고."

"거짓말 마."

"정말이에요. 할아버지의 본심인지는 알 수 없지만. 그런 말을 하면서 자신의 흥분제로 삼고 있는지도 몰라요."

"그래? 나에 대해서 그렇게 말한단 말이지."

"어쩔 수 없어요. 어쨌거나 그런 몸이니까 초조한 거죠. 이가 빠진 쪼글쪼글한 얼굴에 땀을 흠뻑 흘리고 있는 모습을 보면 왠지 불쌍하기도 해요."

그렇게 말하면서 다미코는 자신의 몸이 여기까지 도달한 데는 기토의 행위가 가세한 탓이라고 생각했다.

"나도 할아버지가 무섭지 않은 건 아니에요. 아니, 점점 무서워져요."

"무슨 뜻이야?"

"언젠가 말했지요. 바람을 피우는 정도라면 괜찮지만 정말로 반해서는 안 된다고."

"……"

"자기 말고 진심으로 좋아하는 남자가 생기면 그 여자는 수명을 단축하게 될 거라고. 그때는 그저 노인의 하잘것없는 위협인 줄 알았는데 최근에 그 실례를 봤어요."

"……"

"저기, 고타키 씨. 요네코 씨는 어떻게 되었나요?"

"글쎄, 모르겠는데. 당신이 더 잘 알지 않아?"

"시치미 떼지 말아요." 다미코는 고타키의 얼굴을 강하게 응시했다. "요네코 씨는 할아버지한테 죽임을 당한 게 틀림없어요."

"……"

"나, 똑똑히 봤어요."

"당신이 봤어?" 고타키는 다미코의 몸에서 손을 떼었을 정도로 놀랐다. "어디에서 봤지?"

"그것 봐요. 그 모습을 보니까 알겠네요. 당신의 그 눈빛, 이미 요네코 씨가 살해되었다고 자백하고 있어요."

"아니, 그런 건 아니야."

"보통 이런 말을 들으면 그렇게 놀라지는 않잖아요. 좀 더 의심스럽다는 표정을 했겠지요."

"당신이 보았다고 하니까 믿을 수 없어서 그래."

"어서 말해 봐요. 정말 살해당한 거지요?"

"우선 당신부터 이야기해 줘. 봤다는 건 사실이야?"

"살해 장면은 보지 못했어요. 설마 거기까지 봤으려고요. 요네코 씨는 인부 같은 옷차림으로 트럭에 실려서 밖으로 나갔어요. 위쪽을 시트로 덮고 있었으니까 설령 번화가를 지나갔더라도 사람들은 인부가 트럭 위에서 낮잠을 자고 있다고밖에 생각하지 않았겠죠. 교묘한 방법이구나 싶었어요."

"그래? 그럼 당신 말이 맞을지도 몰라."

고타키는 시선을 떨어뜨렸다.

"마지못해 인정하는군요. 어째서 요네코 씨가 살해당했는지 모르겠어요. 당신은 알죠?"

다미코는 자신의 출현으로 노인의 총애를 빼앗긴 여자가 질투에 사로잡혀 노인에게 독을 먹이려 했고, 일찌감치 요네코의 배신을 안 노인이 부하를 시켜 그녀를 죽이게 한 것은 아닐까 상상하고 있다.

다만 이렇게 단정을 내리기에는 아직 부족하다. 지금까지 생각해 왔던 대로, 독을 탔다는 사실을 안 후라면 몰라도 아직 거기까지 일이 벌어지지 않았을 때 요네코를 죽인 이유를 알 수가 없다.

"기토 씨에게는 적이 많아."

고타키는 말했다.

"그 사람은 거물이니만큼 적도 많이 있지. 지금은 기토 씨의 세력에 눌려서 당해내지 못하고 있지만. 이건 단순히 기토 씨가 정계나 재계의 흑막으로서 미치는 영향력뿐만 아니라 그가 수중에 쥐고 있는 어떤 세력을 말해."

"폭력단?"

"그렇게 부를 수도 있지. 그놈들은 끊임없이 보이지 않는 암투를 되풀이하고 있어. 지금은 기토 씨의 세력 쪽이 단연 강하지. 그 노인의 관록이 통하니까. 하지만 반대파는 다른 실력자를 발견하고 거기에 붙었어. 그 실력자는 기토 씨에게 대항하기 위해 그들을 이용하기로 했고."

"그게 구리하시 씨군요?"

"맞아. 구리하시는 할아버지와 손을 잡고 있는 정적에게 투지를 불태우고 있었어. 정계는 복잡해. 당신이 신문 기사에서 읽는 그대로가 아니야. 이면의 이면, 또 그 이면이 있지. 구리하시의 정적이 강했던 까닭도 배후에서 기토라는 기분 나쁜 존재와 손을 잡고 있었기 때문이야. 섣불리 정면에서 적대할 수 없었지. 언제 그 기분 나쁜 세력이 실력 행사를 할지 알 수 없으니까. 이런 것에는 누구나 약해."

"……."

"구리하시는 이번에 과감하게 맞섰어. 기토 씨에게 대항할 세력을 수중에 넣었거든. 물론 돈만 뿌리는 게 아니지. 그중 하나로 마약 문제가 있어."

"마약?" 다미코는 놀랐다. "정치가가 마약을 다루나요?"

"무서운 일이지. 물론 직접 다루지는 않아. 하지만 유형무형으로, 일부 권력자는 모든 방향으로 눈을 움직이고 있어. 확실하게 말할 수는 없지만 무슨 뜻인지는 알겠지?"

"네, 대강 알 것 같아요."

"그 왜, 요전에 하타노 씨가 간사이로 출장을 긴 적 있지?"

"교토겠지요. 신문에 났어요. 교토에서 전국의 주요 간부들이 모여서 친목회가 열렸다는 기사 말이에요. 어느 정치가가 거기에 축사를 보냈대서 문제가 되었잖아요. 거기에 하타노 씨가 할아버지의 대리로 갔지요?"

"맞아. 한때 두 파를 화해시킨 사람이 있었기 때문에 성립했던 모임이야. 정확하게 말하면 기토 씨가 사람을 써서 관여하여 일단 타협을 시킨 거지. 하타노 씨는 대리 자격으로 출석했고 두 파의 타협안을 정리해서 돌아왔어."

"그래서요?"

"최근 교토에서 모 조직 간부가 사살되었다는 신문 기사 본 적 있어?"

"네, 읽었어요. 상관이 있나요?"

"크게 상관이 있어. 즉 두 파의 타협이 깨진 거지. 그렇다기보다…… 이걸 말해도 될까?"

"뭐예요, 거기까지 말해 놓고 이제 와서 망설일 필요 없잖아요."

다미코의 어조가 강해졌다.

"자세히 말할 필요는 없으니까 대략적인 얘기만 하지. 결론적으로 말하면 기토 씨가 일단 타협하게 한 후 상대를 와해시키기 시작한 거야. 살해당한 사람은 반대편의 간부였어."

"속여서 방심하게 한 다음 친 거군요."

"그놈들은 언제나 전국 시대니까. 속이거나 속거나 하면서 갖은 권모술수를 부리고 있어."

"속은 쪽은 화가 났겠네요?"

"당연히 화가 났지. 구리하시 밑에 붙어 있는 놈들이 엄청나게 난리인 모양이야."

"무서운 이야기네요. 일본 전체에 피의 비가 내릴 것 같은 기분이 들어요."

"그렇게까지 말하면 좀 과장이지만, 약간 그런 예감은 들어."

"기분이 나빠요. ……그렇지, 그래서 요네코 씨는 어떻게 된 거예요?"

"그거야" 하고 고타키는 고개를 끄덕였다. "요네코는 구리하시 파에게 매수되었어."

"네? 요네코 씨가?"

이 말에는 정말 놀랐다. 설마 싶었던 것이다.

"구리하시 파에서는 기토 씨의 실체를 파악하려고 노력했어. 그러려면 오랫동안 기토 씨 옆에 있었던 요네코가 제일이지. 그들은 노리는 상대의 약점을 잡는 데 능해. 시종 관찰하고 있으니까. 그리고 기토 씨의 약점은 당신이 상상한 대로, 당신의 출현 때문에 할아버지가 멀리하게 되어 불만을 갖기 시작한 요네코라는 사실을 알아낸 거야."

"싫어라. 역시 내가 관련되어 있군요."

"책임이 있지."

"싫어요, 싫어요" 하며 다미코는 고타키의 벗은 가슴에 매달렸다. "무서워요."

"무서울지도 모르지만 현실이 그래. 그러니까 묻지 말라고 했잖아."

"모르는 채로 있으면 더 불안하단 말예요. 더 얘기해 줘요."

"요네코의 분위기가 이상하다는 것을 기토 씨가 알아채기 시작했지. 그때 그 실상을 알아볼 사람이 나타났어."

"아." 다미코는 고타키의 얼굴을 삼킬 듯이 바라보았다. "당신이군요?"

"나야. 용케 알았군?"

"알지요. 당신이 호텔을 그만두고 골동품 상인이 되었잖아요. 골동품 상인은 어떤 곳에나 드나들 수 있어요. 적, 아군, 어느 쪽에든 들어갈 수 있으니까 자연스럽지요. 게다가 늘 주인과 무릎을 맞대고 이야기해야 하니까, 당신쯤 되는 사람이라면 요네코 씨와 구리하시 씨의 관계를 알아보는 정도는 일도 아니겠네요."

"맞았어. 요네코와 그의 연계를 알았기 때문에 모든 것을 기토 씨에게 이야기했어."

"잔혹한 분이네요."

"어쩔 수 없어. 그렇게 하지 않으면 내가 죽으니까."

"죽는다고요?"

"말을 듣지 않으면 반대파 사람이라고 여겨 버리니까. 그런 사람은 모두 의심이 많아. 일단 그룹 안에 들어간 사람은 자기 편이 아니면 적이라고 판단해 버리거든. 배신했다고 보는 거지. 중간은 없어. 모 아니면 도야."

"그건 알아요. 그런데 당신이 골동품 상인으로 변신했다 해도, 용케 기토 씨와 선이 닿아 있다는 사실을 구리하라 씨한테 들키지 않았네요?"

"그 선은 최선을 다해서 숨겨 두었으니까. 나는 한 번도 기토 저택에 간 적이 없어."

"아, 맞아요. 정말 당신은 할아버지 집에 온 적이 없군요."

다미코는 납득했다.

"요네코는 더욱 대담한 궁리를 내놓았어. 기토 씨의 독살을 생각한 거야. 당신도 알고 있는 그대로야. 하지만 기토 씨 쪽이 더 빨리 알았어. 즉 내 정보 제공이 빨랐던 거지. 노인은 격노했어. 그의 입장에서 보면 오랫동안 키워 온 개에게 손을 물린 셈이니까. 노인은 요네코를 살려 둘 수 없다고 판단했지."

"그러고 나서 처분됐군요?"

"맞아. 다만 그전에 자신이 독에 당할 줄은 몰랐던 모양이지. 외국에서 만들어진 지효성遲效性 독인데 어려운 이름이 붙어 있지만 어쨌든 반대파는 그 약을 입수했어. 놈들은 요즘 과학적인 정보를 활용하기 시작했지. 마약과 엮여 있는 덕에, 알기 어려운 약물도 들어오고 있으니까."

"무서워라, 무서워요." 다미코는 고타키에게 매달렸다.

"고타키 씨, 찬물을 끼얹은 것처럼 몸이 차가워졌어요. 따뜻하게 해 줘요."

고타키의 이마에 엷게 땀이 배어 있다. 이 땀은 아까 다미코를 기쁘게 해 준 것과는 성질이 달랐다.

고타키도 기토의 비밀과 엮여 있는 것이다. 부드럽고 엷은 조명 속에서 빛나는 땀은 고타키의 공포인지 고뇌인지 모를 감정을 나타내고 있었다.

"저기, 고타키 씨. 나, 점점 무서워졌어요. 당신과 내 일도, 그 안에 포함되어 있는걸요."

"무슨 소리야?"

"……내가 남편을 죽인 일 말이에요."

"……."

고타키의 얼굴이 흠칫 경련을 일으켰다.

"그거, 할아버지도 분명히 알고 있어요. 왜, 당신도 아는 히사쓰네라는 형사 있잖아요, 그 남자를 직장에서 해고시킨 사람이 할아버지인데, 히사쓰네가 원망해서 그걸 어디에 써 보낸 모양이에요. 그 글을 누군가가 할아버지한테 가져왔어요. 아마 경찰이 아닐까 싶어요. 할아버지는 알 수 없는 세력을 가지고 있잖아요. 밖에서 보면 뭐가 뭔지 모르겠어요. 상식으로는 알 수가 없으니."

"세상에는 그런 일도 있는 거야."

"그런 느긋한 소리를 할 때가 아니에요. 내가 어떻게 되느냐가 달려 있는 일이라고요. 당신도 그 일에는 내 편이 되어서 한몫 거들어 주었으니까, 나하고는 한 배를 탄 운명이에요."

"기토 씨는 아무 말도 하지 않지?"

"아직 입 밖에는 내지 않았어요. 하지만 할아버지가 내 숨통을 누르고 있는 기분이에요."

"경찰에서도 이미 불문에 부쳐진 일이야. 당신이 그렇게 무서워할 필요는 없어."
 그때 옆방에서 전화벨이 울렸다. 이어졌다 끊어졌다 하는 소리가 조용하고 무거운 밤공기를 흔든다. 고타키와 다미코는 얼굴을 마주 보았다. 다미코는 하타노에게서 걸려온 전화라고 짐작했다. 고타키가 현재 있는 곳을 아는 사람은 하타노뿐이다. 물론 기토 노인도 잘 알고 있겠지만 그에게서 직접 전화가 걸려오는 일은 없으니 기토의 뜻을 받아 건 하타노이리라.
 고타키가 옆에서 부스럭거리며 침대를 내려갔다. 벨이 정확한 간격을 두고 계속 울린다.
 고타키가 수화기를 집어 들자 겨우 벨소리가 그쳤다. 다미코는 귀를 기울였다.
 "네, 맞습니다. 네에, 고타키입니다. ……네, 네에, 알겠습니다. ……고맙습니다."
 고타키가 전화를 끊고 방으로 돌아왔다. 침대 옆으로는 오지 않고 떨어져 있는 의자에 걸터앉는다.
 "누구예요?"
 다미코가 물었다.
 "단골 거래처야."
 "그렇군요. 고맙습니다, 라고 했으니까."
 다미코 앞이라 얼버무린 듯하다.
 "이런 시간에 전화가 오나요?"
 "평범한 장사가 아니니까. 상대방은 마음이 내키면 언제든지 저렇게 뭔가 주문하곤 해. 부자들은 제멋대로여서 이쪽에 폐가 된다는 생각은 못하지. 자기가 돈을 벌게 해 주고 있다는 기분이 있으니까."

"장사가 잘되는 것 같아서 다행이에요."

역시 신경 쓰인다. 하타노에게서 온 전화가 틀림없다.

"담배 주세요."

의자에 있는 고타키 쪽으로 한 팔을 뻗었다.

고타키는 말없이 담배를 입으로 빨고는 일어나서 다미코의 손가락에 끼워 주었다. 다미코가 천장에 연기를 내뿜는 모습을 보며 말을 건다.

"어때, 슬슬 돌아가지 않겠어?"

"돌려보내고 싶어요?"

"늦었으니까."

"자고 갈 생각이었어요."

"돌아가는 편이 좋을 거야. 한시 오분이군. 지금이라면 그 집으로 돌아가도 그렇게 이상하지 않아."

"전화, 어디에서 온 거였어요? 말해 줘요."

다미코는 담배를 물고 있었지만 점차 가슴이 동요를 일으키고 있었다. 조금 더 고타키를 곤란하게 만들어 주고 싶다.

"당신이 모르는 사람이야."

고타키가 의자에 앉은 채 말한다. 다미코는 침대 끝에 걸터앉아 그를 바라보고 있었다. 침대가 엉덩이 부분만 깊게 꺼져 있다.

"거짓말이죠?"

"진짜야."

"하타노 선생님한테서 온 거지요?"

"하타노 씨도, 누구도 아니야. 기토 씨랑 관련된 전화는 아니었어."

"마음에 걸려요."

"사업상의 손님이라고 했잖아."

"수상한데요. ……저기, 혹시 여자 아니에요?"

"바보 같은 소리."

"나도 멍청했지. 기토 씨만 생각하느라 여자일 줄은 짐작도 못했네."

"아니라니까."

"믿을 수 없어요."

다미코는 담배를 버리고 주위를 둘러보았다. 베개맡에 파$_{Parr}$가 담긴 검은 병이 있다. 그리로 다가가 잔에 술을 따랐다.

"이봐, 뭘 하는 거야?"

"술 마셔요."

시커먼 액체를 따른 잔을 들어올렸다.

"안 가?"

"안 가요. 마음이 내키면 갈게요."

다미코는 절반을 단숨에 들이켰다.

"자백해요. 그 전화, 여자한테서 온 거죠?"

"집요하군."

고타키가 얼굴을 찌푸리며 옆으로 고개를 돌리는 모습을 다미코는 재미있다는 듯이 바라보았다.

"당신 같은 남자를 여자가 내버려둘 리 없어요. 독신이고, 적당히 로맨스그레이고, 돈이 없지도 않고……."

"그만 좀 해."

"당신이 여자도 없이 혼자 이런 곳에서 매일 밤 쓸쓸하게 지내리라고는 생각할 수 없어요. 일주일에 몇 번이나 여자한테 가나요? 아니면 여자 쪽에서 이쪽으로 오나요?"

"어느 쪽도 아니야."

"흥, 불리하니까 그렇게 귀찮다는 얼굴을 하는 거죠. 맞다, 고타키 씨. 전의 그 얘기인데, 호텔에 있던 가가와 총재의 첩 말이에요. 당신, 그 사람한테도 꽤 친절하게 대했잖아요. 나도 화가 나서 덤벼들었고. 하지만 역시 그 여자하고 꽤 수상했어요."

"다른 사람의 애인이었잖아. 나는 지배인으로서 부탁을 받고 보살펴 줬을 뿐이라고."

"어떤 보살핌인지 알 게 뭐예요."

"그만 좀 해. 이봐, 두시가 다 됐어. 돌아가지 않으면……."

"쫓아내겠다는 거예요?"

"기토 씨가 있는데 이러면 안 되잖아."

"괜찮아요, 괜찮아" 하며 다미코는 몸을 흔들었다. "할아버지한테는 내가 적당히 말해 둘게요. 오늘 밤에 내가 당신 집에 왔다는 것도 틀림없이 알고 있으니까. 아뇨, 오히려 당신한테 가도록 일을 꾸몄을 정도예요."

"정말이야?"

고타키가 깜짝 놀란 듯이 눈을 부릅떴다.

"거짓말을 왜 하겠어요. 하타노 씨가 나를 심부름 보낸 일도 할아버지의 뜻이라니까요. ……있잖아요, 당신한테 준 편지는 아무래도 상관없는 내용 아니었어요?"
"……."
"구실이죠. 나를 당신한테 보내기 위한."
"곤란한 사람이군."
"어머나, 한숨을 쉬네. 그렇게 곤란해요?"
"곤란해."
"지금 그 전화로 여자가 이곳에 오기로 해서 그런 거 아니에요? 분명히 그렇죠. 그래서 나를 빨리 돌려보내고 싶어 하는 거고."
"이봐, 이봐." 고타키는 의자에서 일어나더니 다미코의 어깨에 손을 올려놓았다. "당신은 많이 취해서 자기가 무슨 말을 하는지도 모르고 있어. 그만 돌아가."
"싫어요." 다미코는 어깨에 닿아 있는 손을 뿌리치듯이 몸을 흔들었다. "내일 아침까지 꼭 여기 있어 줄 거예요. 여자가 올 때까지 기다려 주겠어요, 어떤 여자인지……."
"미치겠군."
고타키는 다미코와 나란히 침대 끝에 걸터앉았다. 한 손으로 머리를 끌어안고 있다. 다미코가 그런 남자의 모습을 빤히 쳐다보며 말했다.
"있잖아요, 고타키 씨. 나는 이미 각오했어요. 당신도 그렇게 해주세요."
"무슨 각오?"

고타키가 시선을 들었다.
"왠지 겁먹은 눈빛이네요."
"……."
"그렇게 거창한 말은 아니에요. 다만 오늘 밤에는 그 집에 돌아가지 않겠다는 것뿐. 아침까지 당신과 함께 여기에 있고 싶을 뿐이에요."

그 순간 옆방에서 소리가 났다. 희미했지만 두 사람의 귀에는 건물 전체에 울린 듯 들렸다. 고타키는 침대에서 벌떡 일어나 반나체 위에 서둘러 가운을 걸치고 손전등을 쥐었다. 잔뜩 긴장한 표정이다.

고타키가 손전등을 켜고 옆방으로 갔다. 그 긴장한 모습을, 다미코는 침대에서 상반신을 일으키고 바라보았다. 가슴이 심하게 두근거렸다.

혹시, 하는 불안으로 숨이 막힌다. 고타키도 느리지만 차분한 발걸음이었다. 돌아다니는 슬리퍼 소리가 들린다.

다미코는 당장이라도 큰 소리가 날 것 같아서 이불 끝을 움켜쥐어 가슴 앞으로 끌어당겼다. 갑자기 덜컹 하는 소리가 났을 때는 신경에 전기가 스친 양 흠칫했다.

당장은 말도 나오지 않는다―다미코는 기토 노인의 무서움을 잘 알고 있다. 하타노가 다미코를 고타키에게 보내려고 한 것도, 분명히 기토의 의지가 작용했으리라. 진의는 알 수 없다. 어쨌거나 기토가 그녀를 고타키의 몸에서 떨어질 수 없는 상태로 만들어 두었다고 볼 수 있다. 고타키와 이렇게 된 것도 기토의 계산에 들어 있으리라. 다미코는 이 현장을 덮치러, 기토가 사람을 보낸 기분이 들었다.

한동안 귀를 기울였지만 옆방은 조용했다. 아까 그 소리는 아무래도 고타키가 무언가에 채여서 넘어질 뻔한 소리인가 보다.

"저기." 다미코는 참지 못하고 목소리를 냈다. "뭐 이상한 일 있어요?"

대답이 없다.

"고타키 씨."

다시 한 번 불렀지만 고타키의 목소리는 들리지 않았다.

다미코는 슬리퍼를 신은 채 침대에서 내려섰다. 망설이며 옆방으로 통하는 문을 연다.

손전등 불빛이 보였을 때는 안도했다. 고타키는 무사한 것이다.

"무슨 문제라도 있어요?"

다미코가 고타키의 검은 그림자를 향해 말을 걸었다.

"음……."

고타키가 낮은 목소리를 냈다.

손전등은 차례차례 방 안을 기듯이 움직이고 있다. 빛 속에 불상이 하얗게 떠오르며 뒤로 검은 그림자를 길게 늘였다. 다미코는 고타키의 등으로 다가가 어깨에 손을 올려놓았다.

늘어서 있는 불상 중에 무서운 얼굴을 한 신장神將이 있다. 머리카락을 곤두세우고 눈을 부라리는 분노한 얼굴이다. 박혀 있는 눈알은 불빛에 번쩍번쩍 빛나서 살아 있는 듯 보였다.

"무서워요"

다미코는 고타키의 팔에 매달렸다.
"별로 이상한 일은 없는 것 같군."
고타키가 중얼거린다.
"그래요. 다행이에요."
"아까 그 소리는 사람 발소리와 비슷했는데."
"싫어요, 겁주지 말아요."
"문을 점검해 봤는데 분명히 잠겨 있었어. 그러니까 그런 일은 없을 테지만……."
"이제 침대 쪽으로 가요."
"잠깐만 기다려 봐, 복도로 나가 볼게."
"그러지 말아요!" 하며 다미코가 붙들었다.
"문이 잠겨 있다면 됐잖아요. 복도까지 나가 볼 필요는 없어요. 무서우니까 그러지 말아요."
"아무래도 속이 후련하지 않아."
"제발 부탁이니까 가만히 있어요. 두 시간만 더 지나면 날이 밝잖아요. 그동안 단둘이 저 방에서 움직이지 말고 있어요, 네?"
고타키도 다미코가 너무 열심히 말리자 복도로 나가는 것만은 그만두었다.
다미코는 고타키를 끌다시피 하며 침실로 돌아갔다. 그런 다음 문을 꼭 닫고 자물쇠를 잠갔다.
"이제야 안심이에요, 아직도 가슴이 두근거려요."
다미코는 부끄러움도 체면도 없이 슬립 자락이 엉덩이까지 말려 올라가는 것도 아랑곳하지 않고 서둘러 이불 속으로 파고들었다.

고타키는 의자에 걸터앉아 담배에 불을 붙이고 있다.

"고타키 씨, 빨리 이쪽으로 와요."

다미코가 이불에서 눈만 내놓고 불렀다. 고타키는 턱을 젖히고 생각에 잠겨 있다.

"아이 참, 언제까지 거기에 있을 거예요?"

다미코는 조급하게 유혹했다.

"음."

고타키는 건성으로 대답하면서 시선을 여전히 천장으로 향하고 있었다.

"무슨 생각을 그렇게 해요? 불안해요. 빨리 이쪽으로 와서 안아 줘요. 잠시라도 붙어 있지 않으면 무서워서 못 견디겠어요."

"잠깐만 기다려."

"심술쟁이. 생각이라면 내 옆에 누워서 해도 되잖아요."

"……."

"빨리. ……나 얌전히 있을게요, 방해하지 않을 테니까. 여기서 생각해요."

고타키는 움직이지 않았다.

"잠깐만 조용히 있어 줘. 담배 한 대만."

다미코는 견딜 수 없게 되어 그의 가슴 위로 쓰러졌다. 팔이 그의 뒷목을 감는 것과 동시에 남자의 손이 그녀의 슬립 끈을 어깨에서 미끄러뜨렸다. 그 후에는 아무것도 알 수 없었다. 몇 번째인가의 뜨거운 불이 몸을 엉망진창으로 돌아다녔다. 베개맡의 스탠드까지 쓰러졌다.

잔잔한 물가로 밀려오자 고타키는 다미코를 떼어놓았다. 이번에는 자신만 이불을 끌어올리더니, 몸을 말고는 등을 돌렸다. 어느 모로 보나 자신만의 자유를 되찾은 등이다.

다미코는 남자의 냉담함에 또 화가 났지만 어느새 머릿속이 흐려지고 온몸에 피로가 덮쳐와 발끝 하나 움직이기도 힘들었다.

잠에서 깨었을 때, 창문의 커튼 틈으로 하얀 빛줄기가 보였다. 고타키의 자리가 텅 비어 있다. 좀 떨어진 곳에서 그릇 소리가 나는 걸 보니 부엌에서 뭔가 하는 모양이다.

다미코는 사이드 테이블에 놓인 손목시계를 집어 들었다. 벌써 아홉시다. 큰일이다.

아침에는 조금 일찍 일어나서 아자부로 돌아갈 작정이었는데, 그만 늦잠을 자고 말았다. 온몸이 아직 나른하다. 이불 밑에서 꼼지락꼼지락 움직여 보니 분명히 어젯밤에 마지막으로 벗었던 슬립이 가슴 위에 놓여 있다. 고타키가 덮어 준 것 같다.

얼굴이 빨개져서 서둘러 속옷을 챙겨 입었지만 온몸의 나른함은 어떻게 할 수 없어서 여전히 그 자리에 몸을 웅크리고 있었다.

문이 열리고 고타키가 베개맡으로 왔다. 희미하게 커피 냄새가 풍겨 온다.

"일어나."

가운 차림일 줄 알았는데 의외로 양복을 제대로 입고 있다. 물론 면도도 했다.

"일어나서 옆방으로 와. 커피를 준비해 뒀어."

다미코는 얼굴을 양손으로 덮었다.

"왜 깨우지 않았어요?"

"깊이 잠들어 있어서."

슬립을 가슴에 덮어 준 것도 기억나지 않으니 무슨 일을 당해도 몰랐을 테지. 옛날 여자들은 아침에 자고 일어난 얼굴을 남편에게 보이지 않는 것이 도리였다는데.

"커피라니, 아직 세수도 안 했어요."

"상관없어. 일어나자마자 마시는 것도 좋아."

"그런가요. ……당신, 벌써 그렇게 채비를 다 하다니 어디 나가요?"

"응. 이제 직원이 올 거야. 오면 곧장 밖으로 나가야지."

"앗, 큰일이네. 빨리 일어나야겠어요."

다미코는 허둥지둥 여름 이불을 걷어찼다.

"직원은 몇 시쯤 오나요?"

"열시."

"그럼 한 시간도 안 남았네요."

"음. 목욕물을 받아 두었으니까 얼른 해."

"저리 가 있어요."

제대로 채비를 할 때까지는 적어도 고타키의 시선에서 벗어나고 싶었다.

4

 다미코는 고타키의 배웅을 받으며 아파트 계단을 내려갔다. 조마조마했지만 다른 집의 문이 꼭 닫혀 있고 엿보는 눈이 없어서 다행이었다. 지금 시간에 나가면 자고 가는 것이라 여길 게 뻔하니 괜히 마음이 켕긴다.
 목욕을 하고 화장을 하느라 바빠, 고타키와 제대로 이야기도 나누지 못했다. 출근한 여직원이 당장이라도 나타나 빤히 쳐다볼 것 같아서 차분해질 수가 없었다. 고타키와 이야기해서 기토와 요네코에 대해 좀 더 캐 보고 싶었는데 그러지 못했다.
 늦어진 김에 배짱은 생겼어도 기토의 얼굴이 끊임없이 눈앞에 어른거려 역시 마음이 급해진다. 고타키의 집에서 자고 왔다는 정도는 노인도 대충 알고 있겠지만, 어떻게 변명을 해야 할까.
 고타키는 오늘 아침에 일어나서 방을 점검해 보았는데 이상이 없었다고 중얼거렸다. 어젯밤 이상한 소리에 놀라서 제대로 잘 수 없었지만, 그만큼 고타키 안에 빠져들어 이런 시간까지 일어나지도 못했다. 그렇게 두려워한 까닭도 역시 기토가 머리에서 떠나지 않았기 때문이다. 고타키도 신경질적으로 굴었다. 역시 바람을 피우는 일은 무섭다. 게다가 남편이 기토. 상대인 고타키도 오싹할 것이 틀림없다.
 밖으로 나오니 초여름의 햇빛이 밝게 내리쬐고 자동차가 수없이 오가고 있었다. 사람들도 온화한 표정으로 걷고 있다. 어디에도 불안의 그늘은 없다. 햇빛이 없을 때와 있을 때는 이렇게나 기분이 달라지는 걸까.

"돌아갈게요."

다미코는 고타키 옆에서 말했다. 사실은 여기에서도 다시 한 번 입을 맞추고 싶었지만 살짝 손끝을 잡는 것으로 참았다. 고타키는 눈꺼풀이 무거워 보인다.

"조심해서 가."

고타키는 마주잡은 손을 깍지 꼈다. 조심하라는 말은 기토 앞에서 적절하게 대처하라는 뜻일까. 어쨌든 다미코는 고타키의 집에서 묵지 않았던 것으로 하자고 둘이 말을 맞추었다. 상대가 알고 있더라도 이쪽은 끝까지 시치미를 떼기로 했다. 솔직히 말할 수 있는 이야기가 아니다. 고타키도 하타노를 만났을 때의 체면이 있다.

다미코가 길로 나가 택시를 잡았다. 고타키는 자동차가 달려가는 모습을 지켜보고 나서 안으로 들어갔다. 다미코는 거기까지 보고 있었다.

"어디로 모실까요?"

기사가 물었다.

다미코는 아자부라고 말하려다가 갑자기 "아카사카"라고 말을 고쳤다.

"어, 아카사카는 여기예요."

기사는 깜짝 놀랐다.

"네, 알아요. 다리가 아파서 가까워도 차를 타야 하거든요."

"아아, 그러십니까. 아카사카 어디로 모실까요?"

"뉴 로얄 호텔이요."

"부인, 뉴 로얄 호텔이라면 바로 저기에 건물이 보입니다."
"알아요. 바보 같지만 걸을 수가 없어서 어쩔 수 없네요."
"그렇군요."

기사는 큰길 모퉁이로 나가 핸들을 꺾었다.

곧장 기토에게 돌아갈 수는 없다. 마음이 켕긴다. 어차피 늦는 것은 마찬가지다. 오히려 오전 시간에 돌아가지 않는 편이 체면상 좋을지도 모른다.

무엇보다 이대로는 마음이 정리되지 않는다. 기토 앞에서 그럴 듯한 거짓말을 하려고 해도 생각이 필요하다. 갑자기 뉴 로얄 호텔에 있는 하타노가 떠올랐다.

그 사람을 만나면 조금은 마음이 차분해질 터였다. 하타노의 말 눈치를 보아, 기토에게 할 변명도 짜내고 싶었다.

게다가 하타노에 대해서는 어젯밤에 고타키와 나눈 이야기로 그의 윤곽을 대충 파악할 수 있을 것 같았다. 이번에는 이쪽도 마음의 준비가 되어 있으니 여느 때와 같은 잡담이라 해도 주의 깊게 할 수 있다.

뉴 로얄 호텔 앞에서 내려 프런트로 가자, 직원 한 명이 미소를 지으면서 머리를 숙이고, "오랜만에 오셨군요" 하며 내선 전화를 집어 들었다. 얼굴을 기억하고 있는 것이다.

"하타노 선생님이십니까. 나리사와 님이 오셨습니다."

안내해 달라는 대답이 있었던 모양이다. 프런트 직원이, 가시지요, 하고 말했다. 다미코는 조금 거북했지만 엘리베이터 쪽으로 걸어갔다. 화장은 꼼꼼히 했는데도 어젯밤의 피로 때문에 눈가에 그늘이 생겨서 꺼림칙하다.

엘리베이터 앞에서는 네다섯 명의 남자가 기다리고 있었다.

하타노가 있는 807호실 앞에 와서 콤팩트를 꺼내 다시 한 번 얼굴을 두드렸다. 하타노는 눈썰미가 좋아서 무엇을 발견하고 어떤 말을 꺼낼지 알 수 없다. 그녀가 고타키의 집에서 자고 왔다는 사실을 알고 있는 남자다.

"들어와요."

노크에 대답이 들려왔다. 안으로 들어가자 하타노는 양복을 단정하게 입고 신문을 읽고 있었다. 앞에 토스트가 남아 있는 접시와 홍차 찻잔이 놓여 있다. 침대도 깨끗하게 정리된 모습이다.

"여어, 일찍 왔군요."

하타노는 신문을 옆으로 치웠다. 돋보기 안경을 벗고 찬찬히 다미코를 보고 있다. 물론 입가에도 웃음이 번진다.

"선생님이야말로 아침 일찍부터 벌써 옷을 다 갖춰 입으시다니요. ……어머나, 뭘 그렇게 보시나요?"

"아니, 오늘 아침에는 화장이 한층 더 진해서 그런지 예뻐 보여서."

제대로 알고 있다.

"어젯밤에는 어디서 잤소?"

"어머, 고타키 씨한테는 메시지만 전하고 곧 돌아왔어요. 그런 다음 오랜만에 호텔에 묵으면서 여유롭게 시간을 보냈지요."

하타노는 웃음을 터뜨렸다.

"어머, 뭐가 우스우세요?"

"너무 뻔히 보이는 거짓말을 하니까."

하타노는 다미코의 웃음을 이끌어내려는지 계속 웃는 얼굴을 하고 있었다.

"싫어라. ……정말이에요. 모처럼 거기에 갔으니까, 물론 차 정도는 함께 마셨어요. 삼십 분도 안 있었지만. 밤이고, 남자 집에 계속 있는 건 역시 내키지 않으니까요. 앞집 아주머니가 제가 들어가는 모습을 뚫어져라 보고 있었기 때문에, 저도 빨리 나와야겠다, 고타키 씨한테 폐가 되겠다고 생각했어요. 정말이에요."

"폐도 아닐 테지. 지금 시간에 여기 나타난 걸 보면 어젯밤에 얼마나 요란했을지 상상이 되는군요."

"품위 없으셔라……."

"그렇지도 않잖소?"

"아뇨, 그래요. 저는 무슨 말을 들어도 결백해요."

"그럴까?"

"믿어 주세요."

"수상쩍은데."

"저기요, 하타노 선생님. 어르신께서는 뭐라고 하실까요?"

다미코는 하타노의 표정을 살폈다.

"글쎄, 어떨까." 하타노의 시선이 허공으로 향한다. "역시 마음이 편하지는 않겠지요."

"어머, 그럴까요?"

반쯤은 농담처럼 말했지만 그러면서도 기토의 기분이 어떨지 알아보려 노력하고 있었다.

"그야 아끼는 여자가 남자랑 같이 잤다고 하면, 누구나 태연할 수는 없을 게 아니오."

"또 그런 말을 하시네. 저랑 고타키 씨는 아무 사이도 아니에요. 그냥 하룻밤 집을 비웠다는 게 마음에 안 드실지 모르지만 어르신이 전혀 예상하지 못했던 일도 아니잖아요."

"무슨 뜻이오?"

"선생님에게 저를 데리고 나가게 해서 고타키 씨에게 보낸 일 말이에요. 물론 선생님은 본인이 쓰신 편지를 전해 달라고 하셨지만, 어르신이 시키신 거잖아요. 그러니까 설령 고타키 씨와 함께 하룻밤을 보냈다고 해도, 아니, 그렇게 오해하신다고 해도 어르신께서 화를 내시진 않을 테지요."

"엄청나게 복잡한 말이로군."

"어르신은 여자의 약점을 잘 알고 계신다는 뜻이에요."

"흠, 그래요?"

하타노는 턱을 젖히고 코를 천장으로 향했다. 실실 웃고 있다.

"어머, 뭐가 그래요예요?"

"당신이 어째서 고타키에게 달려갔는지 대충 알겠소. 나는 그때 당신이 기뻐하며 편지를 가지고 달려간 모습을 다 봤으니까. 지금 당신이 한 말을 들으니 아하, 싶구려."

"뭐, 상상은 자유지요. 어쨌거나 많이 화를 내시지는 않을 거라고 생각하는데요."

"그렇군요. 선생님은 시치미를 잘 떼시니까, 다른 남자처럼 질투에 가득 차 노발대발하시지는 않겠지."

"대신 방심할 수가 없지요. 교활하시니까, 무슨 일을 당할지 알 수 없어요. 있잖아요, 하타노 선생님, 그때는 저를 위해서 변명해 주세요."

"좋아요, 언제든지 당신 편이 되어 드리지요."

"하지만 걱정이에요. 선생님은 어르신의 오른팔이시잖아요."

"뭐, 여자한테는 다정한 편이라오."

"부탁드려요."

다미코도 조금씩 차분해지기 시작했다. 역시 이곳에 들르길 잘했다. 곧장 아자부로 돌아갔다면 침착할 수 없었을 게 뻔하다. 쭈뼛쭈뼛 겁먹으며 기토의 일갈을 두려워했으리라. 이제는 어떻게든 대담하게 행동할 수 있을 것 같은 기분이다.

탁상의 전화가 울렸다.

"바쁘신 것 같으니까 이만 실례할게요."

다미코는 그것을 기회로 의자에서 일어섰다. 하타노는 수화기를 귀에 댔다.

"네에, 맞습니다. ……엇, 뭐라고?"

하타노가 큰 소리를 냈기 때문에 출구로 걸어가던 다미코는 저도 모르게 걸음을 멈추었다. 보기 드물게 하타노가 흥분하고 있다.

"음…… 그건 언제쯤인가? ……삼십 분 전. 의사는? ……그래?"

하타노는 수화기를 한 손으로 누르고는 "다미코 씨" 하고 불렀다. "잠깐 거기 있어요."

"……."

다미코도 곧 이변이 일어났음을 알아차렸다. 하타노가 의사라는 말을 했기 때문에, 고타키의 몸에 무슨 일이 일어나기라도 했나 싶어 가슴이 두근거렸다. 곧 어젯밤의 기괴한 발소리가 떠올랐다. 그 후로 고타키는 집으로 돌아가 혼자 있었을 테니, 폭력단의 습격을 받은 것은 아닐까.

"지금 여기에 다미코 씨도 와 있네. 같이 가겠네."

하타노는 수화기를 놓고 멍하니 서 있다. 꼼짝도 하지 않고 시선을 다른 곳으로 향하고 있었다. 무서울 정도로 진지한 표정이다.

"하타노 선생님." 다미코는 두세 발짝 다가갔다. "왜 그러세요? 무슨 일 있어요?"

하타노는 주머니에서 담배를 꺼내 천천히 불을 붙였지만 잘못 본 것인지 몰라도 손끝이 가늘게 떨리고 있는 듯했다.

"저, 왜 그러세요? 걱정돼요."

하타노는 연기를 내뿜고 라이터를 주머니에 떨어뜨렸다.

"다미코 씨……. 선생님이 삼십 분 전에 쓰러지셨다는군요."

"네?" 다른 놀라움이 덮쳐왔다. 동요 속에, 어딘가 고타키가 아니라서 다행이라는 안도가 흐르고 있다. "쓰러지셨다니요?"

"음, 잠든 채로 발작이 일어난 모양이오. 한 시간 전부터 두통을 호소했다는데, 지금은 혼수 상태라고 하오."

"세상에."

"어쨌든 가 봅시다."

하타노는 그제야 풀려난 듯 움직이기 시작하더니 담배를 재떨이에 비벼 끄고는 서둘러 열쇠를 들었다. 다미코도 마음이 복잡해졌다. 기토 노인의 죽은 얼굴이 눈앞에 비쳤다.

이제 어떻게 될까? 한순간 다미코에게는 어제 기토가 그녀의 몸을 희롱할 때 상당히 무리했던 일이 떠올랐다. 그것이 발작의 원인일지도 모른다. 당시 기토는 이상할 정도로 초조해하고 있었다. 평소보다 집요했고 머리부터 땀을 뒤집어쓰고 있었다…….

두 사람은 엘리베이터를 탔다. 그들 외에는 아무도 없다.

"저기, 하타노 선생님." 다미코는 막대기처럼 서 있는 그에게 낮게 말했다. "어르신께 만에 하나 무슨 일이 생겼을 때는, 제가 생계를 꾸려나갈 수 있게 힘써 주세요. ……어르신께서도 전부터 말씀하셨으니까 부탁드려요. 설마 이렇게 빨리 용태가 안 좋아지실 거라고는 상상도 못해서 아무런 법률적인 증거도 만들어 두지 않았어요."

"유산 분배 말이오?"

"네."

"좋소. 우선 선생님의 상태를 보고 나서."

하타노는 양손을 주머니에 찔러넣고 있었다.

기토 저택의 문 안까지 택시를 타고 가서 하타노는 구두를 벗을 시간도 아깝다는 듯이 현관으로 올라갔다. 다미코도 뒤를 따랐다.

복도에서 하녀를 만났다.

"선생님의 상태는?"

"그게……" 하며 하녀는 목소리를 삼켰다.

하타노가 침실 쪽으로 성큼성큼 나아간다. 다미코도 그의 등을 쫓아갔다.

장지 앞까지 왔지만 아직 향 냄새는 나지 않았다. 하타노가 장지를 열었는데, 그의 등에 가려서 다미코에게는 기토가 누워 있는 모습이 바로 눈에 들어오지 않았다. 제일 먼저 보인 것은 의사와 간호사, 그리고 구로타니와 이곳에서 옛날부터 일했던 스미코라는 하녀의 모습이었다.

하타노가 앉자 그제야 기토의 드러누운 얼굴이 보였다. 눈을 감고 조용히 잠들어 있다. 이불이 깨끗하게 펴져 있어서 모든 것을 알 수 있었다.

하타노는 단정하게 무릎을 모으고 베개맡에 앉아, "기토 씨!" 하고 죽은 얼굴을 향해 높게 소리쳤다.

다미코도 무릎에서 힘이 빠져 그 옆에 무너지듯이 앉았다.

기토는 입을 반쯤 벌리고 있다. 다미코가 자주 보았던, 이가 없는 검은 구멍이다. 커다란 콧구멍에서 털이 삐져나와 있다. 이렇게 보니 뺨이 홀쭉해지고 지방이 없는 콧날은 뾰족해져, 단 하룻밤 자리를 비운 사이에 얼굴이 달라진 것 같았다. 죽은 이의 얼굴이란 무섭다. 뺨에는 엷게 혈색이 남아 있다.

마흔 살 정도로 보이는 의사가 조심스럽게 하타노 옆으로 다가와 "저어…… 제가 전화를 받고 달려왔을 때는 이미 의식이 없으셨습니다……" 하고 낮게 속삭였다.

하타노가 고개를 끄덕인다.

"임종은 오전 열한시 십이분입니다."

하타노가 손목시계를 보았다. 열한시 반이었다.

"하타노 씨가 오실 때까지는, 선생님을 이대로 놔두었습니다."

의사 옆에 있는 구로타니가 말했다. 구로타니의 눈이 힐끔힐끔 다미코의 옆얼굴을 훔쳐보고 있다.

"사인은 뭡니까?"

하타노가 의사에게 물었다.

"네에. ……심장마비지만, 역시 뇌연화증이라고 해야겠지요. 두통을 호소하셨던 것이 특징적인 증상입니다."

스미코라는 하녀가 이야기를 시작했다.

"방에서 신음 소리가 들려서 서둘러 와 보니 어르신께서 머리가 아프다, 머리가 아프다며 양손으로 머리를 끌어안고 계셨어요. 조금 문질러 드렸는데 점점 용태가 안 좋아져서 구로타니 씨를 부르고 당장 의사 선생님께 전화를 드렸어요."

그 후에는 울음 섞인 목소리가 되어 "그 사이에 다시 한 번 으음 하고 큰 소리를 내시는가 싶더니 순식간에 이렇게 변해 버리셨어요" 하며 옷자락을 얼굴에 가져다 댔다.

"기토 씨, 당신과도 오랫동안 알고 지냈지요."

하타노는 죽은 얼굴을 위에서 물끄러미 바라보고 있었다.

"벌써 삼십오륙 년이나 알고 지냈으니. 생각해 보면 당신에게는 신세를 많이 졌어요."

단정하게 앉아 기토를 향해 말하고 있다.

"만년에 이런 병에 걸려서 자못 분했겠지요. 참을성이 강해서 그런 마음을 별로 드러내지 않았지만요. 하지만 당신은 뜻대로 많은 일을 해 왔고 하고 싶은 일도 마음껏 했으니, 남자로서도 만족스러웠을 겁니다. ……오랫동안 수고 많으셨습니다. 조용히 잠드십시오."

하타노는 합장했다. 다미코도 역시 견딜 수 없게 되어, 기토의 손을 이불에서 꺼내어 꽉 잡았다. 차가웠지만 아직 부드럽다.
"어르신, 죄송해요. 제가 자리를 비운 사이에 이렇게 되어서…… 이렇게 되어서."
다미코는 울며 엎드렸다. 슬픔은 논리를 초월하는 법인가 보다. 기토에게 애정 같은 것은 갖고 있지 않았지만 죽었다고 하니 역시 불쌍하다. 하타노의 말처럼 자기 하고 싶은 일만 실컷 해 왔음은 틀림없지만, 노인은 가족도 없이 고독하게 죽었다. 엄청난 권력을 가졌던 사람이라고 해도 결국은 비좁고 초라한 집에서 죽는 노인과 다를 바 없다.
의사가 돌아간 후, 다미코는 뜨거운 물로 기토의 몸을 깨끗하게 닦았다. 발끝에는 희미하게나마 사후 경직이 나타나기 시작했다. 갈비뼈가 튀어나온 가슴, 주름지고 움푹 꺼진 배, 살이 빠진 허벅지, 하나하나가 다미코의 기억으로 이어진다.
하타노도 함께 도왔다. 그는 나무아미타불, 나무아미타불, 하고 가끔 중얼거리면서 노인의 시체를 안다시피 해서 닦고 있었다. 다미코는 도저히 그렇게까지 할 기분은 들지 않았다. 오히려 하타노 쪽이 죽은 사람의 아내 같다. 하타노에게 안겨, 기토의 얼굴은 고개를 끄덕끄덕하는 것처럼 흔들리고 있었다.
구로타니는 부근에 모습을 나타내지 않았다. 장례식 준비라도 하고 있는 모양이다.
새 이불을 꺼내어 시체를 눕히고 하얀 천으로 얼굴을 덮은 후 베개에 선향을 피우자, 기토는 완전히 죽은 사람의 모습이 되었다.

어느샌가 구로타니가 들어와 하타노에게 전화로 알릴 곳이 어딘지 묻고 있다. 둘은 방구석에 모여 두런두런 이야기를 시작했다.

기토 고타는 죽었다―.

오늘 밤부터 내일까지 조문객이 쇄도할 것이 틀림없다. 그 후, 어떻게 될까. 분명히 일본 정계나 재계의 검은 이면에 큰 구멍이 뚫렸다고 할 수 있다. 기토의 얼굴에 하얀 천이 덮이고 나니 더욱 실감이 났다.

다미코는 하타노가 구로타니에게 뭔가 낮은 목소리로 지시하는 모습을 보면서, 이번에는 이 사람이 그 구멍을 메우는 것일까 하고 생각했다. 아까 기토의 시체를 안다시피 하며 닦던 하타노의 우정 어린 모습이 떠오른다.

하타노는 베개맡에 앉아 기토의 죽은 얼굴을 향해 말했다.

'당신과 오랫동안 알고 지냈지요. 삼십오륙 년이나 알고 지냈으니.'

삼십오륙 년······.

다미코는 그때가 쇼와 이삼 년1927~28년 무렵에 해당한다는 사실을 깨달았다.

이상하다. 기토와 하타노의 교류는 전쟁중, 만주 부근에서 시작되었다고 언젠가 들었다. 소위 말하는 만주 사변이 일어난 것은 쇼와 6년이다. 중일 전쟁이 12년, 제2차 세계 대전이 16년이다.

고타키의 말이 진실이라면 두 사람은 대륙에서 활동하기 이전에 서로 알고 있었던 셈이 된다. 일본에 있었을 때가 틀림없다. 그렇다면 두 사람은 만주에서 가까워진 것이 아니라 그전부터 교제가 있었으며, 만주 사변 후에 서로 손을 잡고 건너갔다고 볼 수 있다.

두 사람의 수법으로 보아 일본에 있을 무렵의 교류 역시 어두운 그림자에 덮여 있었으리라. 하타노는 기토의 죽은 얼굴을 향해 무심코 사실을 흘린 것이다.

다미코는 이 점도 한번 하타노에게 물어보아야겠다고 생각했다.

부엌으로 가자 하녀들이 술집에서 술을 받아오거나 손님에게 낼 음식을 만드느라 난리였다. 다미코는 방으로 들어가 기모노로 갈아입었다.

'이제 내일이라도 이 집을 나가야 해. 하타노 씨에게는 부탁해 두었지만 잘 처리해 줄까? 노인에게는 아내가 없고, 아이도 없어. 이 집의 재산이 얼마나 되는지 모르겠지만, 아무리 적어도 이삼 억은 될 것 같은데. 정재계의 이면에서 손을 뻗어 꽤 많이 모았을 거야. ……설마 친척이 줄줄이 나선다거나 하는 일은 없겠지.'

이렇게 빨리 기토가 죽을 줄 알았다면 유언장이라도 확실하게 받아 둘걸 그랬다. 노인의 말투로 보아서는 요정이라도 열어 줄 분위기였으니 큰맘 먹고 받아낼걸. 공연히 시간을 끌면서 더 큰 이익을 꾸민 것이 잘못이다…….

기모노로 갈아입고 복도로 나가자 맞은편에서 하타노가 걸어오고 있었다. 다미코를 보더니 "잠깐" 하고 눈짓으로 부른다.

하타노는 주위를 두리번두리번 둘러보더니 바로 옆 방이 비었음을 확인하고 다미코를 그리로 끌고 들어갔다. 선 채로, "기토 씨의 죽음은 아무래도 정신적인 충격이 원인인 모양이오" 하고 말했다. "당신이 하룻밤 집을 비운 일이 힘들었던 게 아닐까?"

"설마요. 어르신도 반쯤 예상하고 계시던 일이에요."

"당신은 뻔질나게 그런 말을 하지만 노인은 질투가 심하니 밤새도록 초조해했을 게 틀림없소. 그게 쇼크가 되어서 세상을 뜨지 않았나 싶소만?"

"그런 말씀 하지 마세요……."

"의외로 그럴지도 몰라요. 그날 낮에 당신은 선생님한테 꽤나 귀여움을 받았던 모양이던데. 그것도 노인에게는 무리였겠지."

"자꾸 이상한 말씀만 하신다. 꼭 제가 어르신을 죽였다는 말 같잖아요?"

"앗하하하."

하타노는 웃으며 말없이 장지를 열고 나갔다. 아까 죽은 사람의 베개맡에서 탄식하고 있었을 때와는 무척 다르다. 기토가 죽고 힘이 많이 빠졌을까 봐 걱정했는데 전혀 그렇지 않았다.

그 뒷모습이 사라진 순간, 다미코는 어젯밤에 고타키에게 건넨 하타노의 편지와 심야에 걸려 온 전화를 떠올렸다.

밤이 깊어지니 조문객이 속속 찾아왔다. 이 무렵 늘 어둡게 해 두던 현관에는 환하게 불이 켜지고 문도 밤새도록 열어 두기로 했다.

현관 옆에는 젊은 사람들이 십여 명 모여 경비를 맡고 있다. 늘 구로타니 일당이 모였던 별동을 대기실로 쓰는데, 마치 XX조직이라는 이름이 붙을 법한 풍채다. 아직 새것 냄새가 나는 감색 시루시반텐옷깃이나 등에 옥호, 가문(家紋) 등을 희게 나타낸 기모노의 윗도리까지는 입지 않았다. 다만 젊은이가 타고 온 소형 트럭 중 한 대에 '동도건재'라는 이름이 씌어 있던 것을 보았다.
 어차피 야단스러워질 터라고는 예상했지만 아직 장례식의 수순도 정해지지 않은 사망 직후부터 삼엄한 분위기였다.
 전화로 알린 데는 고인과 친한 곳뿐이다. 급히 달려왔다는 기세로 자동차가 자갈을 밟으며 끊임없이 들어온다.
 그 뒤를 따라 신문사 사람도 기삿거리를 찾으러 왔는데 이들에게는 하타노가 나서서 증상의 경과 등을 설명했다.
 어떠한 사람이고 이름은 무엇인지 다미코는 조문객을 전혀 구분할 수 없었다. 유체는 노인의 방에 그대로 안치되어 있고 거기에는 하녀는 물론 다미코도 가까이 갈 수 없었다. 베갯맡에는 하타노가 장례식 위원장인지 유족인지 모를 모습으로 앉아 사람들의 인사를 받고 있다. 손님을 위해 다른 방에는 테이블을 늘어놓고 우선 일본주나 양주, 안주 등을 준비해 두었다.
 다미코는 그쪽을 거드느라 바빴다.
 "저는 어떤 옷차림을 하면 되나요?" 하고 하타노에게 묻자, "오늘 밤은 평상시대로 하면 돼요. 뭐, 아무것도 모르는 얼굴을 하고 있으면 되오" 하는 대답이 돌아왔다.
 그래도 조문객들은 다미코의 얼굴을 뚫어져라 보았다. 누군가가 험담을 하는 것 같아서, 다미코는 가능한 한 그 시선을 피하려고 했다. 손님은 대부분 나이 지긋한 사람이고 젊은 사람은 적었다. 모두 사회적으로 지위가 있어 보이는 훌륭한 옷차림이다.
 아홉시가 지나자 다미코도 본 적 있는 사람이 왔다. 언젠가 병원에 문병을 왔던 경찰의 '높은 양반'이다. 물론 양복 차림으로, 자동차 안에는 수행원이 세 명 정도 남아 있었다. 그 사람은 하타노를 만나 정중한 애도의 말을 늘어놓았지만 십 분도 머무르지 않고 재빨리 물러갔다.

다미코는 '높은 양반'이 하타노와 하는 이야기를 얼핏 들었다.

"훌륭한 선생님이셨지요. 어쨌거나 한 시대를 만드셨으니까요."

"그렇습니다. 돌아가시고 보니 얼마나 훌륭한 분이셨는지 알겠습니다" 하고 하타노가 대답한다.

"실제로 선생님의 죽음으로 한 시대가 끝났다는 느낌이군요."

"이로써 전후 시대의 한 부분이 일단락된 거지요."

하타노가 그런 말을 하며 가볍게 웃고 있었다.

"장례식 위원장은 하타노 씨가 맡으셨습니까?"

그 조문객이 물었다.

"아니, 저는 그런 일을 맡을 수 있는 성격은 아니라서······. 다른 분께 부탁하기로 했습니다."

"아아, 그렇습니까."

다미코도 장례식 위원장은 누구일까 짐작해 보았다. 물론 인재는 부족하지 않다. 노인은 정치가도, 재계인도 거물만 알고 있었으니까.

베갯맡이 꽃으로 파묻힐 줄 알았는데 그날 밤에는 의외로 적었다. 하기야 장례식 당일이 되지 않으면 알 수 없다. 언젠가 동네의 폭력단 두목이 죽었을 때 그 집에서 두 블록 정도 떨어진 길 양쪽까지 줄을 지은 화환을 보고 호화로운 장례식이라고 생각한 적이 있다. 기토의 경우는 그것과 비교도 되지 않으리라. 어쩌면 아자부의 고지대에 있는 이 집에서 언덕길을 내려가 전철이 다니는 길까지 넘쳐날지도 모른다. 각 화환에는 각계를 대표하는 유명인이나 회사, 단체 등의 이름이 내걸릴 것이 틀림없다.

기토의 재산은 누가 관리하고 처분할까. 유족이 없으니 당연히 하타노가 중심을 맡을 터였다. 하지만 하타노의 독단으로 처리할 수도 없으리라. 아마 몇 사람의 합의로 정해지지 않을까. 지금 시신이 누워 있는 방에 모인 네다섯 명 정도가 그 당사자로 뽑힐 듯하다.

그만큼 하타노에게 부탁해 두었으니 유산을 잘 분배해 줄 거라고 다미코는 믿었다. 아무리 합의제로 처리된다고는 해도 하타노의 존재는 크다. 노인의 심복 부하였고 모든 일에서 노인의 상담역이기도 했던 사람이다. 말하자면 비서 이상의 인물이다. 하타노의 발언에는 다른 사람도 이의를 제기할 리 없다.

이쪽도 그만큼 받을 권리는 있다. 무엇 때문에 그런 할아버지에게 몸을 장난감으로 내 주었던가. 그 사실은 하타노가 가장 잘 알고 있다. 그는 다미코의 입장을 이해하는 사람이다. 나쁘게 처리할 리 없다. 게다가 그에게는 의리가 있다. 지금까지의 기토와 하타노의 사이도, 우정과 의리, 인정을 아는 세계였던 것 같다.

이 집에 재산이 얼마나 있는지는 모르지만 다미코는 그중 십 분의 일이라도 받고 싶었다. 유족이 없으니 하타노의 재량으로 유산이 어떻게 처리될지는 알 수 없다 해도 다미코를 위해서 그 정도는 나눠 주지 않을까.

다미코의 공식적인 입장은 첩과 하녀, 그 어느 쪽도 아니었지만 실질적으로는 기토의 첩이나 마찬가지였다. 이는 하타노에게 주장할 수도 있다.

하타노는 거의 노인의 방에만 들어앉아 있었다. 다미코도 음식 준비에 쫓겨 하타노와 얼굴을 마주할 기회가 없었다. 조문객은 계속해서 늘어났다.

유족이 없는 집이란 어딘가 마음 편한 데가 있는지 분향을 하고 다른 방으로 물러난 손님들도 담소를 나누고 있다. 들어 보아도 시답잖은 내용뿐이라, 그 사람들이 어떤 신분인지 다미코로서는 판단이 가지 않았다. 즉 각자 자신의 내력이 이곳 하녀나 얼굴을 모르는 손님에게는 절대로 알려지지 않게 주의하고 있는 것이다.

밤이 깊어감에 따라 조문객이 줄어들어 간다. 나중에 온 사람도 시간을 생각해 곧 돌아갔다.

그 무렵 장례식 예정이 큰 종이에 적혀 현관에 나붙었다. 거기에는, 날짜가 바뀌었으니 오늘이 되는데, 오늘 오후 세시부터 화장, 오늘 밤이 경야經夜, 내일 오후 두시부터 도내 모 장례식장에서 고별식을 한다고 적혀 있었다.

화장터로 실려가기 전 노인의 유체를 방에서 마지막으로 대면하게 되었다. 이때는 다미코도 다른 고용인들과 함께 시체의 얼굴을 바라볼 수 있었다. 관 뚜껑을 닫기 전에 들여다보았는데, 이미 기토의 피부는 검었다. 살짝 벌어진 입술 사이로 이가 없는 검은 구강이 엿보이고 시커먼 콧구멍이 벌어져 있고 안구도 뺨도 푹 패어 있었다.

지금까지 다미코가 익숙하게 보아 온 얼굴과 피부였지만, 이제는 그저 하나의 사물일 뿐 인간과는 멀리 떨어진 존재가 되었다. 다미코의 마음도 더 이상 그에게 닿지 않는다. 어설프게 친했던 만큼 오싹한 얼굴이다.

다미코의 기억에 있는 죽은 이는 이것으로 두 번째다. 한 사람은 남편이었다. 자신이 죽인 셈이나 마찬가지로 그 얼굴도 반쯤 불에 타서 시커멨다. 그러나 관에 넣을 때는 역시 눈물이 났다. 후회 때문이 아니라 육친과 마찬가지로 '작별'의 슬픔이다. 그만큼 죽은 간지에게는 오랜 시간에 걸친 부부의 애정이 뿌리 깊게 남아 있었다.

다른 사람이 보면 얼굴을 돌릴 법한 간지의 죽은 얼굴에는 눈물이 났는데, 깨끗한 얼굴의 기토에게 아무런 슬픔도 솟지 않았던 까닭은 노인에게 귀여움을 받았어도 다미코에게 애정이 없었다는 증거이리라. 기토에게 있어 다미코는 그저 늙어빠진 몸이 가지고 논 장난감에 지나지 않았다.

변태 영감, 하고 다미코는 속으로 기토를 욕했다. 어쩌다가 스스로도 생각지 못한 거물이 된 기토지만, 여자의 눈으로 보면 아주 칠칠치 못한 남자였다.

화장터로 가는 영구차에는 모르는 남자가 탔다. 다미코는 동승하지 않았다. 하타노도 남아 있었다. 화장터에 따라가는 예의보다 뒤처리를 하는 실무가 중요할 터였다.

수행하는 차가 네다섯 대 정도 따른다. 따라가는 자동차에는 다미코가 아는 얼굴이나, 처음 보는 남자들이 타고 있었다. 하나같이 모닝 슈트 차림이지만 나이 지긋한 사람들뿐이었다. 어느 얼굴에도 죽은 사람에 대한 슬픔은 없다. 적당히 대접받은 술을 마시고 취해서 붉어져 있을 뿐이다. 죽고 난 후에야 기토의 고독을 알 수 있었다.

영구차 대열이 떠난 후에는 집 안에도 폭풍이 지나간 후처럼 고요함이 돌아왔다. 화장터에 가지 않은 손님은 방 세 개 정도에 자리를 잡고 술을 마시고 있다. 샤미센이라도 뜯을 듯한 떠들썩한 분위기다. 기토 노인의 죽음을 애도하는 사람은 한 명도 없음을 알 수 있었다.

그러고 보니 기토가 병원에 들어가 있을 때와 죽은 직후에 문상을 온 경찰의 높은 사람이 전혀 보이지 않는다. 또 화환은 보냈지만 이름난 공공 단체의 임원이나 회사 사장도 아직 얼굴을 보이지 않고 있다. 내일 열릴 장례식에는 오겠지만, 원래 같으면 생전의 교류를 보아 출관 전쯤에는 잠깐 모습을 보여도 좋을 텐데. 오늘 밤이 경야지만 그들이 올지 어떨지도 의심스러웠다. 사람은 죽으면 손해다.

한바탕 소동이 가라앉았기 때문에 어디에선가 몸을 쉬고 싶었지만 이렇게 되니 자신의 입장을 새삼 알게 되었다. 즉 이제 와서 하녀들과 함께 있기도 싫고, 그렇다고 해서 늘 자신이 자던 방에 들어가기도 애매한 상황이었다.

무엇보다 그 방은 손님들이 점령한 상태다.

원래 같으면 거실 쪽으로 들어가겠지만, 그곳에서도 기토와 친교가 있던 사람들이 자기 방인 양 술을 마시고 있어서 앉을 수도 없다. 게다가 모든 손님들이 의미심장한 시선을 다미코에게 보내고 있다. 넓은 집 어디에도 다미코는 몸을 둘 곳이 없었다.
 노인이 살아 있는 동안에는 '애인'이지만, 죽고 나면 옛 하녀에 불과하다는 것이 그녀의 현재 위치다. 새삼 절실하게 몸에 전해져 온다.
 '일찌감치 하타노 씨한테 유산에 대한 약속을 받고 이 집에서 나가야겠어.'
 그때까지는 불쾌하지만 참아야 한다. 약속도 받아내기 전에 이곳을 나가면 지는 거다.
 다미코는 부엌에서 하타노가 복도로 나오는지 살피고 있노라니 마침 하타노가 혼자서 불쑥 나왔다.
 "하타노 선생님" 하고 다미코는 작게 말했다. "잠깐 이야기 좀 하고 싶은데요······."
 하타노는 눈썹을 찌푸리며 주위를 둘러보았지만 손님들이 어슬렁거리고 있었기 때문에, "어딘가 이야기할 곳은 없을까?" 하고 혼자서 중얼거렸다.
 "저 다실이 좋겠어요. 거기라면 아무도 오지 않으니까."
 "다실이라."
 왠지 모르게 내키지 않는 얼굴이다.
 "중요한 이야기예요. 이야기할 곳은 거기밖에 없어요."
 다미코는 작은 목소리로 바쁘게 재촉했다.
 하타노도 어쩔 수 없었는지 다미코의 뒤를 따라왔다. 기운이 없어 보인다. 기토를 잃은 충격은 역시 감출 수 없나 보다. 노인이 죽은 직후에는 하타노도 태연한 얼굴을 가장하고 있었지만 뒷배를 잃은 충격이 점차 나타나는 모양이다.
두 사람은 덧문 한 장만 열어 둔 다실로 들어갔다. 양쪽 다 앉지도 않고 선 채다.
"저기, 하타노 선생님, 그쪽은 괜찮겠지요?"
"알고 있소, 알고 있소. 내 가슴에 틀림없이 담아 두었어요."
하타노는 귀찮다는 듯이 고개를 끄덕였다. 이곳까지 데리고 들어온 용건이 역시 그거냐며 지긋지긋해하는 표정이다.
"선생님은 제가 집요하게 군다고 짜증을 내시겠지만, 저도 심각해요."
"어차피 장례식이 끝난 후의 일이지요."
하타노는 다른 일이 신경 쓰이는지 침착하지 못하다.
"믿어도 되지요? 제 입장도 되어 보세요. 지금까지 대체 뭣 때문에 바보처럼 굴어 왔는지도 모르겠단 말이에요."
"알겠소. 어쨌든 맡겨 줘요. 성의를 갖고 해결할 테니."
하타노는 안절부절못했다.
"무슨 일 있으세요?"
다미코는 그제야 그의 안색이 나쁜 것을 알아차렸다.
"아니, 이상한 사람 세 명이 섞여 들어왔다고 해서."
"세 명?"
"현관에서 본 사람이 그렇게 말하더군."
하타노가 처음으로 보인 동요였다. 여지껏 능청스러운 표정만 보이던 그가 지금은 눈알이 튀어나올 듯이 눈을 부릅뜨고 입술을 깨물고 있다. 이마에 핏줄이 솟고 식은땀이 배어나오고 있었다.

"짚이는 데라도 있으세요?"

다미코는 낮게 물었다.

"……아니, 없소."

하타노는 헛소리처럼 중얼거렸지만 어미가 분명하지 않았다.

그 말을 마지막으로 하타노는 다미코에게서 떨어져 앞장서서 걸어갔다. 다미코는 하타노가 이렇게까지 당황하는 모습을 본 적이 없었다.

다미코는 부엌으로 돌아갔다. 여섯시쯤에는 경야 손님이 오기 때문에 그 준비로 바쁘다. 하지만 마음은 다른 곳에 가 있었다. 일을 해도 손에 잡히지 않는다.

'그렇지, 오늘 밤 경야에 고타키가 올 거야.'

고타키가 오면, 그 희망이 약간이나마 침착함을 되찾게 해 주었다. 모든 것을 그에게 털어놓고 앞으로의 일에 대해서도 상의하자. 무엇보다 고타키의 얼굴을 볼 수 있다는 사실이 구원이 되었다.

여섯시가 지나자 경야 손님이 속속 들어온다. 돌아온 유골 앞으로 손님을 안내하는 일은 다른 하녀에게 전부 맡기고 다미코는 밖으로 나가지 않았다. 이제 와서 애쓸 필요 없다는 기분이 들었다.

손님 대부분이 삼십 분 정도 하타노와 잡담을 하고 나면 재빨리 돌아갔다. 예상했던 대로, 별실에 준비된 테이블 앞에 자리를 잡고 앉아 느긋하게 술을 마시는 사람은 없었다. 왠지 정신없는 경야다.

다미코가 부엌에서 술을 데우고 있는데, 갑자기 누군가의 고함 소리가 등 뒤에서 들렸다. 처음에는 사람들이 많이 와 있어서 그 목소리도 신경 쓰지 않았지만 사람들이 바쁘게 달려가는 소리를 듣고 얼굴을 돌렸다.

한 하녀가 다미코에게 달려왔다.

"큰일났어요. 하타노 선생님이 다실에서 피투성이가 되어 쓰러져 있어요."

5

다미코는 어떻게 기토의 저택을 뛰어나왔는지 기억하지 못한다.

그야말로 몸에 걸친 옷 말고는 아무것도 없었다. 기억하는 것은 뒷문으로 뛰어나와, 정문 쪽 도로에서 지나가던 택시를 세운 일이다.

기사에게 행선지를 말하고 나서야 비로소 안도했다. 뒷문으로 나오는데 정체를 알 수 없는 놈들이 당장이라도 어깨를 붙잡을지도 모른다는 불안 때문에 정신이 하나도 없었다.

하타노가 살해당했다는 사실을 알았을 때, 그녀에게는 공포가 앞섰다. 이제 욕심도 계산도 없다. 다음은 자기 차례라는 기분이 들었던 것이다.

그래서 하타노의 시체도 보지 않았다. 그 자리에 있던 남자들이 다실로 허둥지둥 달려가는 모습이 시야 끝을 스쳤을 뿐이다. 그 혼잡이 무서웠고, 소동을 틈타 어디로 납치될지 알 수 없다고 생각했다. 무아지경으로 택시로 도망쳐 들어갔다. 이렇게 되면 기토의 유산이고 뭐고 필요 없다.

거리의 불빛은 이 모든 일과는 상관없이 눈부셨다. 내린 곳은 아카사카였다. 다미코는 고타키의 맨션 안으로 뛰어 들어갔다. 뒤에서 누군가 쫓아오는 듯한 느낌이 들어서, 빨리 고타키의 집으로 뛰어 들어가려다가 앞으로 고꾸라질 뻔했다.

고미술상 간판이 달린 문 앞에 와서, 앗 하고 놀랐다. 손잡이에 '폐점' 푯말이 걸려 있다.

그러나 물러날 수는 없다. 고타키가 안에 있을지도 모른다. 다미코는 문을 노크했다. 몇 번이나 격렬하게 두드렸다.

"누구세요?"

갑자기 문 바로 옆에서 목소리가 튀어나와 깜짝 놀랐다. 처음으로 알았는데, 인터폰이 달려 있었다. 요전에 왔을 때는 없었던 것이다.

다미코에게는 고타키까지 갑자기 조심스러워진 듯 느껴졌다.

"나예요."

다미코는 인터폰을 향해 목소리를 불어넣었다.

"지금 문을 열게."

달칵 하고 스위치가 끊기는 소리가 나고, 잠시 침묵이 흘렀다. 그 시간이 몹시 지루하게 느껴진다. 이렇게 복도에 서 있는 동안에도 구로타니 같은 남자가 붙잡으러 올 듯한 기분이 들어서 견딜 수가 없다.

문이 살짝 열렸다. 내다보는 한쪽 눈은 고타키의 것이었다. 그가 꼼꼼하게 확인하듯이 그녀를 바라보고 있다.

다미코는 빨리 열라고 소리쳤다. 고타키가 그녀를 집 안으로 끌어당겼고, 안으로 들어가 소파에 털썩 주저앉았을 때는 솔직히 살았다는 기분이 들었다. 고타키가 문을 신중하게 잠그고 있다.

이곳은 가게 상품을 놓아 두는 공간이었을 텐데, 불이 꺼져 있어서인지 살풍경했다. 아니, 어둡기 때문이 아니다. 텅 비어 있다.

다미코는 어둠 속을 빤히 바라보았다. 넓다. 아무것도 없다. 요 전까지는 여기저기에 석불과 나무 불상이 늘어서 있고, 사방의 벽에 액자가 걸려 있었는데 지금은 하나도 없었다. 고타키가 영업용으로 쓰던 책상도 없고, 출퇴근하는 여직원이 앉아 있던 작은 책상도 없다.

다미코는 불안을 잠시 잊고, "어떻게 된 거예요, 여기?" 하고 옆으로 온 고타키에게 물었다. 고타키는 아직 실내복으로 갈아입지 않았다.

"팔았어."

고타키는 낮게 대답했다.

"네? 전부 팔렸어요?"

"팔았어. 이제 귀찮아져서. 장사는 그만뒀어. 여기에 있던 물건들은 원가의 절반 이하로 전부 팔아치웠어."

왜 장사를 그만뒀느냐고 물으려다가 말았다. 하타노가 살해된 일과 관계가 있을지도 모른다고 생각했다.

"고타키 씨." 다미코는 소파에서 다시 일어서서 그의 어두운 얼굴을 향해 말했다. "하타노 선생님이 살해되었어요."

고타키가 깜짝 놀랄 줄 알았는데 의외로 "알고 있어" 하고 낮게 말했다.

"네? 벌써 알고 있어요? 하지만 내가 저택을 뛰어나온 건 하타노 선생님이 살해된 직후였어요. 시체도 보지 못했는데."

"연락이 왔거든, 전화로."

"……."

"당신이 오는 것보다야 전화가 빠르지."

다미코는 몸이 떨리기 시작했다. 눈에 보이지 않는 실이 아직도 기토의 집에서 전파처럼 사방팔방으로 나오고 있다. 말할 수 없는 불안이 몸을 스쳤다.

"누가 죽인 거예요? 그것도 알고 있어요?"

"대충 짐작은 하고 있어."

"설마" 하고 그녀는 헐떡였다. "설마 구로타니는 아니겠지요?"

"그렇지 않아." 고타키는 분명하게 부정했다. "하지만 가까운 선이야."

"누구예요, 말해요!"

"당신이 모르는 사람이야. 아니, 얼굴 정도는 보았겠지만 이름은 모를 거야."

"늘 오곤 했던 사람들인가요!"

"그렇겠지. 지금 몇 시지?"

"여덟시 사십분이에요."

"아홉시에 텔레비전에서 뉴스를 하니까. 그걸 보면 분명히 알 수 있겠지."

"그렇게 빨리 범인을 알아냈단 말이에요?"

"뭐, 보면 알 거야."

뉴스가 시작되기까지의 이십 분은 길었다. 고타키는 찬장에서 위스키 병을 꺼내고 잔을 두 개 놓았다.

"생각해 봐야 소용없어."

고타키는 투명한 황갈색 액체를 잔 두 개에 나누어 따랐다.

"왠지 고타키 씨까지 무서워지는 것 같아요."

"어째서?"

"벌써 범인까지 짐작하고 있잖아요."

"그 정도는 알지. 이곳으로 연락한 놈이 있으니까."

연락할 사람이라면 기토의 저택 안에 있던 사람밖에 생각할 수 없다. 현장에 있던 사람이 아니라면 알 수 없는 사실인데, 이렇게 빨리 고타키에게 알리다니. 누군지 짐작이 가지 않는다. 모든 상황이 상식을 뛰어넘고 있었다.

"하타노 씨도 불쌍하지."

고타키는 다미코가 앉아 있는 소파 끝에 걸터앉았다. "내일은 기토 씨의 장례식이야. 다음에는 하타노 씨의 장례식이 있겠지. 기토 저택에 가는 조문객도 바쁘겠어."

그는 눈썹을 찌푸리고 가라앉은 표정으로 위스키를 마시고 있다. 소파 위에 앉은 채 어깨도 움직이지 않고 손끝만 움직여 잔을 입으로 가져간다.

"당신도 마셔."

"네, 고마워요. ……저기, 고타키 씨."

다미코가 말을 걸려고 한 순간, "잠깐만. 아홉시야. 텔레비전을 켜" 하고 고타키가 명령했다.

다미코도 뒷말을 삼키고 구석에 있는 텔레비전 앞으로 갔다.

처음에는 정계의 뉴스로, 재미고 뭐고 하나도 없었다. 다미코는 그 사이에 목에 걸려 있는 말을 꺼내려고 했지만, 고타키가 너무나도 진지하게 화면을 바라보고 있어서 입을 다물었다. 화면은 장관이 하네다를 출발하는 장면으로 전송하는 사람들의 재미없는 광경이 길게 이어졌다.

그 뉴스가 끝나자마자, 사진이 아니라 자막만 있는 화면이 흘러나왔다.

"오늘 오후 일곱시 반 경, 도쿄 아자부의 고故 기토 고타 씨의 집에서 기토 씨의 친구였던 하타노 시게타케 씨가 단도에 심장을 찔려 살해되었습니다. 범인은 한 시간 후에 근처 경찰서에 자수했는데, 오사카의 일용직 노동자로 자신의 이름은 가와카미 긴조(25)라고 진술했습니다."

자막과 함께 아나운서의 목소리가 흘러나온다.

"하타노 씨가 기토 씨의 측근이었던 점을 이용해 여러 가지 악행을 저질러서 평소부터 분개하고 있었는데, 기토 씨가 사망했기 때문에 과감하게 하타노 씨를 찔렀다고 합니다. 그러나 범인이 흥분한 상태라 경시청에서는 차분해지기를 기다려 자세히 취조하겠다고 발표했습니다."

상관없는 화면으로 바뀌었다.

다미코는 스위치를 끄고 고타키가 앉아 있는 옆으로 돌아갔다. 고타키는 팔꿈치를 짚고 턱을 받치고 있다. 눈은 꺼진 텔레비전을 공허하게 바라보고 있었다.

겨우 몇 시간 전에 살아 있는 하타노밖에 보지 못한 다미코에게는 뉴스가 현실과 맞지 않는다. 뒤죽박죽이고 아직 실감이 나지 않았다.

모든 것이 그녀의 감각 밖에서 일어나고 있다. 기토의 죽음이 이렇게나 숨가쁜 변화를 일으키리라고는 상상도 못했다.

"범인은 오사카의 일용직 노동자라고 했지만, 사실은 어느 폭력단 조직의 사람이고 윗사람의 부추김을 받아서 하타노 씨를 죽인 거지요?"

다미코는 옆에 무뚝뚝하게 앉아 있는 고타키에게 물었다. 아직 심장 박동이 가라앉지 않았다.

"그렇겠지. 진짜 범인은 뒤에서 팔짱을 끼고 구경하고 있을 거야."

고타키는 낮고 쉰 목소리로 말했다.

"그 사람은 누구예요?"

"모르지."

"할아버지가 죽고 나서 아직 장례식도 치르기 전에, 왜 그런 짓을 한 걸까요?"

"어지간히 급한 사정이 있었나 보지."

고타키가 시선을 잔으로 내리깔았다.

"진짜 범인은 누구예요?"

"대충 짐작은 가."

그는 불안한 표정으로 어두운 가게 쪽을 보았다. 마치 입구의 문이 잠겨 있는지 확인하는 것처럼 보인다.

"왜 그래요?"

"아니, 아니야."

고타키는 잔에 남은 위스키를 들이켰다.

갑자기 전화벨이 울렸다. 다미코는 저도 모르게 심장을 움켜잡힌 듯한 기분이 들었다.

그전의 심야에 걸려온 전화와 달리, 이번에는 고타키가 기다리고 있었다는 듯이 수화기를 들어올렸다. 상대방의 목소리만 들으면서 흠, 흠, 하고 대답한다. 긴장한 표정이다.

"알았어. 정말 고맙네."

통화는 일 분도 걸리지 않았다. 고타키는 초조해하며 담배에 불을 붙였다.

"왜 그래요?"

다미코는 계속 서 있는 고타키를 올려다보았다. 심장 박동이 온몸에 울려퍼지는 것 같다.

"여기서 나가지." 고타키가 말했다.

"당장."

"어디로 갈 건데요?"

"오늘 밤은 다른 데서 잘 거야. 여기에 있는 게 위험해졌어."

고타키는 옷장 안에서 소형 슈트 케이스를 꺼내더니 재빨리 속옷, 와이셔츠 등을 쑤셔 넣기 시작했다.

지금 온 전화도 그렇고, 요전에 왔을 때의 전화도 그렇고, 고타키는 끊임없이 누군가와 연락을 취하고 있는 모양이다. 상대는 역시 기토 저택 안에 조문객으로 숨어 들어가 있는 남자 같다.

물론 다미코도 아까부터 그다지 좋은 기분은 아니었다. 고타키의 재촉을 받으며, 준비가 다 된 그와 함께 집을 나섰다. 그녀는 텅 빈 가게 안을 보고 고타키의 재빠른 처분에 감탄했다. 사전에 하타노가 살해당할 것을 알고 있지 않았나 싶을 정도다. 누군가에게 몰래 들었던 건 아닐까.

이번에는 그와 함께이니 이곳에 올 때와 달리 계단을 내려가면서도 아까만큼 무섭지는 않았다. 하지만 당장이라도 이곳을 덮치러 오는 놈들과 도중에 딱 마주칠 것만 같아서 오싹하긴 하다.

고타키가 택시 기사의 귀에 대고 작게 행선지를 말했기 때문에 다미코는 그가 자신을 어디로 데려가는지 알 수 없었다. 그러나 그와 함께라면 크게 불안하지는 않다.

"어디로 가요?"
"다른 여관이야. 이삼일은 저곳을 비워 두어야 해."
"대체 어떻게 된 거예요? 아까 그 전화는 뭐예요?"
"경시청이 현장을 덮쳤대."
"네? 아자부를요?"
"하타노 씨 살해와는 별건의 수사야. 경찰은 기회를 기다리고 있었거든. 기토 씨가 죽었으니 당장 일을 벌인 거야."
"전부터 경시청이 그곳에 눈독을 들이고 있었다고는 들었는데, 할아버지가 살아 있을 때는 그렇게 조심스러워했나요?"
"그야 그렇지. 전에 이야기했다시피 기토 씨가 눈을 시퍼렇게 뜨고 있는 동안에는 아무리 경찰이라도 손을 댈 수 없었던 거야."

차는 다마가와 강변으로 나갔다. 다리를 하나 건너면 가나가와 현의 노보리토 부근이 나온다. 불빛이 어두운 수면에 비치고 있다. 강을 따라 왼쪽으로 가자 한쪽에 요릿집 간판 등을 내건 집들이 늘어서 있었다.
"여기서 내려 주시오."
고타키는 어느 집 문 앞에서 차를 돌려보냈다. 다미코는 말없이 그의 뒤를 따라갔다. 검은 담장에 대문이 있고 후미진 현관까지는 돌이 깔려 있었다. 옆에 세워진 낮은 석등롱에는 불이 켜져 있고 파란 풀이 하얗게 떠올라 보인다. 손님을 맞으러 나온 종업원에게 고타키가 뭐라고 말한다. 종업원의 안내를 받으며 현관 옆으로 돌아 들어가 별채 앞으로 나왔다. 격자문을 열고 안으로 들어가자 세 평 정도 넓이의 방이 있다. 도코노마나 테이블 등 모든 것이 비좁게 만들어져 있고, 집도 낡았다. 건물 옆은 정원인 듯했다.
종업원이 차 도구를 가지러 돌아간 사이에 다미코는 주위를 둘러보고, "뭐예요, 여기. 여자를 데리고 오기 위한 여관 아니에요?" 하며 고타키를 비난하듯이 바라보았다.
"이런 곳이 오히려 안전해. 이삼일은 섣불리 도심에 들어갈 수 없다고."
"이런 집을 용케 알고 있네요?"
"그냥."
고타키는 눈을 가늘게 떴다. 표정으로 미루어 보아선 고타키가 모르는 집 같았다. 아까 전화한 남자가 이곳을 가르쳐 주었는지도 모른다.
"이런 데는 싫어요. 도쿄가 안 된다면 요코하마든 하코네든 아타미든 가면 되잖아요?"

"그런 곳이 오히려 위험해."

"굉장히 조심스럽네요."

투덜대긴 했지만 고타키가 경계하는 이유는 다미코도 잘 안다. 그도 이 사건의 소용돌이 속에 있는 인물 중 한 명이다.

"경시청에서 당신을 찾고 있나요?"

"음, 수사하고 있을지도 모르지."

"당신이 대체 뭘 했는데요?"

다미코가 물었을 때, 바깥에서 나막신 소리가 들리고 격자문이 열리더니 장지 밖에서 말을 걸며 종업원이 차를 가져왔다. 안쪽에서 목욕물 받는 소리가 난다. 그동안 두 사람 다 입을 다물고 있었다. 목욕물이 준비되었습니다, 라고 종업원이 말하고 물러가자 고타키는 주의 깊게 직접 입구의 문을 잠그러 갔다가 돌아왔다. 다미코도 겨우 안심할 수 있는 곳에 들어왔다는 기분이 들었다.

"저기, 당신이 무슨 짓을 했다는 거예요?"

다미코는 원래 하던 추궁으로 돌아갔다.

"별로 범죄를 저지르려는 생각은 없었어. 하지만 그런 커다란 소용돌이 속에 들어가 있다 보면 자신도 모르게 휘말려서 위법 행위를 해야 하지. 어쩔 수 없는 일이야."

"고용된 이상 어쩔 수 없다는 말이군요."

"……."

"고타키 씨."

다미코는 강한 목소리로 말했다.

"당신은 어느 쪽이에요?"

"어느 쪽이냐니?"

"골동품 상인이 되어서 구리하시 씨 집에 드나들었잖아요. 하타노 씨의 부탁을 받고 노인의 스파이 노릇을 한 거라고 했지만, 미라 도굴꾼이 미라가 된다고, 구라하시 씨한테 붙은 거 아니에요?"

고타키는 대답을 하지 않고 일어섰다.

"많이 늦었군. 모처럼 목욕물을 받아 두었는데 물이 식겠어. 같이 하지."

멀리서 철교를 건너는 전철 소리가 났다. 고타키는 일어서서 상의를 벗고 있다.

"이봐, 목욕 안 할 거야?"

유카타로 갈아입은 고타키가 수건을 들고 서 있었다.

"아……."

다미코는 당장은 탁자 옆에서 일어설 수가 없었다.

"왜 그래?"

"너무 쇼크가 심해서……."

한쪽 팔꿈치를 탁자에 짚고 관자놀이를 문질렀다. 이야기를 들은 후에 심장 박동이 격렬해졌다.

"당신 같은 사람이?"

"어머나, 나는 그렇게 기가 세지 않아요."

고타키의 말은 간지를 죽인 일을 가리키는 것 같다. 하지만 그것과 이것은 다르다. 병든 남편을 죽인 이유는 자신이 살기 위해서였다. 능력 없는 남편이 그대로 십여 년이나 산다면, 자신까지 같이 가라앉고 만다. 아무리 열심히 일해도 하수구 속을 기어다니는 셈이나 마찬가지다. 다미코는 호센카쿠의 종업원 중에서도 오래 근무한 편인데 가장 변변치 못한 기모노를 입고 있었다. 늘 천을 새로 물들여 눈속임을 하곤 했다.

그나마 남자에게 애정이 있다면 고생하는 보람도 있었겠지만, 싫어서 견딜 수 없는 남편, 나을 가망이 없는 환자에게 언제까지나 발목이 잡혀 있을 이유는 없었다. 앞으로 십여 년이나 그 상태로 산다면, 이쪽도 나이를 먹게 된다. 그 후 누가 자신을 상대해 주겠는가.

실컷 보살핌을 받은 후에 태평스럽게 죽어 가는 본인은 좋을지도 모르지만 그 후 그녀에게는 아무런 보장도 없다.

간지는 죽고 나서도 다미코를 평생 불행의 끈으로 묶고 있는 것이나 마찬가지였다. 떠오를 수 있을 때 그 끈을 끊는 일이 어째서 잘못인가. 세상 사람들은 자신과는 전혀 상관없는 일이니 멋대로 판단한다. 이 고통은 당사자가 아니면 모른다—.

고타키까지 자신을 그렇게 여기나 싶어, 무척 의외였다. 죽느냐 사느냐 하는 경계에서 어쩔 수 없이 한 자신의 행위와 기토 일당의 범죄는 하늘과 땅만큼 다르다.

"뭘 그렇게 멍하니 있어. 그럼 나 먼저 목욕하지."

고타키는 재빨리 장지 밖으로 나갔다. 유리문이 열리는 소리가 이어지고 물소리가 철벅철벅 들린다.

아직 알 수 없는 일들이 남아 있다. 고타키의 설명으로 대충 납득은 갔지만 기토와 하타노의 잔인성에 대해서는 아직도 그리 이

해가 되지 않는다. 어떻게 그럴 수 있었을까.

다미코는 그제야 일어나서 끈을 풀기 시작했다. 물소리에 이끌린 듯이, 여관의 유타카로 갈아입고 방바닥에 떨어뜨린 기모노를 재빨리 갰다.

허리끈 하나만 묶고 욕실의 유리문을 열자 탈의실 바구니에 뭉쳐진 고타키의 속옷이 보인다. 다미코는 바구니 옆에 몸을 웅크리고 어깨에서 유카타를 미끄러뜨렸다.

"들어가도 돼요?"

탈의실과 욕실을 나누는 간유리가 김으로 하얘져 있다. 문을 열었다. 고타키는 욕조에서 머리만 내놓고 있었다.

"미안해요."

다미코는 수건으로 감싼 몸을 움츠리며 욕조 앞에 쪼그려 앉았다. 욕조 안에 들어가 있는 고타키의 어깨 부근에서 더운물을 물통으로 펐다.

"조금 저쪽으로 가 주지 않을래요?"

몸을 담그자 더운물이 단숨에 넘쳐 타일 바닥에 흐른다. 물통과 비누통이 홍수에 떠올랐다.

"어머, 큰일이네."

너무 요란하게 넘쳐서 놀랐다.

"당신, 체중 얼마나 나가?"

"글쎄요, 오십이 킬로그램 정도일까?"

"꽤 졌군."

"이전과 비교하면 부끄러울 정도로 쪘어요."

기토의 집에 들어간 후로 확실히 살이 쪘다. 옆에 나란히 있는 고타키는 목이 길고 어깨의 쇄골이 날카로워 보일 정도로 말랐다.

고타키는 손을 다미코의 등에 두르고 등의 살집을 확인하듯이 누르고 있다. 다미코는 그의 손이 다음에 올 곳을 경계하며 무릎을 붙였다.

"조용하네요, 여기."

가끔 자동차 클랙슨 소리가 길에서 들렸을 뿐 철교를 건너는 전차 소리도 딱히 귀에 닿진 않았다.

"있잖아요, 앞으로 삼사일은 계속 당신과 함께 있을 수 있는 거지요?"

다미코는 천장을 바라보고 있는 고타키에게 물었다.

"당분간은 도피행이니까."

"이 집에만 있을 건가요?"

"글쎄, 내일 상황을 봐야지. 그 후에 다른 곳으로 옮겨 갈 수도 있고."

"꼭 그렇게 해요."

다미코는 신이 났다.

"이렇게 좁은 집에 사흘 동안이나 있으면 아무리 당신 옆이라도 심심할 거예요. 하코네나 아타미가 안 된다면 좀 더 눈에 띄지 않는 온천지도 좋잖아요."

"그렇군."

"나, 안 가 본 데가 많아요. 오쿠닛코나 시오바라 근방은 어떨까요?"

"요즘은 붐비지 않을까?"

"최근에는 큰 호텔이 있잖아요. 방 하나 정도는 어떻게든 되지 않을까요?"

"글쎄."

"당신은 호텔 지배인이었으니까 연줄로 어떻게 할 수 있지 않아요?"

"바보로군. 이제 와서 뉴 로얄 호텔의 지배인 행세를 할 수 있을 리가 없잖아."

고타키는 더운물로 얼굴을 씻었다.

호텔 하니까 823호실 여자의 살인이 생각난다. 하타노의 짓이리라 짐작은 하지만, 결국 알 수 없게 되고 말았다. 아마 고타키도 한몫 거들었으리라.

"어때요, 자백해요."

그 일에 대해 물으니, "당신이 생각한 대로야" 하며 고타키는 콧등을 씻었다.

"그것도 기토 씨의 지시지. 하타노 씨가 가가와 총재의 여자를 죽이고 재빨리 자기 방으로 도망쳐 들어갔어. 그러고는 그대로 방에 틀어박혀서 아무렇지도 않은 얼굴을 하고 있었지."

"경찰은 뭘 하고 있었나요?"

"물론 이것저것 수사는 했어. 결국 뒤에 기토 씨가 있다는 사실을 알고 흐지부지되었지만. 기토 씨가 노린 것은 자신이 시키는 대로 하지 않는 가가와 총재를 어떻게든 그만두게 하는 거였어. 총재의 임기는 앞으로 이 년이나 남았지. 갑자기 끌어내릴 수도 없고.

임기 만료까지 기다리다간 이권 지배가 늦어지거든. 간단하게 말하자면 돈을 벌 수가 없는 거야. 그래서 '사건'을 일으켜 어떻게든 가가와 총재와 여자의 관계가 드러나게 하고, 그 일로 총재가 자발적으로 물러나도록 몰아넣은 거야."

"애인이 살해된 사건을 계기로 싫어도 가가와 씨의 스캔들을 표면에 드러나게 하는 구조였군요?"

"그래. 이건 치명적이니까."

"있잖아요, 고타키 씨. 할아버지도 그렇고 하타노 씨도 그렇고, 어째서 그렇게 쉽게 사람을 죽일 수 있었을까요?"

"당신도 그렇게 생각해?"

"누구나 생각할 거예요."

고타키는 잠시 침묵하다가 입을 열었다.

"전부 다 말해 줄까."

"네, 꼭. ……이렇게 되면 말하나 안 하나 마찬가지잖아요. 두 사람 다 죽었으니, 당신도 누구한테 의리를 지킬 필요가 없고요."

"기토 씨와 하타노 씨는 규슈의 탄광에 있었을 때부터 알고 지낸 사이야. 하타노 씨는 그래 봬도 규슈의 탄광에 있었을 때 살인을 저질렀어."

"네?"

"상대는 광부였지. 이자가 탄광주인 기토 씨의 부정을 알고 엄청나게 협박을 하고 있었거든. 그래서 기토 씨가 가장 신뢰하는 하타노 씨에게 그를 없애게 한 거야. 살인 사건은 미궁에 빠진 채 이미 시효가 지났어."

두 사람의 잔인성에 대한 수수께끼는 이것으로 대충 풀렸다. 동시에 기토와 하타노의 관계가 결코 짧지 않다는 사실도 알았다.
 "나는 아무것도 모르고 그런 살인자 옆에 계속 있었군요."
 "그렇지."
 "당신도 무서운 사람이에요. 사정을 알면서도 나를 할아버지 집에 보내다니."
 "당신은 그런 사람한테 가는 편이 안전하다고 생각했기 때문이야. 만일 당신이 남편을 죽인 것을 경시청 형사가 냄새 맡더라도, 기토 씨의 보호를 받고 있는 한 당장은 체포할 수 없을 테니까."
 "……."
 "당신을 위해서 한 일이야. 그것도 그냥 기토 저택의 하녀로는 소용이 없어. 역시 기토 씨의 여자였어야 했지."
 고타키에게 그런 의도도 있었던 것일까.
 "전부 끝났다는 느낌이 드는군. 다 죽어 버렸으니."
 고타키가 한숨을 쉬듯이 중얼거렸다.
 "그러게요……."
 고타키의 말대로다. 기토도, 하타노도, 요네코도, 히사쓰네 형사도, 모두 죽고 말았다.
 "남은 것은 우리 둘뿐이네요."
 "음." 고타키가 하얀 김 속에서 미소를 지었다. "지금으로서는 그렇지."
 "어머나, 아직 앞일을 알 수 없는 건가요?"
 "알 수 없다면 알 수 없지. 인간이란 한 치 앞도 내다보지 못하는 법이니까 말야."

"싫은 소리 하지 말아요. 당신도 이번에는 꽤나 용의주도하게 구네요."

"당연하지. 나도 소용돌이 속에 휘말려 있었으니까."

"당신 성격이라면 만전을 기해 두었겠죠. 몇 번이나 밖에서 전화가 걸려와서 정보를 들었잖아요. 그거 누구예요?"

"누구일 것 같아……?"

"조문객 중 한 명?"

"아닌데."

"그렇군요. 나는 그런 줄 알았는데……."

"당신이 잘 아는 남자야."

"내가?"

다미코는 흠칫 놀랐다.

"구로타니?"

숨을 죽이고 고타키를 쳐다보니 장난스러운 눈을 하고 있다.

아아, 구로타니였나. ……구로타니도 기토가 죽은 직후에 묘한 책동을 하고 있었다.

"이 여관으로 가라고 지시한 사람도 구로타니예요?"

"뭐, 그렇지."

고타키는, 그런 것은 아무래도 상관없지 않느냐는 듯이 갑자기 다미코의 몸을 껴안았다. 물이 파도치며 소란을 떤다.

"어머나, 안 돼요."

다미코는 버둥거렸지만 고타키가 물 속에서 몸을 가볍게 껴안고 젖은 얼굴 여기저기를 빨아댔다. 고타키치고는 보기 드문 격정이었다.
 고타키의 무릎이 굳게 오므린 그녀의 양쪽 무릎을 가르려고 했다. 그 동작도 정열적이었다.
 "어머, 목욕탕 안에서는 싫어요. 부끄러워서······. 나중에 천천히 해요."
 "뭐 어때."
 "싫어요."
 "기토 씨한테 실컷 교육을 받았을 텐데."
 "당신까지 그런 말을 하는 거예요?"
 다미코는 노려보았다.
 "당신도 어른이 된 거지. 대륙의 교육을 받았으니."
 "또 그런 소리를 한다. ······아, 안 돼요. 안 된다니까."
 다미코는 물을 내리쳤다.
 "나중에. ······당신답지 않아요."
 "그래?"
 "그래요."
 "좋아."
 고타키는 선선히 다미코의 몸을 떼어놓고 물끄러미 그녀의 얼굴을 바라보고 있다가, "그럼 먼저 나가지" 하고 갑자기 마음을 바꾼 듯이 물 속에서 일어섰다.
 다미코는 혼자 남아 천천히 무릎을 펴고 손으로 물을 휘저었다. 자연스럽게 미소가 나온다. 그렇게 넓지 않은 욕조라 혼자 있어야

편하다. 탈의실에서 고타키가 속옷을 입는 기척이 났다.
　요전부터 소동이 계속되는 바람에 수면 부족 상태였다. 긴장의 연속이었다. 노이로제 상태라고 해도 이상하지는 않다. 이렇게 온천에 들어와 있으니 신경이 점차 풀려 가는 듯하다. 살짝 졸음까지 온다. 다미코는 욕조에서 일어서서 온몸에 비누 거품을 냈다.
　방으로 돌아간 고타키의 목소리가 나서 귀를 기울여 보니 그는 전화를 하고 있었다. 계산대에 맥주라도 주문하는 모양이다. 다미코는 발가락을 하나씩 펴고 비누 거품을 묻혔다. 피부는 매끈매끈하고 반드러운 광택을 띠고 있다. 그녀는 자신도 아직 젊다고 생각했다. 이제부터 시작이다. 이상한 일 때문에 묘한 환경에 있었지만, 그것도 긴 인생의 일부로 나중에 돌아보면 재미있을 것이다.
　다미코는 식어 가는 몸을 욕조에 담갔다. 오늘밤에는 아침까지 느긋하게 고타키 옆에서 몸을 누힐 수 있다. 이제 아무 걱정도 없다. 그에게 실컷 어리광을 부리자. 고타키가 어느 쪽 세력에 붙었든, 구로타니가 고타키와 공모했든, 오늘 밤만은 귀찮은 생각 따위 하지 않고 고타키의 몸에 빠지고 싶었다.
　갑자기 바로 옆에서 소리가 났다. 알아차리지 못했는데, 벽 옆에 쪽문이 있고 거기서 드륵드륵 소리가 나고 있었다.
　다미코는 허둥지둥 물에 몸을 담그고 가슴을 수건으로 가렸다.
　"목욕물 온도는 어떻습니까?"
　문 밖에서 목소리가 물었다. 여관의 종업원인 모양이다.
　"괜찮아요."
　그녀의 목소리가 강해졌다. 손님이 목욕중인데 무례한 짓을 한다. 이제 떠났으려나 싶었는데, 갑자기 쪽문이 열리고 양동이를 든 남자가 등을 구부린 채 들어왔다.

"앗, 안 돼요."

다미코는 구석으로 바싹 붙어 수건으로 몸을 가렸다. 스웨터를 입은 남자는 반장화를 신고 있다. 수건으로 머리띠를 둘렀다.

"나가요!"

다미코가 소리치자 종업원은 뻔뻔스럽게 다미코를 향해 버티고 서서 그녀의 몸을 정면에서 응시했다.

"무슨 짓이에요?"

화를 내며 시선을 들자 수증기 안개 사이로 종업원의 얼굴이 드러났다. 구로타니였다.

"앗."

순간 머리에서 핏기가 가셨다. 생각지 못한 남자의 출현에 정신이 아득해졌다. 목욕탕에서 나갈 수가 없다. 욕조에서 나가면 벗은 몸을 구로타니가 껴안을 것이 뻔하다.

"핫하하하." 구로타니는 크게 웃었다. "다미코, 좋은 몸을 갖고 있군."

다미코는 고타키를 부르려고 했지만 목소리가 제대로 나오지 않았다.

"이봐, 다미코. 분하지만 당신 몸도 나는 결국 어떻게 할 수 없었지."

"……"

"아까운 일이야. 어쩔 수 없지. 당신은 여기서 남편의 뒤를 따라가 줘야겠어."

"네?"

"자, 거기 가만히 있어."

구로타니는 허리를 굽히고 양동이를 들었다. 안에 든 내용물을 목욕탕으로 옮기려는 것이다. 양동이에는 무거워 보이는 금속제 뚜껑이 덮여 있었다.

"거기서 움직이지 마. 미안하지만 당신은 저세상에서도 할아버지를 보살펴 줘야 해. ……경시청에서는 당신을 남편 살해범으로 쫓고 있어. 붙잡히면 이쪽도 곤란하다고. 당신은 여러모로 너무 많이 알거든. 앞으로 고타키 씨나 나한테도 불리해."

"무슨 소리예요?"

다미코는 아직 뭐가 뭔지 이해할 수가 없었다. 양동이 안에서 물소리가 난다.

"물이 좀 뜨겁지? 온도를 맞춰 줄게."

구로타니는 양동이 뚜껑을 열고는 그 안에 담긴 물을 목욕물 안에 쏴아 하고 부었다. 그곳만 김이 사라졌다.

구로타니는 양동이에 남은 물을 타일 바닥 가득 청소하듯이 뿌렸다. 작업을 마치자 천천히 쪽문 가까이로 물러난다.

"좋은 몸이야. 정말 아까워. 이봐, 다미코. 여기서라도 좋으니까 어떻게 좀 안 될까?"

"징그러운 놈!"

다미코는 구로타니의 외설적인 말이 실은 자신을 욕조에서 나오지 못하게 하기 위한 견제임을 알아차리지 못했다. 그녀는 더욱더 구석으로 붙어 턱까지 물에 담갔다.

　문득 보니 이상한 현상이 눈앞에서 일어나고 있었다. 구로타니가 넣은 물이 더운물 표면에 떠올라 빛나면서 퍼져 간다. 악취를 깨달은 순간, "꺄아악" 하고 소리를 질렀다.

　구로타니가 불을 붙인 성냥을 욕조 안에 던져넣은 것과 동시였다. 단숨에 주위가 대낮처럼 환해지고 불꽃이 그녀 앞에 솟아올랐다.

　다미코는 욕조에서 나가려고 했지만 허리에 힘이 들어가지 않았다. 더운물이 다리에 물체처럼 엉겨서 뜻대로 움직이지 않는다. 순간 눈에 작열하는 열기가 느껴졌고, 몸은 누군가에게 얻어맞은 듯했다.

　욕조 가득 타오르던 불이 타일 바닥으로 옮겨붙어 순식간에 주위는 불바다가 되었다. 불타는 가솔린을 몸에 뒤집어쓰고 버둥거리는 다미코의 검은 머리카락만이 욕조 속에서 보였다.

　구로타니는 발치로 불길이 다가오자 쪽문으로 탈출하려고 했다.

　문이 열리지 않았다. 그는 당황해서 힘껏 밀었다. 그러나 아무리 해도 열리지 않는다.

　구로타니는 비로소 사태를 깨닫고 절규했다.

　"고타키!"

　불이 그의 턱 밑을 태웠다. 구로타니는 불꽃 속을 달려가 탈의실 문에 온 힘으로 부딪쳤다. 그 문도 열리지 않는다. 맞은편에서 문이 단단히 잠겨 있다.

　"고타키 씨, 살려 줘요."

구로타니의 재킷 등이 불타기 시작했다.

악취가 나는 까닭은 자신의 머리카락이 타고 있기 때문임을 깨달았다. 냉정한 판단은 거기까지였고, 그 후에는 이성을 잃었다. 그는 유리문을 두드려 깼다. 깨진 유리로 손이 피투성이가 되었다. 좁게 짜인 나무틀은 튼튼했다. 그는 깨진 유리 구멍으로 손을 뻗어 잠긴 문을 열려고 했다. 그 손을 맞은편에서 다른 손이 움켜쥐고, 강한 힘으로 뒤로 떠밀었다. 당황한 구로타니는 발이 미끄러져 불바다로 쓰러졌다.

바깥으로 향하는 정원에서 고타키의 웃음소리가 들렸다.

세이초, 고다마, 하루키
마쓰모토 세이초 재미있게 읽기

조영일(문학평론가)

† 일러두기

이 해설에는 내용 누설이 있습니다. 책을 완독한 후 읽어 주시길 부탁드립니다.

1. '드디어'와 '제대로'

안녕하세요. 반가운 소식을 전해드리겠습니다. '드디어'(이 표현에 공감하는 분들이 많으리라 생각합니다) 한국의 독자들도 마쓰모토 세이초의 문학 세계를 '제대로' 읽을 수 있게 되었습니다. 방금 저는 '제대로'라는 표현을 썼는데, 거기에는 나름 이유가 있습니다. 아시는 분들은 아시겠지만, 그동안 세이초는 꽤 많이 소개되었습니다. 단행본은 물론이거니와 오래전 외판용으로 무려 열 권짜리 세이초 선집이 나오기도 했습니다. 다소 엉뚱한 '大男'이라는 타이틀을 달고요.

왜 '대남'이냐고요? 생각하면 할수록 이상한 제목이긴 하지요. 그런데 당시 베스트셀러였던 역사 소설 『대망』을 떠올리면 쉽게 짐작할 수 있습니다. 간단히 말해 『대망』의 인기에 편승하려 했던 거죠. 여기서 『대망』은 또 무슨 책인지 궁금해졌다면(아마 젊은 독자들 중에는 그런 분들이 있을지도), 애써 설명하기보다는 검색을 권해 드리겠습니다. 괜히 공부를 시키는 것 같아 죄송하지만 말입니다.

몇 년 전 『마쓰모토 세이초 걸작 단편 컬렉션(전3권)』(그 유명한 미야베 미유키가 편집했습니다)이 나온 뒤로, 새삼 세이초가 재조명을 받게 되었고 그 영향으로 세이초에 관심을 가진 독자들이 조금 늘어난 것 같습니다. '조금'이라고 표현한 까닭은 책이 생각만큼 팔리지 않아서입니다. 그로 인해 출판사의 애가 탔다는 후문이지만, 그건 또 다른 이야기겠죠(참고로 저는 이 컬렉션의 하권에 '문학의 기적, 마쓰모토 세이초의 삶과 문학'이라는 다소 긴 세이초론을 실은 바 있는데, 세이초를 처음 접하는 분들은 이 하권 해설을 먼저 읽으시기를 권해 드립니다. 왜냐하면 이 글은 어떤 의미에선 하권 해설의 속편이기도 하기 때문입니다).

여하튼 한동안 들리지 않던 작가가 수면 위에 떠올랐고, 그런 영향 탓인지 이전 같으면 한 권에 이천 원 정도 하던 세이초의 중고책 가격이 갑자기 2~5배쯤 뛰었습니다. 수요가 생기자 희귀본 가격이 매겨진 것이지요. 그런데 이제 헌책방을 순례해 가면서 세이초의 번역본을, 그것도 터무니없는 가격으로 살 필요가 없게 되었습니다.* 왜냐하면 『짐승의 길』(과 『D의 복합』)을 시작으로 세이초의 작품이 '제대로' 출간될 예정이기 때문입니다.

여기서 제가 '제대로'라는 표현을 쓴 이유는, 첫째로 과거에 나온

• 이전에 나온 세이초 작품을 살 때 주의할 사항은 상당수의 번역본이 원제와 다른 타이틀을 달고 있다는 점입니다. 따라서 다른 작품인 줄 알고 샀다가 낭패를 본 분들도 있을 겁니다. 세이초는 너무나 많은 작품을 썼기 때문에(장편만 100편 정도이고 단편은 500편 전후, 또 소설로 분류될 수도 있는 논픽션까지 포함하면 정말이지 감당이 안 될 정도입니다) 세이초 전문가가 아니라면 그가 쓴 작품명을 전부 기억하는 것은 무리이며, 또 이는 세이초의 개인적 성향과 관련이 있을 텐데 비슷한 제목을 단 작품들이 꽤 됩니다.

세이초 번역본의 경우 일본에서 많이 팔린다는 이유로 졸속 번역된 책들이 대부분이었고, 둘째로 그마저도 어떠한 일관성 없이 정말이지 중구난방으로 소개되었기 때문입니다. 그런데 이번 '세이초 월드'는 양적으로나 질적으로나 이전과 비교할 수 없는 기획으로, 아마 여러분들의 기대에 부응하리라 생각합니다.

2. 세이초 소설은 낡았다?

서설은 여기까지 하고 본론으로 들어가지요. '세이초 월드'의 첫 권은 『짐승의 길けものみち』입니다. 이 소설은 《주간신초》에 1962년 1월 8일부터 1963년 12월 30일까지 연재되었다가 다음해인 1964년에 신초사에서 단행본으로 나온 작품입니다. 이렇게 간단히 서지 정보를 전달하고 나니, 이제 무슨 말을 해야 할지 난감하군요. 왜냐하면 소위 순문학 계열의 소설들과 달리 추리 소설의 경우 '스포일러'에 취약한 장르이기 때문입니다.

그래서 일본의 경우를 살펴보니(단행본은 해설 없이 출간되고, 해설은 몇 년 후 출간되는 문고판에 실리는 게 일반적입니다. 한국은 이상하게 단행본에 실리지만요), 많은 경우 내용에 대해 언급을 하기보다는 작가와의 인연이나 사생활 같은 부수적인 이야기를 하더군요. 즉 해설답지 않은 해설이라고 할까요. 그것은 해설을 맡은 사람들이 주변적인 사항에 관심이 많아서라기보다는 내용을 직접 언급했을 때 생기는 부담(스포일러)과 관련이 있지 않나 싶습니다.

해설은 보통 맨 뒤에 실리지만, 많은 독자들(아마 여러분 중에도)은 해설부터 찾아 읽는 경향이 있으니까요.

그래서 저도 한국에서 덧붙여지는 여느 작품 해설과는 약간 다른 방식으로 이야기를 풀어가 볼까 합니다. 이를테면 우회하겠다는 이야기인데, 끝까지 읽고 나면 깨닫게 될 테지만,『짐승의 길』만이 아니라 앞으로 계속 출간되는 세이초의 작품들을 이해하는 데 적잖은 도움이 되리라 믿습니다. 먼저 세이초의 작품을 읽을 때 주의할 점 한 가지를 이야기하지요.

앞서 지적한 것처럼 『짐승의 길』은 무려 반세기 전 작품입니다. 따라서 젊은 독자들이 읽기에 다소 고색창연하게 여겨질 수 있습니다. "사회파 추리 소설의 거장이라고 해서 읽어 봤는데, 그저 그러네" 등등의 이야기가 나올 수 있지요. 하지만 이때의 고색창연함은 단순히 오래되었다는 데에 있지 않습니다. 우리가 그것을 '낡음'이 아닌 '낯섦'이라고 불러야 하는 이유는 바로 그 때문입니다.

최신작(예컨대 히가시노 게이고)들은 확실히 동시대를 사는 독자들과 공감할 수 있는 요소들(즉 '현재성')을 가지고 있습니다. 그리고 아주 거리가 먼 고전적인 작품(예컨대 셜록 홈즈 시리즈)도 또 다른 의미에서 독자의 흥미를 불러일으킬 수 있는 요소('빅토리아조'라는 과거)를 가지고 있습니다. T. S. 엘리어트는 일찍이 '셜록 홈즈 단편 전집'에 대한 서평을 쓴 적이 있는데(그렇습니다. '황무지'의 시인과 동일인입니다), 그 시작은 이렇습니다.

셜록 홈즈는 우리에게 저 19세기 런던의 **쾌적한 생활**을 떠올리게 한다. 나는 19세기를 알지 못하는 사람이 읽어도 똑같이 '**그립다**'**라는 느낌**을 가질 거라고 확신한다.•

 따라서 이는 오래됨의 문제라기보다는 오히려 어중간한 시기의 문제일지도 모르겠다는 생각을 갖게 합니다. 즉 홈즈 시리즈와 같은 작품은 '완전한 과거'를 배경삼아 독자들에게 순수한(쾌적한) 독서의 즐거움을 주고, 히가시노 게이고의 소설들은 그와는 반대로 '지금'의 문제로 독자에게 현실감을 준다고 한다면, 세이초의 작품들은 완전히 객관화하기에는 가깝고, 그렇다고 해서 지금의 독자들이 있는 그대로 공감하기에는 먼 과거를 다루고 있기 때문에, 그로 인해 발생하는 어색함(저는 독자들이 이 어색함을 '재미없음'으로 받아들이지 않았으면 하는 바람을 가져 봅니다)이 낡은 것처럼 보일지도 모르겠습니다.
 그런데 저는 멀지도 가깝지도 않다는 바로 이 점이 세이초의 작품이 갖는 가치가 아닌가 하는 생각을 해봅니다. 왜냐하면 우리의 삶은 홈즈의 소설처럼 그리 쾌적하지도 않고, 또 히가시노의 소설처럼 트렌드에 휩쓸려갈 만큼 가볍지도 않기 때문입니다. 따라서 저는 시대의 반영이라는 관점에서 볼 때, 세이초 소설이 가지고 있는 '어중간한 거리감'이야말로 어떤 의미에서 지금 우리의 모습을

• T. S. Eliot, "a review of The Complete Sherlock Holmes Short Stories"(1929), 인용은 원문을 구하지 못해 다음 책에 수록된 것을 사용했습니다. 植村昌夫, 『シャーロック・ホームズの愉しみ方』, 平凡社, 2011., 112頁, 강조는 인용자.

비추어 볼 수 있는 거울이 아닌가 합니다. 홈즈를 읽는 것처럼, 또는 히가시노를 읽는 것처럼 세이초를 읽어서는 안 되는 이유를 여기서 찾을 수 있습니다. 세이초를 읽을 때는 '세이초를 읽는 방식'이 필요합니다.

3. 마쓰모토 세이초 소설의 구조

그렇다면 세이초의 소설이 앞서 든 두 부류의 소설과 어떤 점에서 다른지 다뤄보도록 하지요. 최근 추리 소설들이 가진 강점이 독자들의 취향 및 문제의식과의 일치에 있다고 한다면, 고전적 추리 소설의 강점은 매력적인 캐릭터의 등장에 있습니다. 물론 '매력적인 캐릭터'란 최근의 추리 소설들에도 해당되는 이야기입니다만, 그 중요도가 고전적 작품들만큼은 아니지요. 예컨대 만약 코난 도일이 매 작품마다 다른 주인공을 등장시켰다면, 지금과 같은 인기를 누리지 못했을 겁니다. 이는 다른 말로 '캐릭터의 매력'이란 그것이 반복 가능할 때 가능하다는 의미이기도 할 것입니다.

세이초의 추리 소설은 이 점에서 고전적 소설들은 물론이고 지금의 소설들과도 확연히 다릅니다. 우리는 흔히 그의 소설들에 대해 '사회파 추리 소설'이라는 딱지를 붙이고 시작하는데, 거창한 설명은 차치하고 지금의 논의와 관련하여 이야기를 풀어가자면, 그것은 '캐릭터의 일회성'과 관련이 있다고 하겠습니다. 물론 세이초도 같은 주인공을 다른 작품에 등장시킨 적이 전혀 없는 것은 아니며,* 또 한 주인공을 반복해서 사용하지 않은 추리 작가가 세이초 뿐인 것도 아닙니다(현대 작가 중에는 꽤 있습니다). 하지만 세이초만큼 '캐릭터의 일회성'을 고수한 추리 작가도 없을 뿐만 아니라, 또 그렇게 해서 그만큼 성공한 작가도 없다는 점에 주의할 필요가 있습니다.

엘리어트는 앞서 언급한 글에서 뒤팽보다도 포우가 리얼하고 코난 도일보다도 홈즈가 더 리얼하다고 주장하면서, 홈즈 시리즈의 매력을 추리의 힘이 아닌 드라마를 만드는 힘에서 찾고 있는데, 제가 생각하기에 그것은 일차적으로 캐릭터의 중복 등장과 관련이 있습니다. 예컨대 포우가 뒤팽을 주인공으로 하는 소설을 홈즈 시리즈 정도의 편수로 썼다면, 홈즈보다 더 리얼한 뒤팽이 되었을지도 모릅니다.

그렇다면 여기서 이런 질문이 가능합니다. 왜 세이초는 코난 도일 하면 '셜록 홈즈', 아가사 크리스티 하면 '에르큘 포와로' 하는 식의 명탐정을 만들지 못했을까? 이에 대한 답은 비교적 쉽게 찾을 수 있습니다. 그의 소설에서 중요한 것은 캐릭터가 아니라 그들을 낳은 사회(역사)였기 때문입니다. 세이초 소설에 등장하는 주인공은 하나같이 그들이 속한 상황(역사)에 강하게 구속되어 있는 존재들이라 할 수 있는데, 바로 그렇기 때문에 그들이 저지르는 살인은 캐릭터로 환원되지 않습니다.

---

* 예컨대 『점과 선』(1958)에 등장하는 두 형사의 경우 『시간의 습속』(1962)이라는 작품에 재등장하고 있습니다.

물론 그렇다고 해서 그들이 환경에 완전히 지배당하는 인형 같은 존재들은 아닙니다. 그들 나름대로 고민 끝에 어떤 선택을 하는데, 문제는 그런 선택지(하나같이 극단적인 선택)를 강요하는 상황 자체이며, 사정이야 어찌됐든 간에 해당 인물이 범죄의 길을 선택했을 때 비로소 세이초식 추리 소설이 성립합니다. 이는 물론 당연한 이야기일 것입니다. 주인공이 범죄의 길(소설의 제목을 빌리자면, 짐승의 길)을 선택하지 않으면, 추리 소설이라는 것 자체가 성립할 수 없으니까요. 이런 의미에서 우리는 세이초의 거의 모든 소설에 '짐승의 길'이라는 타이틀을 붙일 수 있습니다.

그렇다면 우리는 어떤 범죄에 접근할 때(즉 살인자를 추적할 때), 필연적으로 그런 살인자를 낳은 사회에 눈을 돌릴 수밖에 없습니다. 왜냐하면 살인의 실체에 접근하기 위해서는 '살인동기'에 접근할 수 있어야 하기 때문입니다. 여기서 우리는 추리 소설의 두 가지 경향에 대해 이야기할 수 있을 것입니다. "트릭이냐 동기냐" 하는 것인데요, 물론 이 둘을 완전히 분리할 수는 없습니다. 그러나 엄밀한 의미에서 '동기'의 중요성이 부각된 것은 세이초 이후라 할 것입니다.

그런데 오락소설로서의 추리 소설이란 본래 '트릭 중심'이 될 수밖에 없습니다. 이는 최근 추리 소설의 경향을 봐도 알 수 있습니다. 오늘날의 독자들이 추리 소설을 읽는 것은 재미를 찾기 위함입니다. 따라서 골치 아픈 것은 딱 질색이죠. 그걸 단적으로 보여주는 것이 소위 '반전에 대한 기대감'이라 할 수 있습니다. 어디 한번 나를 속여보라는 것이죠. 그러나 반전을 지나치게 강조하다 보면,

이야기를 인위적으로 뒤틀 수밖에 없게 됩니다. 왜냐하면 우리 삶은 반전으로 구성되어 있는 것이 아니니까요.

물론 그렇기 때문에 독자들은 더욱 반전을 원하는지도 모르겠습니다만. 독자들이 추리 소설에 기대하는 것은 따분한 일상생활로부터의 일탈이니까요. 즉 살인이 일어나는 순간, 독자들은 일상에서 벗어나 '쾌적한 생활'에 진입하는 것이죠. 그런데 이 모든 게 가능한 것은 독자들이 실제로는 살인과 무관한 사람들이라는 사실과 관련이 있습니다. 누군가를 죽여본 적도 또 누군가가 죽임을 당하는 것을 본 적도 없는 사람들이죠. 따라서 그들에게 '타살'이란 어디까지나 머리로만 이해 가능한 영역입니다(반전이나 지혜의 겨룸이란 이것과 관련이 있겠지요).

바꿔 말하면 살인이 곧 현실에서 환상으로 넘어가는 종소리와 같은 역할을 하고, 사건의 해결은 곧 환상에서 현실로 돌아가는 알람 역할을 하는 셈이죠. 여기서 우리는 이런 질문을 던질 수 있습니다. "그렇다면 구체적으로 추리 소설은 어떻게 독자들을 일상으로부터 벗어나게 하는 것일까?" 그것은 세부를 통해서입니다. 다소 뜬금없는 이야기처럼 들릴지도 모르지만, 동기가 인물들 간의 관계에 존재한다면, 트릭은 물건이나 개인의 세부에 존재합니다. 이는 트릭이 증거에 대한 집착과 연결된다고 했을 때, 동기는 사회(역사)로의 접근과 이어진다는 것을 의미합니다.

독일의 낭만주의자 졸거는 멀리서 보면 전쟁도 조화로운 장면으로 비친다고 이야기했지만, 그 반대도 마찬가지 아닐까요. 아무리 혼란스러운 상황이라 할지라도 그것을 세부적인 입장에서 바라

보면 질서정연한(조화로운) 연쇄로 파악하는 것이 가능합니다. 아무리 복잡한 사건도 결국은 시체와 살인자, 그리고 탐정(추적자)이라는 삼각관계가 세부적 증거(편지)의 순환에 따라 기호적 자리바꿈을 하는 것이니까요. 이 경우 죽음은 한없이 가벼워지고 '살인'은 '게임'으로 승화되는 것입니다(우타노 쇼고의 『밀실 살인 게임』을 떠올리시기 바랍니다).

그러나 세이초가 범죄를 바라보는 관점은 미시적인 것도 거시적인 것도 아닙니다. 그의 눈은 정확히 일상인으로서의 그것입니다. 따라서 그의 소설에서 중요한 것은 얼마나 기발한 트릭을 사용했느냐도 누가 의외의 범인이냐도 아닙니다. 그보다는 "왜 그는 살인을 할 수밖에 없었는가?" 또는 "어떻게 살인을 할 수밖에 없는 처지로 내몰렸는가?"에 있습니다. 이런 물음들이 게임일 수 없는 것은 독자들에게 다음과 같이 말하고 있기 때문입니다. "당신이라면 그와 같은 상황에서 어떻게 했겠는가?"

요컨대 세이초가 건드리고 있는 것은 우리 외부에 존재하는 범죄가 아니라 '실현 가능한' 우리 안의 범죄입니다. 즉 우리가 범죄를 저지르지 않는 것은 특별히 우리가 선한 존재이기 때문이 아니라는 것입니다. 그의 추리 소설들이 항상 사건의 일반성이 아닌 단독성을 보여주는 것도 그 때문입니다. 그에게는 아무리 비슷한 사건이라도 하나같이 개별적인 사건인 셈입니다. 이는 당연히 앞서 지적한 캐릭터의 반복 불가능성과 관련이 있습니다.

여기서 우리는 살인자만이 아니라 그를 쫓는 탐정(형사) 역시도 역사(사회)적 존재라는 점을 잊어서는 안 됩니다. 세이초의 소설에

서는 종종 탐정이 가해자의 위치에 서기도 하는데, 이것을 잘 보여
주는 작품이 바로 『짐승의 길』입니다. '캐릭터로서의 탐정'이라면
날카로운 추리력을 발휘하여 범인을 지목, 사건을 해결하면 끝이
지만 『짐승의 길』에 등장하는 '현실적인 존재로서의 탐정'(여기서는
히사쓰네라는 형사가 그 역할을 맡고 있습니다)은 나름 추리력을
발휘하긴 하지만 그것을 공표하여 범인을 잡기보다는 그것을 미끼
로 자신의 욕정을 발산하려다 경찰에서 해고되고, 결국에는 살해
를 당하기에 이릅니다.•

즉 『짐승의 길』의 탐정은 죽은 자의 원한을 풀어주는 '정의의 사
도'도 아닐 뿐만 아니라, 사건의 해결은커녕 어이없이 죽을 뿐입니
다(그 역시 피해자 리스트에 등록됩니다). 그렇다면 방화로 남편을
태워서 죽인 가해자 다미코(『짐승의 길』의 여주인공)는 어떻게 될
까요? 안타깝지만, 그녀 역시 남편과 비슷한 방법으로 죽습니다.
누구에게? 그것은 그녀에게 선택지를 제시한 사람, 그렇기에 더욱
믿고 의지한 사람에 의해서입니다.

이런 의미에서 『짐승의 길』은 추리 소설이라고 불러야 할지도 의
문입니다. 많은 희생자들이 등장하지만, 결국 그들은 구원받지 못
합니다. 따라서 소설의 마지막은 아무런 질적 변화 없이 첫 부분과
이어집니다. 개인의 정의감이나 지혜의 발휘가 의미 없는 공간, 이

• 최근 일본에서 드라마화된 것을 본 독자들은 이 지점에서 원작과 드라마의 상이를 눈치채실 것입니다.

곳에 작가와 독자의 머리싸움 같은 것이 존재할 리 없습니다. 그런 의미에서 세이초의 추리 소설은 독자를 추리에 참여시킨다기보다는 그런 추리가 의미 없어지는 지점 앞에 세운다고 보는 게 정확할지도 모르겠습니다. 적어도 독자의 자발성은 세이초에게 있어서는 미덕이 아닌 셈이죠.

4. 마쓰모토 세이초와 무라카미 하루키

당연한 이야기겠지만, 그 자체로서 의미를 갖는 것은 매우 드뭅니다. 이는 작품에도 해당됩니다. 솔직히 해당 작품을 설명하는 데에 온전히 지면을 바치고 있는 해설을 보면, 그저 감탄스러울 뿐입니다(물론 그것이 가능한 것은 소위 '이론'의 도움이 있기 때문입니다). 그런데 아쉽게도 저는 작품이든 작가든 비교 대상을 설정하지 않으면 단 한마디도 꺼내지 못하는 타입입니다. 상대 평가를 통해서만 이야기를 한다는 의미인데, 이 경우 중요한 것은 비교 대상이 무엇이냐가 되겠죠. 왜냐하면 그것은 좋든 싫든 가치판단에 있어 기준 역할을 하기 때문입니다.

그런데 이를 순문학 작가와 장르문학 작가를 비교하지 말라느니, 국내 작가와 국외 작가를 비교하지 말라느니 하는 사람들이 있습니다. 오로지 해당 작가나 작품에 대해서만 말하라는 것인데, 그런 사람은 모든 작품에 공통적으로 적용할 수 있는 '문학성'이라는 잣대를 소유하고 있는 대가(또는 그런 것을 소유하고 있다고 착각하는 얼치기)이거나, 무조건 우리 문학을 칭찬하고 보호해야 한다는 매우 촌스러운 사고방식의 소유자이거나 둘 중에 하나일 것입니다.

그런 의미에서 이번에도 비교 대상을 하나 호출해 보겠습니다. 의외라고 여길지도 모르지만, 그는 바로 무라카미 하루키입니다. 마쓰모토 세이초와 무라카미 하루키? 아무리 생각해도 꽤 어색한 조합입니다. 그런데 두 작가에게는 확실한 공통점 하나가 존재합니다. 두 사람 모두 국민 작가로 불린다는 점입니다. 전후 일본 문학에서 '국민 작가'라고 불린 사람은 딱 세 명입니다. 마쓰모토 세이초와 시바 료타로, 그리고 무라카미 하루키. 주로 역사소설만 써 온 시바 료타로를 제외하면 마쓰모토 세이초와 무라카미 하루키라는 조합은 사실상 일본의 전후문학을 상징한다고 해도 과언이 아닙니다.

마쓰모토 세이초와 무라카미 하루키라는 조합은 그렇다 치고, 작품의 경우는 어떨까요? 저는 『짐승의 길』과 『양을 둘러싼 모험』이라는 조합도 가능하다고 봅니다. 뜬금없다고요? 그럴 수도 있습니다. 하지만 제가 보기에 『양을 둘러싼 모험』은 『짐승의 길』의 영향을 받은 작품, 또는 『짐승의 길』의 패러디입니다. 물론 하루키가 『짐승의 길』을 읽지 않았을 수도 있습니다. 하지만 엄청나게 많이 팔리고, 영화화는 물론 드라마화까지 된 『짐승의 길』을 몰랐을 거라고 가정하는 게 오히려 비현실적입니다.

예컨대 『양을 둘러싼 모험』은 1982년 8월 《군조群像》에 게재된 후, 그해 10월 단행본으로 출간되었는데, 하루키에 따르면 이 소설이 집중적으로 집필된 것은 같은 해 초였다고 합니다. 그런데 우연의 일치일지는 모르지만, 1982년 초에 NHK는 드라마 〈짐승의 길〉을 토요일마다 한 편씩 총 3부작으로 방영했습니다(1982년 1월 9일부터 1월 23일). 평균 시청률도 17.6%로 비교적 높았습니다(일본은 한국과 달리 채널이 많기 때문에 이 정도면 성공으로 간주합니다).•

그러나 이런 것이 아니라고 해도 두 작품의 영향 관계는 『양을 둘러싼 모험』 스스로가 분명히 증명하고 있습니다. 어떻게 두 작품을 연결시킬 수 있냐고요? 여러분 중에 하루키 팬들이 있다면 아마 눈치 챘을 텐데요. 하지만 이 책을 읽는 독자가 꼭 하루키 팬이라는 법이 없기 때문에 간단히 설명해 보도록 하지요. 우리가 『양을 둘러싼 모험』과 『짐승의 길』을 나란히 놓을 수 있는 이유는 크게 두 가지입니다.

(1) 작품을 작동시키는 '서사 동력'의 유사함.
(2) 그것을 뒷받침하는 특정한 공간의 유사함.

일단 이렇게 정리는 했지만, 이해가 가지 않을지도 모르겠습니다. 이와 관련해서 이야기하려면 시간이 걸리기 때문에 느긋한 마

• 일본에서 가장 인기가 있는 배우인 기무라 다쿠야가 출현하는 드라마의 평균시청률이 20% 정도라는 것을 감안한다면 더욱 그렇습니다.

음으로 들어주셨으면 합니다. 특히 (1)과 관련된 이야기는 매우 깁니다. 그럼 시작해 보지요.

5. 탐정探偵과 흑막黑幕

초기 삼부작의 마지막을 장식하는 『양을 둘러싼 모험』은 조그마한 광고회사를 경영하는 주인공 '나'를 거물 우익의 비서가 찾아옴으로써 시작됩니다. 즉 이 만남을 통해 '미션'이 부여되는 거지요. 표면상 별 모양의 표식이 있는 양을 찾는 일이지만, 그것은 한동안 망각된 과거 일본의 이면을 수면 위로 드러내 놓게 됩니다. 그렇다면 여기서 주인공에게 미션을 부여하고 사실상 그를 움직이는 거물 우익은 어떤 존재일까요? 소설에서 '선생'이라고 불리는 이 인물은 여러모로 『짐승의 길』에서 등장하는 거물 우익 기토 고타를 연상시킵니다.

우선 『양을 둘러싼 모험』에 나오는 '선생'에 대한 설명부터 살펴보도록 하지요. 아래는 나와 나의 친구의 대화를 발췌한 것입니다.

> "명함 속의 인물은 우익의 거물이야. 이름도 얼굴도 거의 표면에 드러내지 않으니까 일반인에게는 그다지 알려져 있지 않지만, 이 업계에서는 모르는 사람이 없어. (…) 사실을 말하면, 그가 무엇을 생각하고 있는지는 아무도 모른다고. 책을 낸 것도 아니고, 사람들 앞에서 연설을 하는 것도 아니지. 인터뷰도 사진 촬영도 일체

허용되지 않거든. 살아 있는지 죽었는지조차도 알 수 없을 정도야. 5년 전에 어느 월간지의 기자가 그가 연루된 부정 융자 사건을 특종 기사로 다루려고 했다가, 당장에 묵살당했지."

"그 기자는 지금 무엇을 하고 있는데?"

"영업부로 밀려나서 아침부터 저녁까지 열심히 전표 정리를 하고 있어. 매스컴의 세계라는 게 의외로 좁아서 그런 친구는 꽤 좋은 본보기가 되지. 아프리카 원주민 부락 입구에 해골이 걸려 있는 것과 비슷하거든. (…) 전쟁 전의 그의 약력에 대해서는 어느 정도 알고 있어. 1913년에 홋카이도에서 태어나 소학교를 졸업하고 도쿄로 나와 이 직업 저 직업을 전전하다가 우익이 되었지. 딱 한 번 형무소에 들어갔지, 아마. 형무소에서 나와 만주로 갔고 그곳에서 관동군의 참모들과 친해져서 특수공작 관계 조직을 만들었지. 그 조직의 내용까지는 잘 몰라. 그는 그 무렵부터 갑자기 수수께끼 같은 인물이 되기 시작한 거야. 마약을 취급했었다는 소문이 있는데, 아마 그 말이 맞을 거야. 그리고 중국 대륙 여기저기를 돌아다니다가 소련이 참전하기 2주일 전에 구축함을 타고 귀국했어. 혼자 들지도 못할 정도의 귀금속과 함께 말이야. (…) 점령군도 A급 전쟁 범죄자로 체포는 했지만, 조사는 도중에 중단되고 불기소로 처리되었어. 이유는 병 때문인데, 그 대목은 모호하기 짝이 없지. 아마 미군과 거래가 있었을 거야. 맥아더는 중국 대륙을 노리고 있었으니까. (…) 그리고 그는 스가모巢鴨 형무소를 나오자, 어딘가에 숨겨둔 재물을 반으로 나눠 절반으로는 보수당의 파벌을 통째로 매입하고 나머지 절반으로는 광고업계를 매입했지. (…) 어쨌든 그는 그 돈으로 정당과 광고를 장악했고, 그 구조는 지금까지도 이어지고 있지. 그가 표면에 나서지 않는 이유는 나설 필요가 없기 때문이야. 광고업계와 집권 정당의 중추를 장악하고 있으면, 그야말로 불가능한 일이 없거든. 광고를 장악한다는 게 어떤 것인지 자네는 알겠나? 광고를 장악한다는 건 출판과 방송의 대부분을 장악한 게 되는 거야. 광고가 없는 곳에는 출판과 방송이 존재할 수 없지. 물이 없는 수족관과 같다고나 할까. 자네가 보게 되는 정보의 95%까지가 이미 돈으로 매수되어서 선별된 것이라고. (…) 다시 말해 선생께서는 정치가와 정보 산업과 주식이라는 삼위일체 위에 군림하고 있는 셈이지. 이젠 이해하겠지만, PR지 하나쯤 뭉개 버린다든지 우리를 실업자로 만드는 일쯤은 그에겐 삶은 달걀껍질 까기보다도 간단한 일이라구. (…) 구석에서 이름도 없는 난장이가 물레를 돌리고 있는 거지."•

　여기서 나름 인문학 공부 좀 하셨다는 분들은 제일 마지막 문장(물레를 돌리고 있는 난장이)에 주목하여 벤야민이 어쨌네 지젝이 어쨌네 하실지도 모르겠습니다. 하지만 그런 것은 그분들에게 맡기고 우리는 이 '선생'의 이력에 주목해 볼 필요가 있습니다. 정확히 일치한다고 볼 수는 없지만, 많은 부분에서 『짐승의 길』의 기토 고타와 유사하다는 것을 알 수 있으니까요. 다음은 형사인 히사쓰네의 입장에서 서술된 부분입니다.

• 무라카미 하루키, 『양을 둘러싼 모험』, 신태영 옮김, 문학사상사, 1995., 95~99쪽.

기토 고타의 이름은 유명하다.

세간에서는 정계의 흑막이라고 한다. 사회의 표면에서는 눈에 띄지 않는 존재지만 뒤에서는 큰 힘을 갖고 있다고 알려져 있다. 신문이나 잡지 등에 자신의 이야기가 나오는 것을 극단적으로 싫어하여, 그 분야의 사람과는 좀처럼 만나지 않는다는 소문이었다. 어느 잡지에서 읽은 적이 있다.

최근 기토 고타가 중풍인지 뭔지로 병상에 누워 있다는 사실도, 신문에서 읽은 기억이 난다.

그야말로 거물이다.

종합고속 노면공단의 총재가 기토 고타의 대리로 온 부인을 보고 순간적으로 감정을 흐트러뜨린 일도 이상하지는 않다.

평소에는 그다지 표면에 나서지 않지만 가령 정치적으로 큰 사건이 일어났을 때 신문에 기토 고타의 이름이 나오곤 한다. 그가 이면에서 공작을 했다는 뜻이다.

정계의 이면 공작을 평범한 인물이 할 수 있을 리 없다는 것은 말할 필요도 없다. 그만큼 실력이 있어야 한다.

하지만 이 인물만큼 알 수 없는 부분이 많은 자도 드물다. 과거에 어떤 직업 경력도 없다. 그러나 기토 고타는 막대한 재산을 가졌고, 재계의 일부와 연결되어 있어서 정치 자금도 마련해 준다고 한다. 정계의 실력자도 기토 고타에게는 어떠한 형태로든 신세를 지고 있어서 고개를 들지 못한다는 것이 세간 일부의 상식이다.

현대에도 불가사의한 현상은 몇 개나 있다. 전쟁 후 민주주의가 자리 잡았다는 일본에서도 보통의 지식으로는 판단할 수 없는 일이 많다.

그런 의미에서 기토 고타의 존재는 정치적인 검은 분위기 속에 실루엣처럼 떠 있다.*

경력은 아주 간단했다. 메이지 32년에 태어나 어느 사립대를 나왔다는 정도밖에 나와 있지 않다.

다이쇼 시대에는 정당의 원외단院外團일본의 의회 정당에서 의원 이외의 당원 그룹. 의회 및 의원에 대해 압력을 가하고, 반대 당에 대한 공격 또는 자기 당 요인의 경호 등을 맡았다 등에 적을 둔 적이 있지만 전쟁중에는 계속 만주나 중국에서 생활했다. 이때 그곳 관료나 군부의 마음에 들었는지, 그는 현지에서 광산 개발 회사 등을 설립했다. 그러나 어떤 종류의 개발이었는지는 분명하지 않다.

전쟁이 끝나고 일본으로 돌아왔는데, 그 무렵부터 기토 고타의 진면목이 발휘된 모양이다. 그의 신비한 리더십은 당시의 정부 부서 내부와 정치가 사이에 영향을 주었다.

명료하지 않은 점은 더 있다. 예를 들면 이 남자의 세력 밑에는 우익 그룹이 속해 있는 듯하다. 또 정재계를 동요시킨 독직瀆職 사건의 배후를 캐 나가다 보면 반드시라고 해도 좋을 정도로 기토 고타의 존재에 다다르게 된다. 하지만 적발의 손길이 그에게 미치는 일은 없었다.

• 마쓰모토 세이초, 『짐승의 길』(상), 254~255쪽.

요컨대 기토 고타는 늘 정계의 뒤쪽 한구석에 있으면서 때로는 자신이 쓴 줄거리대로 파도를 일으키고, 때로는 그것을 가라앉히는 역할을 맡고 있는 셈이다. 성급한 신문들은 그를 간단히 '흑막' 또는 '책사'라고 평하고 있다.

히사쓰네는 신음했다.

상대는 지나치게 거물이다. 경찰 간부조차 기토 고타에게는 조심스럽다. 기토가 정계 쪽에 은밀한 영향력을 행사해 왔고 그 때문에 역대 경찰 수뇌부가 그에게만은 손을 댈 수 없었던 것이다. 또 기토 고타는 정계의 이면에서 숨을 죽이고 있는 만큼, 여러 정부 이권과 관계를 맺고 있다고도 한다.•

확실히 유사하지요. 얼른 눈에 띄는 공통점만 들면, (1) 양쪽의 흑막 모두에게 매우 중요한 만주 체험과, (2) 그때 쌓은 부로 행사된 전후 일본에서의 막강한 영향력이라 하겠습니다. 물론『짐승의 길』에서 기토가 등장하는 방식과『양을 둘러싼 모험』에서 '선생'이 등장하는 방식은 다릅니다. 기토는 말 그대로 피와 살을 가진 인물로 등장하여 다른 인물들에게 영향을 끼치지만, '선생'은 뇌사 상태라서 그의 존재감은 도리어 '양'이라는 상징을 통해서만 우회적으로 나타나고 있을 뿐입니다. 그래서인지 각각의 작품이 가지는 느낌이 확연히 다릅니다.

• 마쓰모토 세이초,『짐승의 길』(상), 256~257쪽.

기토 고타의 경우 외부적으로 막강한 권력을 휘두르는 흑막이지만, 안으로는 그저 색을 밝히는 힘없는 노인(틀니를 뺀 모습에 대한 묘사를 떠올리기 바랍니다)으로 그려지고 있습니다. 이른바 '외설적인 권력'으로 표현되고 있는데요. 이에 비해 '선생'은 현실감 있는 인물이라기보다는 일종의 추상화된 기호로서 작동하고 있습니다. 중요한 것은 선생이 아니라 양이라는 식이죠. 그런 의미에서 하루키에 비판적인 논자들은 이점을 비판의 표적으로 삼을지도 모르겠습니다(몰역사적인 관점이다!). 하지만 이 점과 관련해서는 그냥 넘어가도록 하겠습니다. 우리에게 중요한 것은 하루키 군이 아니기 때문입니다(웃음).

어쨌건 그들이 소설 전체를 움직이는 구심점(원동력)이라는 것만큼은 분명하다 하겠습니다. 그렇다면 이즈음에서 이런 의문이 생기는 게 자연스럽습니다. 세이초가 그린 기토 고타나 하루키가 묘사한 '선생' 같은 인물이 과연 현실적으로 존재하긴 한 걸까? 결론부터 말하자면, 그런 인물이 존재한 바 있습니다.

인용문에도 언급되고 있지만, 일본에서는 보통 이런 부류의 인물들을 '흑막'이라고 부릅니다. '흑막黑幕'이라는 단어 자체는 원래 가부키에서 나온 것으로, 검은 막 뒤에서 무대 전체를 조종하는 자를 지칭하는 것이었습니다. 그것이 어느 샌가 공식적으로는 모습을 드러내지 않지만 뒤에서 정재계를 좌지우지하는 인물을 가리키는 말이 된 것이죠. 이런 '흑막'의 대표격으로 고다마 요시오児玉譽士夫라는 인물이 있는데(그에게는 보통 '전후 일본의 대흑막'이라는 칭호가 따라다닙니다), 기토 고타의 모델도, '선생'의 모델도 바로 그였습니다.

일본을 대표하는 두 작가가 약 이십 년이라는 간격을 두고 동일한 인물을 자신의 작품에 등장시켰다는 점은 예사롭게 볼 성질의 것이 아닙니다. 어떤 의미에서 그것은 고다마가 전후 일본을 상징하는 인물이라는 것을 의미하기 때문입니다. 즉 고다마 요시오라는 인물은 일본 소설가들로 하여금 펜을 들도록 하는 마른 장작과 같은 존재였는지도 모릅니다.

저는 얼마 전에 출간한 『세계 문학의 구조』(2011)라는 책(명저는 아니지만 문제작이기는 합니다)에서 19세기 프랑스 문학의 빅 3를 매료시킨 인물인 프랑수아 비도크에 대해 잠깐 다룬 적이 있습니다. 이 책을 읽지 않은 분들이 대다수일 테니, 조금 가져와 보겠습니다.

> 둘째는 나폴레옹에 의해 야기된 사회적 변화 속에서 탄생한 '검은 나폴레옹'(지하세계의 나폴레옹)의 등장입니다. 프랑스 소설에 어느 정도 정통한 사람이라면 알겠지만, 19세기 프랑스 소설의 빅3라 할 수 있는 작가들(발자크, 위고, 뒤마)은 하나같이 희대의 사기꾼이자 범죄자인 비도크에 깊은 관심을 드러냈습니다(발자크는 실제 그와 친분이 있었습니다). 즉 그들은 비도크를 모델 삼아 다양한 인물을 창조하여 당시 프랑스 사회에 존재한 혼란과 불안을 예리하게 파헤쳤던 것입니다(리얼리즘은 기본적으로 이런 폭로와 무관하지 않을 것입니다). '검은 나폴레옹'으로서의 비도크는 소설 속에서 정열의 화신으로 등장하거나, 그것을 전염(전파)시키는 역할

을 수행합니다. 예컨대 발자크의 『고리오 영감』, 『창부들의 비참과 영광』에 등장하는 보트랭이 그러하며, 위고의 『레미제라블』에 등장하는 장발장이 그러하며, 뒤마의 『몽테크리스토 백작』의 에드몽 단테스가 그러합니다.*

추리 소설에 관심이 많은 분들이라면, 프랑수아 비도크(1775~1857)라는 이름이 낯설지는 않을 겁니다. 그는 나폴레옹과 비슷한 시기에(정확히는 여섯 살 늦게) 태어나, 나폴레옹과는 전혀 다른 방식으로 일생을 보낸 인물입니다. 열여섯 살에 프랑스 혁명군에 입대하여 발미와 즈와프 전투에서 큰 공을 세우기도 했지만, 군 생활에 염증을 느껴 탈영한 후 여러 범죄 사건에 관여합니다.

그 결과 수감과 탈옥을 반복하는 처지가 되었고, 자연스레 암흑 세계의 이면에 정통한 사람으로 거듭납니다. 그리고 이런 경험을 토대로 파리 경찰의 밀정 노릇을 하다가, 능력을 인정받아 국제 경찰 파리지구 범죄 조사국을 창설하고 초대국장으로 대변신하지요(이 조사국은 이후 파리 경시청이 됩니다). 이때 그는 범죄를 범죄자와 범죄수단으로 분류하여 과학적 조사방법을 확립하는 등의 공을 세우기도 하는데, 한곳에 지긋이 있지 못하는 그의 성격상 결국 조사국을 그만두고, 완전히 새로운 영역에 도전합니다. 세계 최초로 사립탐정 사무소를 차린 것입니다. 방문객만 무려 삼천여 명에

---

* 졸저, 『세계문학의 구조』, 도서출판b, 2011., 121~122쪽.

이르렀다고 하니 나름 성공적이었다고 평가할 수 있을 것입니다.

흥미로운 것은 최초의 탐정 소설로 평가받는 「모르그가의 살인 사건」의 주인공 뒤팽의 모델로 비도크가 언급된다는 사실입니다. 이를 감안한다면, 우리는 추리 소설의 아버지는 포우이기도 하지만 비도크이기도 하다는 주장이 가능할지 모르겠습니다. 그리고 그런 주장에 일말의 설득력이 있다면, 전후 일본 (추리) 소설에 대해서도 똑같은 말을 할 수 있을 것입니다. 전후 일본 추리 소설의 아버지는 마쓰모토 세이초이기도 하지만 고다마 요시오이기도 하다고 말입니다. 과장이 아니냐고요? 물론 과장일 수도 있습니다.

하지만 꼭 그렇지만도 않은 것이 전후 일본의 추리 소설과 전후 한국의 추리 소설 사이에 존재하는 차이를 생각해 보면 됩니다. 오래 전부터 세이초는 한국에서 적잖게 읽혔고, 많은 추리 작가들이 세이초풍의 추리 소설을 시도하기도 했습니다. 하지만 소위 '세이초의 적자'가 탄생하지 못했는데, 그것은 고다마 요시오와 같은 흑막이 한국의 정치 현실에서는 존재할 수 없기 때문이라고 생각합니다.

한국은 권력의 집중이 심한 정치 체제를 가지고 있으며, 권력자는 특별히 그림자 같은 것을 따로 갖고 있지도 않습니다. 물론 '왕의 남자'니 '킹메이커'는 하는 말들이 있긴 하지만, 그들의 힘이라는 것도 권력자가 바뀌는 순간 바로 소멸되는 일시적인 힘에 불과합니다. 따라서 일본처럼 권력자가 바뀌어도 그와 무관하게 계속 무대 뒤에서 영향력을 행사하는 인물을 현실감 있게 소설에 등장시킬 수 없었는데, 저는 이것이 세이초의 소설이 그동안 한국에 매우 제한적으로밖에 영향을 주지 못한 이유라고 생각합니다.

즉 일본인들은 '흑막' 하면 바로 감이 오지만, 우리는 '흑막' 하면 야쿠자 두목(과 기모노를 입은 그의 정부) 정도가 떠오를 뿐인 것이지요. 그래서 앞으로는 기회가 없을 테니(어디에서 이런 이야기를 하겠습니까?) 전후 일본 소설에 어떤 모델 역할을 한 대흑막 고다마 요시오에 대해 자세히 살펴보는 시간을 갖도록 하겠습니다.

6. 고다마의 개똥벌레

고다마 요시오는 1911년 후쿠시마福島 현 아다치安達 군 모토미야 마치本宮町지금의 모토미야시의 한 사무라이 집안의 아들로 태어납니다. 그의 가문은 니혼마쓰二本松 번藩에서 대대로 창술을 가르치는 집안이었다고 합니다. 할아버지는 메이지 유신 후 니혼마쓰의 부참사가 되기도 했지만, 아버지는 의사 집안의 양자로 들어가 성이 야마다山田에서 고다마兒玉로 바뀝니다.

그의 가정은 고다마가 태어날 당시에는 큰 어려움이 없었지만, 아버지가 의학 공부를 포기하고 정치에 투신하면서부터 가세가 크게 기울기 시작합니다. 그래서 도쿄로 이사를 가 다카다노바바(현재 와세다대학) 근처에서 자리를 잡는데, 엎친 데 덮친 격으로 어머니가 뇌일혈로 사망함으로써(고다마의 나이 일곱 살 때입니다) 더욱 어려운 처지에 놓입니다. 여기까지는 여느 전기물(위인전)의 초반부와 크게 다를 바 없어 다소 따분한데요. 그다음부터는 흥미를 끌기에 충분합니다.

　이렇게 궁지에 몰리자 아버지는 고다마와 동생을 데리고 조선으로 건너갑니다(그의 나이 아홉 살 때입니다). 당시 그의 누나는 경성으로 시집을 가 있었는데, 그곳에 신세를 지려는 것이었죠(고다마의 매형은 용산역의 역장으로 근무하고 있었습니다). 이후 그는 약 육년간 조선에서 소년기를 보냅니다(아버지를 따라 다시 고향으로 돌아가 지낸 시기도 있었습니다만).* 장년이 된 세이초가 조선에서 보낸 일년 반과 비교해도 꽤 긴 시간이라고 할 수 있어서 고다마가 그때 어떻게 지냈는지가 궁금한데, 다행히 기록이 남아 있습니다.

　세이초와 하루키는 소설에서, 그는 책도 쓰지 않고 사진도 찍히지 않는 완전한 은둔자로 묘사하지만, 고다마는 뜻밖에도 적잖은 글을 남겼습니다.·가끔은 매스컴에도 모습을 드러냈지요. 일본 전국을 요동치게 한 사건(뒤에서 자세히 다루겠습니다) 이전에도 말입니다. 물론 그렇다고 해서 일반인들이 주목할 정도는 아니었지만요. 그에게는 저서라고 불릴 만한 책이 몇 권 있습니다. 그중에서 가장 많이 이야기되는 책 중의 하나는 A급 전범으로서 스가모 수용소에 있을 때 쓴 공술서이고, 다른 하나는 그의 자서전입니다. 우리는 이 두 책을 통해 소년 고다마가 조선을 어떻게 경험했는지를 살펴볼 수 있습니다.

---

* 태평양 전쟁 말기 세이초는 약 일 년간 용산에서 근무한 적이 있었습니다.

결론부터 말하자면, 고다마는 조선에 대해 매우 우호적입니다. 예컨대 소년 고다마는 한겨울에 인천의 어느 철공소에서 도망친 적이 있었습니다. 무작정 나온 터라 누님 집이 있는 경성까지 걸어갈 수밖에 없었는데, 엄청난 눈보라와 허기로 인해 견디지 못하고 눈길 위에서 쓰러집니다. 그런 그를 한 조선인 부부가 발견하여 구사일생하게 되지요. 이와 관련된 그의 회고는 다음과 같습니다.

> 인천을 떠나 경성을 향해 눈보라 속을 걸었는데, 배가 고파서 몇 번이나 울고 싶어졌다. 이때 나는 열세 살이었다. 해안의 어느 조선인 농가에서 밥을 주었을 때는 고마움에 눈물이 나 밥이 보이지 않았다.*

자서전에는 이 부분이 좀 더 구체적으로 기술되어 있습니다.

> 조금씩 내리던 함박눈이 어느 샌가 바람과 함께 맹렬한 눈보라로 바뀌었다. 경성을 향해 언젠가 왔던 길을 걸어갔으나 춥고 너무나 배가 고팠기 때문에 몇 번이나 울고 싶었다. 어떻게 해서든지 누님 집으로 돌아가려고 무릎이 빠질 정도의 눈길을 헐떡이며 재촉했다. 그러나 피로와 공복, 추위로 인해 마침내 나는 쓰러지고 말았다. 처음에는 어딘가 깊은 곳으로 끌려가는 느낌이었으나 이

---

* 児玉誉士夫, 「われ、かく戦えり」, 『風雲: 児玉誉士夫著作集』 (下), 日本及日本人社, 1972., 15頁.

윽고 완전히 의식을 잃었다. 정신을 차려 보니 그곳은 조선인의 농가였다. 거기에는 본 기억도 없는 남녀 두 사람의 얼굴이 아주 걱정스럽다는 듯이 나를 내려다보고 있었다. 아내인 듯싶은 사람이 이제 안심이라는 표정으로 일어나서 베개 맡에 음식을 가져다주었다. 너무 고마워서 솟구친 눈물 때문에 밥그릇의 밥이 잘 보이지 않았다. 이 집의 부부는 친절하고 상당히 호인이었다. 그들에게 각별한 친밀감을 느끼지 않을 수 없었다. 추위에 시달린 탓인지 배탈이 나서 이틀 동안 그대로 신세를 졌는데, 다 나았는데도 그들은 나가라고 하지 않았다. 나는 마음이 편해서 마침내 이 집에 눌러앉았다. (…) 어쨌든 나는 이 조선인 일가에서 평온하고 무사하게 지냈고, 어느 쪽인가 하면 행복했다. 인종의 차이를 초월하여 나를 마치 친자식처럼 귀여워해준 것을 지금도 잊을 수 없다.•

이 조선인 부부가 없었다면 어떻게 되었을까요? 역사에서 가정이란 무의미하지만, 그런대로 재미있는 가정이 될 겁니다. 어쨌든 조선인에 대한 긍정적인 묘사는 다른 부분(싸게 기차를 타는 방법을 친절히 알려준 조선인 역무원)에서도 발견됩니다. 물론 이런 에피소드는 중요한 것이 아닐 수도 있습니다. 하지만 자신을 고용한 사람, 매형 등의 일본인에 대한 부정적 묘사와 대비해서 보면 꼭 그렇지만도 않다는 것을 알 수 있습니다. 아마 이대로 컸다면 그는

• 兒玉誉士夫, 『悪政、銃声、乱世』, 『風雲 : 兒玉誉士夫著作集』(中), 日本及日本人社, 1972., 17~19頁.

조선을 진심으로 이해하는 일본인이 되었을지도 모르겠습니다. 결론적으로는 그렇게 되진 않았지만요.

방금 인용한 고다마의 두 책은 내용상 중복되는 부분이 많습니다. 다만 『악정, 총성, 난세』라는 타이틀의 자서전은 1940년대 후반에 씌어진 공술서와 달리 50년대(정확히는 이케다池田 내각의 출범까지를 다루고 있습니다)까지 다루고 있어 사정 범위가 더 넓다 하겠습니다. 그렇다면 여기서 이런 의문이 생깁니다. 문필가도 아닌 그는 왜 그처럼 자신의 삶을 글로써 표현하는 데 열심이었을까?

1948년 6월 15일이라는 날짜로 연합군 사령부 법무국장 앞으로 제출된 공술서는 다음해에 단행본으로 출간되기도 했는데, 이때의 제목은 『나는 패했노라われ敗れたり』였습니다. 영역본 역시도 "I was defeated"라는 타이틀로 번역되었지요.* 이 책(공술서)을 왜 썼는지에 대해서는 서문격인 글에서 스스로 이야기하고 있으니 그의 육성을 들어보기로 하지요.

> 나는 내가 전쟁 협력자로서 혹은 극단적인 국수주의자로서 재판의 법정에 세워지는 것이라면 그에 대한 항변은 절대 하지 않기로 결의하고 있었습니다. 왜냐하면 나는 태평양 전쟁의 마지막까지 진실하게 싸웠고, 그에 전력을 다해 협력한 것도 사실이며, 또 내가 과거에 극단적인 국수주의자였음도 사실이어서 냉정히 반성

---

* 그런데 1972년에 재출간되었을 때는 『나, 이렇게 싸웠다(われ、かく戰えり)』로 바뀌게 됩니다.

하고 충심衷心으로 근신의 뜻을 표하려 했기 때문입니다. (…) 나는 이 년 수개월 동안 스가모 구치소의 철창에서 어떤 일본인보다도 가장 열심히 도쿄 국제 재판의 추이를 응시해 왔습니다. 그래서 이 공판이 인류의 능력에 의해 이루어질 수 있는 가장 엄숙하고 공정한 재판이라는 것을 인정합니다. 그런데 내가 유감스러워하는 것은 이 재판에서 철저하게 해부한 바대로 과거 일본의 군국주의와 국가주의가 어떻게 발생하여 이와 같이 발전했는가라는 그 원인에 대해 전혀 다루지 않고 규명되지 않았다는 점입니다. 이점을 철저히 해명하여 심판하지 않으면 도조 히데키 씨 이하 이십오 명의 전쟁에 대한 죄는 재단할 수 있으나 과거 일본에 대한 엄밀하고도 엄정한 심판은 내릴 수 없다고 생각합니다. 도쿄 국제 재판, 그리고 머지않아 개시되는 우리에 대한 두 번째 국제 재판이 세계 평화의 기초와 일본 민주화의 추진을 위하여 심판을 하는 것이라면, 무엇이 우리로 하여금 국가주의로 내달리게 하고 칠천만 동포를 군국주의에 동조하게 했는지, 과거 이십 년 이전으로 거슬러 올라가 그 원인을 규명하고, 우리의 모습을 적나라하게 남김없이 해명하고, 그 진실을 인식하지 못하면 공정한 판정을 내릴 수 없다고 우려하는 것입니다.•

그래서 고다마는 '패한 국수주의자의 수기이자 패망한 일본의 이

• 児玉誉士夫, 『われ、かく戦えり』, 5~6頁.

면적 기록'으로서 자신의 지난 삶에 대해 쓰겠다고 말하고 있는 것입니다. 자전적 기술을 정당화하는 이유로 나름 그럴듯하긴 합니다. 그래서 삐딱하게 그의 글을 읽을 수밖에 없는데, 뜻밖에도 독자들을 사로잡는 면이 없지 않아 있습니다. 꽤 문학적이기도 하고요. 가정이 어려워서(그는 아버지가 오십 가까운 나이에 낳은 아들이고, 그런 아버지마저 관동 대지진 때 죽습니다) 저임금 노동자로 일한데다 방랑벽도 있어서 이리저리 떠도느라 제대로 된 교육을 받지 못했는데, 어떻게 그런 글을 썼는지 궁금해 할 수도 있지만(혹시 대필은 아닐까?) 그에 대한 답은 의외로 쉽게 찾을 수 있습니다.

고다마는 열두 살 때 도쿄의 방적 공장에 팔려가 노예 같은 생활을 하기도 하고, 인천의 한 철공소에서 구박을 받으며 지내기도 합니다. 간간히 학교를 다니긴 했지요. 참고로 그는 선린상고(옛날은 선린상업학교, 지금은 선린인터넷고등학교)에 적을 둔 적도 있습니다. 그런데 그를 문학적으로 만든 것은 학교가 아닌 감옥입니다. 조선을 떠나 일본으로 돌아간 이후 그는 노동자가 될 수밖에 없었는데, 그때 겪은 체험들이 그로 하여금 우익 단체에 가입하도록 만듭니다(이에 대해서는 뒤에서 다시 언급하겠습니다). 이후 그는 전형적인 우익 청년으로의 삶을 살게 되고, 이 과정에서 천황 직소 사건을 비롯하여 적잖은 사건에 관여합니다.

당연 감옥을 제 집처럼 드나들었는데 그의 말에 따르면 이때 평생 읽을 책을 다 읽었다고 합니다. 그러고 보니 우리 작가들 중에도 이런 이야기를 한 사람들이 있지요. '교도 행정의 승리'라고요.

과장이야 존재하겠지만, 그의 저술 속에서 엿보이는 문학적 취향
은 당시의 경험과 무관하지 않을 것입니다. 자연에 대한 깊은 공감
과 인간관계에 대한 꾸밈없는 솔직함 등등. 설마 하는 분들이 계실
지 모르기 때문에 예를 들어보지요.

> 나는 이 무렵부터 사상운동에 대하여 본격적인 공부를 시작했
> 다. 책도 반년도 안 되는 동안 수십 번의 특별 차입을 허가받았다.
> 그러나 이 시기에 나를 정신적으로 키워준 것은 책보다는 오히려
> 감방의 창으로 보이는 변화하는 자연의 모습이었다고 생각한다.
> (…) 사상범 취급을 받은 나는 운동하러 나가는 장소 또한 일반의
> 장소와는 달라서 담 밑에 있는 백 평 정도의 공터로 지정되어 있었
> 다. 그 곁에는 작은 천川이 흐르고, 그 냇물은 높은 담 밑의 수문으
> 로 흘러 들어갔다. (…) 작은 천에는 밤이 되면 개똥벌레가 날아 다
> 녔다. 개똥벌레는 감방 안에도 종종 들어온다. 이윽고 여름도 끝에
> 가까워지고 가을바람이 불 무렵 나는 형을 마치고 마에바시前橋 형무
> 소를 나왔다.•

그의 글을 옮기고 있노라니 저도 모르게 감상적이 되는군요. 여
기서 하루키의 「개똥벌레」(『노르웨이의 숲』의 원형격인 단편)를 떠
올리는 분도 계실지 모르겠습니다. 하지만 고다마의 개똥벌레와
하루키의 개똥벌레 사이의 연관 관계를 찾는 것은 일단 보류하는

• 兒玉誉士夫, 『われ、かく戦えり』, 26~27頁.

게 낫겠습니다(많은 설명이 필요하기에). 다만 한 가지 점만은 지적하고 싶습니다. 하루키가 「개똥벌레」를 쓴 것은 공교롭게도 『양을 둘러싼 모험』을 출간한 직후입니다. 1983년 《중앙공론》 1월호에 게재되었으니 집필 시기는 당연히 1982년으로, 『양을 둘러싼 모험』과 함께 씌어졌다고 보는 것이 자연스러울 것입니다.

7. 그는 왜 우파가 되었는가?

앞서 저는 고다마가 우익 청년이 되어 감옥을 드나든 것까지 이야기했습니다. 그런데 여기서 이런 의문이 생깁니다. 그는 좌익 청년이 될 수는 없었던 걸까? 도쿄로 돌아온 고다마는 먹고살기 위해 노동자가 될 수밖에 없었습니다. 덕분에 그는 노동 현장의 모순을 누구보다도 뼈저리게 느꼈고, 또 당시 노동조합운동과 노동쟁의가 일어나는 것을 직접 목격하기도 했습니다. 하지만 그는 그런 흐름에 뛰어드는 대신 정반대의 길을 선택합니다. 왜 그랬을까요? 이와 관련해서는 고다마 스스로가 다음과 같이 명료하게 말하고 있습니다.

> 나는 노동조합에 참가하여 그 운동에 뛰어들 기분이 도무지 들지 않았다. 그것은 당시 노동조합운동이 자본가의 부당한 착취에 대항한 노동자 자신을 위한 항쟁이라는 것 이외에 공산주의의 실천과 확대가 지도자들의 목적임을 알아버렸기 때문이다. 요컨대

공산주의 혁명의 전제로서 노동자를 조직적으로 획득하는 것이라고밖에 생각할 수 없다. 거기다 일본 국내의 노사 간 불합리를 해결하기 위해 왜 소련을 조국이라고 부르지 않으면 안 되는가, 또 왜 마르크스주의를 국정國情을 달리하는 일본에 그대로 들이밀려고 하는 것인가, 나에게는 그것이 도무지 이해가 되지 않았다. (…) 약한 자의 비참, 노동자 생활의 빈곤, 나는 그것을 누구보다도 강하게 맛보아 왔다. 가진 자의 횡포에 대한 반감 또한 누구보다 더욱 격렬하게 느끼고 있었다. 그러나 저 붉은 깃발의 색깔과 조국 소비에트라고 부르는 바보 같은 말은 나를 노동운동에 뛰어들게 하는 대신에 오히려 반대 방향으로 몰아넣어 버렸다.•

우파와 좌파라는 통상적인 구분을 받아들일 때, 우리는 우파가 되거나 좌파가 됩니다(물론 그 가운데에 무수히 많은 중도좌파와 중도우파가 있겠죠). 그렇다면 어떤 사람이 우파가 되고 또 좌파가 되는 것일까요? 이에 대해 답하기는 쉽지 않습니다. 많은 경우 사회적 환경의 영향을 받기는 하지만, 일반화해서 이야기하기는 곤란한 면이 있습니다. 예컨대 자본가의 집안에서 태어났다고 해서 그가 꼭 우파가 되는 것도 아니며, 가난한 노동자 집안에서 태어났다고 해서 꼭 좌파가 되는 것도 아닙니다. 월북한 아버지를 두었다고 해서 그 아들이 좌파 문인이 되는 것도 아니고, 또 우파 문인이

• 児玉誉士夫, 「われ、かく戦えり」, 위의 책, 19~20頁.

되는 것도 아닌 것처럼 말입니다.

예컨대 마쓰모토 세이초도 고다마 요시오도 생활고로 인해 정말이지 어두운 청소년기를 보낸 인물들입니다(두 사람은 거의 동시대인입니다). 하지만 결론적으로 세이초는 좌파에 호의적인 작가가 되었고, 고다마는 우익의 거물이 되었습니다. 왜 그렇게 서로 다른 길을 걷게 되었을까요? 이에 대한 설명은 아무리 덧붙여도 부족할 것입니다. 그래서 무리하게 정리를 시도하기보다는 다음과 같은 간단한 사실을 재확인하는 것으로 그치겠습니다. "우파란 좌파의 상대적(또는 부정적) 개념에 불과하다."

이는 뭐랄까 유신론과 무신론의 관계와 유사하다 하겠습니다. 그런 의미에서 위에 인용한 고다마의 설명으로도 충분히 짐작 가능하지만, 문제적 좌파라는 것은 애당초 존재하지 않습니다. 문제적 우파라는 것만이 존재하는 것이지요. 따라서 태생적으로 사회 지배층에 속하는 사람들은 결코 우파일 수 없는 사람들입니다. 확실히 그들은 정치적으로 보수적입니다. 하지만 1차적인 존재인 그들은 어느 누구보다도 좌파들의 언행에 민감하게 반응할 필요가 없는 부류이기도 합니다. 그리고 그렇기 때문에 그들 사이에서 좌파들이 나오는 것인지도 모르겠습니다. 그들의 입장에선 현재의 위치에 위협만 되지 않는다면, 좌파든 뭐든 상관이 없다 하겠습니다.

이에 비해 우파들은 대부분 좌파들에게 민감하게 반응하는 사람들(다시 말해, 어떤 계기가 있었다면 좌파가 될 수도 있었을 부류)로, 출신 계층은 소위 달동네 출신(하층민)이 대부분입니다. 좌파

가 출신 성분에 의해 결정되는 면이 강하다면, 우파에 자수성가형
이 많은 것은 그것과 관계가 있을 것입니다. 따라서 우파는 좌파와
동등한 레벨에서 서로 다른 입장을 나타내는 존재라기보다는 좌파
의 특정 국면을 계급적으로 급진화시킨 것이라고 보는 쪽이 더 정
확할 겁니다.

8. 흑막으로서의 고다마 요시오

이처럼 우익의 길을 선택한 청년 고다마의 삶에 결정적인 순간
이 찾아오는데, 그것은 몇 년간의 만주 활동과 관련이 있습니다.
사사카와 료이치笹川良一•의 소개로 해군 항공본부의 촉탁이 된 그
는 태평양 전쟁이 터지기 직전에 중국으로 건너가(그는 날아가는
와중에 비밀리에 함대가 움직이고 있는 것을 봅니다) 상하이에 '고
다마기관'이라는 상사를 설립하는데, 이 회사의 설립 목적은 계속
된 전쟁으로 부족해진 전쟁 물자를 공급하는 것이었습니다. 특히
항공기와 관련된 금속류(텅스텐, 라듐, 니켈, 코발트 등등)가 많았
습니다.
　이 시기•• 와 관련해서는 그의 책에도 자세히 적혀 있습니다. 단

• 이 인물도 일본의 대표적 흑막 중 한 사람으로 '일본의 수령(首領)'이라고 불렸습니다.
•• 참고로 무라카미 하루키의 소설 중에 「토니 타키타니」라는 단편이 있는데, 이 소설에 등장하는 주
인공의 아버지인 타키타니 쇼자부로는 정확히 이 시기 상하이에서 재즈 트롬본을 연주하면서 고다마
기관 소속의 사람들과 같은 수상쩍 인물들과 어울립니다.

글쓰기의 자기합리화가 존재하기 때문에 액면 그대로 받아들이기는 힘들지요. 이를테면 그는 수완을 발휘하여 물자 수송에 위협이 되는 만주의 비적들을 자기편으로 만든 것을 자랑하고, 또 정당한 대가를 지불하여 물자를 모았을 뿐만 아니라 무엇보다도 중국인들을 인간적으로 대우하는 데에 힘썼다고 기술하고 있지만(그는 그 때문에 전범 재판에서 무죄를 선고받았다고 주장합니다), 사실은 그와 달랐습니다.

그의 부하 중에는 무법자들이 많았는데, 그중에는 이후 우익 폭력단의 두목이 된 사람도 있습니다. 즉 고다마기관은 폭력과 협박 등 온갖 수단(여기에는 아편 밀매도 포함됩니다)을 동원하여 악랄하게 물자를 모았고, 그렇게 모인 자금의 규모는 다이아몬드와 백금 등을 포함해 수억 달러에 달했다고 합니다. 뿐만 아니라 병기 공장을 운용하는 것은 물론 염전이나 농장, 양식장, 광산까지도 관리하에 두고, 사실상 군의 밀정 역할까지 수행했습니다.

그런데 가망이 없었던 전쟁이 끝나자 그도 일본으로 돌아올 수밖에 없었는데, 그동안 모은 비밀 자금의 처리 문제가 있었습니다. 고다마는 일단 해군에 반납하려고 했습니다. 하지만 당시 해상이었던 요나이 미쓰마사*米內光政*는 떳떳하지 못한 해군의 비자금이 공개되기를 꺼려했기 때문에, 그 돈의 사용을 그에게 일임하게 됩니다. 한순간에 엄청난 자금을 손에 넣게 된 것이죠. 하지만 그 역시 A급 전범으로서 점령군에 의해 체포되어 스가모 구치소로 보내집니다. 그는 이 년 반 정도를 구치소에서 생활하며 앞에서 언급한 공술서를 씁니다.

고다마는 자신이 무죄 평결을 받은 것은 중국인들에게 어떤 해를 가하지 않고 나름 공정하게 살았기 때문이라고 말합니다. 하지만 거짓말이지요. 그가 풀려나게 된 것은 전후 처리와 관련하여 미군의 입장이 바뀌었기 때문입니다. 점령군은 처음엔 전범들을 처형하거나 추방하려고 했지만, 사회주의 세력의 확장을 두려워한 나머지 미국에 협력하는 인사들인 경우 역으로 이용하기로 방침을 변경합니다. 우리도 이와 비슷한 경험(친일파들이 다시 사회의 중추적 역할을 담당하게 된 것)을 한 바 있으니, 굳이 덧붙이지 않겠습니다.

실제 『나는 패했다』의 마지막 부분을 읽어 보면, 사회주의 세력의 확대에 대한 두려움과 미군에 대한 신뢰가 노골적으로 기술되어 있음을 알 수 있습니다. 마치 "이를 막기 위해서는 자신이 필요하지 않겠느냐?"라는 말처럼도 읽힙니다. 실제 고다마는 CIA에 협력을 하기로 하고 풀려납니다. 그럼에도 불구하고 고다마는 자신의 솔직한 태도와 정직함이 재판관들을 감동시켰기 때문이라고 주장하는데, 2007년 해금된 CIA 비밀문서에 따르면, 그는 기껏해야 미국 측으로부터 '거짓말을 잘하는 악당, 사기꾼, 도둑' 정도로 평가받아 왔습니다.

어쨌든 패전 후 그는 막대한 비자금(지금 가치로는 오조 오천억 원 정도)의 소유자가 되었는데, 이 돈의 일부는 우선 하토야마 이치로鳩山一郎가 이끄는 일본 민주당*의 결성 자금으로 사용됩니다.

• 당시 간사장은 이후 총리가 되는 기시 노부스케(岸信介)였습니다.

이 당은 이후 요시다 시게루吉田茂가 이끄는 자유당과 합해져 거대 정당인 자유민주당(자민당, 1955년)이 되어 2009년 총선에서 패할 때까지 무려 반세기 넘게 집권합니다. 물론 그렇게 해서 나온 총리인 하토야마 유키오鳩山由起夫가 고다마의 자금으로 정당을 꾸린 하토야마 이치로의 손자였지만요.

이후 그는 흑막으로서 정재계를 가리지 않고 영향력을 행사하기 시작합니다. 대신(우리로서는 장관) 임용은 물론 총리 선출에까지 관여했으며, 재계에서 트러블이 발생하면 직접 나서 중개하기도 했습니다. 쉽게 해결되지 않은 갈등도 고다마가 나섰다는 소문이 들리면 알아서 정리가 될 정도였다고 합니다. 그에게 막강한 힘을 부여한 것은 자금만이 아니었습니다. 그는 다른 힘 하나를 더 가지고 있었는데, 그것은 바로 폭력이었습니다. 즉 '고다마기관'에서 함께했던 부하들이 그와 야쿠자 사이를 중개해 주었던 것입니다.

그는 야쿠자를 움직여 노조를 탄압하는 데에도 일조했을 뿐만 아니라, 머지않아 다가올 좌파와의 일전을 위해 우익의 총결집을 시도하기도 했습니다(야쿠자들 간의 회합은 『짐승의 길』에서도 등장합니다). 그가 예상한 싸움이 일촉즉발에 달한 것은 안보 조약 개정 전후로 예정된 아이젠하워 미국 대통령의 일본 방문 때였습니다. 대통령의 방일을 반대하는 운동(안보 투쟁)이 점점 확산되자, 당시 총리였던 기시 노부스케는 안보 투쟁의 확대를 저지하기 위해 야쿠자와 우익을 이용하려 했고, 이때 그 세력을 실질적으로 모은 사람이 바로 고다마로, 그는 무려 만 명이 넘은 인력을 착착 동원하고 있던 중이었습니다.

그런데 다행인지 불행인지 1960년 6월 15일 국회 주변에서 전학련 약 칠천 명과 경찰이 충돌하는 과정에서 도쿄대 학생이었던 간바 미치코樺美智子• 가 사망하고, 그 여파로 아이젠하워의 방일 계획 자체가 철회되기에 이르러 어떤 의미에서 최악의 불상사는 일어나지 않게 됩니다. 이 일과 관련하여 한 우익 관계자는 다음과 같이 말하고 있습니다.

"계획은 빛을 보지 못하고 끝났지만 이것은 폭력단이 우익 세력에 들어오는 계기가 되었다. 고다마는 폭력단에 대한 영향력을 강화시켰고, 폭력단은 고다마를 통해 정재계로 촉수를 넓혀갔다."••

여기서 어떤 분들은 고다마 요시오라는 인물이 어떤 인물인지 알겠다. 또 『짐승의 길』을 읽는 데 도움이 된다는 것도 이해한다. 그런데 이토록 자세히 알 필요가 있을까? 하고 반문할지도 모르겠습니다. 하지만 고다마 요시오는 단순히 전후 일본을 대표하는 흑막에 그치지 않았습니다. 그는 우리에게도 상당한 영향을 끼친 인물입니다.

한국 전쟁 중인 1951년 10월에 가진 예비 협상에서 시작되어 무려 십사 년 동안 끌어오던 한일 기본 관계 조약(한일 국교 정상화)

• 그녀는 이후 안보 투쟁의 상징적 존재가 됩니다. 얼마 전에 작고한 재일동포 극작가 쓰카 고헤이가 쓴 『비룡전』이라는 소설이 몇 년 전에 번역되었는데, 이 소설의 주인공 간바야시 미찌코(神林美智子)의 모델이 바로 간바 미찌코입니다.

•• 共同通信社社会部, 『野望の系譜闇の支配者 腐った権力者』, 講談社, 2001., 34頁.

이 마침내 1965년에 체결되는데,* 고다마는 수시로 한국과 일본을 오가면서 매우 중요한 역할을 수행했습니다. 박정희 정권의 주요 인사들을 만나 양쪽 정부의 요구 사항을 절충시키는 역할을 맡았지요. 고다마는 당시를 다음과 같이 회상하고 있습니다.

한국은 그해 1962년 12월 내에 한일 국교 회복의 조건이 정리되지 않으면, 곧바로 행해지는 박 대통령의 선거에 영향이 가는 급박한 정세였다. 나는 오노大野 선생을 설득하여 함께 한국으로 건너갔다. 가보니 일본 정부의 마음이 정해져 있지 않았기 때문에, 한국의 정세는 상상 이상으로 긴박했다. 나 혼자만으로는 안 되겠다 싶어 오노 선생과 매우 친한《요미우리 신문》의 와타나베 쓰네오渡邊恒雄 씨에게 있는 그대로의 사정을 전하고 지원을 받았다. 그래서 오노 선생과 와타나베 씨가 곧바로 김종필(이후 한국의 국무총리) 씨와 그 밖에 한국의 최고 수뇌부들과 회담하였다. 그때 나는 오노 선생에게, "이것은 선생이 아시아의 장래를 생각해서 마음을 먹고 결정해야 할 일입니다. 선생이 여기서 결정한 사항을 가지고 일본으로 돌아갔는데 만약 자민당 정부가 승인하지 않는다면, 선생은 고노河野 선생과 함께 자민당을 탈당하십시오. 두 분이 탈당하게 되면, 이케다가 아무리 관료주의자라고 해도 손을 들 것입니다. 요

---

* 이때 한국 정부는 일본 정부로부터 오 억 달러 정도를 배상금으로서 받았는데, 이 돈의 일부가 한국철강산업(현재의 포스코)의 기본이 된 것은 널리 알려진 사실입니다. 우리와는 약간 다르지만, 일본도 일찍이 청일 전쟁의 승리로 얻은 배상금으로 철강 산업을 일으킨 바 있습니다.

컨대 선생이 한국에 대해 일본의 약속어음을 끊으면, 일이 정리됩니다"라고 말하자, 얼마 동안 가만히 생각하던 오노 선생은 "좋다, 해보자"라고 결심을 하셨다.•

2005년 한국 정부가 공개한 극비 외교문서는 당시 고다마가 한일 국교 정상화를 위해 주일 한국 대표부 참사관과 정기적으로 접촉하여 일본 정계 분위기를 전한 것은 물론, 일본 측 요인 중 누구와 접촉해야 하는지까지도 자세히 알려준 점을 기록하고 있습니다. 문제도 많고 탈도 많은 한일 기본 관계 조약은 이렇게 해서 이루어진 것입니다. 그 뒤에 고다마가 있었고요.

9. 흑막 VS 소설가 : 고다마 요시오 VS 마쓰모토 세이초

고다마 요시오와 관련해서는 이야기할 내용이 더 있으나 이쯤에서 그만 두고(이 글은 고다마 요시오론이 아니니까요), 그렇다면 이런 그를 마쓰모토 세이초는 어떻게 평가했는지 살펴보도록 하겠습니다. 『짐승의 길』에 묘사된 우익 거물인 기토 고타는 한편으로는 막대한 권력을 가진 인물로 그려지고 있지만, 다른 한편으로는 아이 같은 호색한(음란한 인물)으로도 그려지고 있습니다. 전자가

• 児玉誉士夫, 『生ぐさ太公望-随想』(1975) [大下英治, 『黒幕 昭和闇の支配者 一巻』, 大和書房, 2006., 240~241頁]에서 재인용.

겉모습이라면, 후자는 본모습이라는 의미일 텐데, 고다마에 대한 평가도 이와 크게 다르지 않습니다.

흑막이 등장하는 소설을 적잖게 쓴 그이지만•, 정작 고다마 요시오라는 인물을 직접적으로 다룬 글은 찾아보기 힘듭니다. 엄밀히 말하면, 기토 고타의 모델이 고다마 요시오인지 어떤지조차 확실하지 않습니다. 다만 후대의 독자나 평자들이 그렇게 생각하는 것일 뿐이지요. 사실 다른 모델을 생각할 수가 없는 면도 있습니다. 그래서 혹시나 해서 자료를 찾던 중 흥미로운 글을 한 편 발견했습니다. 1976년에 발표된 '기타 잇키와 고다마 요시오'라는 글인데 이유는 알 수 없지만 단행본에 실리지 않아서인지 그동안 거의 언급이 되지 않았습니다.

이 글은 '우익 흑막의 상사相似'라는 부제가 달려 있는데, 제목과는 달리 기타 잇키에 대한 이야기가 대부분입니다. 즉 이 글을 쓰기 전에 전작 평론으로 출간한 『기타 잇키론』(1976)에 대한 일종의 보충적 성격의 글이라 하겠습니다. 여기서 기타 잇키까지 등장시키면 날을 셀 수밖에 없기 때문에, 세이초가 이 글을 통해 이야기하고자 하는 몇 가지 핵심을 지적하는 것으로 그치겠습니다.••

이 글에서 세이초가 제일 먼저 문제 삼는 것은 기타 잇키에 대해

• 대표적인 작품으로 『서식분포(棲息分布)』(《주간현대》에 1966년에서 1967년까지 연재되었습니다)라는 장편소설이 있는데, 이 작품은 뒤에서 다룰 록히드 사건을 예견한 작품으로도 유명합니다.
•• 기타 잇키(1883~1937)는 오카와 슈메이(大川周明)와 더불어 전전(戰前) 우익 사상을 대표하는 사상가로서 2·26사건(청년 장교들의 쿠데타)의 사상적 배후자로 지목되어 사형을 당합니다. 기타 잇키에 대해서는 얼마 전에 번역된 다음 책을 참조하시기 바랍니다. 마쓰모토 겐이치, 『기타 잇키』(정선태·오석철 옮김, 교양인, 2010.)

명확한 평가를 내리기를 주저하는 분위기입니다. 이는 무엇보다도 소위 좌파적 학자들을 향한 것인데, 거기에는 나름 이유가 있긴 합니다. 귀족적 풍모와 독자를 휘어잡는 모호하고 유려한 문체*, 그리고 중국 혁명에 대한 지원과 우파적인 입장으로 치부하기 힘든 주장들 앞에서 머뭇거릴 수밖에 없었던 것이죠. 한국식으로 말하면, 꼴통 우파가 아니라 '생각이 있는(?)' 우파였던 셈입니다. 따라서 어떤 학자나 평론가 들은 카리스마 넘치는 그의 매력에 빠져 비판의 냉정함을 보류하고, '재평가'라는 미명하에 그 안에 존재하는 좌파적 요소를 불필요하게 과장하는 일까지 서슴지 않았던 모양입니다.

하지만 세이초는 그런 어중간한 평가들과 결별을 선언하고 있습니다. 그는 신비화된 기타 잇키상을 강하게 비판하면서 재평가의 근거로 이야기되는 일부 혁신적인 주장(주로 국가사회주의적 계획)은 기타의 독창적인 주장이라기보다는 기껏해야 당시 사회주의 계열(사회민주당)의 주장을 흡수한 것에 불과하고**, 중국 혁명에 대한 지원도 따져보면 허울만 좋을 뿐 대륙 낭인들의 중국 인식과 큰 차이가 없다고 말합니다(세이초는 기타의 대표작 중 하나인 『국체론 및 순정사회주의』가 다름 아닌 러일 전쟁 때 쓰인 점에 주의하기를 촉구합니다). 또 그는 우아한 얼굴 뒤로 재벌로부터 돈을

---

* 여담이지만, 미문과 우파적 성향은 모종의 관계가 있습니다.
** 차이점으로는 (1) 25세 이상의 남자에게는 보통선거권을 부여하지만, 여자는 제외했고, (2) 사회민주당이 주장한 만국의 평화를 위한 군비의 전폐 대신에 징병제의 유지와 개전을 할 적극적인 권리 등이 들어 있습니다.

받아 정재계와 군대를 움직이는 일종의 흑막이 되려 했던 인물이라고 비판합니다.

간단히 말해, 세이초의 입장에서 보면, 기타 잇키는 심오한 사상의 소유자라기보다는 그저 전후의 고다마 요시오처럼 되려다가 실패한 인물에 지나지 않습니다. 이는 최근 일본에서 불고 있는 우익 사상가에 대한 재평가에도 많은 시사점을 안겨주는 지적인데, 기본적으로 우익(사상)에 대한 세이초의 단호한 입장에서 나온 것이라 하겠습니다.

세이초가 보기에 일본 우익이란 메이지 유신 때 소외된 사무라이들이 주도한 자유민권운동(핵심적인 주장 중 하나가 국회 개설입니다)이 형식적인 측면에서 해소되자(국회가 개설되자), 대륙으로 건너가 낭인이 되거나 국내에서 한편으로는 사회주의 세력과 대결하며 다른 한편으로는 당대의 정치를 비판하면서 세력화한 것에 불과합니다(이들은 결국 너나없이 파시즘에의 협력이라는 길을 걷게 됩니다).

고다마의 글을 읽으면서 확실히 느낀 것이지만, 소위 우익이 주장하는 핵심은 잘못되어 가는 조국을 바로잡겠다는 것 이상도 이하도 아닙니다. 이때 국가를 좀먹는 원흉은 크게 두 가지, 재벌 경제와 의회 정치입니다. 여기까지는 크게 문제가 될 부분이 없습니다. 사실 오늘날 한국의 비판적 대중 세력이 제기하는 주장도 이와 크게 다르지 않으니까요. 대기업 비판, 국회 비판, 정부 비판을 빼면, 트윗의 양은 절반 이하로 떨어질 겁니다. 따라서 그들이 맥락에 대한 이해 없이 고다마 요시오의 책을 읽는다면, 그와 강한 공감을 나눌지도 모르겠습니다. 그의 애국심과 정의감에 말입니다.

하지만 세이초는 이와 관련하여 일말의 공감도 표하지 않습니다. 고다마에 대한 세이초의 평가는 다음과 같은 부분에 단적으로 드러나 있습니다.

> 본격적으로 흑막으로서의 힘을 정재계에 침투시켜 가는 단계가 되자, 고다마에게는 '우익 사상'이라는 간판이 조금이나마 필요하게 되었을 것이다. 그가 저서를 간행하거나 매스컴에 등장할 때는 반드시 자신이 우익 사상을 정통으로 계승하는 '우국憂國의 왕'이라는 것을 강조하고 연출했다. 그 예는 일일이 셀 겨를이 없을 정도지만, 예를 들어 다음과 같은 문장이 있다. "이제까지 완전히 부패하고 타락한 정당, 재벌이나 권력과 손을 잡고, 자기 배만 채우는 데에 몰두한 악덕 정치가들, 그들에 대한 극도의 불신과 회멸은 나의 가슴속에 깊게 남아 있었다. (…) 신선하고 건전한 정당을 재건하여 발족시키기 위해 모든 것을 던지고 이에 협력하는 것이 적어도 국가에 보답하는 길임을 깨달았다(『악정, 총성, 난세』)." (…) 물론 언뜻 보기에도 깊이가 없는 고다마의 이와 같은 말들에서 기타와 같은 사상성을 찾을 수는 없지만, 고다마는 세상에 자신의 겉얼굴은 '우국의 왕', '정의한', '열혈한'이라는 인상을 부여하려고 했다. 이면성을 지니고 그것을 자유자재로 조작하면서 조금씩 힘을 갖추어 가는 것, 이것이 우익의 전통적인 '처세술'이다.•

• 松本淸張,「北一輝と兒玉誉士夫」,『諸君』, 1976年 7月号, 67~68頁.

10. 흑막의 최후와 소설가의 탄생

참고로 세이초가 이 글을 쓴 1976년은 록히드 사건으로 일본 열도 전체가 요동치던 해입니다. 록히드 사건이란 미국의 군수업체인 록히드사가 자사의 비행기를 팔기 위해 일본 정계에 뇌물을 준 사건을 가리킵니다. 이 사건은 엄청난 후폭풍을 몰고 오는데, 전 총리였던 다나카 가쿠에이田中角榮를 비롯하여 정재계의 주요 인물들이 연이어 체포되었을 뿐만 아니라, 자민당 자체가 붕괴될 위기에 처하게 됩니다. 그러자 엄정한 수사 의지를 표명했던 당시 총리 미키 다케오三木武夫를 총리직에서 끌어내리려는 정치 공작이 시도되기도 했습니다. 이에 대해 미키 총리가 반대파 각료를 파면하고 국회 해산이라는 초강수를 두어 위기를 모면하지요.

이 사건이 수면 위로 완전히 떠오른 것은 1976년 미국 상원위원 공청회에서 "록히드사가 일본의 초국가주의자를 비밀 대리인으로 삼아 엄청난 현금을 지급했다"는 사실이 밝혀졌기 때문인데, 여기서 말하는 초국가주의자가 바로 고다마 요시오입니다. 그는 1958년부터 이미 록히드사의 비밀 대리인으로서 정계에 로비를 했는데, 이 로비 대상에는 그와 사이가 좋았던 박정희 정권도 속해 있었다고 합니다(고다마와 박정희는 소위 만주 인맥으로 이어지고 있었습니다). 그런데 우연인지 모르지만, 중의원에서 증인 심문이 이루어지기 직전 발작을 일으켜 쓰러집니다. 이때 흥미로운 사건이 발생합니다. 이른바 '고다마 요시오 저택 세스나기 특공* 사건'으로 당시 한국의 신문 제1면에도 실린 바 있습니다.

이 사건은 한 청년이 세스나라는 소형 비행기를 직접 몰고 고다마 요시오의 저택으로 돌진한 일을 가리킵니다. 이 청년은 닛카츠日活영화사명의 로망포르노 배우**였던 마에노 미쓰야스前野光勉당시 나이 스물아홉 살라는 청년이었는데***, 평소 고다마에 심취해 있었던 그는 고다마가 록히드 사건과 연루된 사실에 크게 분노하여 거사를 준비했다고 합니다.**** 결론적으로 그는 사건 현장에서 즉사했지만, 고다마는 요행히도 화를 면합니다.

하지만 구사일생으로 살아난 그도 법의 칼날은 피하지 못합니다. 고다마는 탈세 및 외환법 위반으로 기소되어 재판에 회부됩니다. 그리고 마침내 1977년 6월 1차 공판에 참석하기 위해 모습을 드러냅니다. 전후의 대흑막이 드디어 일반인들에게도 얼굴을 드러내는 순간입니다. 그 후에는 병을 이유로 자택에만 머물게 되고, 우연이라고 하기에는 너무나 절묘하게도 1984년 판결이 나오기 직전에 사망합니다.

그는 죽기 직전에 자신이 CIA의 대일 공작원이었다고 고백했다는데, 이후 공개된 비밀문서는 그 고백이 사실이었음을 증명하

• 여기서 '특공'이란 특별 공격대의 준말로, 우리가 흔히 가미가제 특공대로 부르는 것입니다.
•• 영화사에 일가견이 있으신 분들은 이 시기가 〈단지처, 오후의 정사〉 등으로 대표되는 로망포르노의 전성시대였음을 상기하셔도 될 것입니다.
••• 그는 하루키와는 세 살 차이밖에 나지 않는 사실상 동시대인이었습니다. 당시 무라카미 하루키는 대학을 졸업하고(1975년) 재학중에 문을 열었던 재즈카페 '피터캣'을 경영하고 있었습니다. 그러던 그가 『바람의 노래를 들어라』로 소설가가 된 것은 삼 년 후인 1979년입니다.
•••• 그는 이륙 전에 가미가제 복장을 한 채로 기념사진을 찍고, 돌진하기 직전 무선통신으로 "천황폐하 만세!"를 외쳤다고 합니다.

고 있습니다. 참고로 앞에서 언급한 것처럼 『양을 둘러싼 모험』이 출간된 것은 1982년이지만, 소설 속 배경은 1978년으로 설정되어 있습니다. 다시 말해, 고다마 요시오라는 존재가 아직 일본 국민의 뇌리에 생생하게 남아 있던 시기죠. 하루키는 『양을 둘러싼 모험』 이후 약 이 년간 단편과 에세이 등 비교적 가벼운 작품만 쓰면서 휴지기에 접어듭니다. 그리고 고다마가 사망하고 난 이듬해인 1985년에 『세계의 끝과 하드보일드 원더랜드』를 들고 화려하게 복귀합니다.

11. 호텔에서 길을 잃다

이미 잊었으리라 생각되지만, 앞서 저는 『양을 둘러싼 모험』과 『짐승의 길』을 같이 읽을 수 있는 이유로 크게 두 가지를 들었습니다. 하나는 두 작품의 핵심이라 할 수 있는 '원동력'(모델로서의 고다마 요시오)에 대한 것이었고, 다른 하나는 그것을 뒷받침하는 문학적 공간 설정에 대한 것이었습니다. 전자가 너무나 중요하기 때문에 장황하게 서술했지만, 후자 또한 다른 세이초/하루키 작품을 읽을 때 매우 도움이 되는 부분입니다.

『짐승의 길』을 읽은 독자들에게 가장 인상 깊은 공간을 들라면, 아마 대부분 뉴 로얄 호텔을 떠올릴 겁니다. 1960년대 고도성장기, 공습으로 완전히 폐허가 된 도쿄에 세워진 대형 건축물 중 하나를 모델로 한 이 호텔은 당시의 욕망을 압축해서 보여주는 것이라 하겠습니다. 다미코는 여관의 종업원에 불과한 자신에게 접근해 온 호텔의 지배인 고타키에게 다음과 같이 묻습니다.

"어째서 제게 흥미를 가지시는 건가요?"

상대는 일류 호텔의 지배인이다. 다미코가 어렴풋이 짐작하는 것은, 자신을 그 나이 지긋한 부자와 엮으려는 공작이 아닐까 하는 정도다.

"당신을 행복하게 해 주고 싶어서입니다."

"어머나. 꼭 소설 대사 같네요."

다미코는 웃음을 터뜨렸다.

"그렇군요……. 연애로 받아들이면 묘하게 들리네요. **보통 사람이 보통의 심리로 당신을 행복하게 해 주고 싶다는 뜻이라면 어떻게 하실 겁니까?**" •

『짐승의 길』은 기본적으로 흑막에 대한 이야기지만, 다른 관점에서 보면 1960년대를 산 매우 평범한 인간들의 이야기이기도 합니다. 시대적 흐름을 잘 탄 사람들은 크게 성공하기도 했지만(이들이 뉴 로얄 호텔이나 다미코가 일했던 여관 호센카쿠를 이용하는 손님이기도 하겠지요), 평범한 일반 서민들은 그런 성공과는 거리가 멀었지요. 주인공이라 할 수 있는 다미코는 뇌연화증으로 거

• 마쓰모토 세이초, 『짐승의 길』 (상), 88~89쪽, 강조는 인용자.

동이 불편한 남편을 부양하는 여관의 종업원이고, 또 다른 주인공이라 할 수 있는 히사쓰네는 '어두운 굴'(세이초의 표현)과 같은 가정을 가진 밑바닥 형사에 지나지 않습니다. 다미코의 남편은 시간만 있으면 짐승처럼 그녀의 몸을 탐하기 바빴고, 히사쓰네의 아내는 시종 히스테리를 부렸을 뿐만 아니라 아이는 지능이 뒤떨어지고 한쪽 손마저 불편했습니다.

따라서 『짐승의 길』이라는 소설은 하나같이 고독한 서민들이 뉴 로얄 호텔을 둘러싼 어떤 거대한 음모에 휩싸여 결국 희생되는 이야기라고 할 수 있습니다. 모든 사건의 총 기획자이자 뉴 로얄 호텔의 지배인인 고타키는 '소설의 대사'와 같은 말(당신을 행복하게 해주고 싶다)로 다미코를 짐승의 길로 인도하는데, 그 길의 입구가 바로 뉴 로얄 호텔인 셈이지요. 그렇다면 이 호텔은 구체적으로 어떠한 장소일까요? 그곳은 일차적으로 '파우스트적 계약'이 이루어지는 장소입니다. 하지만 범죄의 현장이기도 하지요. 이에 대해서는 다시 이야기하겠습니다.

어쨌든 고타키는 다미코에게 누군가의 도구가 되지 않겠냐고 제안합니다. 당연히 다미코는 이를 거절하는데, 고타키는 그렇게 했을 때 비로소 당신은 자유를 얻을 수 있을 것이라고 설득합니다.

"어떻습니까, 지금 확실하게 어떤 일이라 말해 줄 수는 없지만, 미리 당신의 마음을 들어 보고 싶군요……. 다미코 씨. 한동안 자신이 도구가 되었다고 생각해 볼 마음은 없나요?"

"도구라고요?"

다미코는 뜻을 알 수가 없어서 고타키의 고요한 얼굴을 바라보았다. 그는 입술에서 잔을 떼고 내려놓았다.

"쓸데없는 말을 하고 싶지는 않아요. 자, 당신은 제게 모든 것을 들켰습니다. 제 입장에서 말하자면 당신의 전부를 알고 하는 교섭이지요. 꾸며서 말하는 것은 이제 무의미하다고 생각하는데요. 어때요, 잠시 도구가 되어 보시겠습니까?"

"싫다고 한다면요?"

"정상적인 대답이군요······. 도구가 되라는 말을 들으면, 인간이라면 누구나 반발을 일으키지요. 하지만 다미코 씨, 저는 당신에게 영원히 도구가 되어 달라고는 하지 않았습니다. 한동안이라고 했을 텐데요."

"······."

"세상에는 이용당한다고 생각하지만 실은 이용하고 있는 사람들이 꽤 많이 있지요. 당신도 그래 볼 마음은 없습니까?"

"······."

"도구가 되라고 한 말은 당신에게 그런 입장이 되라고 한 거나 마찬가지입니다. 아시겠습니까?"

다미코는 **고타키의 말이 약물처럼 조금씩 마음속으로 스며 들어가는 것을** 느꼈다.

"생각해 보세요. 쉽게 말해, 당신은 이런 장사를 하는 가게에서 종업원으로 일하고 있어요. 여러 손님들이 오지요. 당신은 급료와 팁을 받고 이용당하는 겁니다. 손님이 아무리 말도 안 되는 짓을 해도 어느 정도 참아야 해요. 다시 말해 손님 쪽에서 보면 당신은 서비스용 도구인 셈이지요."

"아뇨, 달라요."

"압니다."

고타키는 말을 막았다.

"당신의 말은, 손님의 도구가 된 것 같아도 실은 그 손님을 반대로 경멸하면서 바라보고 있다는 거지요? 상대방은 고작해야 종업원이라 여기고 바보 취급을 하지만 당신 또한 상대방을 바보 취급하고 있다고 말하고 싶은 거겠지요?"

"……"

"그런 마음가짐이 아니면 이런 가게의 종업원 일은 할 수 없을 테니까요. 말하자면 당신은 그런 기분으로 자신의 자존심을 회복하고 있기도 하고요……. **도구가 되라고 말한 제 말이 어느 모로 보나 당신의 인간성을 인정하지 않는 것 같지만, 오히려 반대입니다. 당신이 조금만 참아 주면 큰 자유를 얻을 수 있습니다."**•

매우 중요한 부분이기 때문에 다소 길게 인용했는데, 어떤가요? 그녀는 이 제안을 거절했어야 했을까요? 여관에서는 남편을 부양하기 위해 뼈 빠지게 일을 하고, 집에서는 병으로 인해 성격이 비뚤어진 남편으로부터 성적 학대를 받는 생활로 돌아가야 했을까요. 뉴 로얄 호텔 지배인이 말합니다. "영원히 도구가 되어 달라고

• 마쓰모토 세이초, 『짐승의 길』(상), 90~91쪽, 강조는 인용자.

는 하지 않아요. 한동안이라고 했을 텐데요. 제가 도구가 되라고 말한 것은 어느 모로 보나 당신의 인간성을 인정하지 않는 것 같지만, 그건 반대예요. 당신이 조금만 참아 주면 큰 자유를 얻을 수 있을 겁니다."

'영원히'가 아닙니다. '한동안'이면 됩니다. 솔깃하지요? 저만 해도 아마 고타키의 제안을 받아들였을 겁니다. 물론 저는 배가 나온 중년의 남자니까 별로 쓸모가 없을 테지만(웃음). 1960년대와 같은 고도 성장기는(우리나라의 70년대를 떠올리면 됩니다) 계층 간의 이동이 활발한 시기였습니다. 하지만 요행을 피울 수 없는, 그리고 범법을 저지르지 않는 서민들에게는 딴 나라 이야기였습니다. 다시 말해, 아무리 좋은 시절도 정상적인 방법으로 서민이 인생 역전을 하기는 현실적으로 힘들죠.

세이초가 의도한 것인지 모르지만, 처음 사건(다미코 남편의 죽음)이 일어나고 형사 히사쓰네가 다미코와 찻집에서 이런저런 이야기를 하는 장면에서 딱 한번 히사쓰네가 피우는 담배의 이름이 나옵니다. '신생新生'이라는 담배인데, 이는 정확히 다미코의 '선택'을 상징한다고 할 수 있을 것입니다. 하지만 좀 더 거리를 두고 보면, 그것은 당시의 일본인이 대부분 가졌던 바람(욕망)이 아니었나 하는 생각도 듭니다. 신생은 일본전매공사가 1949년에 시판한 담배로, 이와 같은 상표명에는 당연히 전후의 부흥이 배경으로 존재합니다. 참고로 이 담배는 가격이 비교적 저렴한 탓에 그때까지 제일 인기 있었던 '골든배트golden bat'를 대신하여 서민들이 가장 많이 찾는 담배가 되었다고 합니다.*

결론적으로 말해 다미코의 선택(신생)은 잘못되었다고 할 수 있습니다. 문제는 **그와 같은 선택을 하지 않았다 하더라도** 행복하지 않았을 거라는 데에 있습니다. 그런 의미에서 그녀에게는 사실상 선택지가 주어져 있지 않았다고 볼 수 있습니다. 그렇게 보면 참으로 암울한 소설입니다.

히사쓰네의 경우는 어떨까요? 원래는 교통순경이었는데 사복을 입은 형사가 부러웠던 나머지 빈집털이, 좀도둑 등을 바지런히 검거한 결과 능력을 인정받아 형사가 됩니다. 꿈이라고 해봐야 형사가 되는 정도였던 인물인 셈이지요. 하지만 형사로 일하며 사회의 모순을 여러모로 경험합니다. 그의 말을 직접 들어보지요.

"사실을 말하면, 성실하게 차근차근 일을 한다는 게 좀 바보 같아져서. 지금까지 경제 사범도 검거한 적이 있는데, 상대방의 사치스러운 생활을 보고 있으면 내가 정말 한심해진단 말입니다. 그러니까 힘없는 사람을 한두 명 감옥에 처넣는다고 해서 대체 무슨 소용이 있나 하는 의문이 들더군요. 정말로 선량한 사람이 어쩔 수 없는 사정으로 범죄를 저지른다 칩시다. 그 사람은 그것 때문에 일생을 망치지요. ……한편으로 부자들은 법망을 피해서 더욱 살쪄가는 거요. 또 지능범이나 흉악범은 죄책감이 없어서 몇 번이나 나

• 참고로 이 담배는 미시마 유키오의 장편소설 『파도 소리』(1954)와 아베 코보의 『모래의 여자』(1962)에도 소품으로 등장합니다.

쁜 짓을 저지른단 말이지. 이런 놈들과 그런 사람을 똑같은 법률로 묶는 것은 이치에 맞지 않는다는 생각이 들더란 말이오."•

이런 인식은 히사쓰네를 선인도 그렇다고 해서 악인도 아닌 독특한 형사로 만듭니다. 그가 이렇게 삐딱할 수밖에 없는 이유는 경찰이라는 조직 내부에도 있습니다.

요즘처럼 젊은 경찰관들이 시험을 보고 승진해 가면, 히사쓰네 같은 낡은 형사는 뒤에 남겨진다. 이 방을 둘러보아도 출세욕에 사로잡힌 젊은 형사들은 수사보다 수험 공부에 마음을 빼앗기고 있다. 빨리 경사, 경위, 경감, 나아가 총경 같은 출세 코스를 걷고 싶은 것이다. (…)
　히사쓰네가 젊었을 때는 수사하느라 정신이 없었다. 위에서 명령하지 않아도 적극적으로 돌아다녔다. 사흘이고 나흘이고 집에 들어가지 않았고, 자기 돈을 써 가며 현장 근처 건물의 이층을 빌려서 범인이 근처에 돌아올 때까지 참을성 있게 잠복하곤 했다.
　그런 기개가 지금의 형사에게는 없다. 마치 회사의 월급쟁이 같다. 수사 회의가 끝나면 지겹다는 얼굴로 곧장 집에 가 버린다. 큰 사건을 맡고 있는데 아침 출근도 늦다.(…)
　요전에도 히사쓰네는 자신과 비슷한 연차의 동료들과 차를 마시

• 마쓰모토 세이초, 『짐승의 길』(상). 330쪽.

며 요즘 형사들을 비웃었다.

"그게 지금 세상이야" 하고 동료 중 한 명이 하얗게 서리가 앉은 살쩍을 보이며 말했다.

"이제 우리 시대는 끝났어. 옛날에는 수사 과장이 직접 형사와 일체가 되어서 사건과 씨름했지. 지금은 그렇지 않아. 수사 과장으로도 출세욕 덩어리 같은 엘리트들이 올 걸세. 수사 회의에서 내리는 지시는 뚱딴지같고, 조금 자신이 없어지면 수사 방침을 전환하지. 팔랑거리지 좀 말라고 말해 주고 싶어진다니까. 그런 놈들 밑에서 우리가 성실하게 일할 수 있겠나? 이쪽이 좋은 정보를 얻어 와도 놈들은 엉뚱한 곳만 보고, 의견을 말하면 자기 자존심이 상처를 받은 양 오히려 흰눈으로 노려보기나 하지. 바보 같은 일이야."

"그런 주제에 간부급은 퇴관 후에 어떻게 처신해야 하는지를 잘 알고 있어. 낙하산 인사로 어딘가의 단체 임원으로 들어앉거나 하지. 과장급은 일등지의 서장으로 전출되고, 거기서 임기를 끝낸 사람은 지역 유지와 안면을 잘 익혀서 민간 회사에 들어갈 수 있고. 그에 비하면 우리는 어때, 고참 형사에게 뭐가 있냐고!"

"뭐, 백화점 경비원이나 회사 경비 정도지."

서로 비웃을 수밖에는 없다.•

〈춤추는 대수사선〉을 본 독자들이라면 아마 충분히 공감할 겁니

• 마쓰모토 세이초, 『짐승의 길』(하), 155~157쪽.

다. 이런 문제는 아마 지금이라고 해서 크게 다르지는 않을 것입니다. 따라서 다미코만큼이나 고독한(세이초의 표현으로는 '불면 날아갈 듯한') 인물인 그가 홀로 '뉴 로얄 호텔을 중심으로 하는 수상한 구조'•를 파악하려고 한 것 자체가 무리였는지도 모릅니다. 그는 결국 호텔에서 영원히 길을 잃고 맙니다. 그런 의미에서 히사쓰네는 다미코와 시종 적대적인 위치에 있었지만, 어떻게 보면 서로의 분신이었는지도 모릅니다.

여기서 잠시 다미코가 뉴 로얄 호텔을 처음 방문했던 대목으로 돌아가 보지요. 세이초는 그때를 다음과 같이 서술하고 있습니다.

> 택시는 경사면에 지그재그로 난 호텔 전용 포장길을 미끄러지듯이 올라갔다. 호텔의 불빛으로, 건물을 둘러싸고 있는 주위의 어둠이 번진 듯이 밝게 보인다. 현관 앞에 도착했다. 외국의 의장병 같은 푸른 옷을 위엄 있게 차려입은 도어맨이 달려와 차문을 열어 준다. **다미코는 부끄러워졌다.**••

왜 다미코는 뉴 로얄 호텔 앞에서 부끄러움을 느꼈을까요? 이에 대한 답은 굳이 서술하지 않겠습니다만, 분명한 것은 히사쓰네 역시 휘황찬란하게 불빛을 밝히고 있는 대형 호텔을 보면서 비슷한

• 마쓰모토 세이초, 『짐승의 길』 (하), 170쪽
•• 마쓰모토 세이초, 『짐승의 길』 (상), 44쪽.

감정을 느꼈을 거라는 점입니다.

노면 전차를 타고 이삼십 분 만에 호텔 앞에 내렸다.
그는 새삼 건물 전체를 올려다보았다. 언제 보아도 호화로운 분위기를 내뿜는 호텔이다. 현관으로 끊임없이 고급 차가 들어온다. 프런트의 직원은 바빠 보인다. 실제로 프런트 앞에는 많은 사람들이 의자에 앉아 담소를 나누고 있었다. 수없이 오가기도 한다.•

아이쿠, 그런데 스포일러의 위험 때문에 내용에 대해서는 말하지 않는다고 해놓고 저도 모르게 말하고 말았네요. 죄송합니다. 개인적으로 『짐승의 길』을 읽으면서 인상적이었던 부분만 언급한다는 게 이렇게 되고 말았습니다.

자 그렇다면 냉정함을 되찾고 『양을 둘러싼 모험』으로 돌아가지요. 이 작품에서는 매우 인상적인 공간이 등장하는데, 바로 돌고래 호텔입니다. 뉴 로얄 호텔과 돌고래 호텔은 성격이 전혀 다른 공간입니다. 하지만 꼭 그렇지만도 않은 것이 다미코와 히사쓰네에게 있어 호텔 복도는 하루키 소설 속 주인공들의 경우에서처럼 고독하기 그지없습니다. 현실을 묘사하는 방식에 있어서 차이가 분명한 두 작가이지만(흑막이 작품에 등장하는 방식을 보면 분명하지요), 뭔가 통하는 부분이 분명히 존재합니다. 예컨대 다음과 같은 부분을 보지요.

• 마쓰모토 세이초, 『짐승의 길』(상), 360쪽.

낮의 호텔은 한산하다. 손님의 모습도 없고 종업원도 돌아다니지 않는다. 비슷비슷한 방이 양쪽으로 이어져 있는데, 폐허처럼 조용해서 으스스했다.

복도는 어디에나 새빨간 융단이 깔렸고 안쪽을 향해 좁아진다. 좌우의 방도 문이 닫혀 있고 번호만 한 줄로 이어진다. 마치 원근도법을 보는 것처럼 먼 곳의 한 점으로 모든 선이 모여 있었다.•

다미코나 히사쓰네의 입장이 되면, 화려하기만 한 뉴 로얄 호텔은 으스스한 폐허로 돌변하지요. 돌고래 호텔로 변한다고나 할까요? 왠지 하루키 필이 나지 않나요?•• 이에 관해서 조금만 더 덧붙여볼까요? 어느 쪽이든 호텔이 기괴하게 변하는 것은 그곳에 존재하는 어떤 특별한 방 때문이지요. 돌고래 호텔의 경우 양 박사의 방이 그러하다면, 뉴 로얄 호텔의 경우는 하타노가 장기 투숙하고 있는 방이라 할 수 있지요. 하타노는 기토 고타의 오른팔로서, 작품 속에서 그의 역할은 흥미롭게도 양 박사의 그것과 유사합니다(그러고 보니 고타키는 선생의 권력을 얻으려고 했던 '선생의 비서'와 겹친다고 할 수 있군요). 양 박사 역시 1935년에 만주에 건너간 인물인데 선생 안으로 들어간 양과 밀접한 관련이 있지요.

• 마쓰모토 세이초, 『짐승의 길』(상), 364쪽.
•• 이는 『세계의 끝과 하드보일드 원더랜드』에서 느낄 수 있는 것이기도 하지요. 소리가 나지 않는 복도에 대한 묘사와 같은 것 말입니다. 흥미롭게도 『짐승의 길』에서 '소리가 나지 않는 복도'는 히사쓰네가 호텔 안을 큰 어려움 없이 정탐할 수 있게 합니다. 결론적으로 그것이 그를 막다른 골목을 몰아넣는 결과를 낳지만요.

여기서 놓치지 말아야 할 방이 하나 더 있습니다. 그것은 같은 팔층에 존재하는 823호입니다. 주지하다시피 823호에서는 보석 디자이너로 짐작되는 여자가 살해당합니다. 소설의 말미에서 밝혀진 것처럼 그녀의 정체는 보석 디자이너와는 무관한, 한때 게이샤였던, 말하자면 다미코나 히사쓰네와 같은 부류에 속하는 힘없는 서민이었습니다. 이름이 아마노 요시코인 그녀는 후쿠이 현 농가 출신으로, 어떤 의미에서 다미코의 분신(자매)과 같은 존재라고 할 수도 있지요. 음모의 희생물이라는 점에서 말입니다. 아마 여유가 있었다면, 세이초는 그녀에게도 마이크를 건넸을지 모르겠습니다.

흥미롭게도 하루키는 실제로 희생자에게 마이크를 건넵니다. 자, 『양을 둘러싼 모험』을 읽은 독자들은 기억을 더듬어 봐 주세요. 이 소설의 주인공인 '나'는 어떤 여자와 함께 양을 찾기 위한 여행을 훗카이도로 떠납니다. 여기서 그의 동행은 '완벽한 귀를 가진 여자'라고 서술된 인물인데(『양을 둘러싼 모험』에서는 그녀에게 이름이 부여되지 않습니다), 그녀는 귀 모델도 하고 출판사 교정 아르바이트도 하지만, 아마노 요시코처럼 고급 매춘부이기도 했습니다. 그런데 그녀는 작품 후반부에서(같이 돌고래 호텔에 머문 후 목장까지 가서 두통을 이유로) 갑자기 작품에서 사라져 버리지요. 이후 다시 등장하지 않습니다.

그런데 하루키는 『세계의 끝과 하드보일드 원더랜드』(1985)와 『노르웨이의 숲』(1987)을 쓴 후 갑자기 매우 짧은 기간 집중적으로 『양을 둘러싼 모험』의 속편을 써냅니다(분량 대비 최단 기간일 것입니다). 『댄스 댄스 댄스』(1988)라는 작품이 바로 그 속편이지요.

이 작품의 시작은 다음과 같습니다.

> 나는 자주 돌고래 호텔 꿈을 꾼다.
> **꿈속에서 나는 거기에 '포함되어 있다'.** 즉 일종의 계속되는 상황으로 **나는 그 호텔 안에 '포함되어 있다'.** 꿈은 분명 그러한 지속성을 제시하고 있다. 꿈속에서 돌고래 호텔의 모습은 일그러져 있다. 아주 길쭉한 것이다. 어찌나 길쭉한지 그것은 호텔이라기보다 지붕이 있는 긴 다리처럼 보인다. 그 다리는 태고로부터 우주의 종국에 이르기까지 길쭉하게 뻗어 있다. 그리고 나는 거기에 포함되어 있다. **거기에선 누군가가 눈물을 흘리고 있다. 나를 위해 눈물을 흘리고 있는 것이다.**
> 호텔 그 자체가 나를 포함하고 있다. 나는 그 고동 소리나 온기를 또렷이 느낄 수가 있다. 나는, 꿈속에선, 그 호텔의 일부이다.
> 그런 꿈이다.
> 잠을 깬다. 여기가 어디지? 하고 나는 생각한다. 생각할 뿐 아니라 실제로 입 밖에 내어 나 자신에게 그렇게 묻는다.
> '여기가 어디지?' 하고.•

주인공인 '나'는 매일 밤 돌고래 호텔에 대한 꿈을 꿉니다.•• 그

• 무라카미 하루키, 『댄스 댄스 댄스』(1), 유유정 옮김, 문학사상사, 1995., 23쪽.
•• 꽤 장황하게 서술되고 있는 이 도입부는 저로 하여금 오에 겐자부로의 대표작 『만엔 원년의 풋볼』 첫 부분을 떠올리게 합니다.

꿈에서 호텔은 '나'를 포함하고 있으며, 그곳 어딘가에선 누군가가 '나'를 위해 눈물을 흘리고 있습니다. 그래서 '나'는 『양을 둘러싼 모험』의 시기(70년대)를 되돌아봅니다. 그리고 눈물을 흘리고 있는 사람이 바로 갑자기 사라진 '완벽한 귀를 가진 여자'임을 깨닫지요. 즉 그녀가 자신을 부르고 있다고 생각하게 된 것입니다. 그래서 그는 '홀로' 다시 홋카이도로 떠납니다. 그녀를 찾기 위해 말입니다. '모험(여행)' 서사라는 점에서 『댄스 댄스 댄스』는 『양을 둘러싼 모험』을 그대로 반복하는 소설입니다. 차이가 있다면, 후자가 절대악* 이라는 존재 곁으로 다가가는 소설이고, 전자는 정반대의 존재에 다가가는 소설이라는 점이겠지요(그런데 세이초의 모든 소설은 기본적으로 후자의 입장입니다).

소설의 후반부에서 밝혀지지만, 그녀는 고혼다라는 '나'의 동창생(영화배우인 그는 『노르웨이의 숲』의 나가사와와 같은 부류의 인간입니다)에게 이미 살해당한 상태입니다. 즉 이미 죽은 그녀가 『댄스 댄스 댄스』에서 '키키'라는 최소한의 이름을 부여받고** 작품 전체를 움직이는 원동력이 되고 있는 셈입니다. 『양을 둘러싼

• 하루키 소설에서 '절대악'은 매우 중요한 소설적 장치 중 하나입니다. 예를 들어 『태엽 감는 새』는 물론 『해변의 카프카』, 『1Q84』 등에도 등장하고 있지요.
•• 물론 본명은 아닙니다. "독자는 그녀의 이름을 필요로 하고 있다. 비록 그것이 임시변통의 이름이었다 해도 그렇다. 그녀의 이름은 키키라고 한다. 나는 그 이름을 뒤에 가서 알게 된다. 그 사정은 뒤에 가서 자세히 쓰겠지만, 나는 이 단계에서 그녀에게 그 이름을 부여키로 한다. 그녀는 키키인 것이다. 적어도, 어떤 기묘한 좁은 세계 속에서 그녀는 그런 이름으로 불리고 있었다. 그리고 키키가 출발점의 키를 쥐고 있는 것이다."(하루키, 『댄스 댄스 댄스』 1권, 54쪽) 보석 디자이너(실제로는 고급 매춘부) 히하라 에이코처럼 일종의 직업상의 이름인 셈이지요.

모험』에서 '뇌사 상태인 선생'이 그러했던 것처럼 말입니다.

'희생자의 호출'로 요약할 수 있는 이 작품에서 우리의 주의를 가장 끄는 것은 호텔입니다. 그녀의 호출에 돌고래 호텔을 다시 찾은 그는 그곳에서 돌고래 호텔 대신 26층짜리 최신식 고층 호텔(돌핀 호텔)을 발견합니다(돌고래 호텔 위에 지어진 것이지요).『댄스 댄스 댄스』에서 이 호텔이 차지하는 위치는 앞서 우리가 살펴본 호텔들과 마찬가지로 매우 중요합니다.• 물론 거기에는 차이 또한 명확히 존재합니다. 저는 이를 다음과 같이 요약하고 싶습니다.

뉴 로얄 호텔(『짐승의 길』), 돌고래 호텔(『양을 둘러싼 모험』), 돌핀 호텔(『댄스 댄스 댄스』)은 정확히 일본의 60년대, 70년대, 그리고 80년대를 상징한다. 즉 이 두 작가는 문학사적 연대를 통해 '신생新生'에서 '눈치우기雪搔き'(이 표현은 『댄스 댄스 댄스』의 키워드이기도 하지요)에 이르는 전후 일본을 호텔이라는 화려하고도 수상쩍은 공간을 통해 보여주고 있는 셈이다.

세이초의 주인공이든 하루키의 주인공이든 세대는 다르지만 서로에게 전후 일본의 '오래된 미래'이자 '새로운 과거'라고 할 수 있

• 호텔은 똑같은 문을 가진 수많은 방들로 구성됩니다. 즉 주거에 있어 개별성이 최소화되는 공간이지요. 이런 공간은 익명성이 보장되기 때문에 범죄의 현장으로 이용되기도 쉽고, 외부로부터 확실히 격리된 공간을 확보할 수도 있습니다. 똑같은 방문이 나열되어 있는 기다란 복도와 그중 하나인 비밀의 방, 그것은 한편으로는 호텔에 포함되어 있는 공간이지만, 다른 한편으로는 호텔을 지탱하는 주춧돌이라고도 볼 수 있을 것입니다.

습니다. 그런 의미에서 하루키의 다음과 같은 지적은 '세이초의 소설에 대한 하루키 소설의 위치'를 뜻한다고도 볼 수도 있을 것입니다.

> 그 장소의 분위기가 내게는 어쩐지 부자연스럽고 인공적이며 다소 우스꽝스럽게 느껴졌다. 어디가 나쁘다는 게 아니다. 누가 잘못하고 있다는 게 아니다. 하지만 **아무래도 어떤 패러디 같은 느낌이 드는 것이다.**•

두 작가의 주인공들에게 행복이라는 말만큼 거리가 먼 것도 없습니다. 그들은 하나같이 고독합니다. 다만 그들은 서로 다른 길을 걷습니다. 세이초의 주인공들이 선택(파우스트적 계약)의 희생물이 되고 만다면, 하루키의 주인공들은 선택(도구가 되기)을 포기하고(더불어 자유도 포기하고) 고독을 삶 자체로 받아들입입니다.

12. 세이초의 맛

이제 마지막 절입니다. 저는 이 글의 부제에 '재미있게 읽기'라는 표현을 사용했습니다. 사실 여기에 다소 긴 이 글에서 말하고자 바

• 하루키, 『댄스 댄스 댄스』 1권, 308쪽, 강조는 인용자.

가 전부 요약되어 있다고 해도 과언이 아닙니다. 저는 앞으로 계속 나올 세이초의 작품을 독자들이 '재미있게' 읽을 수 있는 어떤 해석적 토대를 제공하려고 합니다. 물론 이는 아무런 바탕 없이 세이초의 작품을 읽을 경우, 다소 싱겁고 낡은 소설로 간주될 위험이 있다는 우려와 관련이 있습니다. 그런데 여러분 중에서 이런 의문을 갖는 분이 계실지 모르겠습니다. "아무리 그렇다고 해도 '세이초와 하루키'라는 조합은 지나친 게 아니냐?" 하고 말입니다. 제가 확인한 바로도 세이초를 하루키와 나란히 논한 글은 단 한편도 본 적이 없으니까요. 하지만 다른 한편으로 바로 그렇기 때문에 저는 이 글을 쓴 보람을 느낍니다. 왜냐하면 소개되지 않았다는 이유로 밋밋한 작품 정보나 해설을 그대로 옮겨 적는 일은 그다지 의미가 없다고 보기 때문입니다(그런 것은 아마 다른 분들이 해주실 것입니다). 그런데 이는 여러분이 세이초를 읽을 때도 그대로 해당된다고 생각합니다.

혹자는 이렇게 말하곤 합니다. "세이초는 일본에서 대단한 작가다. 그런데 아쉽게도 한국 독자들은 그것을 모르는 것 같다." 여기에는 한국의 독자들도 일본의 독자들처럼 세이초를 열심히 읽기를 바라는 염원이 담겨 있는데, 책을 파는 입장이라면 그렇게 생각하는 게 당연하지만(일본에서는 지금까지도 세이초가 베스트셀러 작가이니까요), 독자의 입장에서는 그런 것들이 도리어 세이초와 친해지는 것을 막는 장애물이 아닌가 싶습니다. 서로 다른 역사적 경험을 가진 우리가 일본의 독자들처럼 세이초를 경험해야 한다는 것은 확실히 어폐가 있지요.

따라서 제가 생각하기에 중요한 것은 독자 여러분 각자가 자유롭게 마쓰모토 세이초라는 거장과 만나는 것이 아닌가 합니다. 즉 누가 뭐라고 하던 '자신만의 세이초'를 하나하나 발견해 가는 것이지요. 제가 이런 방임주의를 지지하는 것은 세이초의 문학에는 국가적 특수성을 넘어선 무언가가 존재한다고 확신하기 때문입니다. 비록 한두 권으로 그것을 경험하기는 힘들지 모르겠지만, 여러분들도 이내 '세이초의 맛'을 느끼게 될 것이라고 믿어 의심치 않습니다.

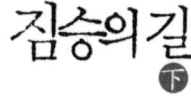

2쇄 발행 2014년 3월 1일

지은이	마쓰모토 세이초
옮긴이	김소연

발행편집인	김홍민 · 최내현
책임편집	박신양
편집	유온누리
마케팅	홍용준
표지디자인	조원식
용지	화인페이퍼
출력	한국 커뮤니케이션
인쇄	현문
제본	현문
독자교정	권미을, 김요나, 김정현, 남윤화

펴낸곳	도서출판 북스피어
출판등록	2005년 6월 18일 제105─90─91700호
주소	(121─130) 서울특별시 마포구 망원동 513 상암마젤란21 101─902
전화	02) 518─0427
팩스	02) 701─0428
홈페이지	www.booksfear.com
전자우편	editor@booksfear.com

ISBN 978─89─91931─86─2 (04830)
ISBN 978─89─91931─88─6 (세트)

책값은 뒤표지에 있습니다.
파본은 구입하신 곳에서 교환해 드립니다.